ELIN HILDERBRAND

Das Licht des Sommers

GOLDMANN
Lesen erleben

Elin Hilderbrand

Das Licht des Sommers

Übersetzt
von Almuth Carstens

GOLDMANN

Die Originalausgabe erschien 2015 unter dem Titel »The Rumor« bei Reagan Arthur Books/Little, Brown and Company in der Hachette Book Group, New York.

Dieses Buch ist auch als E-Book erhältlich.

MIX
Papier aus verantwortungsvollen Quellen
FSC® C014496

Verlagsgruppe Random House FSC® N001967

Deutsche Erstveröffentlichung Juni 2016

Umschlaggestaltung: UNO Werbeagentur, München
Umschlagmotiv: GettyImages/Tetra Images/Chris Hackett;
FinePic®, München
Redaktion: Ann-Catherine Geuder
LT · Herstellung: Str.
Satz: omnisatz GmbH, Berlin
Druck und Bindung: GGP Media GmbH, Pößneck
Printed in Germany
ISBN 978-3-442-48436-2
www.goldmann-verlag.de

Besuchen Sie den Goldmann Verlag im Netz

Voller Demut und Dankbarkeit
widme ich dieses Buch
Dr. Michelle Specht, die mir das Leben erhielt,
und
Dr. Amy Colwell, die mir meinen Körper erhielt.
#mamastrong

NANTUCKET

Wir tratschten nicht nur gern, wir liebten das Tratschen.

Hast du schon gehört?

Meistens erschien uns das Leben auf Nantucket tröstlich; es fühlte sich an, als würden wir vom Meer gewiegt. Manchmal jedoch machte es uns rastlos und reizbar. Der Winter war schlimm, der Frühling noch schlimmer, denn bis auf ein paar kurze Wochen unterschied er sich nicht vom Winter.

Was hatte T. S. Eliot geschrieben? *April ist der grausamste Monat.*

Am üppigsten wucherte der Tratsch im Frühling. Er schwoll an wie das Schmelzwasser in einem Bach; er grassierte wie Blütenpollen. Wir konnten uns ebenso wenig beherrschen, Aufgeschnapptes weiterzuerzählen, wie wir davon ablassen konnten, uns die geschwollenen, juckenden Augen zu reiben.

Wir waren nicht gemein oder rachsüchtig oder bösartig, sondern einfach nur gelangweilt, und nach der langen Zeit ohne Sommergäste, Sommereinkünfte, Sommermagie saßen wir völlig auf dem Trockenen.

Außerdem waren wir menschliche Wesen mit der uns eigenen Neugier und den uns eigenen Unsicherheiten. Wir nahmen zur Kenntnis, was in der Welt vor sich ging – dass am

MIT menschliches Erbgut entschlüsselt wurde, sich in Kalifornien tektonische Platten verschoben, Putin in der Ukraine Krieg führte –, doch keins dieser Ereignisse interessierte uns mehr als das, was auf den einhundertfünf Quadratmeilen unserer Heimatinsel geschah. Wir tratschten beim Zahnarzt, im Schönheitssalon, in der Obst- und Gemüseabteilung des Stop & Shop, an der Bar des Boarding House; wir tratschten am Freitagabend beim Aperitif im Anglers' Club, vor der samstäglichen Fünf-Uhr-Messe zwischen den Bankreihen und in der Schlange im Hub, wenn wir sonntagmorgens für die *New York Times* anstanden.

Hast du schon gehört?

Man konnte nie vorhersehen, wer unser Gesprächsgegenstand sein würde. Aber wenn uns jemand mitten im kalten April mit seinem stahlgrauen Himmel erzählt hätte, dass wir den Großteil unseres Sommers damit verbringen würden, über Grace und Eddie Pancik zu tuscheln …

… und über Trevor Llewellyn und Madeline King …

… und den namhaften Landschaftsarchitekten Benton Coe …

… hätten wir wohl entsetzt den Mund aufgerissen.

Auf keinen Fall.

Unmöglich.

Die gehörten doch zu den reizendsten Leuten, die wir kannten.

APRIL

MADELINE

Die ersten beiden Anrufe stammten von Marlo, Angies Assistenten, der dritte dagegen war von Angie persönlich, und Madeline leitete ihn direkt auf ihre Mailbox weiter.

Sie wusste, was Angie von ihr wollte, weil Marlo ihr das überdeutlich klargemacht hatte: Sie brauchten bis Freitag oder allerspätestens Montag einen Text zu Madelines neuem Roman. Um diesen Termin ging es ihnen.

Zu dem neuen Roman, am Freitag. Allerspätestens Montag. Was du ja eigentlich schon weißt, Madeline.

Madeline stand an der Küchentheke, ihren leeren Notizblock vor sich. *Insulaner*, ihr letztes Buch, hatte sich aus ihr ergossen wie kalter Sirup aus einer Glasflasche. Es war langsam vorangegangen – Zeile für Zeile, Absatz für Absatz –, doch der Handlungsverlauf hatte sich für sie immer klar abgezeichnet. *Insulaner* war eine antiutopische Geschichte, die das Geschehen auf Nantucket in vierhundert Jahren schilderte; die Insel wurde infolge der globalen Erwärmung vom Atlantik verschlungen. Alle waren dem Verderben geweiht bis auf Madelines halbwüchsige Protagonisten Jack und Diane (benannt nach Madelines Lieblingssong in ihrer Jugend), Cousins zweiten Grades, die bis zum Ende des Romans in einem Dinghi überlebten.

Madeline schrieb ihre Inspiration für dieses Buch den sieben Monaten zu, die sie mit der Pflege von Big T, ihrem Schwiegervater, vor dessen Tod verbracht hatte. Sein Prostatakrebs hatte in sein Gehirn und dann in seine Leber gestreut, und obwohl sie dies psychisch schwer belastet hatte, hatte es gleichzeitig ihre Fantasie beflügelt. Ihre Gedanken kreisten ständig um das Thema Krankheit, um den Verfall des Körpers, den Untergang der Menschheit. Dann las sie im *New Yorker* (den sie, um sich zu bilden, mit neunzehn zu abonnieren begonnen hatte) einen faszinierenden Artikel über die Erderwärmung. Darin hieß es, dass Inseln wie Nantucket und Martha's Vineyard in weniger als vier Jahrhunderten im Meer versinken würden, falls die Menschen ihr Konsumverhalten nicht änderten.

Insulaner wich ab von ihren autobiografisch gefärbten früheren beiden Romanen *Die Küste der Sorglosigkeit* und *Hotel Springford*. Madelines Verlag hatte es gern in sein Programm aufgenommen und für ein »bedeutenderes« Werk gehalten. Ihr Agent Redd Dreyfus hatte mit einem Vorschuss im niedrigen sechsstelligen Bereich für zwei Bücher einen brillanten Deal ausgehandelt. Dies war eine so aufregende und unerwartete Entwicklung gewesen, dass Madelines blonde Locken beinahe in Flammen aufgegangen wären.

Inzwischen steckte der größte Teil dieses Vorschusses allerdings in einer Investition bei Eddie, und Madeline hatte sich verpflichtet, zumindest die *Idee* für einen nächsten Roman zu präsentieren. Sie musste für den Prospekt, der an die Vertreter verschickt werden würde, ein hundert Wörter langes Exposé liefern.

Aber nicht einmal so viel hatte Madeline.

Sie hatte eine Schreibblockade.

Das Rumpeln eines UPS-Transporters und der Aufprall einer Sendung auf der vorderen Veranda rissen Madeline aus ihrer Beklommenheit. Sie eilte nach draußen in der Hoffnung, einen Karton vorzufinden, der die Idee zu einem großartigen neuen Roman barg, doch stattdessen fand sie dort die Schulfotos von ihrem Sohn Brick vor.

Wow, fantastisch.

Madeline hockte sich auf die oberste Treppenstufe, obwohl es eiskalt war und sie keine Jacke anhatte. Es faszinierte sie, dass das Porträt sowohl den kleinen Jungen zeigte, der Brick früher gewesen war – mit seinen dichten blonden Haaren und dem tiefen Grübchen in der rechten Wange –, als auch den Mann, zu dem er rasant heranwuchs. Er würde aussehen wie Trevor und Big T, nur mit Madelines blauen Augen und ihrem Lächeln (das ein bisschen zu viel Zahnfleisch entblößte, wie sie sich immer selbstkritisch vorhielt). Sie trug die Bilder ins Haus, holte sämtliche Schulfotos von Brick aus dem Sekretär und reihte sie auf dem Teppich nebeneinander auf, vom Kindergarten bis zur Highschool.

Attraktiver Junge, dachte sie. Sie hatte sich verzweifelt ein weiteres Kind gewünscht, nach drei Fehlgeburten aber aufgegeben.

Sie fragte sich, ob auch Grace die Porträts der Zwillinge erhalten hatte und jetzt in ihrem Haus an der Wauwinet Road genau dasselbe Ritual vollzog. Madeline dachte nur kurz an die grässliche Nachricht von Angie, dann wählte sie Graces Festnetznummer.

Es nahm keiner ab. Vielleicht war Grace draußen bei den Hühnern. Vielleicht war sie im Garten. Vielleicht hatte sie Migräne. Früher hatte Madeline Graces Migräneanfälle auf einem speziellen Kalender verfolgt, bis Trevor ihn gefunden und ihr erklärt hatte, einer der Gründe dafür, dass sie als Schriftstellerin nicht so produktiv sei, wie sie gern wäre, sei womöglich der, dass sie sich zu sehr mit Dingen wie Graces Migräne beschäftigte. Madeline hatte den Kalender weggeworfen.

Sollte sie Grace auf dem Handy anrufen? Grace ging nie dran, wenn es klingelte, und ihre SMS checkte sie alle zwei oder drei Wochen. Mit einem per Post geschickten Brief würde Madeline sie eher erreichen.

Sie legte auf, ohne eine Nachricht zu hinterlassen, dann sammelte sie die Fotos von Brick wieder ein. Es war amtlich: In diesem Haus *schaffte sie nichts.* Die Geschirrspülmaschine rief nach ihr: *Räum mich aus!* Die Wäsche im Trockner schrie: *Leg mich zusammen!* Die Arbeitsflächen in der Küche forderten: *Wisch uns ab! Immer* war etwas – das Telefon schrillte, die Müllabfuhr kam, das Essen musste geplant, eingekauft, zubereitet werden – jeden Tag! Brick musste irgendwo hingefahren oder abgeholt werden; das Auto musste in die Inspektion, der Müll getrennt, ein Kontoauszug überprüft, eine Rechnung bezahlt werden. Andere Mütter meinten, es müsse doch schön sein, dass Madeline »zu Hause arbeiten« konnte. Dabei war das für sie ein ständiger Kampf zwischen Arbeit und Zuhause.

Freitag. Allerspätestens Montag.

Die Tür zum Vorraum ging auf und zu, und Madeline hörte jemanden pfeifen, irgendetwas aus *Mary Poppins*. War es schon so spät? Ihr Ehemann Trevor kam mit seiner sehr flotten Pilotenmütze auf dem Kopf hereinspaziert. »*Chim-chiminey, chim-chiminey, chim-chim-cheroo!*« Trevor sah sich gern als Wiedergeburt von Dick Van Dyke.

»Hey«, sagte er. Er nahm Madeline in die Arme, und sie drückte ihr Gesicht an sein Hemd und die Polyesterkrawatte der Fluggesellschaft. Trevor war Pilot bei Scout Airlines, die zwischen Nantucket und Hyannis, Boston und Providence verkehrte. »Wie war dein Tag?«

Madeline brach in Tränen aus. Sie konnte nicht glauben, dass es bereits fünf Uhr war. Wie ihr Tag gewesen war? Welcher Tag? Ihr Tag hatte sich in Luft aufgelöst. Sie hatte nicht das Mindeste vorzuweisen. »Ich habe eine Blockade«, sagte sie. »Mir fällt absolut nichts ein, und der Abgabetermin rückt immer näher.«

»Du weißt ja, wie ich das sehe«, sagte er. »Du solltest …«

Sie schüttelte den Kopf, um ihn zum Schweigen zu bringen. Sie wusste, was er vorschlagen wollte. Er würde ihr raten, eine Fortsetzung von *Insulaner* zu schreiben. Das war eine schlüssige Lösung ihres Problems, aber irgendwie hatte Madeline das Gefühl, es wäre Drückebergerei. Sie hatte *Insulaner* damit beendet, dass ihre Hauptfiguren sicher in eine unbekannte Zukunft unterwegs waren; das, fand sie, war das *richtige* Ende. Sie wollte den Lesern nicht erzählen, was danach geschah. Wenn sie eine Fortsetzung schriebe, dann nur deshalb, weil sie nicht imstande war, sich neue Personen und eine neue Handlung auszudenken.

Sie schaffte es nicht, sich neue Personen und eine neue Handlung auszudenken.

Also hatte Trevor vielleicht doch recht. Eine Fortsetzung. Konnte sie den Weltuntergang rückgängig machen?

Sie wischte sich die Augen und hob das Gesicht zu einem Kuss. »Was gibt's zu essen?«, fragte Trevor.

»Pizza?«, schlug sie vor. »Was vom Thai?«

Er machte ein langes Gesicht. Sie hatte nicht nur nichts geschrieben, sondern auch nichts zu essen eingekauft oder vorbereitet. Wie sollte sie erklären, dass der Versuch, sich etwas auszudenken, über das sie schreiben konnte, noch zeitaufwändiger war als das Schreiben selbst?

»Es tut mir leid«, sagte sie.

Er küsste sie auf die Stirn. »Ist schon okay. Holen wir uns Pizza bei Sophie T. Fährt jemand Brick vom Training nach Hause?«

»Ja«, bestätigte Madeline. »Calgary.«

Trevor lockerte seinen Schlips und nahm sich ein Bier aus dem Kühlschrank. »Rate mal, wer heute Morgen mit im Flieger saß.«

»Wer?«, fragte Madeline.

»Benton Coe«, sagte Trevor.

»Wirklich?«, gab Madeline zurück.

Benton Coe war Eigentümer von Coe Designs, der angesehensten Firma für Landschaftsarchitektur auf der Insel. Und er war der Mann, der Graces zwölftausend Quadratmeter großes Grundstück in die fantastischste Gartenanlage von Nantucket Island, womöglich sogar von ganz Massachusetts, verwandeln sollte.

Benton Coe war zurück.

Na ja, das erklärte vielleicht, warum Grace nicht ans Telefon gegangen war.

GRACE

Mit ihrer Verwandlung hatte sie heimlich begonnen, gleich nach dem ersten Januar, und das in Erwartung genau dieses Tages.

Des Tages von Bentons Rückkehr.

Sie hatte angefangen, im Fitnessstudio an Spinning-Kursen teilzunehmen, und fast zehn Kilo abgenommen – das meiste davon Gewicht, das sie vor der Geburt der Zwillinge zugelegt hatte und nie so recht wieder losgeworden war. Jetzt war sie zwei Kleidergrößen schlanker. Außerdem hatte sie ihrer Friseurin Ann endlich erlaubt, das Grau aus ihrem Scheitel zu entfernen und ihre dunklen Haare vorn mit kastanienbraunen Strähnchen aufzufrischen. Und die viele Zeit, die sie draußen bei kleineren Gartenarbeiten und mit den Hühnern verbrachte, hatte ihrem Gesicht den Schimmer der ersten Frühlingssonne verliehen.

Sie hatte sich seit Jahren nicht so attraktiv gefühlt.

Madeline hatte am Samstagabend, als sie alle im American Seasons essen gewesen waren und sie im Waschraum neben Grace stand, bei ihrem Anblick im Spiegel gesagt: »Du siehst *scharf* aus, Süße. Richtig umwerfend.«

Eddie hatte den Gewichtsverlust bemerkt (»Du siehst gut aus, Gracie – dünn«), nicht aber die Haare, und den Mädchen waren die Haare aufgefallen (»Strähnchen«, hatte Allegra gesagt, »klasse Entscheidung«), nicht aber Graces neue, grazile Figur, was Grace nicht überraschte. Eddie war beschäftigt mit seinem Häuserprojekt, Hope mit der Schule und ihrer Flöte, Allegra mit ihrer Romanze mit Brick Llewellyn und ihrer potenziellen Model-Karriere. Für die drei war Grace Ehefrau, Mutter, Köchin, Haushälterin. Sie war Züchterin von Hühnern und Lieferantin von Bio-Eiern und mit ihrer »ständig wiederkehrenden Migräne« die ewig Kranke. An jedem Sonntagmorgen und manchmal auch an Abenden unter der Woche war sie Eddies Geliebte. Grace wusste, dass ihre Familie sie liebte, aber sie stand nicht mehr im Mittelpunkt ihres Lebens wie zu Beginn ihrer Ehe, als die Mädchen noch klein gewesen waren.

Hatte sie das Gefühl, für sie selbstverständlich geworden zu sein? Sicher, ein bisschen schon. Sie vermutete, dass sie wohl kaum die einzige Ehefrau und Mutter war, die so empfand.

Um Punkt zehn Uhr bog Bentons großer schwarzer Pick-up in die Einfahrt, und Graces Ohren fingen an zu kribbeln. Sie würden sich rosa verfärben, ein deutliches Zeichen dafür, dass sie nervös war. Sie hatte eine Schwäche für Benton Coe, eine harmlose Schwäche, die nie zu etwas führen würde, denn Benton hatte eine Freundin namens McGuvvy, und Grace war schließlich verheiratet.

Sie beobachtete, wie er aus dem Wagen stieg. Sah er verändert aus? Nein, er sah aus wie letztes Jahr. Groß, groß, groß – mindestens zwanzig Zentimeter größer als Eddie –

und mit den Schultern eines Königs oder Eroberers. Er hatte rötlich braune Haare, die sich unter seiner roten Buckeyes-Kappe hervorkräuselten, und Lachfältchen um seine braunen Augen. Er trug seine übliche Frühjahrsuniform, ein marineblaues Kapuzensweatshirt mit einem vierblättrigen Kleeblatt – dem Logo von Coe Designs – darauf und Arbeitsstiefel. Er war leicht gebräunt, weil er den Winter in Marokko verbracht hatte.

Sie waren *Freunde*. Sie hatte ihn vermisst. Grace lief an die Tür, um ihn zu begrüßen.

»Benton!«, sagte sie.

Als er sie sah, schaute er so überrascht drein, dass Grace das Herz aufging.

»Meine Güte, Grace«, sagte er. »Wie du aussiehst … wow! Einfach wow. Ich bin sprachlos.«

Sie trat hinaus auf die Veranda und umarmte ihn fest. Er war so stark, dass er sie mit Schwung hochhob. Und dann lachten sie beide, und Benton setzte sie wieder ab.

»Schön, dich zu sehen«, sagte er.

»Gleichfalls«, sagte sie.

Sie starrten einander an. Grace wusste nicht, ob dies eine romantische oder eine peinliche Situation war. Peinlich, befand sie. Sie waren Freunde, da sollte doch ein unbeschwertes Gespräch möglich sein. Sie würde nicht den ganzen Sommer über mit diesem Mann zusammenarbeiten können, um ihre gemeinsamen Ziele zu erreichen, wenn sie sich wie eine vom Blitz getroffene Dreizehnjährige benahm. Sie musste sich zusammenreißen!

»Danke für die Postkarten«, sagte sie.

»Du hast sie bekommen?«, fragte er. »Bei Post aus dem Ausland weiß man ja nie.«

»Vier oder fünf habe ich gekriegt«, sagte Grace in bemüht beiläufigem Ton. Diese Postkarten, fünf an der Zahl, sicher in ihrer Unterwäscheschublade verwahrt, hatten ihre kleine Schwäche den kalten, grauen Winter über verstärkt.

Benton Coe. Sein Ruf eilte ihm voraus: der talentierteste Landschaftsarchitekt auf Nantucket, obwohl er kaum vierzig war. Als Grace ihn für sich gewonnen hatte, war er seit fünf Jahren auf der Insel, ursprünglich im Dienste der Nantucket Historical Association NHA, um deren vierundzwanzig Liegenschaften auf Vordermann zu bringen. Davor hatte Benton Coe Gärten in Savannah, Georgia, und Oxford, Mississippi, gestaltet – Orte mit so üppigem Pflanzenwuchs, meinte er, dass man dort das Gras wachsen hören könne. Er hatte seine Kindheit in Youngstown, Ohio, verbracht und dann das College der Ohio State besucht, wo zahlreiche Jobs auf dem Campusgelände seine Liebe zur Natur gefördert hatten. Dann hatte er ein Semester in Surrey absolviert und schwärmte heute noch für englische Gärten. Unvergleichlich nannte er sie Grace gegenüber. Die Briten seien gut in der Beherrschung der Welt, aber noch besser, wenn es um Phlox, Fingerhut, Buchsbaum und Rosen gehe.

Als Benton Coe mit den NHA-Grundstücken fertig war – mit denen er bei jeder Gartenbau- und Landschaftspflegeorganisation in New England Preise gewann –, stand er hoch im Kurs. Er gestaltete Gärten für die Amsters draußen in Dionis und für die Kepplings in Shimmo – Arbeiten, die

Grace dank ihres Engagements für den Nantucket Garden Club das Glück hatte zu bewundern.

Als Eddie das Haus in Wauwinet samt den umliegenden zwölftausend Quadratmetern kaufte, bekam Grace endlich ihre Chance. Sie heuerte Benton Coe an.

Sie waren von Anfang an auf einer Wellenlänge gewesen. Im letzten Sommer hatten sie Rasen gesät und Beete abgesteckt, sie hoben eine Grube für den Swimmingpool aus, fliesten und befüllten ihn, bauten einen Steg über den Bach. Benton überwachte die Errichtung des Gartenschuppens und des Hühnerstalls. Täglich waren fünfzig Beschlüsse zu treffen. Normalerweise wurde Benton von seinen Kunden freie Hand gelassen. Doch er gab zu, dass er die Zusammenarbeit mit Grace genoss. Das mache mehr Spaß, als alles allein zu entscheiden. Es sei stimulierend, mit jemandem Ideen umzusetzen, dessen Empfinden so gut mit seinem eigenen harmonierte.

Grace war bezaubert von Benton Coes Wortwahl. *Empfinden.* Hatte irgendjemand schon einmal Graces *Empfinden* zu würdigen gewusst? Ihren Sinn für Ästhetik? Ihren Geschmack? Ihre Instinkte? Nein, sie glaubte nicht. Sie war eine pflichtbewusste Tochter und Enkelin gewesen, eine duldsame Schwester, eine fleißige Schülerin, eine halbwegs annehmbare Kellnerin, eine ergebene Ehefrau und Mutter und eine außergewöhnlich gute Freundin. Aber hatte irgendjemand – einschließlich Eddie, einschließlich Madeline – schon einmal Graces Empfinden bewundert?

Harmonieren: Das war ein so treffendes Wort, ein so reizender und liebevoller Ausdruck dafür, wie gut Grace und

Benton zueinander passten, sich verstanden und ergänzten, mühelos und ohne Missklänge, Streit oder Konflikte.

Der Begriff *stimulierend* war für Grace so stark sexuell besetzt, dass sie gar nicht richtig darüber nachdenken konnte.

Gegen Ende des letzten Sommers gestand Benton ihr, dass der Höhepunkt seiner Tage immer der Besuch bei Grace draußen in Wauwinet gewesen sei. Er sagte, der Grund dafür, dass er nie seinen Manager Donovan mitgebracht habe, sei der, dass er dieses Projekt für sich allein behalten wolle.

Grace hatte verstanden und begonnen, jedes Mal, wenn sein schwarzer Pick-up in die Einfahrt bog, ein Flattern in der Brust zu verspüren.

Benton schaute montags bis freitags jeden Morgen um zehn Uhr vorbei, auch wenn es nicht erforderlich war. Manchmal blieb er nur zehn Minuten, lange genug für ein schnelles Tête-à-Tête, auch so ein Wort, das Grace liebte. Sie stellte sich dabei vor, wie sich ihre Gesichter berührten, wie sie sich küssten.

Aber das geschah nur in ihrer Fantasie.

Der Herbst kam, wie immer, und sie brachten den Garten zu Bett. Dann war es Winter, und Benton brach zu seiner Reise auf. Die erste Postkarte traf aus Casablanca ein, abgestempelt am 4. Januar, dem Tag seiner Ankunft. Zwei Wochen später kam eine aus Essaouira an der Küste, eine Woche später eine aus Agdz in der Wüste, zwei Wochen später eine aus dem Ourika-Tal im Atlasgebirge. Auf allen stand dasselbe: *Sieh dir das an!* XO, *Benton.*

Zwanzig Tage verstrichen ohne Postkarte, und Grace nahm an, dass Benton sie vergessen hatte, oder womöglich war seine Freundin McGuvvy ihn besuchen gekommen. Doch dann traf eine Karte aus Marrakesch ein, auf der *Mit Abstand mein Lieblingsort. Ich wünschte, du könntest sehen, was ich sehe. XO, B* zu lesen war.

Diese Karte ließ Graces »Empfinden« voll entflammen; sie studierte sie tausendmal und benutzte sie als Lesezeichen in dem Roman, den sie gerade las, *Himmel über der Wüste* von Paul Bowles, den sie sich ausgesucht hatte, um dem Umherstreifen in Soukhs und dem Durchqueren der Sanddünen von Nordafrika möglichst nahe zu kommen.

Sie dachte endlos über Bentons veränderte Wortwahl nach. *Ich wünschte, du könntest sehen, was ich sehe.* Die Skeptikerin in Grace behauptete, dies sei nur eine Variante des altbekannten *Ich wünschte, du wärst hier.* Doch die in ihr erblühende Romantikerin stellte sich ein Tête-à-Tête vor, bei dem sich ihre Köpfe aneinanderschmiegten, ihre Augen dasselbe erblickten, ihr Empfinden miteinander harmonierte.

Es gefiel ihr sehr, dass er Benton zu B abgekürzt hatte.

Grace hatte die Postkarten alle in ihre oberste Kommodenschublade zu ihren Höschen, BHs und schwarzen Seidenpyjamas gelegt.

»Kann ich dir was zu trinken holen?«, fragte sie jetzt.

Benton schnippte mit den Fingern. »Verdammt, ich habe unterwegs was für dich gekauft, es aber heute zu Hause vergessen. Ich bringe es morgen mit.«

»Du musstest mir doch nichts mitbringen«, sagte Grace. Ein Geschenk aus Marokko! Ihre Gedanken rasten. Sie sah die hauchdünnen Haremshosen vor sich, die Bauchtänzerinnen tragen. Sie sah silberne Fingerzimbeln, mit Quasten verzierte Seidenkissen in satten, leuchtenden Farben, Kästchen aus astigem Holz mit Geheimfächern. Sie sah eine Wasserpfeife voller Erdbeertabak. Sie sah exotische Öle und duftende Gewürze – Safranfäden, Zimtstangen, Kardamomkapseln. Sie sah wieder die Bauchtänzerin vor sich. Benton hatte ihr ein Geschenk gekauft!

»Hast du all deinen Kunden Geschenke mitgebracht?«, fragte sie.

»Nein«, sagte er. »Nur dir.«

Nur ihr! Sie machte praktisch einen Rückwärtssalto in den Garten.

Sie verbrachten fast eine Stunde mit der Inspektion jedes Teils von Graces Grundstück, bei der sie mögliche Veränderungen und Verbesserungen erörterten. Sie fingen ganz hinten an, wo die Adirondack Chairs mit Blick auf den Polpis Harbour standen – dessen Wasseroberfläche jetzt noch einer kalten Stahlplatte ähnelte –, und spazierten dann über die Grashügel zum Swimmingpool und zum Whirlpool (beide noch abgedeckt, obwohl Grace und Eddie den Whirlpool eines späten Abends im Januar benutzt hatten, als das Häuserprojekt noch im Zeitplan lag und Eddie entspannter war). Sie verweilten beim Tulpenbeet – Bentons Baby – und bei den Rosensträuchern, aus denen im Laufe des Winters ein dorniges Wirrwarr geworden war.

»Es wird«, sagte Benton und berührte Grace leicht am Rücken, sodass es ihr wie elektrischer Strom die Wirbelsäule hinauf bis in den Nacken schoss. »Ich glaube, dieses Jahr ist unser Jahr.«

Sie hatten ein gemeinsames Ziel: Beide wünschten sich ein Fotoshooting für ein größeres Magazin. Benton bevorzugte *Classic Garden*, Grace dagegen schwebte eine Doppelseite in der Haus-und-Garten-Beilage der Sonntagsausgabe des *Boston Globe* vor. Sie hatte Eddie überredet, eine Pressefrau anzuheuern, Hester Phan, der er ein kleines Vermögen bezahlte – aber nur so konnte Grace der Öffentlichkeit ihre und Bentons Zusammenarbeit präsentieren.

»Lass uns noch mal in den Schuppen gucken«, sagte Benton. »Ich habe ihn vermisst.«

Grace entriegelte die Tür. Benton ließ sie vorgehen und folgte ihr. Der Raum war eng mit ihnen beiden darin; Grace fürchtete, Benton würde ihr Herz klopfen hören.

Der Gartenschuppen war nach dem Vorbild des traditionellen Wohnhauses auf Nantucket erbaut: graue Holzschindeln mit weißen Zierleisten. Innen war er mit einer Arbeitsfläche aus Speckstein und einem breiten kupfernen Ausgussbecken ausgestattet. An der Wand gegenüber hingen an Pflöcken Graces Harken, Hacken, Spaten, Pflanzenheber und Scheren. Es gab eine handgefertigte Umtopfbank aus Kiefernholz und Borde für Graces Sammlung von Gießkannen und Ziertöpfen. Über dem Ausguss stand auf einem Schild: *Ein Garten ist keine Sache auf Leben und Tod. Er ist weitaus wichtiger.* Der Schuppen hatte einen seitlichen Anbau, der den Aufsitzmäher und drei Rasentrimmer enthielt. Obwohl Grace Benton eingestellt hatte, erledigte sie alle regelmäßig anfallenden Gartenarbeiten selbst – das Mähen, das Jäten, das Mulchen, das Beschneiden und Ausputzen der Pflanzen. Zusammen mit der Versorgung der Hühner und dem Verkauf ihrer Bio-Eier war dies ein Vollzeitjob. Er war Graces Leidenschaft.

Der Schuppen war das Kronjuwel der ganzen Anlage. Ein Garten war ein Garten war ein Garten, aber Zeitschriftenredakteure liebten Ziegelsteine und Mörtel. Sie wünschten sich einen Raum, der klar strukturiert und aufgeräumt war und zugleich drollig wie die Werkstatt des Weihnachtsmanns.

Grace und Benton standen sich gegenüber, die Hüften an den Rand des Ausgussbeckens gelehnt. Benton war so groß, dass seine Haare die Deckenschräge streiften. Graces Ohren leuchteten rosa, das spürte sie.

Benton holte übertrieben tief Luft. »Ich liebe es, wie es hier riecht«, sagte er. »Nach gemähtem Gras und Blumenerde.«

Grace liebte es auch, wie der Gartenschuppen roch. Sie liebte es mehr als fast alles andere auf der Welt.

»Möchtest du zu den Hühnern?«, fragte sie. »Du weißt, dass sie sich für dich in Ekstase gackern.«

Benton lachte. Die Haut an seinen Augen kräuselte sich. Graces Ohren brannten wie glühende Kohlen. »Ich muss los, fürchte ich«, sagte er. »Sachen erledigen, Leute treffen.«

Leute treffen. Schon diese harmlose Wendung machte Grace eifersüchtig. Ihr Gesicht musste ihre Enttäuschung gezeigt haben, denn Benton sagte: »Keine Sorge, Grace. Wir haben den ganzen Sommer vor uns.«

Grace war immer noch ganz benommen – und hatte deshalb versehentlich zwei von Hillarys Eiern zerbrochen –, als die Zwillinge aus der Schule kamen.

Hope trat als Erste ins Haus, ihren Flötenkasten in der Hand. Dann folgte Allegra, die nur ihre tausendzweihundert Dollar teure Hobo Bag von Stella McCartney bei sich trug, die sie Eddie abgeschwatzt hatte, als sie anlässlich des Interviews bei der Model-Agentur zusammen in Manhattan gewesen waren. Kein Buch oder Heft in Sicht, weshalb Allegra auch nur Dreier im Zeugnis hatte. Eddie ließ ihr das durchgehen, weil er selbst die New Bedford High School mit Dreiern abgeschlossen hatte, und man schaue sich nur an, wie erfolgreich er heute war! Grace schüttelte den letzten Rest der unangemessenen Gefühle ab, die sie für Benton Coe gehegt haben mochte, und konzentrierte sich auf ihre Töchter, ihre Sonne und ihren Mond. Allegra war die Sonne – hell strahlend, heiß – und Hope der Mond – sanft, friedlich, unergründlich. Grace bewunderte Allegra ein bisschen mehr, weil … na ja, weil sie Allegra war. Und für Hope verspürte sie mehr Fürsorglichkeit, weil sie Hope bei der Geburt beinahe verloren hatten.

»Hallo, ihr Süßen«, sagte Grace und versuchte, beide Mädchen gleichzeitig zu umarmen, doch die vollführten einen perfekt synchronisierten Ausfallschritt – Allegra nach links, Hope nach rechts – und strebten auf ihre Zimmer zu, wo sie hinter geschlossenen Türen bis zum Essen bleiben würden.

Heute Abend würde es Quiche Lorraine und Spinatsalat geben. Eddie aß gern Fleisch und Kartoffeln, aber seit er mit dem Häuserprojekt beschäftigt war, wusste er auch bescheidenere Gerichte mit Eiern von ihren eigenen Hühnern zu schätzen.

Grace versuchte, nicht beleidigt zu sein über das Ausweichmanöver ihrer Töchter – kein Wort des Grußes, keine Frage danach, wie es ihr ging. Wenn sie ganz ehrlich war, musste sie zugeben, dass die beiden ihr Gefühl der Einsamkeit in letzter Zeit eher verstärkten, als es zu mildern.

»Wie war die Schule?«, rief sie ihnen hinterher, aber es kam keine Antwort.

»Es gibt Quiche zum Abendessen!«, sagte Grace. »Gegen sechs!« Keine Reaktion.

Im Winter hatte es mit Sicherheit Tage gegeben, an denen es Grace in tiefste Depressionen gestürzt hatte, so gründlich ignoriert zu werden. Sie sehnte sich danach, den Mädchen Tee zu machen und Schokoladenplätzchen zu backen und in Modezeitschriften zu blättern, während Allegra von ihren Wochenendplänen mit Brick erzählte und Hope ihre Flöte herausholte und ein paar Takte Mozart spielte. Doch sogar Grace wusste, wie unrealistisch das war. Ihre Töchter waren schließlich *Teenager* und dachten als solche nur an sich selbst.

Heute war Grace das egal. Heute ging Grace ins Badezimmer, um sich die Zehennägel zu lackieren.

Benton Coe war wieder da. Dieses Jahr war ihr Jahr. Sie hatten den ganzen Sommer vor sich.

HOPE

Manchmal wünschte sie sich, dass ihre Eltern ihr die Geschichte ihrer Geburt nie erzählt hätten, und doch war sie Teil ihrer Biografie, seit sie alt genug gewesen war, um sie zu verstehen. Hope – Baby Nummer zwei, dem kleineren, schwächeren Zwilling – hatte sich die Nabelschnur um den Hals gewickelt, eine Tatsache, die dem Geburtshelfer entging, weil Allegra heil und gesund zur Welt gekommen war und zum ersten Mal von Millionen Malen die Aufmerksamkeit des ganzen Raums auf sich gezogen hatte. Sobald der Arzt bemerkte, dass Baby Nummer zwei in Gefahr war, wurde Grace eiligst in den OP befördert und Hope vier Minuten später per Notkaiserschnitt entbunden. Allerdings war sie zu dem Zeitpunkt fast schon tot. Sie war, wie es ihr Vater gern drastisch formulierte, blau wie eine Zwetschge gewesen, und er hatte gedacht: *Das geht nicht gut*. Aber der Arzt hatte Hope wiederbelebt und mit einem Beatmungsgerät am Leben gehalten, und sie und Eddie waren per Hubschrauber nach Boston geflogen worden, während Grace und Allegra im Nantucket Cottage Hospital blieben.

Hope hatte erst nach einer Woche auf der neonatologischen Intensivstation einen Namen bekommen. Eigentlich hatten ihre Eltern sie Allison nennen wollen – Allegra und

Allison, ekelhafte Zwillingssymmetrie –, doch nach allem, was geschehen war, änderten sie ihre Meinung und beschlossen, sie Hope – Hoffnung – zu nennen, was keiner weiteren Erklärung bedurfte.

Sie war eine Überlebenskünstlerin, eine Benachteiligte, die sich durchgekämpft hatte; sie war die kleinere, schwächere Schwester, fast ignoriert, während Allegra im Mittelpunkt stand; sie hatte Glück, überhaupt am Leben zu sein. Die Ärzte hatten ihren Eltern erklärt, es könne sein, dass Hope einen Hirnschaden erlitten oder eine andere Behinderung habe.

»Aber«, meinte ihre Mutter, »du bist völlig auf dem Damm.«

Hope hatte keine Ahnung, was das bedeutete, wünschte sich jedoch, ihre Eltern hätten die Geschichte ihrer Geburt für sich behalten. Wünschte sich, sie wäre ein Geheimnis, über das niemand redete, und nicht das Ereignis, das sie definierte.

Kleiner, schwächer, Glück, am Leben zu sein. Wohingegen Allegra größer und stärker und ihr unbeschwertes Leben anscheinend ein Geburtsrecht war. In der Schulaufführung der vierten Klasse war Allegra für *Alice im Wunderland* als Alice und Hope als Haselmaus besetzt worden. Damals wie heute kennzeichnete dies die Unterschiede zwischen ihnen recht deutlich.

Allegra war in Ordnung. Gelegentlich. Nicht so intelligent wie Hope, zumindest nicht so belesen; in der Schule gab sie sich nicht die geringste Mühe. Hope und Allegra hatten als gemeinsames Fach Gesundheit, unterrichtet von Ms Norman, der Sportlehrerin. Das war ein Kinderspiel, die leichteste Eins auf der Welt, weil es da um Ernährung ging und Leibesübungen und Körperhygiene, elementare Dinge, die jeder daher kannte, dass er ein Mensch war und von Menschen aufgezogen wurde. Und doch hatte Allegra nie ihre Hausaufgaben parat, und als Ms Norman sie einmal aufforderte, ihr den wichtigsten Nährstoff in Milch zu nennen, lachte Allegra spöttisch und sagte: »Hä? Keine Ahnung.« Sie klang wie eine Schwachsinnige, und Hope war es peinlich, sich eine Gebärmutter mit ihr geteilt zu haben. Jeder, der auch nur einmal einen Werbespot für Frühstücksflocken gesehen hatte, wusste, dass die Antwort »Kalzium« lautete.

Außerhalb des Klassenzimmers jedoch beherrschten Allegra und Hollis Brancato, ihre beste Freundin, die Schule. Sie waren die wahren Zwillinge mit ihren hübschen Gesichtern, den langen, glänzenden Haaren (obwohl Hollis blond und Allegra brünett war), ihrem aus Zeitschriften abgekupferten Make-up, ihren sorgfältig zusammengestellten Kleidungsstücken. Wer wusste schon, wie viele Tausende Dollar Allegra ihrem Vater aus der Tasche gezogen hatte, damit sie sich »Teile« von Parker und Alice + Olivia und Dolce Vita kaufen konnte? Ihr großer Triumph über Hollis bestand darin, dass sie zu einem Interview bei einer New Yorker Model-Agentur eingeladen worden war. Allegra hatte Hollis und allen anderen Mitschülern erzählt, sie würde »demnächst von denen hören«, was heißen sollte, sie würde vielleicht schon bald in den Rang einer Gisele oder Kate aufsteigen. Nur Hope war bekannt, dass die Frau in der Agentur gesagt hatte, Allegra sei sieben Zentimeter zu klein und ihre Schönheit zu »durchschnittlich«, um jemals Aufträge zu bekommen.

Etwas anderes, das nur Hope wusste, war, dass Allegra zwar seit zwei Jahren mit Brick Llewellyn ging, ihn aber mit Ian Coburn betrog, einem Jungen aus reichem Hause, der letztes Jahr die Nantucket High School abgeschlossen hatte und jetzt am Boston College studierte.

Allegra hatte sich von den letzten vier Wochenenden an dreien mit Ian getroffen. Eigentlich hätte sie jeden Samstag hinüber aufs Cape fliegen sollen, um dort einen teuren und angeblich garantiert zielführenden Kurs zu besuchen, der sie auf den College-Eignungstest vorbereiten sollte, aber Allegra hatte den Unterricht geschwänzt und sich von Ian in seinem roten Camaro abholen lassen, und die beiden waren »rumgefahren«, was immer das heißen mochte. Am vergangenen Wochenende waren sie in der Cape Cod Mall gewesen, wo Ian Allegra am Make-up-Stand von Macy's drei Chanel-Lippenstifte gekauft hatte; danach gönnten sie sich in der Naked Oyster ein feuchtfröhliches Mittagessen, wofür Allegra einen gefälschten Ausweis vorzeigte, demzufolge sie siebenundzwanzig war und aus Grand Rapids, Michigan, kam. Sie hatte Hope gebeten, sie zu decken – sowohl Brick als auch ihren Eltern gegenüber –, und ihr angeboten, sie dafür zu *bezahlen* oder Hope den gefälschten Ausweis zu leihen, obwohl sie beide wussten, dass Hope den niemals brauchen würde.

Hope willigte ein, aber nicht, weil sie scharf auf den Ausweis oder das Geld war.

Sie war scharf auf Brick.

Zwei Jahre lang hatte Hope angenommen, Brick würde sich *auf keinen Fall* jemals von ihrer Schwester trennen. Sie würden eins jener Paare sein, die zusammen aufwuchsen, vier Jahre College in einer Fernbeziehung durchhielten (falls Allegra es aufs College schaffte, was momentan fragwürdig war), dann heirateten, Kinder bekamen und irgendwann ihren fünfzigsten Hochzeitstag feierten. Diese Vision hatte vielleicht auch Brick, aber weder er noch Hope hatten bedacht, dass Allegra eben Allegra war, was bedeutete, dass sie das Gute, das sie hatte, nicht als solches erkannte. Allegra war eine ewig Suchende, die immer höher hinaus wollte, und eine Opportunistin, und sie hatte eine kurze Aufmerksamkeitsspanne. Allegra würde mit Ian Coburn erwischt werden, und das wäre dann das Ende von ihr und Brick. Hope musste einfach nur warten.

Hope und Brick tauschten sich regelmäßig per SMS über ihre Hausaufgaben im Chemie-Talentkurs aus, was ihre Schwester nicht wusste. Allegra war nicht für die Talentklasse ausgewählt worden; sie nahm mit anderen Minderbemittelten wie Hollis und ihrem Freund Bluto nur am normalen Grundkurs teil.

Um halb sechs – Hope wusste, dass Brick jetzt von seinem Baseballtraining zu Hause sein würde – schickte sie ihm eine Nachricht: *Heißes Glas sieht aus wie kaltes Glas.* So begannen sie jedes »Gespräch« über ihre Chemie-Hausaufgaben, mit einem Insiderwitz, der sich auf das riesige Schild bezog, das in ihrem Klassenzimmer über dem interaktiven Whiteboard hing. Mr Hence lebte in ständiger Angst davor, dass einer seiner Schüler einen Becher anfasste, der kurz davor über dem Bunsenbrenner gewesen war.

Keine Antwort. Vielleicht war Brick noch nicht bereit,

Chemie in Angriff zu nehmen. Vielleicht duschte er gerade oder hing mit seinen Eltern ab. Brick war gern in Gesellschaft seiner Eltern – eine Situation, die Hope und besonders Allegra mieden wie die Pest –, weil Trevor und Madeline wirklich cool waren und die drei wie Freunde miteinander umgingen.

Manchmal dachte Hope, sie wollte womöglich weniger Bricks Freundin sein als seine Adoptivschwester.

Hast du dir die Fragen auf Seite 242 angeguckt?, simste sie. *Edelgase?*

Keine Antwort. Hope konnte Brick zwei unbeantwortete Nachrichten schicken, nicht aber drei. Das würde sie verzweifelt und aufdringlich wirken lassen.

Eine Sekunde später zirpte ihr Handy.

War deine Schwester am Samstag wirklich beim Kurs?, schrieb Brick. *Oder hat sie geschwänzt und war in der Mall?*

Hope starrte auf den Bildschirm. Jetzt war es also so weit, zu einem Zeitpunkt, an dem sie am wenigsten damit gerechnet hatte. Brick war Allegra auf der Spur. Hope musste sich zusammenreißen, um nicht alles zu verraten.

Beim Kurs, glaube ich. Wieso?, schrieb sie.

Jemand hat gesagt, er hätte sie in der Mall gesehen, schrieb Brick.

Welcher Jemand?, schrieb Hope.

Jemand, schrieb Brick.

Komm schon. Wer?, schrieb Hope.

Parker Marz, schrieb Brick. *Er hat gesagt, sie war mit jemandem in einem Boston-College-Sweatshirt zusammen. Geht euer Cousin nicht aufs BC?*

Hope kaute auf ihrem Radiergummi herum. Ihre Cousins waren alle älter, obwohl einer von ihnen – der dickste, aufgeblasenste Blödmann der ganzen Sippe – *tatsächlich* aufs BC gegangen war, was Eddie dazu veranlasst hatte, seinen Lieblingswitz zu erzählen: *Woran erkennst du, dass jemand aufs BC geht? Er erzählt es dir.*

Einer von unseren Cousins war auf dem BC. Vor einer Weile, schrieb Hope.

Ach so, schrieb Brick. *Okay.*

Hast du Allegra danach gefragt?, schrieb Hope.

Nee, schrieb Brick. *Nicht so wichtig. Egal.*

Steckt den Kopf in den Sand, dachte Hope. Sie konnte es ihm nicht verübeln. Es war zu schrecklich, der Wahrheit ins Gesicht zu sehen.

Hope ging jede Woche mit ihrer Mutter in die Kirche. Sie war ein spiritueller Mensch, sie glaubte an Gott, sie akzeptierte die meisten Dogmen der katholischen Kirche, jedoch nicht alle. Sie glaubte an die Kraft des Gebets, und so sprach sie jetzt ein besonders inniges für Brick, und dann schlug sie Seite 242 auf und fing an, sich mit den Edelgasen zu befassen.

EDDIE

Er trug seinen glücksbringenden Panamahut, als er in seinem Porsche Cayenne über das Kopfsteinpflaster holperte und dabei jedem zuwinkte, den er sah. Grace beschuldigte ihn oft des »wahllosen Winkens«.

»Den *kennst* du doch gar nicht«, sagte sie dann. »Warum hast du gewinkt?«

In Wahrheit verhielt es sich so, dass Eddie ein bisschen kurzsichtig war, und der falschen Person nicht zuzuwinken fürchtete er mehr, als einen vollkommen Fremden zu grüßen. Ein Nicht-Winken konnte im Immobiliengewerbe einen geplatzten Verkauf oder eine entgangene Vermietung bedeuten und damit den Verlust von Tausenden von Dollars an potenziellen Einkünften.

Neben Eddie, auf dem Beifahrersitz, lagen vier Rechnungen aus der Eagle Wing Lane. Genauer gesagt, aus der Eagle Wing Lane 13, denn Eddie war gezwungen gewesen, den Bau von Nr. 9 und Nr. 11 einzustellen. Er hatte einfach kein Geld mehr.

Es sollte verboten sein, vier Rechnungen an einem Tag zu kriegen, dachte er. *Drei müssten das Maximum sein*. Aber die heutige Post hatte ihm vier beschert; seine Sekretärin Eloise hatte sie ihm mit spitzen Fingern gegeben, als ob sie ihm ein schmutziges Taschentuch reichte.

Die erste Rechnung für den Guss des Fundaments belief sich auf zweiundzwanzigtausend. Eddie blinzelte, dann spürte er Erleichterung in sich aufsteigen, als ihm klarwurde, dass er die bereits beglichen hatte. Doch ein Anruf bei Gerry, dem Fundamentbauer, offenbarte, dass Eddie die Fundamente für Nr. 9 und 11, nicht aber das von Nr. 13 bezahlt hatte.

Sein Panamahut brachte ihm kein Glück. Er hätte ihn gern abgenommen und auf den Rücksitz geworfen, aber er glaubte so sehr an seine Macht, dass er Angst hatte, er würde einen Unfall haben und sterben und Grace und die Mädchen mittellos zurücklassen, wenn er den Hut im Zorn absetzte.

Bevor er das Büro verlassen hatte, hatte er noch am Schreibtisch seiner Schwester Barbie vorbeigeschaut, die als einzige weitere Immobilienmaklerin bei ihm arbeitete, weil sie im Grunde der einzige Mensch auf Nantucket war, dem er außer seiner Frau und seinen Kindern vertraute.

»Was soll ich machen, um an Geld zu kommen?«, fragte er.

Barbie sah unter ihrem grau melierten Pony hervor zu ihm auf. Sie war nicht die schönste Frau auf der Insel, präsentierte das, was sie hatte, aber so vorteilhaft wie möglich. Sie trug immer Kleider – bevorzugt Wickelkleider von Diane von Furstenberg (was Eddie nur wusste, weil Allegra ihn über Tante Barbies Vorlieben unterrichtet hatte), immer hochhackige Schuhe (Manolo Blahniks), immer ihr Parfüm (dessen Namen er nicht kannte, doch es war so typisch für sie, dass es eigentlich auch Barbie hätte heißen können). Heute trug sie außerdem ihren Lieblingsschmuck: eine schwarze Perle, die genauso groß war wie die Zauberkugeln, die sie als Kinder im Supermarkt stibitzt hatten.

Sie waren in bitterer Armut in der Purchase Street in New Bedford aufgewachsen. Die Highschool hatte für Eddie zwei Paar Cordhosen bedeutet (grau und beige), zwei fusselnde Pullover (grau und beige), zwei Button-down-Hemden (weiß und rotkariert) und ein Paar rot-blaue Laufschuhe mit Reißverschluss, die seine Mutter im Secondhand-Laden gefunden hatte. Die Schuhe wurden sein Markenzeichen, als er sich daranmachte, jeden Sprintrekord an der New Bedford High School und anderen Highschools im ganzen Staat zu brechen und sich damit den Spitznamen Flinker Eddie zu erwerben.

Eddie hatte seinen Benachteiligungen wegrennen können, seine elf Monate jüngere Schwester Barbie dagegen war gezwungen gewesen, sich ihnen zu stellen. Sie war wegen ihrer Kleidung, ihrer Schuhe, ihrer Frisur, ihres Geruchs gnadenlos gehänselt worden – und in Handgreiflichkeiten geraten und bis zum Schulabschluss dreimal suspendiert worden. Für Barbie, das wusste er, konnte es nie genug Geld geben.

»Ich habe eine ganz revolutionäre Idee«, sagte sie. »Versuch doch, ein Haus zu verkaufen.«

»Sehr witzig«, sagte er. Der Markt war eine gefrorene Tundra.

»Na ja«, sagte Barbie und sah auf ihren Schreibtischkalender, »nächste Woche kommt doch dieser Typ mit seiner Gruppe in die Low Beach Road.«

»Welcher Typ?«

»Du weißt, welcher Typ«, sagte Barbie. »Der Typ, der gefragt hat.«

Der Typ, der gefragt hat. Eddie wünschte sich, er wüsste

nicht, von wem seine Schwester redete, aber er wusste es. Sie meinte Ronan Nachname-Geheim.

Eins der Dauer-Asse in Eddies Ärmel war das Haus in der Low Beach Road 10, direkt am Atlantik, mit sechs – sechs! – Suiten, einem Infinity Pool, zwei Gourmetküchen (eine drinnen, eine draußen), einem Rasentennisplatz und einem vierhundertsechzig Quadratmeter großen Souterrain, das ein Kino enthielt, eine Spielhalle voller alter Flipper, ein Fitness-Studio genau wie das, in dem die New England Patriots außerhalb der Saison trainierten, eine Sauna, einen mahagonigetäfelten Billardraum und einen begehbaren Humidor. Außerdem gab es noch einen gemauerten Weinkeller mit einem Tisch, der ursprünglich für Wilhelm von Oranien gebaut worden war. Das Haus kostete fünftausend Dollar Miete pro Woche, und Eddie hatte das Exklusivrecht auf die Vermietung. Der Eigentümer war ein dreißigjähriger Absolvent der Nantucket High School, der dann auf die Cal Tech gegangen war, wo er einen Computerchip entwickelt hatte, der in jedem Geldautomaten in Amerika enthalten war. Er hatte ein Supermodel geheiratet und lebte drüben in L. A. Die beiden kamen jeden August für zwei Wochen nach Nantucket; die restliche Zeit über konnte Eddie das Haus vermieten.

Im letzten Jahr hatte Eddie das Haus an eine Gruppe von Geschäftsleuten aus Las Vegas vermietet. Es war ein Zusammenschluss von Casinobetreibern, die sich Nantucket für ihren Jahresurlaub ausgesucht hatten. Der Wortführer der Gruppe, Ronan Nachname-Geheim, war eingetroffen, bevor Eddies aus fünf Russinnen bestehendes Putzfrauenteam ganz mit der Arbeit fertig war, und Ronan NG hatte gesagt: »Könnten die Mädels vielleicht später wiederkommen und die Jungs unterhalten?«

»Unterhalten?« Eddie wusste, worauf Ronan NG aus war – das *glaubte* er jedenfalls. Er sah Ronan fragend an. »Jonglieren können sie nicht und singen ziemlich sicher auch nicht.«

»Für Sie wären zehntausend extra drin. Pro Nacht«, sagte Ronan.

Zehn Riesen pro Nacht. Eddie war schwindelig geworden.

Er wollte nicht lügen: Einen Moment lang hatte er die Sache in Erwägung gezogen. Er würde jedem Mädchen tausend Dollar pro Nacht zahlen und sich die anderen fünf mit Barbie teilen – pro Nacht.

Aber dann gewann seine Vernunft die Oberhand, sein moralischer Kompass drehte sich und zeigte unbeirrt nach Norden, und Eddie sagte in einem selbstgerechten Ton, den er gar nicht von sich kannte: »Nein, tut mir leid, ich glaube nicht, dass das läuft.«

Ronan NG hatte sofort einen Rückzieher gemacht: »Okay, Mann, kein Problem, kein Problem. Hab ja nur gefragt.«

Doch jetzt, während Eddie aus der Stadt hinausfuhr, auf sein Haus in der Wauwinet Road zu – wo ihn, was gut möglich war, weitere Rechnungen erwarteten –, dachte er: *Zehntausend pro Nacht.* Sein Anteil bei einer Woche wären siebzehntausendfünfhundert. *Konnte* er die Mädchen fragen? Würden sie *verstehen*, worum es ging? Es wäre eine Menge Geld für sie, wahrscheinlich zu viel, um das Angebot abzulehnen.

Natürlich war es illegal, und es bestand das Risiko, erwischt zu werden.

Als Eddie Barbie diese Frage gestellt hatte, hatte sie geschnaubt und gesagt: »Es ist das älteste Gewerbe der Welt, Eddie. Du hast es nicht erfunden.«

Er warf ihr einen Blick zu.

»Es könnte nicht schaden zu fragen, weißt du«, sagte sie. »Ruf einfach an und frag sie. Sie lieben dich. Sie würden für dich durchs Feuer gehen.«

Der Stapel Rechnungen auf dem Beifahrersitz schien zu schwelen, und gleichzeitig setzte Eddies Sodbrennen ein, obwohl er mittags nur ein Butterbrot gegessen hatte.

Achtundfünfzigtausend insgesamt. Er wusste nicht, wo er das Geld hernehmen sollte, außer mit einer dritten Hypothek auf sein Haus. Vermutlich konnte er bei der Bank damit noch mal vierzig oder fünfzig herausschinden. Die zwei Gewerbeimmobilien, die ihm gehörten, waren bis unters Dach belastet. Er befand sich im Sinkflug. Anders konnte man es nicht ausdrücken. Er, Edward Pancik, der Flinke Eddie, der cleverste Immobilienmakler der Insel, ging unter.

Für einen moralischen Kompass war in seinem Leben momentan wirklich kein Platz.

Er beschloss, erst einmal zu sondieren. Zunächst mit einem Anruf bei Ronan NG.

»Hey, Mann«, sagte Eddie. »Hier ist Eddie, Eddie Pancik, der Flinke Eddie, Nantucket.«

»Der Flinke Eddie!«, sagte Ronan NG. Die Leute liebten seinen Spitznamen, besonders Männer. Eddie war sich nicht sicher, warum.

»Hey, erinnern Sie sich, dass Sie mich letztes Jahr nach diesen Russinnen gefragt haben?«

»Klar, Mann«, entgegnete Ronan. »Wieso? Haben Sie es sich noch mal überlegt? Und sind möglicherweise zu einer anderen Entscheidung gekommen?«

»Möglicherweise«, sagte Eddie.

Dann kam die größere Herausforderung. Eddie rief Nadia an, die Wortführerin der fünf russischen Mädchen, weil sie am besten Englisch sprach.

Er umschrieb das unmoralische Angebot so zartfühlend, wie er konnte. *Eine Gruppe amerikanischer Geschäftsmänner hat für nächste Woche das Haus gemietet … Wärt ihr bereit, euch so richtig aufzuhübschen und um zehn Uhr abends rüberzufahren, um mit den Herren was zu trinken?*

Ihr würdet tausend Dollar bekommen, bar auf die Kralle, jede von euch.

Aber … wahrscheinlich geht es nicht nur ums Trinken, Nadia. Ihr würdet tun müssen, was sie von euch verlangen.

Und ihr dürft niemandem was erzählen – sonst werdet ihr abgeschoben.

Nadia schwieg einen Moment lang, und Eddie dachte: *Au weia.* Nadia und die anderen Mädchen arbeiteten schwarz, also hatten sie keine Handhabe gegen ihn, aber er fühlte sich trotzdem wie ein Arschloch. Wenn sie kündigten, würde er sie ersetzen und vermutlich höhere Löhne zahlen müssen.

Doch dann fing Nadia an, auf Russisch drauflos zuschnattern, wahrscheinlich mit Elise oder Tonya. Die Mädchen quietschten vor … Freude? Aufregung?

»Ja«, sagte Nadia zu Eddie. »Ja, wir machen es.«

Für Eddie klang es, als wären die Mädchen *begeistert* von der Idee. Konnte es sein, dass er ihren Tonfall missdeutete? Tausend Dollar pro Nacht *waren* ein Haufen Geld. Außerdem waren diese Männer keine am Times Square aufgelesenen Penner oder stiernackigen Mafiosi, sondern kultivierte, gebildete, reiche Geschäftsleute.

Es war wohl nicht weit hergeholt, wenn man annahm, dass drei von den fünfen sich Hoffnungen auf einen Heiratsantrag machten. Sie hörten sich an wie Mädchen auf dem Weg zum Abschlussball.

Elise nahm Nadia das Telefon weg. Sie war die Kleinste und Jüngste der fünf. »Eddie«, sagte sie, »du bist der Beste. Danke, Eddie!«

Als Eddie auflegte, war er sonderbar stolz auf sich. Fast so, als hätte er das Gewerbe tatsächlich erfunden.

MAI

MADELINE

Madelines Agent Redd Dreyfus rief an, um ihr mitzuteilen, er habe ihr für den Vertretertext zwei weitere Wochen erkauft.

»Und wenn ich erkauft sage, meine ich das wörtlich. Ich habe Angie Turner gebeten, mir einen Gefallen zu erwidern, den sie mir seit acht Jahren schuldet, einen Gefallen, den ich gehegt und gepflegt habe wie meinen Augapfel. Und den nutze ich jetzt für dich. Enttäusch mich nicht, Madeline. Lass dir was Brillantes einfallen.«

Das hätte dazu führen müssen, dass es Madeline besser ging – sie hatte zwei weitere Wochen Zeit –, doch stattdessen verursachte ihr der wachsende Druck Kopfschmerzen.

Eigentlich hatte sie den ersten Tag ihrer Gnadenfrist mit *intensivem Brainstorming* verbringen wollen ... Aber als sie sich auf die Suche nach ihrem Lieblingsstift machte, wurde daraus eine Stunde des Aufräumens ihrer Kramschublade. Zu ihrer Verteidigung sei gesagt, dass die Schublade das *wirklich* nötig hatte. Madeline fand darin ein versteinertes Erdnussbuttersandwich, eine kaputte Schere, ein leeres Pfefferdöschen, vier Umhängebänder von Scout Air, eine Wahlkampfplakette von 2006 für einen Stadtrat, der gar nicht mehr auf Nantucket lebte, drei Flaschen eingetrockneten

Nagellacks (wann hatte Madeline sich zum letzten Mal die Nägel lackiert?) sowie Gummibänder, Büroklammern, abgelaufene Gutscheine, Sicherheitsnadeln, Schrauben, Nägel, Bilderhaken, Kronkorken, Allzweckkleber, einen Schnuller und ja, Gott sei Dank, ihren Lieblingsstift – leuchtend pink, von der Brustkrebsvorsorge.

Die zweite Stunde verbrachte Madeline auf eBay auf der Suche nach Schubladeneinsätzen. Sie hatte die verrückte Vorstellung, dass sich, wenn sie das Durcheinander in der Kramschublade ordnete, auch das Durcheinander in ihrem Kopf ordnen würde.

Schubladeneinsätze bestellt: 21,99 Dollar inklusive Versand.

Dann war es – was für ein Schock! – drei Uhr nachmittags und Zeit für sie, zu Bricks Baseballspiel zu gehen.

Auf der Tribüne saß Madeline neben Rachel McMann, Calgarys Mutter. Rachel war eine nette Frau, wenn auch ein wenig übergriffig und vorlaut für Madelines Geschmack. Rachel trug zu Spielen immer ihre Nantucket-Whalers-Kluft und hatte einen marineblau-weißen Pompon bei sich, mit dem sie bei jeder sich bietenden Gelegenheit wedelte. Rachel hatte die University of Delaware besucht, wo sie, wie sie gern erzählte, in ihrer Studentinnenverbindung Kappa Alpha Theta ein hohes Tier gewesen sei.

Rachel arbeitete als Immobilienmaklerin bei Bayberry Properties, einem Konkurrenten von Eddies Firma Island Fog Realty. Aus diesem Grund mochten Eddie und Grace Rachel nicht.

Außerdem gab es da noch die Sache, die zu Weihnachten zwischen Graces Tochter Hope und Rachels Sohn Calgary vorgefallen war. Wenn Grace wüsste, dass Madeline freiwillig neben Rachel McMann saß, würde sie das sehr missbilligen.

Madeline glaubte aber, dass die Freunde und Mannschaftskameraden ihres Kindes ein notwendiger Bestandteil ihres persönlichen Umfelds waren. Brick und Calgary waren seit der Vorschule befreundet, und seit ihre Söhne als Fünfjährige das erste Mal miteinander Tee-Ball gespielt hatten, besuchten ihre Mütter zusammen Sportveranstaltungen. Und heute konnte Madeline eine Dosis von Rachels Optimismus gebrauchen.

Madeline hatte tatsächlich ihren Notizblock zum Spiel mitgebracht, nur für den Fall, dass sie zwischen dem zweiten und dritten Inning oder bei einem Abstecher zu den Ständen mit Sonnenblumenkernen eine Inspiration überkam.

Rachel beäugte den Block mit ihrem üblichen sonnigen Enthusiasmus. »Wie läuft's mit dem Schreiben?«, fragte sie.

Madeline konnte nicht anders als aufrichtig sein; das lag einfach in ihrer Natur. »Zu Hause arbeiten, das ist nichts für mich. Heute habe ich meine Kramschublade aufgeräumt und eine Stunde auf eBay zugebracht.«

»Du brauchst eine Schreibwerkstatt«, sagte Rachel.

»Da hast du recht«, entgegnete Madeline.

»Im Ernst«, sagte Rachel. »Schon Virginia Woolf hat gesagt, dass jede Schriftstellerin fünfhundert Pfund im Jahr und ein eigenes Zimmer braucht.«

Madeline blinzelte. Es beeindruckte sie, dass Rachel McMann Virginia Woolf zitierte. Sogar Grace hätte sie damit vielleicht für sich einnehmen können.

Rachel beugte sich zu ihr. »Echt, Madeline, ich habe genau das Richtige für dich.«

An dieser Stelle hätte Madeline Rachel bremsen sollen. Sie hätte sagen müssen, eine Schreibwerkstatt sei zwar gut und schön, aber ein Luftschloss, weil sie und Trevor sich so etwas Extravagantes nicht leisten könnten. In manchen Monaten war ihre Hypothekenzahlung nur schwer zu bewältigen – ganz zu schweigen von Wohnnebenkosten, Versicherungen, Lebensmitteln, Handyrechnungen, Benzin, Autoreparaturen, Abenden, an denen sie ausgingen, Rücklagen für Bricks College und einer alten Krankenhausrechnung von Big T. *Das Leben ist teuer,* hätte Madeline sagen sollen. *Virginia Woolf wird warten müssen.*

Doch stattdessen sagte sie: »Wirklich?«

»Ja, wirklich!«, erwiderte Rachel. »Eine Zweizimmerwohnung in dem blauen viktorianischen Haus Ecke Centre und India. Zum letzten Mal ist da 2004 was frei geworden.«

Und Madeline sagte: »Wow.«

Zu ihrer großen Erleichterung ließ Rachel das Thema dann fallen und wandte sich wieder dem Spiel und dem Schwenken ihres Pompons zu.

Am nächsten Tag, als Madeline es erneut mit einem Brainstorming versuchte, aber gleichzeitig Zwiebeln, Kartoffeln und Möhren als Zutaten für einen Schmorbraten hackte – sie durfte nicht schon wieder kein Abendessen machen –, rief Rachel an und fragte: »Wann kannst du dir die Wohnung in der Centre Street ansehen kommen?«

»Du meinst … *heute*?«

»Ja, heute«, bestätigte Rachel. »Sie geht heute weg, spätestens morgen. Sie ist genau das, was du suchst, Madeline, ehrlich.«

Madeline starrte auf das Durcheinander aus Zwiebel- und Kartoffelschalen und Möhrenenden auf ihrem Schneidebrett. Schmorfleisch und Gemüse konnte sie im Schongarer kochen, doch das hier musste weggeräumt werden, und sie brauchte noch Rinderbrühe aus dem Supermarkt. Wie schafften *andere* Frauen ihre Arbeit?

Ich muss raus hier, dachte sie.

»Ich komme sofort«, sagte Madeline.

Die Wohnung war wirklich ideal, was ihre Einfachheit und Lage betraf. Madeline hatte auf eine unverschämt hohe Miete gehofft, dann hätte sie gleich ablehnen können. Doch sie war weitaus niedriger, als Madeline erwartet hatte. Und Rachel war bereit, ihr einen Halbjahresvertrag zu geben … weil sie eine Freundin sei.

»Lass mich Trevor anrufen«, bat Madeline.

»Natürlich«, stimmte Rachel zu.

Madeline lauschte dem Klingeln von Trevors Telefon. Wenn er nicht abnahm, hatte sie einen Vorwand, auszusteigen.

»Hallo?«, sagte Trevor.

In gedämpftem Ton erklärte sie die Situation: dass sie sich gerade in der Stadt ein Apartment anschaue, nicht teuer, Halbjahresvertrag. Sollte sie es als eine Art Schreibwerkstatt ausprobieren?

»Na klar!«, sagte er. »Das ist *genau* das, was du brauchst.«

Es *war* genau das, was sie brauchte, vielleicht aber auch

zum Fenster hinausgeworfenes Geld, der Rest ihres Vorschusses.

»Ich hab nur Angst … Ich meine, wir haben Brick ein Auto versprochen und müssen noch sechs Raten für die Krankenhausrechnung von deinem Dad bezahlen …«

»Man muss Geld ausgeben, um Geld zu verdienen«, sagte Trevor. »Wir können Brick ein Auto kaufen, wenn deine nächsten Tantiemen eintrudeln, und mit dem Krankenhaus haben wir ja einen Ratenzahlungsplan. Du solltest nicht wegen Rechnungen, die mein Vater hinterlassen hat, auf deinen Traum von einem eigenen Büro verzichten. Es ist eine Investition in dein nächstes Buch.«

Madeline holte tief Luft. Dieser Moment war nur zu beschreiben als einer, in dem sie gleich von einer Klippe oder aus einem Flugzeug springen würde.

»Dann nehme ich die Wohnung«, sagte sie.

»Braves Mädchen«, lobte Trevor.

Madeline legte auf und sagte zu Rachel: »Ich nehme sie.«

»Mit einem Ehemann wie Trevor hast du wirklich Glück. Andy würde so etwas nie zulassen«, sagte Rachel. »Er würde finden, dass es einen schlechten Eindruck macht.«

Madeline blinzelte Rachel an. »Findest du denn, dass es einen schlechten Eindruck macht?«, fragte sie. »Dass ich mir ein eigenes Apartment nehme?«

»Nein!«, rief Rachel aus. »Du hast doch einen *Grund* dafür. Du bist *Künstlerin. Romanschriftstellerin.*«

Künstlerin. Romanschriftstellerin. Madeline schwelgte in der Wärme dieser Worte.

Virginia Woolf. Ein eigenes Zimmer.

Rachel reichte Madeline die Schlüssel und umarmte sie. »Herzlichen Glückwunsch«, sagte sie.

Am nächsten Morgen packte Madeline ihren Notizblock, ihre Stifte, den Roman, den sie gerade las – *Family Happiness* von Laurie Colwin, zum vierzigsten Mal –, und ihre Lunchtüte ein. Irgendwann würde sie die Wohnung mit Lebensmittelvorräten ausstatten, aber nicht heute. Heute würde sie schreiben schreiben schreiben schreiben schreiben.

Das Apartment befand sich in einem alten Walfängerhaus. Es war 1873 erbaut worden. Bei der Renovierung im Jahr 2002 hatte man es in Apartments aufgeteilt. Rachel hatte gesagt, die Vormieterin sei auf die Virgin Islands gezogen, weil sie keinen weiteren Winter auf Nantucket ertragen würde. Zu der Wohnung gehörte ein Parkplatz – allein der, fand Madeline, war die Miete wert. Auf der anderen Straßenseite lag das Restaurant, in das sie am liebsten frühstücken ging, das Black-Eyed Susan's. Es war noch nicht geöffnet, aber schon bald würde sie über die Straße springen und sich ein Rührei mit Kräutern und einen Latte macchiato holen können. Das Leben in der Stadt!

Madeline steckte ihren Schlüssel ins Schloss und trat in … ihr Apartment!

Es war *so aufregend* – obwohl die Räumlichkeiten in Wahrheit nichts Besonderes waren. Die Wände waren eierschalenweiß gestrichen. Zum Glück hatte die Vormieterin einige Möbelstücke dagelassen: ein Sofa und zwei Lehnsessel mit beigen Schonbezügen aus Leinen, einen Plüschteppich mit einem Quadratmuster in verschiedenen Blautönen, einen runden Esstisch aus hellem Holz mit vier Stühlen und – der einzig interessante Einrichtungsgegenstand – einen hölzernen Schaukasten mit fünfzehn Abteilen, vorn abgedeckt mit einer dünnen Glasscheibe. In jedem Abteil lag ein in Stroh gebettetes Vogelei – Regenpfeifer, Graumöwe, Mantelmöwe, Eisente, Austernfischer, Zwergseeschwalbe.

Rachel hatte sich für den Schaukasten entschuldigt und angeboten, ihn zu entsorgen, aber Madeline wollte ihn behalten.

Es gab eine kleine, schmale Küche mit Einbauschränken, ein winziges Bad mit einer Duschkabine aus Fiberglas und ein Schlafzimmer, das nichts enthielt außer einem Doppelbettkasten mit Matratze, aber kein Bettzeug.

Das Apartment war in keiner Hinsicht bemerkenswert – nur, dass es ihrs war.

Hier war also etwas, das Madeline noch nie im Leben gehabt hatte: ein Ort ganz für sie allein. Am liebsten wäre sie ins Flowers on Chestnut gegangen und hätte sich einen Blumenstrauß gekauft; sie hatte Lust auf eine Auswahl an Kräutertees, auf bunte Sofakissen und eine weiche Chenilledecke, auf Bienenwachskerzen, die sie bei Sonnenuntergang anzünden würde, auf WLAN-Lautsprecher, damit sie Mozart und Brahms hören konnte.

Für solche Träume war jetzt keine Zeit. Madeline musste arbeiten! Sie schaltete ihr Handy aus. Nichts war ein raubgierigerer Feind des produktiven Schreibens als das Telefon. Ebenso wie der Laptop. Wie sie erlebt hatte, konnte der Laptop einen ganzen Tag zunichtemachen.

Madeline holte ihren Notizblock, ihre Stifte und das Laurie-Colwin-Buch aus ihrem Rucksack und richtete sich auf dem runden Esstisch ihr »Büro« ein.

Kerzen wären schön.

Und Mozart.

Doch fürs Erste würde sie ohne auskommen müssen.

Madeline hatte Schriftstellerin werden wollen, seit sie alt genug gewesen war, um einen Stift zu halten. Der Wunsch war ihr genetisch vorgegeben, aber auch Resultat dessen, wie sie erzogen beziehungsweise nicht erzogen worden war. Sie war im Personaltrakt des Hotel del Coronado in San Diego aufgewachsen, wo ihre Mutter als Kellnerin bei Banketten gearbeitet hatte. An den langen Abenden der Abwesenheit ihrer Mutter – alle reichlich furchteinflößend, da man *wusste,* dass der Geist von Kate Morgan, die hier 1892 unter mysteriösen Umständen verstorben war, das Hotel del Coronado heimsuchte – beschäftigte Madeline sich damit, Geschichten über ein Mädchen namens Gretchen Green zu verfassen. Gretchen war die älteste von sieben Schwestern mit zwei glamourösen Eltern. Sie lebte in einer Strandvilla in La Jolla, und Walter Mondale, ihr Dackel, folgte ihr auf Schritt und Tritt. Madeline waren ihre Gretchen-Green-Geschichten inzwischen abhandengekommen, doch sie wusste, dass sie sich, sollte sie sie wiederfinden, als eine Dokumentation all der Elemente erweisen würden, die in ihrer eigenen Kindheit gefehlt hatten. Schwestern. Eltern. Ein Zuhause. Ein Haustier. Das Gefühl, dass sie, Madeline, etwas Besonderes war.

Die Leidenschaft fürs Schreiben begleitete sie aufs College. Madeline besuchte die San Diego State University, wo sie bei einer Schriftstellerin studierte, die so fantastisch und inspirierend war, dass Madeline ihr aus lauter Angst, sie zu enttäuschen, nur unvollständige Kurzgeschichten präsentierte. *Sie ist noch nicht ganz fertig* wurde zu ihrer Standardentschuldigung, weil sie glaubte, dann könnten ihre Unzulänglichkeiten nicht kritisiert werden.

Ihre Dozentin ermutigte sie trotzdem. »Sie wissen mit Sprache umzugehen«, sagte sie. »Ihre Arbeiten haben eine Menge Oberflächenspannung. Es würde mich interessieren zu sehen, was passiert, wenn Sie ein bisschen tiefer eintauchen. Sie sollten versuchen, mindestens eine dieser Geschichten zu beenden. Sie scheinen ein Problem mit Auflösungen zu haben.«

Im letzten Collegejahr bewarb Madeline sich für vier Master-Studiengänge, wurde aber nur für einen angenommen, ihre letzte Wahl, den an der Bellini University in Florida – auch bekannt als Bikini University.

Madeline verfiel in Trübsinn. Sie hatte ihr Herz an die University of Iowa gehängt. Als der Ablehnungsbescheid kam, brach sie in Tränen aus. Wenn es schon nicht Iowa sein konnte, dann wenigstens die Columbia, aber auch dort wollte man sie nicht (zu viele Bewerber in diesem Jahr, hieß es in dem Schreiben), ebenso wenig wie an der University of Michigan. Es sah aus, als würde es die Bellini werden oder gar nichts.

Madeline ging zu der Zeit mit einem gewissen Geoffrey,

der für die University of South California Football gespielt hatte und jetzt im Coaster Saloon in Mission Beach als Rausschmeißer arbeitete. Sie wusste, dass Geoffrey starke Gefühle für sie hegte, doch er war ein Versager. Mission Beach war eine ziemlich heruntergekommene Gegend, und Geoffrey verkaufte nebenbei Drogen. Als Madeline ihm erzählte, dass sie sich für ein weiterführendes Studium beworben hatte, geriet er in Panik darüber, dass sie wegziehen würde, und sagte, er würde mitkommen. Als Madeline darauf skeptisch reagierte, ließ er sich ein Tattoo auf seinen Unterarm stechen – *MAD*, denn so nannte er sie.

Geoffrey war begeistert von der Idee, nach Florida zu gehen und sich dort etwas aufzubauen, was für ihn bedeutete, sich einen Job in einer Bar zu besorgen und Kundschaft für Drogen anzuwerben.

Nein, beschloss Madeline. Sie wollte nicht nach Florida. Sie würde sich nicht mit der Bikini University zufriedengeben und auch nicht mit Geoffrey. Eines späten Abends – seine Schicht war gerade um – machte sie Schluss mit ihm.

Was dann passierte, war das Schlimmste, was Madeline je widerfahren war. In einer Nacht kurz nach ihrer Trennung dröhnte Geoffrey sich mit Tequila und Kokain zu und kreuzte um drei Uhr morgens, als Madeline und ihre Mitbewohnerin beide fest schliefen, in ihrem Zimmer auf und trug Madeline aus dem Gebäude. Er verfrachtete sie in den Laderaum eines Lieferwagens, den er auf dem Parkplatz des Coaster Saloon gestohlen hatte, fesselte sie an Hand- und Fußgelenken mit Kabelbindern, knebelte sie mit einem Halstuch und brachte sie in ein Motel in Encanto, wo er sie zweiundfünfzig

Stunden lang gefangen hielt, bis ihm schließlich das Kokain ausging und er das Bewusstsein verlor. Es gelang Madeline, mit den Ellbogen so laut an die dünne Hotelwand zu klopfen, dass eine hispanische Putzfrau sie hörte, die Tür öffnete und die Polizei rief.

Nachdem Madeline ausgesagt hatte und Geoffrey ins Gefängnis gewandert war, wollte sie Kalifornien nur noch so weit wie möglich hinter sich lassen. Mit Hilfe ihrer ehemaligen Dozentin an der San Diego State fand sie in einer »Schriftstellergemeinschaft« auf Nantucket Island eine Bleibe für den Sommer. Die »Schriftstellergemeinschaft« erwies sich als Gruppe von Absolventinnen der University of North Carolina, die Englisch studiert hatten und gern Poetry Slams veranstalteten. Aber das Zimmer war billig, und Madeline ergatterte einen Job als Hilfskellnerin im Federal 21, bei dem ihr tagsüber Zeit blieb zu schreiben.

Bis zum Ende des Sommers hatte Madeline ihren allerersten Roman beendet – der *Die Küste der Sorglosigkeit* hieß und von einer jungen Frau erzählte, die von ihrem mit Drogen handelnden Loser-Freund brutal gekidnappt wird.

Mit weiterer Hilfe ihrer Exprofessorin schickte sie *Die Küste der Sorglosigkeit* an drei Agenten in New York, und innerhalb einer Woche willigten alle drei ein, sie zu vertreten. Madeline flog von Nantucket nach New York, um sie zu treffen, und so hatte sie Trevor kennen gelernt.

Er war ihr Pilot gewesen.

Trevor beschrieb die damalige Madeline gern als eine wunderschöne Blondine aus Kalifornien, für die an jenem Tag ihr sehnlichster Wunsch in Erfüllung gehen sollte.

In Madelines Erinnerung war das ganze Jahr eine einzige Wundertüte gewesen, eine Explosion aus Hitze und Licht. Ihr Buch fand einen Agenten – Redd Dreyfus – und brachte ihr kurz darauf einen Dreißigtausend-Dollar-Vorschuss von Angie Turner ein, einer vielversprechenden Lektorin des Verlages Final Word. *Und* Madeline lernte Trevor Llewellyn kennen, und sie verliebten sich ineinander. Neun Monate später verlobten sie sich. Inzwischen waren schon vor der Veröffentlichung ihres Buches zwei Rezensionen erschienen, eine in der notorisch überkritischen *Kirkus,* die andere in *Publishers Weekly*. Beide verkündeten die Geburt eines erstaunlichen neuen Talents.

»Erstaunliches neues Talent.« Madeline ließ sich die Wendung auf der Zunge zergehen, als sie jetzt auf ihren leeren Notizblock starrte.

Die Küste der Sorglosigkeit war kommerziell kein *riesiger* Erfolg – als Hardcover wurden davon fünfzehntausend Exemplare verkauft –, doch es lief immerhin so gut, dass Angie ihr einen Vertrag über einen zweiten Roman anbot.

In *Hotel Springford,* Madelines nächstem Buch, ging es um ein Mädchen, das mit seiner Mutter, einer Kellnerin, in einem prachtvollen alten Hotel aufwächst, in dem es spukt. Es verkaufte sich nicht so gut wie *Die Küste der Sorglosigkeit,* aber Madeline hatte es geschrieben, als Brick ein Baby und sie zu beschäftigt mit Windelwechseln und dem Pürieren von Kürbis gewesen war, um sich Gedanken über Verkaufszahlen zu machen.

Nach dem Erscheinen von *Hotel Springford* stellte Madeline überrascht fest, dass ihr Schaffensdrang zum ersten Mal in ihrem Leben nachgelassen hatte und an seine Stelle die Freuden und Nöte der Mutterschaft getreten waren. Sie beschloss, sich eine Pause vom Schreiben zu gönnen und es einfach eine Zeit lang zu genießen, eine Mom zu sein. Sie liebte das Leben mit Brick; es machte Tiefschläge und schwierige Phasen – ihre drei Fehlgeburten, Big Ts Erkrankung und Tod – erträglich.

Als Brick in die Mittelstufe kam und Madelines Hoffnungen auf ein weiteres Kind mehr oder weniger erloschen waren, wandte sie sich wieder dem Schreiben zu. Das Ergebnis war *Insulaner*, das ihr den sechsstelligen Vorschuss auf zwei Bücher eingebracht und letztlich zu ihrer aktuellen misslichen Lage geführt hatte.

Im letzten Jahr war ihr der Betrag *sehr hoch* vorgekommen, aber nach Redds Anteil und Steuern blieb gerade genug, um ihre Kreditkartenschulden abzuzahlen, die fünfzigtausend Dollar bei Eddie zu investieren, der sein Geld im Schlaf zu verdienen schien … und das Apartment zu mieten.

Madeline starrte auf die leere Seite. Ob Duftkerzen helfen würden? In der Wohnung war es still, doch von draußen konnte sie Stimmen und Verkehrsgeräusche hören. Mozart und Brahms würden sie übertönen. Unter Termindruck einen Roman zu schreiben war harte Arbeit, besonders wenn sie sich solche Sorgen machte.

Sie sah aus dem Fenster auf die Centre Street. Zu Zeiten der Walfänger war die Straße Petticoat Row genannt worden, weil die Männer alle zur See gefahren waren und ihre Frauen die Geschäfte betrieben hatten.

Petticoat Row wäre kein schlechter Buchtitel, aber Angie

war allergisch gegen historische Romane. Sie verkauften sich nicht, es sei denn, ihre Verfasserin hieß Philippa Gregory.

Die Straße war nicht so inspirierend, wie Madeline gehofft hatte.

Redd Dreyfus hatte ihr zuliebe einen Gefallen eingefordert, der ihm so viel wert war wie sein Augapfel. Er gehörte zu den New Yorker Literaturagenten der alten Schule: Er war rundlich, trank Scotch und rauchte Zigarren und lud Lektoren gern in den Grill Room des Four Seasons ein, wo er sein Steak blutig bestellte. Aus irgendeinem Grund schuldete Angie ihm etwas. Angie war gertenschlank; sie trug Bleistiftröcke und Slingbacks, trank Chardonnay und stocherte in Salaten. Madeline fragte sich, was es wohl mit dem Gefallen auf sich hatte. Vermutlich ging es um einen anderen Autor, jemanden, der sehr geachtet war und sich schlecht benahm. Sie malte sich aus, dass Sex, Drogen oder Geld im Spiel waren, obwohl es wahrscheinlich eher um Auslandsrechte oder einen öffentlichen Ausrutscher ging.

Madeline hätte ihre Überlegungen gern mit Trevor geteilt, doch der befand sich bestimmt gerade in der Luft. Die Leute dachten, es sei schwierig, Pilot zu sein, aber wenn man erst einmal fliegen konnte, war es eigentlich so ziemlich das Gleiche wie einen Bus zu fahren, nur mit mehr Sexappeal. Wegen der Sonnenbrille, sagte Madeline gern.

Sie nahm den Schaukasten mit den Vogeleiern zur Hand. Sie waren alle so zart und perfekt in ihrem Eisein, jedes in seinem Abteil in ein behagliches Nest aus Stroh gebettet. Gefleckt, glatt oder höckrig, in den subtilsten Farbvarianten: weiß, cremefarben, elfenbein, gräulich, bläulich, grünlich.

War die Frau, die auf die Virgin Islands gezogen war, Ornithologin? In einem Zeitschrifteninterview hatte Madeline einmal gesagt: *Jedes Leben enthält einen Roman*. Konnte sie es wagen, einen Roman über eine Ornithologin zu schreiben, die von Nantucket auf die Virgin Islands zieht?

Sie wusste nichts über die Virgin Islands.

Ein Klopfen an der Tür ließ Madeline so heftig auffahren, dass sie den Schaukasten fast fallen gelassen hätte.

Wer …?

Madeline hatte die Angst gepackt, obwohl es helllichter Tag war und sie sich mitten in der Stadt befand. Sie litt immer noch, auch zwanzig Jahre nach ihrer Entführung, an den Überresten einer posttraumatischen Belastungsstörung. Plötzliche Geräusche erschreckten sie, und sie wäre nie imstande gewesen, einen SM-Roman wie *Fifty Shades* zu verfassen. Stricke und Augenbinden und Knebel ließen sie so sehr hyperventilieren, dass sie nahezu ohnmächtig wurde.

Wer war an der Tür?

Madeline wartete, hielt die Luft an und hoffte, wer es auch sein mochte, würde verschwinden.

Weiteres Klopfen. Stetig, drängend. Madelines Wagen stand vor dem Haus. Sehr viele Leute hätten ihn als ihren erkannt.

Madeline schlich zur Tür, da sie nicht wollte, dass man ihre Schritte hörte.

»Madeline«, sagte eine vertraute Stimme, »ich weiß, dass du da bist. Mach auf, ich bin's.«

Ich?, dachte Madeline. Die Stimme klang *so* vertraut, und doch konnte sie sie in ihrer Panik nicht zuordnen.

Sie schloss die Tür auf und öffnete sie einen Spalt weit.

Eddie.

Madeline atmete erleichtert aus. »Meine Güte«, sagte sie. »Hast du mich erschreckt.«

Eddie trug ein weißes Leinenhemd und khakifarbene Leinenhosen und einen Panamahut und die braunen Versace-Slipper, die er so liebte. Dies war seine Sommeruniform, und Madeline fand, dass er ein bisschen übertrieb. Mit sechzehn Grad konnte man den heutigen Tag als »warm« bezeichnen, aber längst nicht als sommerlich, und hier war Eddie, gekleidet wie ein Zuhälter in Havanna um 1955. Dennoch funktionierte dieser Look bei ihm. Er konnte ein Haus um zehn Uhr morgens in sein Angebot aufnehmen und es zwei Interessenten zeigen und hatte es am Nachmittag für zehn Prozent mehr verkauft, als gefordert worden war. Die Leute *liebten* seinen Panamahut, der keineswegs aus Panama kam, wie sie wahrscheinlich glaubten, sondern aus Peru oder Ecuador.

Jedes Jahr ging irgendjemand auf Nantucket zu Halloween als Flinker Eddie.

»Kann ich reinkommen?«, fragte er. »Bitte?«

Madeline bat ihn herein. Ihr Stolz darauf, eine eigene Wohnung zu haben, schwand, als Eddie sich mit taxierenden Blicken umschaute.

»Woher wusstest du, dass ich hier bin?«, fragte sie. »Ich habe noch nicht mal Grace davon erzählt.«

»Woher weiß ich irgendwas?«, gab Eddie zurück. »Ich hab's auf der Straße gehört. Und, was bezahlst du?«

»Äh …« Madeline erwog zu lügen, aber er würde die Wahrheit sowieso herausfinden. Vermutlich kannte er sie bereits und fragte nur zum Schein. »Zweitausend monatlich.«

»Ha!« Ein kurzes höhnisches Lachen.

Madeline wartete auf eine Fortsetzung.

»Ich hätte sie dir für fünfzehnhundert verschaffen können«, sagte er. »Vielleicht sogar für zwölf.«

Er blufft, dachte Madeline.

»Aha?«, sagte sie.

»Aber du hast Rachel genommen.«

»Stimmt«, bestätigte Madeline. »Sie hat mich ein bisschen bedrängt, als ich erwähnte, wie schwierig es ist, zu Hause zu arbeiten. Und ich wollte dich nicht damit belästigen.«

»Du hättest mich doch nicht *belästigt*«, sagte Eddie. »Um diese Jahreszeit ist nicht viel los bei mir. Wenn ich dir dieses Apartment vermittelt hätte, würdest du weniger Miete bezahlen. Ich bin, offen gesagt, überrascht, dass du dich für Rachel entschieden hast. Nach dem, was Calgary Hope angetan hat …«

Calgary hat Hope gar nichts *angetan,* dachte Madeline, *außer eine Woche vor dem Weihnachtsball mit ihr Schluss zu machen.* Und angeblich hatte er die Kette mit dem Strandglasanhänger einem anderen Mädchen geschenkt, Kylie Eckers. Aber passierte so etwas nicht seit jeher zwischen Jugendlichen? Warum sollte *Rachel* dafür bestraft werden?

»Was willst du hier, Eddie?«, fragte Madeline.

»Als ich hörte, dass du jetzt eine ›Schreibwerkstatt‹ hast«, sagte Eddie, »musste ich das einfach mit eigenen Augen sehen.«

Es gefiel ihr nicht, wie er *Schreibwerkstatt* betonte. Es ließ ihre Entscheidung so bizarr und absurd klingen, als hätte sie sich ein Einhorn gekauft.

»Ich arbeite«, sagte Madeline und deutete mit einem Kopfnicken auf ihren leeren Notizblock.

»Ach ja?«

»Ich versuche es.«

»Ich hab dein letztes Buch immer noch nicht gelesen«, gestand Eddie. »Aber alle schwärmen davon.«

Madeline wusste, dass Eddie nie etwas von ihr gelesen hatte und auch nie lesen würde. Das letzte Buch, das Eddie aufgeschlagen hatte, war *Der Wüstenplanet* gewesen, in der zehnten Klasse.

Eddies Interesse an ihrer Tätigkeit verflüchtigte sich wie ein schlechter Geruch, als er sich an die Besichtigung der Wohnung machte. In der Küche öffnete er die Schränke, dann die quietschende Tür der altmodischen Geschirrspülmaschine. Im Bad drehte er den Hahn über dem Waschbecken auf. Und im Schlafzimmer stieß er ein missbilligendes *Hmmmpf* hervor.

Madeline verdrehte die Augen. Was ging Eddie Pancik eigentlich ein unbedeutendes Zweizimmerapartment an, das zweitausend Dollar Miete im Monat kostete? Die einzige Immobilie, die er vermietete, war das berühmte Fünfzigtausend-Dollar-pro-Woche-Haus in der Low Beach Road, für das er eine Mordskommission einstrich.

Eddie trat aus dem Schlafzimmer und rückte seinen Panamahut auf seine besondere Art so zurecht, dass Madeline einen Blick auf seinen kahlrasierten Kopf erhaschte. Sie kannte ihn schon so lange, dass sie sich an seine Locken erinnerte.

»Was meint denn Trevor dazu?«, fragte er.

»Er hat es sehr befürwortet«, sagte Madeline.

»Natürlich«, sagte Eddie. »Du verdienst dein eigenes Reich. Du brauchst keine Schuldgefühle zu haben.«

»Habe ich auch nicht«, sagte Madeline.

»Nur dass du zu viel Miete zahlst.«

»Da wir gerade von Geld sprechen …«, sagte Madeline. Sie fasste es selbst nicht, dass sie das Thema aufs Tapet brachte, aber Eddie und sie waren so selten miteinander allein, dass sie sich genötigt fühlte, wenigstens zu *fragen*. »Besteht die Möglichkeit, dass Trevor und ich unsere Investition eher früher als später von dir zurückbekommen? Ich will ehrlich sein, Eddie – dieses Apartment anzumieten hat uns ein bisschen überfordert. Und Brick wünscht sich ein Auto. Ich hätte nichts dagegen, keinen Dollar Profit zu machen, wenn du uns die fünfzigtausend einfach zurückgeben könntest.«

»Jetzt verwirrst du mich«, sagte Eddie. »Warum hast du bei mir investiert, wenn es dir nicht um *Profit* ging?«

Ja, warum *hatte* sie investiert? Aus Gier und Hybris vermutlich. Eddie war mit dem Angebot an sie und Trevor herangetreten, ihr Geld zu verdoppeln, und diese Aussicht hatte Madeline gereizt. Sie und Trevor hatten finanziell so lange kämpfen müssen – während Grace und Eddie ein riesiges Haus auf zwölftausend Quadratmetern kauften, sich einen nagelneuen Range Rover und einen Porsche Cayenne zulegten, während sie die Zwillinge online bei Saks und Neiman Marcus bestellen ließen –, dass Madeline beschlossen hatte, bei Eddie zu investieren, weil sie es endlich *konnte*.

Das wollte sie Eddie gegenüber allerdings nicht zugeben. Es war eine übereilte Entscheidung gewesen.

»Könnten wir das Geld, sagen wir, nächsten Monat zurückkriegen?«, fragte sie.

»Nächsten Monat?« Eddie zog die Augenbrauen hoch und schenkte ihr dieses diabolische Lächeln, das Madeline recht attraktiv an ihm fand. »Dir ist doch klar, was ich gerade tue, oder? Ich baue Häuser. Ich baue sie, und dann verkaufe ich sie, und danach streichen wir alle unseren Gewinn ein. Im Moment versuche ich erst mal, sie fertigzustellen.«

»Bist du bald so weit?«, fragte Madeline.

Ein langes Schweigen folgte, so lang, dass Madeline dachte, er hätte sie vielleicht nicht gehört, und sie wollte schon nachhaken, als er schließlich erwiderte: »Nein, Maddie, eher nicht. Ich bin noch längst nicht so weit.«

»Aber wir haben für die Rückzahlung doch Juni abgemacht, stimmt's?«, sagte sie. »Juni, spätestens August. Das hast du uns im Januar versprochen, Eddie.«

»Ja, Maddie, das weiß ich, aber seit Januar hat sich die Situation geändert. Du musst die Marktschwankungen in Betracht ziehen.«

Madeline bemühte sich, nicht in Panik zu geraten. Eddie war ein so gewiefter Geschäftsmann, dass sie keinen Moment lang Angst gehabt hatte, bei ihm zu investieren. Trevor hatte sie gewarnt, dass finanzielle Transaktionen – Kredite, Investitionen und dergleichen – genau das waren, was Freundschaften zerstörte. Doch Madeline hatte darauf bestanden.

»Marktschwankungen«, wiederholte sie. Sie wusste nicht so recht, was das *bedeutete,* vermutete aber, es hieß, dass sie fürs Erste nicht an ihr Geld herankam.

»Ja«, bestätigte Eddie.

Jetzt zeigte sein Gesicht Empfindsamkeit, was ihr auch gut gefiel. Eddie hatte etwas Liebenswertes an sich, was aber nur selten zutage trat, am häufigsten noch in Gegenwart seiner Töchter.

»Ich sollte los«, sagte er, »damit du weiterarbeiten kannst. Wir sehen uns ja morgen zum Abendessen. Grace macht Garnelen-Tacos.«

Madeline atmete auf. Was für ein Segen, Dinner bei den Panciks. Trevor und Brick würden nicht wieder Pizza essen müssen. Grace war eine phänomenale Köchin.

»Erzähl ihr nichts von dieser Wohnung«, sagte Madeline. »Ich möchte sie überraschen.«

»Alles klar«, sagte Eddie. Er wirkte plötzlich ganz begierig darauf, wieder zu verschwinden.

Madeline begleitete ihn zur Tür. »Bis morgen, Eddie«, sagte sie. »Danke, dass du vorbeigekommen bist.«

Nachdem Eddie weg war, ließ Madeline sich aufs Sofa fallen. *Marktschwankungen?* Sie *würden* doch ihr Geld zurückbekommen, oder? Irgendwo gab es einen unterschriebenen Vertrag. Madeline war trotzdem besorgt. Wenn sie Geld wollte, würde sie sich an die Arbeit setzen, dieses Buch schreiben, es zu etwas Besonderem machen müssen. Der bloße Gedanke daran ermüdete sie.

Sie brauchte ein Nickerchen.

NANTUCKET

Sultan Nash, der dazu angeheuert worden war, die Zierleisten der Fassade des Black-Eyed Susan's neu zu streichen, sah, wie Madeline King ihren Wagen auf einem der drei Parkplätze vor dem blauen viktorianischen Haus auf der anderen Straßenseite parkte.

Sultan kannte Madeline, weil er mit ihrem Ehemann Trevor auf der Insel aufgewachsen war und mit ihm im Boys & Girls Club Football gespielt hatte. Madelines türkisfarbener Mini Cooper fiel ihm auf, weil er letzte Woche versucht hatte, seinen Pick-up an genau derselben Stelle zu parken und um ein Haar abgeschleppt worden wäre, was ihn sehr geärgert hatte. Sultan Nash wusste, dass dies Privatgelände war, doch er hielt an der Überzeugung fest, dass jeder, der auf der Insel geboren und aufgewachsen war, parken dürfen sollte, wann und wo er wollte. Diese Meinung äußerte er auch seit zehn Jahren bei jeder Gemeindeversammlung.

Er winkte Madeline zu und sagte: »An deiner Stelle würde ich da nicht parken.«

Sie grinste. »Ich hab eins der Apartments in diesem Gebäude gemietet.«

Eins der Apartments gemietet?, dachte Sultan. War das Unvorstellbare geschehen? Hatten sich Trevor und Madeline *ge-*

trennt? Sultan hatte die beiden im vergangenen Herbst auf einer Hochzeit gesehen, und ihm war aufgefallen, wie frisch verliebt sie gewirkt hatten, ganz so, als hätten sie selbst eben erst geheiratet. Gegen Ende des Abends hatte Trevor für Madeline einen Stepptanz hingelegt – der ihm sogar recht gut gelungen war –, und Madeline hatte ihm dafür einen Kuss gegeben, der Sultan erröten ließ. Für so eine Ehe hätte er seinen rechten Arm geopfert.

Etwa eine halbe Stunde, nachdem Madeline das viktorianische Haus betreten hatte, bemerkte Sultan, dass Eddie Pancik dort an die Tür klopfte. Madeline machte auf, und Eddie verschwand im Innern.

Dies erzählte Sultan Darlene Lanta, einer Kellnerin im Downyflake, an die sich Sultan, bisher erfolglos, ranzumachen versuchte, weshalb er hier jeden Tag zu Mittag aß.

»Also, verstehe ich das richtig?«, sagte Darlene. »Madeline King hat sich hier in der Stadt ein *Apartment* gemietet, und Eddie Pancik ist sie *besuchen* gekommen?«

Sultan nickte und biss von seinem Sandwich ab.

Rachel McMann erzählte ihrem Ehemann Andy (von seinen Patienten Dr. Andy genannt), sie habe Madeline »ein eigenes Zimmer« vermietet. Was Dr. Andy – der ein notorisch schlechter Zuhörer war, weil die Menschen, mit denen er am meisten zu tun hatte, mit offenem Mund dasaßen, in dem mindestens ein Metallwerkzeug steckte, sodass sie kaum zu verstehen waren – als »eine eigene Wohnung« auslegte. Virginia Woolf hatte er nie gelesen.

Und dann sagte Rachel noch: »Das mit der Vermietung

war reines Glück. Ich war einfach zur richtigen Zeit am richtigen Ort. Ich kann gar nicht glauben, dass Madeline sich nicht mit Eddie Pancik zusammengetan hat.«

Dr. Andy fragte sich, ob Madeline und Trevor sich getrennt hatten. Er stellte nicht gerne Mutmaßungen an. Aber er erwähnte das, was Rachel ihm erzählt hatte, am nächsten Morgen seiner Dentalhygienikerin Janice gegenüber. Janice war mit einer Eigentumsprüferin namens Alicia verheiratet, daher sah sie die Dramen, von denen Dr. Andy ihr berichtete und die er alle von Rachel gehört hatte, oft unter einem anderen Blickwinkel.

»Madeline King ist ausgezogen?«, fragte Janice. »Das ergibt doch keinen Sinn. Bist du dir sicher, dass Rachel dir das so erzählt hat?«

Dr. Andy war sich sicher, ziemlich jedenfalls. »Ich glaube, Rachel hat angenommen, dass sie sich mit Eddie Pancik zusammentut.«

Janice war als Dentalhygienikerin ebenfalls eine schlechte Zuhörerin und deutete dies als *Rachel nimmt an, dass Madeline sich mit Eddie Pancik zusammentut.*

»Wirklich?«, fragte Janice. »Das kommt mir nicht sehr wahrscheinlich vor. Eddie Pancik? Ist seine Frau nicht ihre beste Freundin?«

»Na ja, alles ist möglich, Janice«, sagte Dr. Andy. »Aber wir sollten nichts über Eddie Pancik in die Welt setzen. Er ist unser Vermieter. Wir könnten schnell auf der Straße landen.«

»Ich fand schon immer, Madeline King sollte mal einen Roman über eine Zahnarztpraxis schreiben.«

Dr. Andy stimmte zu, dann ging er sich für seine Wurzelbehandlung um neun Uhr die Hände waschen. Janice fragte Phoenix Hernandez, ihre nächste Patientin, die sie als eine ihrer vielen engen Vertrauten ansah, ob sie fand, Madeline King solle sich jetzt, da sie eine eigene Wohnung in der Stadt hatte, mit Eddie Pancik zusammentun.

GRACE

Graces Stauden fingen an zu sprießen, ihre Zwiebelgewächse – Narzissen, Hyazinthen, Tulpen – blühten, und ihre japanischen Kirschen hatten Tausende von Knospen. Zwei Wochen noch, und die Bäume würden in voller rosiger Pracht erblühen, ebenso wie Graces Herz.

Benton kam sie jeden Tag um zehn besuchen.

Aus Marokko hatte er ihr eine kunstvoll geschmiedete Silberkanne für Minztee mit zwei Kristallgläsern mitgebracht. Als Benton sie ihr zum ersten Mal zeigte, war Grace enttäuscht. Eine Teekanne war weder sexy noch romantisch. Ebenso gut hätte er ihr eine Auflaufform mitbringen können.

Aber das Vollziehen des Rituals – bei dem sie in Graces Küchenkräutergarten die robustesten Minzblätter ernteten, Wasser kochten, genau die richtige Menge Zucker in die geschwungene Silberkanne gaben, das Elixier dann in die Kristallgläser gossen und daran nippten – erwies sich als eine gemeinsame sinnliche Erfahrung.

»Magst du ihn?«, fragte Benton.

»Ich habe noch nie etwas so Reines getrunken«, gestand Grace. »Es schmeckt wie die Farbe Grün.«

Erleichterung und, so glaubte Grace, Zärtlichkeit spiegelten sich in seinem Gesicht.

Jetzt brühten sie sich jeden Tag Minztee auf und tranken ihn, während sie ihre Pläne für den Garten erörterten. Sie beschlossen, am Rande der Terrasse ein langes, schmales Beet mit Taglilien anzulegen.

»Mit Taglilien habe ich nicht viel Erfahrung«, sagte Benton.

»Na, dann kann ich *dir* ja mal was beibringen«, sagte Grace.

Graces Großmutter Sabine, eine Frau, die Grace für ihren kultivierten Geschmack vergöttert hatte, hatte in ihrem Garten Taglilien gezogen, und als Kind hatten Grace nicht so sehr die Blumen selbst entzückt wie ihre poetischen Namen: »Jock Randall«, »Ice Carnival«, »Ginger Creek«, »Maude's Valentine«.

Sie und Benton saßen nebeneinander an Graces Küchentisch und studierten den Katalog.

»Ich finde, wir brauchen ein paar maskuline Sorten«, sagte Benton. »Wie wär's mit ›Rocket Booster‹? Oder ›Piano Man‹? Oder ›Freedom's Highway‹?«

»›Wolf Eyes‹«, fügte Grace hinzu.

»›Apple Jack‹«, sagte Benton. Seine Finger streiften ihre, als er die Seite umblätterte, und ihre Ohren begannen zu kribbeln.

»Ich finde zärtlichere Namen schöner«, sagte Grace. »Wir sollten ein paar ›Baby Darlings‹ kaufen.«

»Bitte nicht«, widersprach Benton. »Bitte zwing mich nicht, eine Blume namens ›Baby Darling‹ zu pflanzen.«

Grace lachte. »Was ist mit ›Butter Cream‹?«, fragte sie.

»›Butter Cream‹ sollst du haben«, sagte Benton, »wenn du mir ›Broadway Starfish‹ genehmigst.«

»Guck dir die hier an«, sagte Grace. »›Bullfrog Kisses‹.« Sie zeigte auf das Foto im Katalog.

»Das ist keine besonders attraktive Blüte«, fand Benton. »Aber wer würde auch schon gern von einem Ochsenfrosch geküsst werden?«

Grace blätterte weiter. Sie wählte die schönste Blume auf der Seite aus und nannte, ohne zu überlegen, ihren Namen: »›Blue Desire‹.«

»›Blue Desire‹«, wiederholte er. »Das gefällt mir.« Er hob den Kopf, und ihre Blicke begegneten sich. Grace wusste, dass die Ränder ihrer Ohren knallrot waren.

Er wird mich küssen, dachte sie. Er beugte sich vor, sodass sich ihre Lippen fast schon berührten. Grace sog den Atem ein, und das leise Geräusch, das sie dabei verursachte, schien Benton aufzurütteln. Er wich zurück.

»Hoppla«, sagte er. »Es tut mir leid, Grace. Die Blumennamen scheinen mich völlig durcheinanderzubringen.«

»Es muss dir nicht leidtun«, sagte sie rasch. Sie war am Boden zerstört, dass er die Notbremse gezogen hatte. Sie wollte zurückkehren zu der vergnüglichen Intimität des Blumenaussuchens, doch der Zauber war verflogen. Sie klappte den Katalog zu und beschloss, Benton die Frage zu stellen, die sie ihm schon seit zwei Wochen stellen wollte. »Ist McGuvvy mit dir nach Marokko gefahren?«

»Nein, ist sie nicht«, sagte Benton. »Sie hat einen Job als Segellehrerin in San Diego angenommen. Wir haben uns getrennt.«

Während Grace diese Neuigkeit verarbeitete, trommelte er nervös mit den Fingern auf dem Tisch.

»Also bist du ein freier Mann«, sagte sie.
»*Ich* bin frei, ja«, bestätigte er.
»Benton …«
»Du bist verheiratet, Grace«, sagte er. »Mit Eddie, der meine Rechnungen bezahlt.«
»Ich …«
»Sag es nicht«, bat Benton. Er atmete tief aus und starrte in seinen Tee. »Du hast ein Haus, du hast Kinder, du hast ein Leben mit Eddie.« Er nahm einen Schluck von seinem Tee. »Ich bin dein Gärtner.«
»Du bist sehr viel mehr als mein Gärtner«, entgegnete Grace. »Letzten Winter, als ich die Postkarten von dir bekam …«
»Sag es nicht.«
»Mir wurde klar, wie viel du mir bedeutest«, sagte Grace. »Meine … Freundschaft mit dir. Dieser Garten, diese Anlage, das, was wir hier zu schaffen versuchen. Das bedeutet mir etwas.«
»Du musst aufhören damit«, sagte Benton.
»Aufhören womit?«, fragte Grace. »Aufhören zu fühlen, was ich fühle? Aufhören zu fühlen, was du fühlst?«
»Du *weißt* nicht, was ich fühle«, sagte Benton.
Das ließ sie verstummen. O *Gott,* dachte sie, *es ist einseitig.* Unerwidert. Das trostloseste Wort überhaupt.
»Was fühlst du denn?«, fragte Grace.
»Verwirrung.«
Sie saß schweigend da.
»Ich bin nicht der Typ dafür«, sagte Benton. »Das war ich nie. Und du bist nicht einfach eine beliebige verheiratete

Frau, die ich in einer Bar kennen gelernt habe. Du bist meine Kundin.«

»Ich weiß«, sagte Grace.

»Ich bin *nicht* der Typ dafür«, wiederholte er und rückte seinen Stuhl vom Tisch weg. »Ich muss mich auf andere Dinge konzentrieren.«

»Statt auf mich«, sagte Grace.

»Statt auf dich.«

»Aber du findest mich nett.«

»O Grace«, sagte er, »mehr als das.«

Am nächsten Vormittag tauchte Benton zwanzig Minuten später auf als sonst, und in diesen zwanzig Minuten dachte Grace, er würde vielleicht gar nicht kommen. *Er wird mich als Kundin fallen lassen. Er wird mich* feuern, dachte sie. Er »fand sie mehr als nett«, und genau deshalb würden sie ihre Zusammenarbeit beenden müssen.

Als Bentons Pick-up schließlich doch in die Einfahrt bog, wurde Grace ganz schwindelig vor Erleichterung. Sie eilte hinaus in den Garten, und damit es nicht so aussah, als hätte sie dagestanden und auf ihn gewartet, fing sie an, im Tulpenbeet nicht existierendes Unkraut zu jäten.

»Hey, Grace«, sagte Benton, als er um die Hausecke kam, und hielt ihr eine braune Schachtel aus der Petticoat Row Bakery hin. »Ich hab dir was mitgebracht.«

Sein Ton war unbeschwert, die Normalität wiederhergestellt. Grace war erleichtert und zugleich am Boden zerstört. »Soll ich Minze pflücken?«, fragte sie.

»Na klar!«, sagte er.

In der Küche machte Benton den Tee, während Grace sich die Hände wusch und versuchte, ihre Nerven zu beruhigen. Dann nahmen sie beide ihre üblichen Plätze am Küchentisch ein.

Benton öffnete die braune Gebäckschachtel, und es wurden vier blassgrüne Macarons mit blassrosa Füllung sichtbar.

»In Marrakesch hatte ich eine Schwäche für die Macarons aus einer französischen Bäckerei«, sagte er. »Aber ich finde, die hier sind genauso gut.« Er streckte ihr ein Plätzchen entgegen.

Grace griff danach und biss hinein. Sie konnte nicht umhin, vor Genuss laut aufzustöhnen.

»Probier sie zusammen mit dem Tee«, empfahl er.

Zusammen mit dem Tee, ja. Es war eine Geschmacksexplosion.

»Schmeckt's dir?«, fragte er.

»Überirdisch«, sagte sie.

Er schaute ihr in die Augen und lächelte sie an, und das Herz rutschte ihr in die Magengrube. Er stellte sein Teeglas ab und sah sie mit einem Kopfschütteln an, als hätte sie etwas falsch gemacht. »Au weia«, sagte er ganz leise.

Und dann umfasste er ihr Kinn und küsste sie.

MADELINE

Brick wollte nicht mitgehen zum Abendessen bei den Panciks.

»Warum nicht, Schatz?«, fragte Madeline.

Brick zuckte die Achseln. Er war vom Baseball-Training gekommen und hatte sich aufs Sofa geworfen; jetzt war sein Blick fest auf den Fernseher gerichtet – ESPN: *Die Sportreportage.*

Madeline setzte sich behutsam neben ihn. »Schatz?«, sagte sie.

»Hab keine Lust.«

Das war eine Premiere. Normalerweise konnte er gar nicht früh genug bei den Panciks auflaufen, wenn Grace sie zum Essen eingeladen hatte. Es bot ihm die einzige Möglichkeit, mit Allegra zusammen in ihrem Zimmer zu sein – bei offener Tür natürlich.

»Schatz, ist zwischen dir und Allegra alles in Ordnung?«, fragte Madeline.

Wieder zuckte er die Achseln. »Weiß nicht.«

Madeline starrte auf ihre Hände. Sechzehn Jahre lang hatte sie diesen Jungen großgezogen, es aber nie richtig geschafft, ihn dazu zu bewegen, dass er sich ihr anvertraute. Trevor gelang das viel besser. Sie wartete und biss sich dabei buchstäblich auf die Zunge, bis sie den metallischen Geschmack von Blut im Mund hatte.

Doch sie wurde belohnt. »Ich weiß nicht, was los ist«, sagte er. »Sie verhält sich komisch in letzter Zeit. Ich dachte, sie hat vielleicht ihre Tage, aber inzwischen glaube ich, dass sie mich einfach satthat.«

Wäre es furchtbar von Madeline, wenn sie zugab, dass sie das nicht wunderte? Allegra hatte gute Eigenschaften, zu denen vor allem ihre Schönheit, ihre Gelassenheit und ihre Selbstsicherheit zählten. Welche Sechzehnjährige besaß so viel Selbstbewusstsein? Sie konnte auch recht witzig sein; mit ihrer Imitation von Mrs Kraft, ihrer Englischlehrerin, traf sie genau ins Schwarze. Aber Allegra hatte schon seit ihrer Kindheit etwas Überhebliches und Anmaßendes und nicht sehr Nettes an sich, das sie besonders ihrer Mutter gegenüber hervorkehrte, die deshalb regelmäßig in Tränen ausbrach. Als Graces beste Freundin hatte Madeline sich das immer angehört. *Ja, das war schrecklich, was deine Tochter da gesagt hat. Ja, wirklich egoistisch und gedankenlos von ihr. Aber sie ist noch jung; sie wird sich schon machen.*

Allegra sorgte dafür, dass Madeline erleichtert darüber war, selbst keine Tochter zu haben.

»Dich satthaben, Schatz?«, sagte sie jetzt. »Wie kann jemand dich jemals satthaben?«

Schwaches Lächeln.

Madeline äußerte ihre Meinung über Allegra nicht sehr oft, denn Allegra war Bricks Freundin, in die er ganz vernarrt war. Zu Beginn ihrer Romanze hatte es so viel Geknutsche und Gefummel gegeben, dass Madeline sie gebeten hatte, damit aufzuhören. Sie war alles andere als prüde, aber ständig das so offen zur Schau gestellte Verlangen mitanzusehen war peinlich gewesen. In Allegras blauen Augen hatte silbern Triumph aufgeblitzt. Sie hatte Brick zur Kirche der Allegra bekehrt. Er betete sie an.

Allegra machte Brick glücklich, und es war mehr als Sex; wenn er ihre Stimme hörte, leuchtete sein Gesicht auf.

Als ihre Kinder angefangen hatten, miteinander zu gehen, hatten Madeline und Grace sich Folgendes versprochen: *Wir mischen uns nicht ein*. Sie würden Allegra und Brick ihre Probleme allein lösen lassen. Madeline hatte sich immer gefragt, was geschehen würde, wenn sie sich trennten, und gehofft, es würde eine gemeinsame Entscheidung werden, zum Beispiel wenn die beiden ein Studium an verschiedenen Colleges begannen.

»Bitte«, sagte Madeline. »Bitte komm mit zu den Panciks. Dann könnt ihr alles persönlich besprechen, du und Allegra.«

»Nein«, wehrte Brick ab. »Sag den anderen einfach, es geht mir nicht gut.« Er schluckte. »Was nicht mal gelogen ist. Mir tut das Herz weh.«

Madeline strich Brick die Haare aus der Stirn. »Oh, Schatz.«

»Bitte, Mom. Ich möchte lieber allein hier abhängen. Geh du mit Dad.«

»Was ist mit Essen? Ich kann dir ein gegrilltes Käsesandwich machen.«

»Ich komme *zurecht*, Mom.«

Trevor trat in seinem grüngestreiften glücksbringenden Partyhemd ins Wohnzimmer. Seine goldenen Haare schimmerten, und es sah aus, als hätte sein Gesicht schon Sonne abbekommen – der erste Anflug von Sommerbräune. Im August würde er tiefbraun und sein Haar drei Schattierungen heller sein. Er sah ebenso kalifornisch aus wie Madeline, wenn nicht noch kalifornischer.

»Was ist los?«, fragte er.

»Brick will zu Hause bleiben«, verkündete Madeline. »Vielleicht sollten wir alle absagen. Wir könnten hierbleiben und Pizza bestellen.«

»Unsinn«, sagte Trevor. »Grace hat sich so viel Mühe gemacht – ihr wisst doch, das tut sie immer –, und wir gehen.« Er streckte Brick eine Hand hin. »Wir alle.«

»Ich habe den Malbec mitgebracht, den du so gern magst«, sagte Madeline und stellte den Wein auf Graces prachtvolle Arbeitsplatte aus Azul Bahia – die Eddie gern als die erotischste Arbeitsplatte der Welt bezeichnete.

Grace verrührte in einer Pfanne gerade Zwiebeln und Paprika; ihr Kopf war in duftenden Dampf gehüllt. »Du bist die beste Freundin der Welt«, sagte sie. »Gießen wir uns einen ein.«

Madeline beobachtete, wie Eddie draußen vor der Glastür Trevor ein Bier und Brick eine Cola reichte. Brick nahm auf einem der Rattanliegestühle mit den mit Segeltuch bezogenen Kissen Platz. Einer der Zwillinge kam in Sicht – lange braune Haare und lange Beine in Jeans. Madeline hoffte, dass es Allegra war; sie hoffte, Allegra würde Brick küssen wie früher und Trevor und Eddie ein Erröten und respektvolles Erschauern abnötigen. Aber es war nicht Allegra, sondern Hope. Sie trug ihr Haar in der Mitte gescheitelt und hinter die Ohren gestrichen. Ihr Gesicht hatte nicht ganz die strahlende Schönheit ihrer Schwester; ihre Augen waren schmaler, ihre Wangen voller. Doch was Hope an Glamour fehlte, glich sie durch Anmut aus. Sie strahlte Ruhe und Ernsthaftigkeit aus und besaß eine mühelose Eleganz, die Madeline früher nur an Frauen wie Jacqueline Onassis und Audrey Hepburn gesehen hatte.

Von den zwei Mädchen zog Madeline Hope vor. Das gestand sie sich allerdings nur selten ein.

»Der Garten sieht gut aus«, sagte sie jetzt. Das war schwer untertrieben: Das ganze Grundstück präsentierte sich als Schmuckstück. Der Rest von Nantucket war noch trostlos grau, das Gras braun, ein Baum kahl wie der andere, und die Narzissen, die die Milestone Road säumten, ließen nach wochenlangem heftigen Wind und Regen ihre schlaffen Köpfe hängen. Graces Garten dagegen war so grün und üppig, als hätten diese zwölftausend Quadratmeter eine Speziallieferung Sonnenschein erhalten. Die Blumenbeete hatten scharfe, präzise Kanten, und es sah aus, als hätten Elfen den Rasen mit der Nagelschere geschnitten. Alles sprießte und zeigte eine Fülle fast schon aufbrechender Knospen. Das ovale Tulpenbeet hätte jedem Holländer Tränen entlockt. Es umfasste siebenhundert Pflanzen, die feuerrot, schneeweiß, kirschrot, violett und in drei herrlichen Rosa-Tönen – Pastellrosa, Altrosa, Lachsrosa – blühten. Allein dieses Beet ließ Madeline an Gott glauben. Sämtliche Mauern waren geschrubbt worden, ebenso Graces antike gusseiserne Übertöpfe und ihre ein Meter fünfzig große Statue des Erzengels Gabriel, einer Kirche in Lourdes abgekauft, wo Grace während ihres Studiums am Mount Holyoke ein Semester verbracht hatte. Es gab eine Parkbank, die aus den Tuilerien stammte, angeblich aus der Zeit von Claude Monet und Auguste Renoir. Üppige Farne säumten die Bank genau dort, wo Claude und Auguste früher vermutlich gesessen hatten. Am Rande des Grundstücks standen der Gartenschuppen und der Hühnerstall. Die Türen des Stalls waren geschlossen; die Tiere schliefen.

Madelines Blick fiel auf den Holzsteg, der sich über den Bach spannte, dann auf die handgeschnitzten Vogelhäuser, dann auf die kunstvoll arrangierten Adirondack Chairs, von denen man auf den Polpis Harbor schaute. Der dunkel geflieste Swimmingpool, eingefasst mit alten Pflastersteinen und demselben Kopfsteinpflaster, das man für die Main Street in der Stadt verwendet hatte, war noch abgedeckt, ebenso wie der Whirlpool. Das Grundstück war ein regelrechtes Paradies. Madeline war schon öfter hier gewesen, aber noch immer raubte ihr die üppige Pracht den Atem. Sie konnte sich nicht vorstellen, wie es wäre, mit diesem Garten zu leben, ihn jeden Moment jeden Tages zu sehen.

Madelines eigener »Garten« bestand aus ein paar Flecken brauner Erde, Sand und Fingerhirse und, am Rande des Grundstücks, einem Durcheinander aus kümmerlichem Gestrüpp, dornigen Sträuchern und Unkraut. Sie hatte eine Hortensie, die kränklich wirkende lila Blüten hervorbrachte. Graces Hortensien – zweiundzwanzig an der Zahl – waren alle Wettbewerbsgewinner. Sie blühten blau, lila, rosa, weiß und grün. Madeline hatte gar nicht gewusst, dass es grüne Hortensien gab, aber ja, sie hießen »Limelight«, und die von Grace waren himmlisch.

»Benton ist wieder da«, sagte Grace.

»Ja, das habe ich daran gemerkt«, entgegnete Madeline, »dass ich nur noch alle drei Tage von dir höre.«

Graces Gesichtsausdruck war schwer zu deuten. Er zeigte ein reumütiges Lächeln, aber auch noch etwas anderes. »Wein, bitte«, trällerte sie. »Ich hätte gern einen Schluck Wein.«

Madeline holte zwei von Graces Baccarat-Kelchen aus dem Schrank. Grace benutzte diese Gläser gern an ihren Mittwochabenden, obwohl sie sehr zerbrechlich waren und jedes davon so viel kostete wie eine Übernachtung im Penthouse des Four Seasons. Madeline hatte schon eins kaputt gemacht, Grace ein weiteres und Eddie in zwei aufeinanderfolgenden Wochen zwei. Madeline füllte zwei Gläser großzügig mit dem leckeren Malbec und brachte Grace eins an den Herd. »Ich habe Neuigkeiten«, sagte sie.

»Ich auch«, sagte Grace. Sie trank einen Schluck von ihrem Wein, dann stellte sie den Kelch wieder auf der erotischen Arbeitsplatte ab. »Aber meine verrate ich erst später. Wie lauten deine?«

Madeline atmete tief ein. Sie befürchtete, Grace würde es ihr übelnehmen, dass sie das Apartment von Rachel McMann gemietet hatte, womöglich auch, dass sie es genommen hatte, ohne es vorher Grace zu zeigen.

»Ich habe eine Wohnung in der Stadt gemietet«, sagte sie.

»*Was?*«, schrie Grace auf.

»Es ist nicht das, wonach es klingt«, sagte Madeline. »Ich will sie als Schreibwerkstatt benutzen.«

Graces Miene hellte sich auf, und sie imitierte den aristokratischen Akzent ihrer Großmutter Sabine. »Wunderbar, mein Liebling! Wo in der Stadt?«

»In dem blauen viktorianischen Haus Ecke India und Centre.«

»Das Gebäude liebe ich«, sagte Grace und stellte die Hitze unter den Zwiebeln und Paprikaschoten niedriger. Dann trat sie zu Madeline und umarmte sie. »Jetzt bist du also eine echte berufstätige Frau mit eigenem Büro. Ich bin so *neidisch*! Aber du hast es dir verdient.«

»Das finden alle. Aber ich weiß nicht so recht, ob es stimmt. Es ist ziemlich teuer.«

»Wie teuer?«, fragte Grace.

»Zweitausend monatlich.«

Grace zuckte die Achseln, kehrte zum Herd zurück und griff wieder nach ihrem Wein. »Das erscheint mir annehmbar für die Stadt im Sommer.«

Klar, dachte Madeline. Grace erschien das natürlich annehmbar, denn sie hatte in ihrem ganzen Leben noch nie Geldsorgen gehabt. Sie war in einer alten Puritanerfamilie aufgewachsen, bei den Harpers in Salem, Massachusetts. Zu ihren Vorfahren gehörte der Anwalt, der Bridget Bishop verteidigt hatte, eine der Frauen, die der Hexerei beschuldigt worden waren. (*Ich bin keine Hexe. Ich bin unschuldig. Ich weiß nichts davon.* Gehängt am 10. Juni 1692.) Grace hatte drei ältere Brüder, die Harper-Jungs, heute alle Bürgerrechtsanwälte in Boston. Als Kinder und Jugendliche hatte man Grace und ihre Brüder gezwungen, sich jeden Tag zum Abendessen in ihrer majestätischen Backsteinvilla in der Essex Street umzukleiden. Auf der mütterlichen Seite der Familie stand Großmutter Sabine, der ein hundertzwanzig Hektar großes Anwesen in Wayland gehörte, wo Grace sie früher jeden Sonntag besucht hatte. Im Sommer war dort Krocket gespielt und im Winter Schlitten gefahren worden. Madeline hatte sich Details aus Graces Jugend immer nur allzu gern erzählen lassen; sie genoss sie wie Petit Fours. Doch sie konnte nicht erwarten, dass Grace verstand, was es hieß, in finanziellen Nöten zu sein.

»Aber es war Rachel McMann, durch die ich von dem Apartment gehört habe«, sagte Madeline, weil sie aufrichtig sein wollte, denn das lag einfach in ihrer Natur.

»Igitt«, sagte Grace.

»Eddie ist richtig sauer deswegen, glaube ich. Er hat vorbeigeschaut, um sich die Wohnung anzusehen, und wirkte sehr verärgert darüber, dass ich sie über Rachel bekommen habe. Dabei war es reiner Zufall. Ich konnte meine große Klappe nicht halten, und du kennst Rachel ja …«

»Aufdringlich«, sagte Grace.

»Sie hat den Moment genutzt«, bestätigte Madeline. »Wenn ich einen klaren Kopf behalten hätte … Wenn ich nach einem Apartment *gesucht* hätte, hätte ich natürlich Eddie angerufen, das weißt du doch.«

Grace wedelte abwehrend mit der Hand. »Eddie wird schon darüber hinwegkommen.«

Madeline wurde fast schwindelig vor Erleichterung. Sie hatte nicht damit gerechnet, dass Grace die Neuigkeit so gleichmütig aufnehmen würde. Grace war meistens ziemlich angespannt, und eine Nachricht wie diese löste oft unvernünftige Reaktionen bei ihr aus. Heute Abend jedoch war sie in ungewöhnlicher Stimmung. Madeline konnte sich nicht erinnern, wann sie ihre Freundin zum letzten Mal so … munter … so ungezwungen erlebt hatte. Sie strahlte regelrecht.

»Geh raus zu den Jungs«, sagte Grace. »Ich bin hier fast fertig.«

»Madeline!«, sagte Eddie und küsste sie auf die Wange. »Lange nicht *gesehen*!«

»Eddie«, entgegnete sie. Luftkuss und der erwartete Hauch Eternity von Calvin Klein, das er gleich nach der Highschool zu benutzen begonnen hatte. Er lächelte Madeline schief an und hielt dann eine Hand über den Grill, um zu prüfen, ob er startbereit war.

»Und … was meinst du zu der neuen Bude von deiner Kleinen?«, fragte Eddie Trevor.

»Ich finde sie super«, sagte Trevor und gab Madeline einen Klaps auf den Hintern. »Jetzt hat sie nicht mehr die Ausrede, dass sie ständig unterbrochen wird. Jetzt müsste sie ein Buch pro Jahr schaffen oder zwei Bücher wie diese andere Schriftstellerin hier auf Nantucket.«

»Zwei Bücher pro Jahr!«, staunte Eddie. »Dann könntet ihr nicht nur in meine Häuser investieren, sondern euch auch eins kaufen.«

Madeline verstärkte ihren Griff um den zarten Stiel ihres Weinglases. Dass Eddie das Häuserprojekt zur Sprache brachte, machte sie so nervös, dass sie ihn beinahe zerbrach.

Sie nahm Trevors Arm. »Lass uns zum Steg gehen.«

Sie spazierten über die große, weiche, smaragdgrüne Rasenfläche auf den Steg zu, der über den Bach führte. Das Geräusch, welches das Wasser erzeugte, wenn es über die Steine rann, war musikalisch, ein Klimpern. Madeline schloss kurz die Augen und versuchte, es bewusst auszukosten. Es rührte daher, dass Benton Coe spezielle Steinsorten verwendet und sie auf bestimmte Weise angeordnet hatte.

»Hör zu«, sagte sie. »Ich habe Eddie gebeten, uns unsere fünfzigtausend zurückzugeben.«

»Ach ja? Wann denn?«

»Gestern. Er hat mich in der Wohnung besucht.«

»*Wirklich?*«, sagte Trevor. »Ich weiß nicht, wie ich es finden soll, dass du in dem Apartment fremde Männer empfängst. Immerhin habe ich es selbst noch nicht gesehen.« Sein Ton war scherzhaft, doch Madeline spürte, dass er ein bisschen verstimmt war.

»Er ist vorbeigekommen, um mir zu sagen, wie sauer er ist, dass ich es von Rachel gemietet habe.«

»Ach so«, sagte Trevor, und Madeline merkte, dass er sich entspannte. »Das klingt ganz nach unserem Freund, dem Flinken Eddie.«

»Bitte sag mir, dass alles gut wird«, bat Madeline. »Ich werde ein weiteres Buch schreiben, und wir kriegen unser Geld zurück.«

Trevor küsste sie, dann ergriff er ihre Hände. »Alles wird gut.«

Madeline drehte sich um. Eddie, Hope und Brick starrten sie alle unverfroren an. Und auch Grace, durch das Küchenfenster.

»Was treibt ihr da?«, rief Eddie. »Gebt ihr euch ein Eheversprechen?«

Sie gingen zurück zur Terrasse, wo Grace die bei ihr üblichen Vorspeisen angerichtet hatte: Pastete aus geräuchertem Blaubarsch, Rosmarin-Fladenbrot, Cheddar, Feigenkonfitüre, geröstete Paprika, Marcona-Mandeln, armenische Mozzarella-Sticks und eine Kräutersalami mit zwei Sorten Senf. Für Eddie gab es wegen seines Sodbrennens Diätwaffeln und ungesalzene Butter, für Brick Triscuits und Cheez Whiz, einen speziellen Käseaufstrich, seinen Lieblingssnack, den Grace immer für ihn bereithielt. Brick wirkte jedoch nicht so, als würde ihn das frische Glas Cheez Whiz aufmuntern.

Von Allegra war nach wie vor nichts zu sehen.

Eddie hob sein Glas Wein. »Auf Madelines neue Wohnung«, sagte er. »Herzlichen Glückwunsch.«

HOPE

Allegra kam erst in allerletzter Minute zum Essen herunter. Ihre Mutter hatte sie schon dreimal gerufen, und dann rief Eddie nach ihr. Er war der Einzige, von dem sie sich etwas sagen ließ, denn er war derjenige, der ihre Kreditkartenrechnungen bezahlte.

Als Allegra auf die Terrasse trat, klebte ihr Blick auf ihrem Handy, und ihre Daumen flogen.

»Wem simst du denn da?«, fragte Hope.

Alle verstummten – nicht, weil es irgendjemanden (außer Brick) interessierte, wem Allegra simste, sondern weil Hope selten sprach und deshalb jeder, wenn sie es tat, aufmerksam lauschte.

»Niemandem«, entgegnete Allegra. Sie beendete ihre Nachricht und schob das Telefon in die Vordertasche ihrer glänzenden Lederjacke. Sie trug ihre hautengen Citizens-Jeans, schwarze Ballerinas, eine schwarze Spitzenbluse von Dolce Vita und ihre weiche karamellfarbene Lederjacke und sah aus, als wäre sie gerade an der italienischen Riviera vom Rücksitz einer Ducati gestiegen.

Sie strahlte die Anwesenden überrascht und entzückt an, als hätte sie sie in der letzten halben Stunde von ihrem Zimmer aus nicht gehört.

»Hey, Leute!«, sagte sie. »Hey, Brick!«

Brick machte eine Achteldrehung auf seinem Stuhl und winkte vage in ihre Richtung. »Hey.«

Er wirkte angespannt – aber wusste er von Ian Coburn? Nein, das glaubte Hope nicht. Allegra hatte es geschafft, in Bezug auf Ian den Mund zu halten. Sie hatte noch nicht einmal ihrer Busenfreundin Hollis von ihm erzählt. *Das braucht Hollis nicht zu wissen,* hatte sie gesagt. Und bei einer zweiten Gelegenheit: *Die ganze Schule wüsste Bescheid, ehe sie mir auch nur versprochen hätte, nichts zu verraten. Ich liebe sie, aber sie kann einfach kein Geheimnis bewahren.* Der einzige Mensch, dem sie von Ian Coburn erzählt hatte, war Hope.

Ian Coburn absolvierte noch seine letzten Prüfungen am BC und würde erst nächste Woche wieder auf Nantucket sein.

»Und was machst du dann?«, hatte Hope ihre Schwester gefragt.

»Was glaubst du?«, gab Allegra zurück.

Hope hatte keine Ahnung. Sie konnte sich vorstellen, dass Allegra sich von Brick trennte, und sie konnte sich auch vorstellen, dass sie mit Ian Coburn Schluss machte. Und sie konnte sich *gut* vorstellen, dass Allegra selbstsüchtig genug war, um zu versuchen, mit beiden Jungen den Sommer über ihr Spiel zu treiben.

»Du willst von Situation zu Situation entscheiden?«, fragte Hope. »Abwarten, wie es läuft?«

»Genau«, sagte Allegra.

Natürlich war dies die Antwort ihrer Schwester. Allegra

glaubte an nichts so fest wie an ihr eigenes Glück und daran, dass sich die Dinge immer zu ihrem Besten wendeten.

Aber sie würde es vermasseln.

Jetzt legte Allegra Brick eine Hand auf die Schulter, beugte sich dann vor und gab ihm einen Kuss auf den Kopf, als wäre sie seine Mutter. Hope verspürte einen schmerzhaften Stich an seiner Stelle. War es nicht *total offensichtlich*, dass Allegras Vorrat an erotischen, romantischen Gefühlen aufgebraucht und sie ganz von ihrem Telefon in Anspruch genommen war, das sie alle in ihrer Jackentasche vor sich hin vibrieren hören konnten?

»Wer simst dir?«, fragte Brick.

»Wer mir simst?«, sagte Allegra und lächelte unschuldig, als ob sie das hartnäckige Pulsieren von Ian Coburns Nachrichten an ihrer linken Brust nicht spürte. Sie zog das Handy hervor und checkte das Display. »Oh, das ist Hollis. Sie fragt was wegen Mathe.«

Sie ist die geborene Lügnerin, dachte Hope. Es war unglaublich. Sie sollte ihre Model-Karriere sausen lassen und direkt in die Politik gehen.

»Ich glaube dir nicht«, sagte Brick. »Zeig mir den Text!« Er streckte die Hand nach Allegras Telefon aus, stieß dabei aber Madelines Weinglas um – das zerbrach und Allegras italienische Lederjacke mit einem Malbec-Schauer bespritzte.

Allegra kreischte auf.

»O Brick, nein!«, sagte Madeline.

»Schatz, das war ein Versehen«, sagte Trevor.

Madeline machte sich daran, die Glasscherben einzusammeln, während Allegra ihre Lederjacke abstreifte, zuvor aber ihr Handy aus der Tasche holte und es auf den trockenen Teil des Tisches legte, wo Hope und Brick erkennen konnten, dass eine weitere SMS von Ian Coburn eintraf.

»Ian Coburn?«, sagte Brick. »Seit wann schreibst du dir mit Ian Coburn?«

»Mein Gott, Brick!«, sagte Allegra. »Diese Jacke hat mich ein Vermögen gekostet!«

Eddie räusperte sich. *»Mich«*, korrigierte er. »Ist sie ruiniert?«

Allegra wischte die Jacke mit Servietten ab, doch der Wein hatte dunkle Flecken darauf hinterlassen, die aussahen wie Blut.

»Das ist eine italienische Jacke, oder?«, fragte Hope. »Man sollte ja meinen, dass sie dann weinresistent wäre.«

»Ich *fasse* es nicht!«, sagte Allegra.

Grace holte einen Schwamm für den Wein, und Madeline warf die Glasscherben in den Müll. »Willst du den Schwamm für deine Jacke, Schatz?«, fragte Grace.

»Kein *Wasser* drauf, Mutter!«, sagte Allegra.

»Dein Ton«, warnte Eddie.

Allegras Handy surrte nach wie vor.

Meine Familie ist so durchschaubar, dachte Hope. Womöglich hielten die anderen *sie* auch für durchschaubar – aber keiner von ihnen wusste, dass sie in ein, zwei Monaten Brick daten würde.

»Ian Coburn hat dir ja wirklich viel zu erzählen«, sagte Brick.

Allegra schnappte sich ihr Telefon. »Es geht dich nichts an, wer mir simst.«

»Ach nein?«

»Ich fange mal mit den Garnelen an«, sagte Eddie.

»Ich glaube, wir sollten vielleicht lieber nach Hause fahren«, sagte Madeline.

Grace reichte Eddie eine große Platte mit Garnelen-und-Jalapeño-Spießen. Als er den ersten auf den heißen Grill legte, ertönte ein wütendes Zischen.

»Ihr solltet *nicht* nach Hause fahren«, widersprach Grace. »Es sind doch nur Scherben und ein paar Weinspritzer. Aber du, Eddie, solltest dich bei Madeline dafür entschuldigen, dass du ihr wegen Rachel McMann so hart zugesetzt hast.«

Rachel McMann, dachte Hope. *Brrr.*

Rachel war die Mutter von Calgary McMann, Hopes erklärtem Busenfeind. Hope war vier Wochen lang mit Calgary gegangen, bevor sie ihm erlaubte, sie intim zu berühren, aber dann machte er gleich danach Schluss mit ihr und gab ihr damit das Gefühl, mit ihr stimme etwas nicht. Wenn Calgary und seine Freunde sie jetzt auf dem Flur sahen, machten sie eine seltsame Bewegung mit der Hand, die Hope nicht verstand, und es gab niemanden, den sie fragen konnte, aber sie wusste, dass sie nichts Gutes bedeutete. Als Reaktion darauf zeigte sie ihnen den Stinkefinger, worüber sie nur lachten. Dank Calgary hatte Hope keinen Begleiter für den Weihnachtsball mehr gehabt; das Cocktailkleid aus rotem Samt, das sie und Grace bei Hepburn gekauft hatten, blieb ungetragen. Calgary hatte Kylie Eckers zu dem Ball eingeladen, doch Kylie betrank sich schon beim Vorglühen so sehr, dass der Direktor und der Hausmeister sie an der Tür aufhielten und ihre Eltern telefonisch baten, sie abzuholen. Als

Hope diese Neuigkeit am nächsten Morgen von Allegra erfuhr, fühlte sie sich irgendwie rehabilitiert, aber jetzt, fünf Monate später, hatte sich ihr Hass auf Kylie und Calgary wie ein Fossil in Stein in ihr eingegraben.

»Rachel McMann war deine Kommission nicht wert«, sagte Eddie. »Das war das Einzige, worum es mir ging.«

»Ich glaube nicht, dass sie eine Kommission genommen hat«, sagte Madeline.

»O doch, das hat sie ganz sicher«, sagte Eddie.

Schon bei dem Namen Rachel McMann wurde Hope übel. Sie ertrug dieses Gespräch keine Sekunde länger.

»Mom?«, sagte sie. »Ich habe keinen Hunger.«

»Ich auch nicht«, sagte Brick und sah Madeline an. »Können wir bitte nach Hause fahren, Mom?«

»Ja«, erwiderte Madeline. »Ich glaube, das sollten wir.«

Das war das Letzte, was Hope hörte, bevor sie nach oben marschierte, abgesehen von Allegras surrendem Telefon.

MADELINE

Ihr *dürft* nicht fahren!«, sagte Grace. »Wir haben noch nicht gegessen! Ich habe eine Salsa aus frischer Ananas gemacht. Und Mango-Pannacotta.«

»Ich fühle mich nicht gut«, sagte Brick.

»Hältst du noch ein Weilchen durch, Kumpel?«, fragte Trevor. »Wir essen was, und dann gehen wir.«

Madeline war daran gelegen, die Dinge wieder ins Lot zu bringen. Sie fand es schrecklich, dass Brick noch eins der Fünfhundert-Dollar-Gläser zerbrochen hatte, ärgerte sich aber zugleich darüber, dass Grace darauf bestand, für ein zwangloses Essen derart teures Kristall zu benutzen. Madeline hatte das Gefühl, sie müsse anbieten, das Glas zu bezahlen, obwohl sie es sich nicht leisten konnte. Andererseits hatte sie offenkundig Geld übrig – wie hätte sie sonst zweitausend pro Monat für ein eigenes Zimmer verpulvern können?

Völlig fertig ließ Madeline sich in einen Rattansessel fallen. Dann sprang sie wieder auf. Sie wollte mehr Wein; sie würde ihn aus einem Saftglas trinken.

Grace folgte ihr in die Küche. »Ich möchte nicht, dass du fährst, bevor wir beide ungestört miteinander geredet haben. Lass uns nach dem Essen nach oben gehen. Am Telefon lässt sich das nicht besprechen.«

»Oh«, sagte Madeline. »Okay.«
»Das Essen ist fertig!«, rief Eddie.

Das Gespräch bei Tisch wurde immer wieder durch das hartnäckige Surren von Allegras Handy unterbrochen.

»Allegra, schalt es aus oder bring es ins Haus«, sagte Eddie schließlich.

»Ian Coburn hat es ja wohl echt auf dich abgesehen«, sagte Brick.

»Wir sind Freunde, okay?«, sagte Allegra. »Ist das nicht erlaubt?«

»Die Salsa ist sehr lecker«, sagte Trevor.

»Vielen Dank«, sagte Grace.

Eddie, bemerkte Madeline, hatte sein Essen nicht angerührt. Er bediente sich immer noch von den Diätwaffeln auf der Vorspeisenplatte.

»Das ist erlaubt«, sagte Brick. »Natürlich ist es erlaubt. Solange ihr nur Freunde seid. Solange das alles ist.«

»*Natürlich* ist das alles«, sagte Allegra und warf ihre bestickte Serviette auf ihren verschmierten Teller. Madeline wusste, dass Grace vor diesen Essen jede Serviette wusch und bügelte. »Wie kannst du es wagen, etwas anderes anzudeuten?«

Etwas anderes, dachte Madeline. Zwischen Allegra und Ian Coburn lief etwas. Heiße, pulsierende Wut stieg in ihr auf. Dann erinnerte sie sich daran, was sie und Grace sich gelobt hatten. *Wir mischen uns nicht ein.*

»Allegra …«, sagte Brick.

Aber Allegra war schon aufgesprungen, ihr Handy in der Tasche ihrer ruinierten Jacke verstaut.

»Lass stecken, Brick«, sagte sie und verschwand in der Küche.

Brick sah aus, als wollte er ihr nachlaufen, doch er blieb sitzen.

Madeline trank ihren letzten Schluck Wein. Sie stand auf, um ihr Glas nachzufüllen, aber Grace sagte: »Er ist alle. Soll Eddie noch eine Flasche aus dem Keller holen?«

Nein, dachte Madeline. Sie sollten fahren. Der arme Brick war heute Abend genug gedemütigt worden. Doch Grace wollte ihr etwas erzählen, das sich am Telefon nicht besprechen ließ, und das hatte Madelines Neugier geweckt.

»Ja«, sagte sie.

Als Eddie zwei Flaschen Screaming-Eagle-Cabernet nach oben brachte, musste Madeline blinzeln. Hatte sie Halluzinationen? Er hatte immer gesagt, diese Flaschen würde er sich fürs Sterbebett aufsparen.

»Edward, was hast du vor?«, fragte sie.

»Den möchte ich heute Abend ausschenken«, sagte er. »Weiß selbst nicht genau, warum – ist einfach so ein Bauchgefühl.«

»Das reicht doch als Grund«, sagte Trevor. »Ich kann es gar nicht abwarten, ihn zu kosten.«

Grace ging in die Küche, um jedem einen frischen Baccarat-Kelch zu holen.

»Ihr trinkt noch *mehr* Wein?«, fragte Brick. »Ich dachte, du hättest gesagt, wir fahren nach Hause?«

»Dies ist wahrscheinlich der beste Wein, den wir jemals geboten kriegen«, sagte Trevor. »Wie lange standest du auf der Warteliste, Eddie?«

»Acht Jahre und sieben Monate«, verkündete Eddie stolz.

»Ist mir egal«, sagte Brick. »Tut mir leid, Mr Pancik. Ich will einfach nur noch heim.«

Wir sollten fahren, dachte Madeline. Brick beklagte sich nie. Sie sollten sich den Screaming Eagle für einen Abend aufsparen, an dem es etwas zu feiern gab. Zum Beispiel den Verkauf von Eddies Häusern und die Auszahlung des Ertrags der Investition, die sie und Trevor getätigt hatten.

Aber Eddie zog den Korken heraus und fing an, den Erwachsenen Wein einzugießen, und sie stießen miteinander an.

Allegra steckte den Kopf aus dem Fenster ihres Zimmers und rief: »Brick, würdest du bitte mal raufkommen?«

Madeline sah, dass sich auf dem Gesicht ihres Sohnes Unentschlossenheit spiegelte.

»Bitte, Brick«, sagte Allegra.

Brick stand auf und ging ins Haus.

»Gut«, flüsterte Grace. »Sie werden sich aussprechen.«

Ian Coburn, dachte Madeline. Ian war ein sehr gut aussehender Junge; er hatte letztes Jahr die Nantucket High School abgeschlossen. Sein Vater arbeitete im Private-Equity-Bereich und pendelte zwischen Nantucket und New York City. Seine Mutter war schrill und blind für alles außer dem Charme ihres Sohnes. Ian Coburn hatte zu den Jugendlichen gehört, die mit dem Segen ihrer Eltern Partys feiern durften, auf denen Alkohol getrunken wurde. Er bedeutete, fand Madeline, nichts Gutes.

Wir mischen uns nicht ein.

»Lasst die Tür offen!«, rief Eddie.

Grace füllte ihr Glas und das von Madeline nach, während Eddie beobachtete, wie viel von seinem kostbaren Wein die Flasche verließ. »Ich würde Madeline oben gern was zeigen«, sagte sie. »Kommt ihr Jungs hier allein zurecht?«

»Zigarren«, sagte Eddie zu Trevor.

»Warum nicht«, gab Trevor zurück.

»Ach, guck mal«, sagte Eddie. »Ich hab doch tatsächlich zwei Cohibas in meiner Tasche.«

Madeline folgte Grace nach drinnen, durch die Küche und die prächtige geschwungene Treppe hinauf. Das Haus der Llewellyns hätte drei- oder viermal in das der Panciks gepasst, aber Madeline verspürte schon lange keinen Neid mehr. Er war sinnlos.

Sie betraten Graces Arbeitszimmer, das eine fast exakte Nachbildung des Arbeitszimmers ihrer Großmutter Sabine auf dem Anwesen in Wayland war. Madeline mit ihrer Vorliebe für alles Sonnige fand den Raum zu dunkel und unpersönlich, wenn auch elegant. Die braungrauen Wände wiesen Jagdstiche, eingebaute Bücherregale aus Walnussholz und dicke Brokatvorhänge auf. Den riesigen, kunstvoll gearbeiteten Mahagonischreibtisch hatte Grace von Sabine geerbt, ebenso wie den flauschigen Perserteppich – Hunderttausende geknotete Seidenfäden in Burgunderrot, Marineblau und Cremeweiß. Madeline atmete tief ein. Sie liebte den Geruch des Zimmers – nach Sandelholz und alten Büchern. Grace hatte am Mount Holyoke Französische Literatur studiert, daher waren ihre Regale mit Bänden von Victor Hugo und Voltaire, von Colette und Proust, Émile Zola, Dumas und Camus gefüllt. Sie hatte eine Sammlung von vierundzwanzig Ted-Muehling-Kerzenhaltern, in denen eine Auswahl schlanker Kerzen in Weiß, Elfenbein und Taubengrau stand. Sie besaß ein antikes Tintenfass samt Federkiel, mit dem sich tatsächlich noch schreiben ließ. An der Wand tickte eine Banjouhr, die mit blechernem Klang das Verstreichen jeder Viertelstunde verkündete.

Grace machte die schwere Tür hinter ihnen zu, schloss sie ab und dämpfte das Licht des riesigen zinnernen Kronleuchters, der an der Decke hing. Wenn Madeline ein Arbeitszimmer mit einer abschließbaren Tür gehabt hätte, hätte sie keine zwölftausend Dollar für ein Apartment ausgeben müssen.

Aber Madeline war eine zu gute Freundin, um Grace ihr Arbeitszimmer zu missgönnen. Es diente nicht nur als Vorwand für Raumgestaltung: Grace musste sich mit gärtnerischen Fragen befassen sowie mit der Zucht von Araucana-Hühnern und dem Vertrieb von Bio-Eiern.

Madeline setzte sich in den grünen Ledersessel und drapierte eine dicke cremefarbene Chenille-Decke über ihren Schoß. Grace warf sich auf das mit Knautschsamt bezogene Sofa, stützte ihr Kinn auf ein goldenes Brokatkissen und starrte in ihren Weinkelch, den sie mit beiden Händen hielt.

»Grace«, fragte Madeline, »was ist los?«

»Erinnerst du dich daran, wie ich dir erzählt habe, dass ich eine Schwäche für Benton Coe habe?«

»Ja«, sagte Madeline. »Natürlich.« Es war gegen Ende des letzten Sommers gewesen. Sie und Grace hatten am Steps Beach gelegen und selbstgemachte Wassermelonen-Margaritas getrunken, die Grace aus einer Thermosflasche servierte. Tequila war für Grace schon lange ein Wahrheitsserum, und so hatte sie Madeline irgendwann im Laufe des warmen, einschläfernden Nachmittags am Arm berührt – und damit aus einem Nickerchen geweckt – und gesagt: »Ich habe eine Schwäche für Benton Coe.«

Madeline hatte noch halb oder zu drei Vierteln geschlafen, aber sie hatte gesagt: »Nein, Grace, hast du nicht.«

»Doch, habe ich. Du musst doch wissen, was ich meine. Du musst doch im Laufe deiner Ehe auch schon mal eine alberne, harmlose Schwäche für jemanden gehabt haben.«

Madeline schüttelte den Kopf. »Nein.«

»Wirklich nicht? Ihr beide wart *immer* Dick Van Dyke und Mary Tyler Moore?«

»Immer«, sagte Madeline.

Damit war das Gespräch beendet gewesen, aber Madeline hatte es nie vergessen.

»Zwischen uns hat sich was angebahnt«, sagte Grace jetzt.

Madeline hatte so viel Wein getrunken, dass sie es nicht schaffte, ihrem Gesicht den angemessenen Ausdruck zu geben. Was hätte der auch zeigen sollen? Schock? Entsetzen? Missbilligung? Madeline hatte andere nie leichtfertig verurteilt; das Spektrum menschlicher Erfahrung war einfach zu groß, um an das absolut Richtige oder Falsche zu glauben.

»Was denn?«, fragte sie.

»Er hat mir aus der Bäckerei Pistazienmacarons mitgebracht«, sagte Grace. »Und dann hat er mich geküsst.«

»Dich *geküsst*? Nur dieses eine Mal?«

»Zunächst nur einmal«, gestand Grace. »Aber dann ist es im Gartenschuppen wieder passiert. Und ein drittes Mal, als wir die Hängematte aufhängten.« Sie ließ den Wein so heftig in ihrem Kelch herumwirbeln, dass Madeline befürchtete, sie würde das goldene Kissen damit bekleckern. Grace war ziemlich betrunken. Wahrscheinlich stellte sie das mit dem »Küssen« übertrieben dar.

»Jetzt passiert es jeden Tag«, sagte sie.

»Jeden Tag?«, hakte Madeline nach. »Welche Art von Küssen ist es denn?«

»Die beste«, sagte Grace. »Die Art, bei der mir schwindlig wird. Du weißt, wie die sich anfühlt, stimmt's?«

»Stimmt«, sagte Madeline. Sie und Trevor im Sommer 1993.

»Vielleicht ist es ja das Verlangen einer Vierzigjährigen, die so lange ignoriert worden ist.«

»Ignoriert Eddie dich im *Bett*?«, fragte Madeline.

Grace zuckte die Achseln – Madeline war sich nicht sicher, was das heißen sollte. »Es ist sehr lange her, dass er mir gegenüber richtig aufmerksam war«, sagte sie. »Wie lange, was glaubst du?«

»Ziemlich lange«, räumte Madeline ein. Fast ebenso lange, wie sie Eddie kannte – an die zwanzig Jahre –, nahm er Grace als selbstverständlich hin. Grace hatte sich öfter darüber beschwert, aber auch gesagt, sie verstehe, dass Eddie so beschäftigt sei. Um ihren Lebensstil aufrechtzuerhalten, brauchten sie Unsummen an Geld, und die dreihundert Dollar wöchentlich, die Grace der Verkauf ihrer Eier einbrachte, reichten gerade dazu aus, ihren Range Rover zu betanken und die Handyrechnungen der Mädchen zu bezahlen. Die Lederjacke, die Allegra heute Abend getragen hatte, hatte vermutlich mehr gekostet als das, was Madeline in einem Monat für Lebensmittel ausgab. Auf Eddies einem Meter dreiundsiebzig großen Körper lastete ein enormer Druck, daher auch sein ständiges Sodbrennen.

»Ich bin einsam«, sagte Grace. »Seit Jahren schon.«

»Wirst du mit ihm *schlafen*?«, fragte Madeline, jetzt im Flüsterton. Sie konnte es nicht *fassen*, dass Grace sich mit Benton Coe einließ.

»Ich weiß nicht«, sagte Grace. »Das habe ich noch nicht entschieden.«

»Ich würde versuchen, es bei einer Freundschaft zu belassen«, riet Madeline.

»Das ist einfacher gesagt als getan«, erwiderte Grace. »Ich fühle mich wie in einem Rennwagen ohne Rückwärtsgang.«

»Worauf soll das denn hinauslaufen?«, fragte Madeline. »Als deine beste Freundin ist es meine Aufgabe, Grace, dich darauf hinzuweisen, dass dabei nichts Gutes rauskommen kann.«

»Ich weiß«, sagte Grace. »Erinnerst du dich an die Séance?«

Rhetorische Frage.

Die Séance hatte im letzten Oktober am Abend vor Halloween bei Grace und Eddie im Souterrain stattgefunden. Eddies Schwester Barbie Pancik war bekannt dafür, gewisse hellseherische Fähigkeiten zu besitzen. Als sie in den Zwanzigern gewesen war, hatte sie sich auf einem Flohmarkt in Brimfield eine Kristallkugel gekauft, und die hatte in der

Partyszene von Nantucket die Runde gemacht, als Barbie noch Teil dieser Szene gewesen war. Irgendwie hatten Grace und Eddie sie überredet, die Kugel am Abend vor Halloween mitzubringen – die Zwillinge und Brick waren sicher bei Hannah Dromanian untergebracht. Barbie hatte nicht nur eingewilligt, sondern sich auch wie eine richtige Wahrsagerin ein langes schwarzes Kleid angezogen und ihr graues Haar mit einem Hermès-Schal hochgebunden.

Mit starrem Blick saß sie lange da, so lange, dass Eddie, Grace, Madeline und Trevor anfingen, zappelig zu werden wie Schulkinder, und dann, als Barbie tief Luft holte, warteten sie gespannt.

Mit der eindringlichsten Stimme der Welt, die alle glauben ließ, sie *verkünde die absolute Wahrheit,* sagte sie: » Zwei Frauen an diesem Tisch werden die Person zu ihrer Linken hintergehen.«

Eddie saß links von Grace, Grace links von Madeline, Trevor links von Barbie.

Jetzt sagte Grace: »Barbie hat prophezeit, dass ich Eddie hintergehen würde.«

»Die Séance war idiotisch«, sagte Madeline. »Du hast doch wohl nicht *geglaubt,* was Barbie gesagt hat?«

»Ich denke darüber nach«, sagte Grace.

»Wenn du glaubst, was Barbie gesagt hat, bedeutet das entweder, dass Barbie Trevor hintergeht – was nicht sehr wahrscheinlich ist –, oder dass ich dich hintergehen werde, und das ist noch unwahrscheinlicher, weil du meine beste Freundin bist.«

»Ja«, sagte Grace. »Danke.«

»Die Séance war nicht echt, Grace.«

Grace stellte ihren Wein sicher auf dem Beistelltisch ab, richtete sich auf und schaute Madeline an. »Unfassbar, wie sich mein Leben plötzlich verändert hat. Alles war normal und langweilig. Und jetzt … jetzt ist mein Leben ein Roman.«

NANTUCKET

Am Samstagabend hörte Damon, der Barkeeper im Pearl, das Gerücht von Phoenix Hernandez, der Empfangsdame, die Anfang der Woche beim Zahnarzt gewesen war.

Bis Sonntagmittag hatte es sich in der ganzen Stadt verbreitet, hauptsächlich deswegen, weil Damons Mitbewohnerin Blue Sky oben im Ventuno an der Bar arbeitete und Blue Skys Mutter Alice die Sekretärin der Grundschule und ihre Tante Margaret bei der Kfz-Zulassungsstelle angestellt war. Blue Sky, Alice und Margaret trafen sich jeden Sonntagmorgen zum Frühstück im Fog Island Café, wo Blue Sky ihrer Mutter und ihrer Tante immer erzählte, was es von ihrem Wochenende zu berichten gab.

Ein Teil des Gerüchts bestätigte sich, als Rachel McMann, begeisterte Nutzerin der sozialen Medien, ein Foto des blauen viktorianischen Hauses postete, zusammen mit dem Tweet: *Habe gerade Wohnung an auf Nantucket lebende Autorin vermietet! #nantucket #bayberryproperties #insulaner*. Dieser wurde von Jacinda Morgan retweetet, der Büroleiterin von Bayberry Properties, deren Aufgabe es war, alles, was den Hashtag #bayberryproperties enthielt, mit ihren zehntausend Followern zu teilen. Ebenso wurde er von Madelines Verlag Final Word retweetet, der alles, was als Hashtag einen seiner tausenddreihundert Titel verwendete, mit seinen eins Komma eins Millionen Followern teilte.

Hast du schon gehört?

EDDIE

Am Samstagabend um acht Uhr fuhr Eddie zum alten Cumberland Farms, um sich Magensäureblocker mit Kirschgeschmack zu holen. Das alte Cumberland Farms wirkte ziemlich heruntergekommen und bediente eine fragwürdige Klientel – Teenager auf Skateboards, Heroinsüchtige, Kleinkriminelle, mehr oder weniger den Bodensatz der Gesellschaft Nantuckets –, war aber der einzige Laden auf der Insel, der Säureblocker mit Kirschgeschmack verkaufte, die Eddie jetzt dringend benötigte.

Um halb zehn sollte er sich in der Low Beach Road mit Ronan NG treffen. Um zehn Uhr würden die Mädchen kommen.

Normalerweise nagelte Grace Eddie gern darauf fest, am Samstagabend mit ihr auszugehen, doch in dieser Woche hatte sie ihn – glücklicherweise – nicht darauf angesprochen, und Eddie hatte dem geschenkten Gaul nicht ins Maul geschaut. Grace hatte zum Essen Hummerragout und frischgebackene Baguettes serviert und sich, als Eddie gerade überlegte, wie er ihr beibringen sollte, dass er noch arbeiten müsse, nach dem Aufräumen in ihr Arbeitszimmer zurückgezogen, weil sie für den Garten etwas Neues plane.

Hope würde Allegra in die Stadt fahren und dann wieder nach Hause kommen, um Flöte zu üben. Allegra hatte es nicht auf die Liste der besten Schüler geschafft und sich damit auch nicht das Privileg verdient, den viertürigen Jeep Sahara zu fahren, den Eddie den Zwillingen zum sechzehnten Geburtstag geschenkt hatte. Allegra hatte gesagt, jemand würde sie später nach Hause fahren, und Eddie hatte gefragt: *Wer?* Und Allegra hatte geantwortet: *Ich weiß nicht, Daddy, irgendjemand.* Das Mädchen hatte fünftausend Freunde, und obwohl sich Eddie ziemlich sicher war, dass sie trank und vermutlich auch rauchte, hatte sie sich noch nie *richtigen* Ärger eingehandelt. Natürlich hatte sie in den letzten zwei Jahren den größten Teil ihrer Freizeit mit Brick verbracht – doch neuerdings klangen ihre Pläne eher vage. *Fahre in die Stadt und hänge ein bisschen am Strip ab, vielleicht Kino.*

Ruf mich an, wenn du mich brauchst, hatte Eddie gesagt. *Ich hole dich ab, egal wann.*

Allegra hatte ihn umarmt und *Vielen Dank, Daddy* gesagt, während Hope ihn ansah, als fiele er auf jeden Schwindel rein.

Zu ihr sagte Eddie: »Ich muss mich noch kurz um ein Haus kümmern. Bis halb elf, spätestens elf, bin ich wieder zurück.«

Hope hatte die Achseln gezuckt.

Jetzt, im alten Cumberland Farms, nahm Eddie zwei Flaschen Magensäureblocker mit Kirschgeschmack vom Regal und trug sie zur Kasse.

»Hey, Eddie«, sagte eine Stimme hinter ihm.

Eddie drehte sich um. Es dauerte eine Sekunde, bis er den Mann erkannte, weil er keine Uniform anhatte, sondern ein weißes Hemd, Jeans und einen Blazer: Ed Kapenash. Der Polizeichef.

»Hey, Chief«, sagte Eddie und schüttelte Ed die Hand. Dann bezahlte er seine Säureblocker, nahm das Wechselgeld und die Tüte entgegen und drehte sich noch einmal lächelnd zum Chief um.

»Würden Sie einen Moment auf mich warten?«, fragte der Chief.

»Klar doch«, sagte Eddie. Sein Herz fühlte sich an, als würde es an eine Meute wilder Hunde verfüttert. Während er an der Tür stehen blieb, öffnete er eine der Flaschen und steckte sich ein paar Kautabletten in den Mund. Was der Chief wohl von ihm wollte? Ihm kam nur das Schlimmste in den Sinn.

Der Chief hielt einen Kanister Milch hoch, den er kaufen wollte. »Ist viel billiger hier«, sagte er.

Eddie lächelte. »Ich weiß.«

»Eier sind auch billiger – aber die müssen Sie ja wohl nicht kaufen.«

»Graces Hühner haben mich total verwöhnt«, sagte Eddie. »Andere Eier esse ich nicht mehr.«

Der Chief machte die Tür auf und trat mit Eddie auf den Parkplatz. Sein Streifenwagen stand neben Eddies Cayenne. Gott sei Dank hatte Eddie den Schlitten inspizieren lassen!

Eddie zögerte, bevor er auf sein Auto zustrebte. Wollte der Chief mit ihm reden?

»Und, wie steht's bei Ihnen, Eddie?«, fragte der Chief.

»Oh«, sagte Eddie, »kann mich nicht beklagen.«

»Sie bauen diese Häuser in der Eagle Wing Lane?«

»Ich versuche es«, sagte Eddie.

»Und Sie vermieten immer noch diesen Luxusschuppen in der Low Beach Road?«

Eddie hätte dem Chief gern in die Augen geschaut, doch das schaffte er nicht. Er starrte auf die bröselnden Holzschindeln an der Seitenwand des Gebäudes.

»Ja«, sagte er.

»Bei denen sitzt das Geld ganz schön locker, hä?«, sagte der Chief. »Fünfzig Riesen pro Woche.« Er pfiff bewundernd.

Eddies Herz befand sich in wütendem Aufruhr. Er nickte.

Der Chief klopfte Eddie auf den Rücken. »Na ja, keiner verdient es mehr als Sie, mein Freund, richtig abzusahnen. Sie sind schon so lange im Geschäft. Sie legen sich mehr ins Zeug als jeder andere, den ich kenne.«

Diese Worte klangen ermutigend. Aber waren sie so gemeint?

»Was Sie getan haben, als wir das Haus der MacAvoys verkaufen mussten, war unglaublich großzügig. Das vergesse ich nie, und Andrea auch nicht. Ebenso wenig wie Chloe und Finn.«

»Ach was«, sagte Eddie. »Es war das Mindeste, was ich tun konnte.« Er reckte seine Tüte mit den Säureblockern wie zum Abschiedsgruß in die Höhe und trat dann auf seinen Wagen zu.

»Schönen Abend noch«, sagte der Chief.

»Ihnen auch«, sagte Eddie. »Lassen Sie sich die Milch schmecken.«

Eddie wartete in seinem Cayenne darauf, dass der Chief wegfuhr, ehe er sein Telefon hervorholte.

Er würde Ronan NG anrufen und die Sache abblasen. Dem *Polizeichef* begegnen, nur wenige Augenblicke, bevor er das Schlimmste tat, was er je getan oder vorgehabt hatte? Das bedeutete Ärger. Sicher beobachtete die Polizei das Haus. Womöglich war Ronan NG ein FBI-Informant. Womöglich wurde Eddie von Glenn Daley, Rachel McManns Boss bei Bayberry Properties, dem nichts lieber wäre, als wenn Eddie und Barbie bankrottgingen, in eine *Falle gelockt.*

Aber dann beruhigte Eddie sich. Ronan arbeitete bei Deep-Well in Las Vegas. Das war eine reguläre Firma; Eddie hatte sie gegoogelt. Prostitution war in Teilen Nevadas legal, wahrscheinlich also etwas, an das Ronan NG gewöhnt war, für ihn nichts Besonderes, keine große Sache.

Okay, Mann, kein Problem, kein Problem. Hab ja nur gefragt.

Das Ganze abblasen? Die Hälfte von Eddies Gewissen und gesundem Menschenverstand sagte ja.

Doch es ging um sehr viel Geld. Und er war kurz vorm Ertrinken. Insolvenz – oder schlimmer.

Aber … im Gefängnis würde ihm Geld nichts nützen.

Er warf drei weitere Magensäureblocker ein.

Zu Hause hatte er zwei Töchter und eine sehr liebe Frau. Wenn Grace wüsste, was er vorhatte, würde sie ihn umbringen und aus lauter Scham dann selbst sterben. Sie würde Eddie erklären, sie sei erleichtert, dass ihre Großmutter Sabine nicht lange genug gelebt habe, um Eddie kennen zu lernen, weil er auf keinen Fall ihre Zustimmung gefunden hätte. Das hatte sie ihm aus reiner Wut schon einmal an den Kopf geworfen, was ihn nachhaltig verletzt hatte. Warum war er nicht gut genug? Weil er in einem Apartment über einer Reinigung in der Purchase Street in New Bedford aufgewachsen war, wo seine Eltern täglich sechzehn Stunden gearbeitet hatten? Weil er sein Sportstipendium für die Plymouth State University verloren hatte, nachdem er im letzten Schuljahr in Englisch durchgefallen war und dann auch bei seiner letzten Chance, im Sommerkurs, versagt hatte? Weil er, statt aufs College zu gehen, nach Nantucket gekommen war, einen Job als Spüler im Straight Wharf angenommen hatte, dann Hilfskellner, dann Kellner geworden war und dann die richtige Person bedient hatte, einen Mann namens Winthrop Bing, mittlerweile verstorben, dem es gefallen hatte, wie Eddie sich ins Zeug legte, und der ihn gefragt hatte, ob er Interesse an der Immobilienbranche habe?

Sie legen sich mehr ins Zeug als jeder andere, den ich kenne. Das hatte der Chief gesagt.

Der Chief mochte Eddie, weil er vor sechs Jahren, als sein bester Freund Greg MacAvoy und dessen Frau Tess bei einem Segelunfall ums Leben gekommen waren, als Testamentsvollstrecker deren Haus hatte verkaufen müssen. Eddie hatte innerhalb von drei Tagen jemanden aufgetrieben, der das Haus zum geforderten Preis kaufte – und er hatte auf seine Provision verzichtet, zum ersten und einzigen Mal in seiner Karriere. Alle anderen in der Gemeinde waren bemüht gewesen, Chloe und Finn, den verwaisten Zwillingen, zu helfen, und so hatte Eddie sich ihnen angeschlossen, indem er entgegen seiner üblichen Skrupellosigkeit die einundzwanzigtausend Dollar opferte, die ihm zugestanden hätten.

Und sieh mal einer an! Der Chief erinnerte sich immer

noch an seine Großzügigkeit. Der Chief hielt ihn für einen anständigen Kerl. Na ja, er *war* ein anständiger Kerl. Was er vorhatte, war illegal, aber er tat schließlich niemandem *weh* damit.

In Teilen Nevadas war es legal.

Legal auch in Amsterdam. Waren die Holländer schlechte Menschen?

Die Sache abblasen?

Die schlichte Wahrheit war, dass er das Geld brauchte. Zu allem Unglück wollte Madeline jetzt noch ihre fünfzig Riesen zurück! *Das* war ein unangenehmes Gespräch gewesen!

Eddie beschloss, Barbie anzurufen. Er wusste nicht, ob sie auf Nantucket war oder verreist. So nahe sie sich auch standen, ihre Wochenendpläne teilte sie ihm selten mit. Auf dem Firmenkalender trug sie dann *P* ein, die Abkürzung für *privat* – also alles, was nichts mit Island Fog Realty zu tun hatte. Ihr Schreibtisch war übersät mit Stiften und Notizblöcken aus schicken Hotels – dem Plaza und dem Waldorf, dem Drake in Chicago, dem Four Seasons in Santa Barbara –, aber wenn Eddie sie fragte, ob sie im Four Seasons in Santa Barbara *übernachtet* habe, erwiderte sie, das sei »P«. Barbie glaubte nicht an soziale Netzwerke oder daran, andere über ihren Aufenthaltsort zu informieren, wollte nicht Teil einer Gemeinschaft sein, real oder virtuell. Sie war sich selbst genug.

Jetzt nahm sie beim ersten Klingeln ab. In dieser Hinsicht war sie zuverlässig.

»Tut mir leid, wenn ich dich störe«, sagte Eddie.

Schweigen. Sie wollte sich nicht einmal dazu äußern, ob er sie störte oder nicht.

»Was gibt's?«, fragte sie dann.

»Ich hab Bedenken wegen der Mädchen«, sagte er. »Ich hab eben den Polizeichef gesehen.«

»Beim *Haus*?«

»Nein, im Cumberland Farms. Er hat Milch gekauft.«

»Glaubst du, dass er dir gefolgt ist?«

»Nein«, sagte Eddie, obwohl er darüber noch gar nicht nachgedacht hatte. »Nicht gefolgt. Ich bin mir sicher, dass er vor mir da war.«

»Ich verstehe nicht«, sagte Barbie. »Was ist dann das Problem?«

»Es ist illegal.«

»Und das ist dir gerade klargeworden?«

»Du hast kein komisches Gefühl deswegen, oder?«, fragte er. Barbies Instinkte waren *unfehlbar*. Bestimmte Ereignisse sah sie, bevor sie eintraten.

»Ich habe das Gefühl, dass alles glatt läuft«, sagte Barbie. »Ganz zu schweigen davon, dass es sehr lukrativ ist. Ich hab es vorgeschlagen, erinnerst du dich? Halt dir vor Augen, dass es meine Idee war, wenn es dir dann besser geht.«

»Deine Idee, aber *ich* wandere in den Knast dafür.«

»Das wird nicht passieren, Ed.«

»Bist du dir sicher?«

»Ich bin mir sicher.«

»Und wenn ich Ärger kriege? Bist du überhaupt auf der Insel?«

Schweigen. Dann: »Ja, bin ich, wenn du es unbedingt wissen musst.«

»Okay, gut«, sagte Eddie.

»Schreib mir eine SMS, wenn du das Geld hast«, sagte sie.

»Mache ich«, sagte er und legte auf. Sie würden es also durchziehen. Er und Barbie würden de facto Zuhälter und Madame eines russischen Prostituiertenringes in der Low Beach Road werden.

Noch ein Anruf, dachte er. An die Mädchen, um sich zu vergewissern, dass sie wussten, worauf sie sich einließen.

Nadia ging ans Telefon.

»Seid ihr bereit, Ladies?«, fragte Eddie.

»Ja, sind wir«, sagte Nadia. »Wir gehen in Salon für Maniküre, Pediküre, von unserem eigenen Geld, weil heute Nacht kommt mehr Geld, viel Geld.«

»Schön«, sagte Eddie. »Sicher seht ihr sehr hübsch aus.«

»Hübsch?«, entgegnete Nadia. »Hände sind morgen nach dem Putzen wieder ruiniert.«

»Okay, Cinderella«, sagte Eddie. »Bis bald.«

Er warf noch zwei Säureblocker ein. Sie wirkten nicht. Sein Sodbrennen war so schlimm, dass er eigentlich verschreibungspflichtige Medikamente benötigt hätte, aber wer hatte schon Zeit, zum Arzt zu gehen?

Er hielt vor dem Haus und blieb im dunklen Wagen sitzen, um auf Nadia und die anderen Mädchen zu warten. Dann wurde ihm klar, dass er hineingehen und mit Ronan NG den finanziellen Teil klären sollte, damit das Geld und die Mädchen nicht miteinander in Verbindung gebracht wurden. So stellte es sich nach Eddies Logik dar, aber er hätte gern ein paar Richtlinien gehabt. Sicher hatte doch irgendein verkommenes Subjekt im Internet ein Handbuch darüber veröffentlicht, wie man einen Prostituiertenring leitete, ohne erwischt zu werden, oder?

Die Haustür stand weit offen, und Eddie konnte im Hintergrund Eric Clapton »Cocaine« singen hören.

»Klopf klopf!«, sagte er und trat ins Foyer. »Hallo hallo!« Eddie hatte nicht das Gefühl, hier unbefugt einzudringen, denn genau genommen war er ja verantwortlich für das Haus, solange der Eigentümer sich in L. A. aufhielt.

Fast wäre er mit Ronan NG zusammengestoßen, der die Treppe heruntergestürzt kam, einen Spiegel in der Hand, auf dem kreuz und quer Kokain-Lines verliefen. Ronan war barfuß und trug Jeans und ein offenes weißes Hemd.

»Der Flinke Eddie!«, sagte er. Seine Nasenlöcher waren gerötet und zuckten wie bei einem Kaninchen, und seine Pupillen waren winzig, kaum noch sichtbar; Eddie kam der beunruhigende Gedanke, dass er es mit einem Zombie zu tun hatte. Und Ronan schwitzte heftig. »Sind die Mädchen da? Sie wollen vermutlich ihr Geld. Hier, halten Sie mal.«

Er reichte Eddie den Spiegel und verschwand, und Eddie blickte hinunter auf sein von Koks-Lines durchschnittenes Spiegelbild. Die ganze Situation war ihm zutiefst zuwider.

Mit einer braunen Papiertüte aus dem Stop & Shop tauchte Ronan wieder auf. »Hier ist es, Mann. Sie kommen diese Woche jeden Abend, oder? Und ich zahle die Hälfte jetzt und die andere Hälfte am Schluss?«

Eddie nickte, denn er wollte eine verbale Bestätigung vermeiden, für den Fall, dass sich irgendwo im Haus Wanzen befanden. Und er wollte unbedingt die Drogen loswerden. Ende der Neunzehnhundertachtziger, in seiner Anfangszeit auf Nantucket, hatte jeder, den er kannte, Drogen genommen. Als Eddie im Straight Wharf gearbeitet hatte, war Kokain praktisch Teil des Personalessens gewesen. Eddie hatte sich von dem Zeug jedoch immer ferngehalten. Damals war er noch Läufer gewesen und hatte Angst gehabt, seinen Körper damit zu vergiften. Außerdem wusste er, wie schädlich Drogen waren; er hatte miterlebt, wie sie die Hälfte seiner Mitschüler in New Bedford ruiniert hatten.

Er gab Ronan den Spiegel zurück und nahm die Papiertüte entgegen, dann spähte er hinein. Bargeld. Einen herrlichen Moment lang fühlte sich Eddies Herz an wie ein Heliumballon.

Ronan deutete mit seinem Kopf auf den Spiegel. »Wollen Sie eine Line, Mann?«

Eddie hob eine Hand. »Nein, vielen Dank. Das ist nicht mein Ding. Ich bin Vater.«

Ronan starrte ihn an.

Und Zuhälter, dachte Eddie.

»Wissen Sie, Ihr Hut gefällt mir«, sagte Ronan. Er nahm Eddie den Panamahut vom Kopf und setzte ihn sich selbst auf.

Eddie hätte gern die Hand ausgestreckt und ihn zurückgefordert. Er war bereit, nahezu alles dafür zu tun, dass dieses Geschäft glatt lief, aber seinen Panamahut dafür zu opfern gehörte nicht dazu. Er hatte immer einen festen Bestand von drei Hüten, *für alle Fälle*, also waren zu Hause noch zwei genau wie dieser – doch jeder hatte dreihundertfünfundsiebzig Dollar gekostet, und eine Neuanfertigung dauerte sechs Wochen.

»Ich lasse sie speziell in Montecristi in Ecuador machen«, sagte Eddie.

»Cool«, sagte Ronan NG. Seine Augen waren sich drehende Spiralen, ganz wie in einem Cartoon. Eddie hatte Angst, ihn zu berühren oder auch nur um die Rückgabe des Hutes zu bitten. Wenn Ronan NG mit Prostitution und Drogen zu tun hatte, besaß er wahrscheinlich auch eine Schusswaffe. *Unglaublich*, als wie gefährlich sich die Situation erwies.

In diesem Augenblick kamen die Mädchen herein, obwohl Eddie sie fast nicht erkannt hätte. Tagsüber beim Putzen liefen sie in Sweatpants herum und hatten ihre Haare mit Tüchern hochgebunden. Heute Abend dagegen trugen sie enge, glänzende Kleider und High Heels, ihr Haar war toupiert und gesprayt. Offenbar hatten sie sich ein einziges Lidschatten-Set gekauft, von dem sich jede eine Farbe ausgesucht hatte – Nadia Blau, Julia Grün, Tonya Violett, Gabrielle ein fahles Gelb und die winzige Elise ein schimmerndes Braun.

»Eddie, Eddie, Eddie!«, riefen sie und blieben stehen, um ihn auf beide Wangen zu küssen, obwohl sie sonst nie etwas anderes getan hatten, als ihre Hände nach Geld auszustrecken.

Eddie hielt Nadia am Handgelenk fest, während die anderen Mädchen Ronan mit Eddies Panamahut und dem Koksspiegel nach oben folgten.

»Du weißt, was hier passiert, oder, Nadia? Außer uns darf keiner davon erfahren. Sonst heißt es für euch fünf: zurück nach Russland.«

»Kirgisistan«, korrigierte Nadia.

»Genau«, sagte Eddie.

Nadia tätschelte seine Wange. »Keine Sorge, Eddie. Wir verstehen. Ist bloß Geschäft.«

Als Eddie mit der Einkaufstüte zu seinem Wagen zurückging, betrauerte er den Verlust seines Hutes. Dann sagte er sich, dass er zu Hause schließlich noch zwei identische Hüte hatte und sich auf das Wesentliche konzentrieren sollte.

Immerhin hatte Barbie recht behalten. Alles war glatt gelaufen.

HOPE

Am Samstagabend um halb elf schickte Allegra Hope eine SMS. *Bitte komm mich abholen.*

Was Hope umhaute, war das *Bitte*. Wenn Allegra mit Hope kommunizierte, benutzte sie nie Wörter wie *bitte, danke* oder *entschuldige*.

Wo bist du?, schrieb sie zurück. Sie hatte Allegra vor dem Dreamland Theatre abgesetzt, aber gewusst, dass Allegra nicht die Absicht hatte, sich einen Film anzusehen. Jetzt befürchtete sie, dass etwas schiefgelaufen war.

Bei Calgary, simste Allegra. *Bitte hol mich ab.*

NW, simste Hope. *Fahr bei jemand anderem mit.*

Bitte!, schrieb Allegra.

Dreimal das Wort *bitte*. Irgendwas stimmte definitiv nicht. Hope wartete.

BITTE HOPE!

Hope wartete.

BITTE BITTE BITTE BITTE!!!! Du hast was gut bei mir.

Ich hab jetzt schon was gut bei dir! Weil ich dich gedeckt habe!, simste Hope, zog jedoch ihre Sandalen an. Sie hatte zwei Stunden lang Flöte geübt, bis ihr Zunge und Lippen wehtaten, und sich dann ihre Chemie-Hausaufgaben angeschaut. Sie war sich ziemlich sicher, dass Allegra mit

Ian Coburn aus war, was bedeutete, dass Brick vielleicht zu Hause war und Lust hatte, sich mit ihr über Säuren und Basen auszutauschen. Aber wenn sie ihm jetzt *Heißes Glas sieht aus wie kaltes Glas* simste und Brick unterwegs war und sich so amüsierte, wie Teenager sich an einem Samstagabend amüsieren sollten, würde Hope sich wie die größte Versagerin aller Zeiten fühlen.

Als sie ihr Chemiebuch zuklappte, waren ihre Optionen für den Samstagabend endgültig erschöpft.

Sie wollte AUF KEINEN FALL zu Calgary fahren, zu dem Haus, wo sie ihm letzten Dezember, als sie dort auf seinem Bett lagen, erlaubt hatte, sie anzufassen.

In der Woche vor Thanksgiving hatte Calgary Hope zum Weihnachtsball eingeladen, und sie hatte zugesagt, obwohl sie wusste, dass dies ein Zweckbündnis war – Calgary war Bricks bester Freund, und den begleitete Allegra. Gleich danach fing Calgary an, Hope so viel Aufmerksamkeit zu schenken, wie es ein fester Freund tun würde. Er lud sie zu seinen Basketballspielen ein, wo für sie ein Platz neben seinen Eltern reserviert war und sie unbeholfen Konversation mit Rachel McMann und Dr. Andy machte (der ihr Zahnarzt gewesen war, bis Rachel ihre Maklerlizenz erwarb und einem Konkurrenzunternehmen Eddies beitrat und Eddie die ganze Familie zu Dr. Torre wechseln ließ).

Calgary begann, Hope zur Schule und zum Bus zu bringen. Eines Abends lud er sie ins Kino ein, und darauf folgte eine wilde Knutscherei auf den Stufen vor einem Geschäft, das den Winter über verriegelt und verrammelt war. Dann kam das Wochenende des Adventsbummels, und Calgary und Hope nahmen händchenhaltend daran teil. Sie warteten auf Santa Claus in seinem Feuerwehrauto, sie lauschten den viktorianischen Weihnachtssängern, sie holten sich Suppe und Kakao aus dem Essenszelt. Irgendwann betrat Calgary Stephanie's, den Geschenkeladen, weil er, wie er sagte, Hope etwas besorgen wolle. Hope saß mit geschlossenen Augen auf einer Bank, bis er mit einer kleinen Tüte wieder auftauchte, die eine winzige Schachtel enthielt. Schmuck. Etwas Besonderes. Etwas, das sie verband. Das zwischen ihnen entwickelte sich zu einer Beziehung.

Hope konnte es nicht fassen. Calgary war beliebt und attraktiv; er betrieb drei Sportarten und war Präsident des Japanisch-Clubs, was richtig peinlich hätte sein können, doch Calgary war so cool, dass er auch den Japanisch-Club cool machte und jede Menge Leute eintraten, von denen die meisten kein Wort Japanisch sprechen konnten. Calgary sprach fließend Japanisch; seine Eltern hatten in einer Anwandlung weiser Voraussicht ein japanisches Au-pair angeheuert, als er klein war, und seit deren Visum abgelaufen war, bezahlten sie einen der Sushi-Köche des Lola dafür, ihn zu unterrichten. Calgary wollte an der University of Pennsylvania Japanisch und Betriebswirtschaft studieren und anschließend erfolgreicher werden als jeder andere, den sie kannten.

Am Samstagabend des Adventsbummels ließ Hope zu, dass Calgary ihre Brüste betastete und küsste. Er nannte sie exquisit, und Hope fuhr ihm mit den Händen durch die Haare, weil sie in Filmen gesehen hatte, wie Schauspielerinnen das machten. Calgary hatte hübsche braune Locken, die nach Tannenzapfen rochen. Sein Haar zu zausen, während er ihre

Brüste küsste, führte dazu, dass sie sich ein wenig in ihn verliebte, was, so argwöhnte sie, keine gute Entwicklung war.

Am Wochenende darauf fuhren Calgarys Eltern aufs Festland zu einem Marriage-Encounter-Seminar in Fall River, und Calgary lud Hope zu sich nach Hause ein. Es würde der Auftakt dazu sein, vermutete sie, dass sie beide ihre Unschuld verloren, und sie überlegte mehrere Stunden, bevor sie zusagte. Sie war sich nicht sicher, ob sie sich von Calgary McMann entjungfern lassen wollte – denn obwohl er gut aussah und fließend Japanisch sprach und achtundachtzig Prozent seiner Freiwürfe versenkte und obwohl sie etwas empfunden hatte, als sie seine Haare gestreichelt und er mit dem Mund ihre Brüste erkundet hatte, war es nicht die große, verzehrende, feurige WAHRE LIEBE gewesen, die sie erwartet hatte. Aber der, das war ihr klar, würde sie vielleicht erst in zwanzig Jahren begegnen, und wollte sie wirklich mit sechsunddreißig noch Jungfrau sein? War es nicht ein Initiationsritus, den man hinter sich bringen musste? Zumindest war Calgary keine schlechte Wahl.

Also sagte Hope zu.

Sie gingen nach oben in Calgarys Zimmer. Er hatte Kerzen angezündet und Musik aufgelegt – John Mayer. Hope fragte sich, ob Calgary Brick diesbezüglich konsultiert hatte. Allegra *liebte* John Mayer und hatte Hope anvertraut, dass sie und Brick beim Sex sehr oft »Your Body is a Wonderland« hörten. Hope gefielen die Kerzen und die Musik und das leere Haus, und sie fand es schön, dass Calgary das Bett gemacht und die Kissen aufgeschüttelt hatte.

Also auf in den Kampf – knutschen, weg mit Hopes

T-Shirt, weg mit Calgarys T-Shirt, Hopes BH aufhaken, Calgarys Mund auf ihren Brüsten, Hopes Hand in seinem Haar. Irgendwann begann Calgary, am Knopf ihrer Jeans herumzufummeln. Sie half ihm beim Aufknöpfen und Aufziehen des Reißverschlusses und zog dann den Bauch ein, damit er genug Platz hatte, seine Hände in ihr Höschen zu schieben (Spitzentanga, extra von Allegra ausgeliehen).

Von da an lief es irgendwie schief. Hope wusste gar nicht, wie sie es ausdrücken sollte. Calgary war grob. Er stocherte, wo er hätte streicheln sollen, zwickte, statt behutsam zu erkunden. Hope schrie auf, wand sich vor Schmerzen, versuchte, ihre Jeans weiter herunterzuziehen, damit er sah, was er tat. »Oh ja, das gefällt dir, das gefällt dir«, sagte er in einem verzweifelten und fast brutalen Tonfall, den sie nicht von ihm kannte. Es gefiel ihr *nicht*, überhaupt nicht, doch sie hatte Angst, das einzugestehen. Ihr war klar, dass die meisten männlichen Teenager die weibliche Anatomie verwirrend fanden, aber Calgary behandelte ihre empfindlichen Körperteile wie etwas, das er bändigen musste.

»Stopp«, sagte Hope schließlich, als er sie mit dem Fingernagel kratzte. »Etwas sanfter.«

»Sanfter?«, fragte Calgary, als wäre dies das letzte Wort, das ihm zum Geschlechtsakt einfiel. Er zog seinen Finger heraus, steckte ihn sich in den Mund und leckte ihn ab. »Du schmeckst …«, sagte er. »Ich weiß nicht.«

Hope lag auf dem Bett, ihre Jeans und der Tanga schnürten ihr die Oberschenkel ein. »Was weißt du nicht?«

Er sagte etwas auf Japanisch, das klang, als ob er Sushi bestellte.

Hope starrte an die Decke. »Du weißt *was* nicht, Calgary?«
»Ich glaube, du solltest gehen«, sagte Calgary.

Verlegenheit, Scham, Wut, das Gefühl, gedemütigt worden, naiv und dumm zu sein, all das tobte in Hope. Ihre Empfindungen für Calgary hatten sich von einem Moment zum anderen von vage positiv in schwärzestes negativ gewandelt.

Er fuhr Hope schweigend nach Hause. Sie versuchte, das Radio einzuschalten, aber er schlug ihre Hand weg. Als sie bei sich in der Einfahrt ausstieg, fragte sie: »Es ist also aus?«

»O ja«, sagte Calgary. »Ich lade eine andere zum Weihnachtsball ein.«

»Wow«, sagte Hope. »Okay.«

»Du kannst mich ruhig für ein Arschloch halten«, sagte er. »Das ist mir egal.«

»Dafür halte ich dich nicht«, log Hope. Tatsächlich hielt sie ihn *absolut* dafür, doch die wichtigere Frage war: Was war in Calgarys Zimmer schiefgelaufen? Es hatte ihr nicht gefallen, wie er sie berührt hatte, und vielleicht hatte ihm auch nicht gefallen, was er berührt – oder geschmeckt – hatte. Der Gedanke war so demütigend, dass sie sich am liebsten in Luft aufgelöst hätte.

»Egal«, sagte er. »Bis dann, Hope.«

Sie wurde des Platzes verwiesen. Okay, gut. Das kam zwischen Jugendlichen vermutlich dauernd vor, tagtäglich.

Jetzt war sie hier, im Geiste noch einmal jenen grässlichen Abend durchlebend, um ihre Schwester abzuholen. Und warum? Allegra wäre durchaus imstande gewesen, eine Mitfahrgelegenheit zu finden, aber sie hatte Hope gebeten, sogar angefleht, und so pervers es auch war, Hope genoss es, aufgefordert zu sein, ihr aus der Patsche zu helfen. Sie selbst war sozial nicht gut vernetzt; den einzigen Zugang zu den Coolen erlangte sie über ihre Schwester.

Sie hielt vor dem Haus der McManns und hupte. Hineingehen würde sie auf keinen Fall.

Während sie im dunklen Auto wartete, spielte sie Cage the Elephant in voller Lautstärke. Es sollte aussehen, als wäre sie vorher auf einer anderen Party gewesen, einer Party mit Collegestudenten, wo die Musik besser und die Konversation gehobener war.

Niemand ließ sich blicken.

Hope schickte Allegra eine SMS: *Bin vorm Haus. Beeil dich.*

Immer noch nichts. Hope drückte auf die Hupe.

Schließlich ging die Haustür auf, und heraus stolperte – Brick. Hope schluckte. Er kam die Treppe herunter auf ihren Wagen zu, öffnete die Beifahrertür und stieg ein.

»Wo ist Allegra?«, fragte Hope.

»Die kommt nicht.«

»Ach so?«

»Nein«, sagte er. Sein Kopf kippte nach vorn wie eine welke Blüte. »Ich war es, der dir gesimst hat. Ich hab ihr Telefon geklaut.«

»Du … okay. Wow«, sagte Hope.

»Ian Coburn ist hier aufgekreuzt, und Allegra hat sich so sehr gefreut, ihn zu sehen, dass sie ihr Handy auf dem Couchtisch liegen ließ. Und da hab ich dir geschrieben.«

Das erklärte das *bitte*. Hope konzentrierte sich darauf, behutsam aus der Parklücke auszuscheren. Rückwärtsfahren war nicht ihre Stärke.

Ian Coburn, dachte sie. Dann erspähte sie ein Stück weiter seinen roten Camaro.

Hope wusste nicht, was sie sagen sollte. Sie warf einen letzten Blick auf die grauen Schindeln und weißen Zierleisten des Hauses der McManns, das fast so schön war wie das Haus, in dem Hope und Allegra wohnten. Dr. Andy verdiente als Zahnarzt eine Menge Geld. »Ian ist also da. Wer noch?«

»Calgary natürlich. Bluto, Hannah, Hollis, Kylie Eckers …«

»Würg«, sagte Hope. »Wie kommt Allegra nach Hause?«

Brick zuckte die Achseln. »Das wissen wir ja wohl beide.«

»Vielleicht solltest du bleiben?«, schlug Hope vor.

»Ich hasse Ian Coburn. Wenn Allegra mit ihm befreundet sein will, okay. Vielleicht findet sie ihn cool, weil er älter ist oder weil er aufs BC geht oder weil er ihr Bier ausgibt. Meinetwegen, gut, ich halte sie nicht davon ab. Das kann ich nicht. Aber bleiben – nein. Bluto und Hollis kann ich nicht ausstehen. Hannah ist in Ordnung, weil sie Hockey spielt, also zumindest *ein* Interesse hat außer Klatschmagazinen und Filmstars und deren Klamotten. Kylie Eckers ist … au weia, meine wahren Gefühle für Kylie äußere ich lieber nicht laut.«

»Nein«, sagte Hope. »Ich auch nicht.«

»Es ist schlau von dir, dass du dich von dieser Szene fernhältst.«

Na ja, an Hopes *Schlauheit* lag es eigentlich nicht. Sie war nicht willkommen in Allegras Clique. Man tolerierte sie aus reiner Höflichkeit und war nett zu ihr, wenn Allegra nett zu ihr war. Manchmal schien Allegra es cool zu finden, dass sie eine Streberin als Zwillingsschwester hatte, jemanden, der alles verkörperte, was sie selbst nicht war. Allegra hatte Hope erklärt, zusammen seien sie fantastisch, eine vollkommene, vollständige Person, und Hope hatte erwidert, sie sei auch für sich allein eine vollständige Person. Hope hatte ihre eigenen Freunde, die besonders intelligenten Mitschüler in ihrem Mathe-Talentkurs – Evan, Henry, Anya. Sie gingen zwar nur äußerst selten mal miteinander aus, aber es machte Spaß, beim Mittagessen mit ihnen zusammenzusitzen.

»Soll ich dich nach Hause bringen?«, fragte Hope.

»Wenn es dir nichts ausmacht? Tut mir leid, Hope. Meine Eltern haben versprochen, mir ein Auto zu kaufen, aber … meine Mom hat sich dieses Apartment zum Schreiben zugelegt, deshalb ist jetzt kein Geld mehr dafür da.«

»Wie ätzend«, sagte Hope. »Tut mir leid.« Sie fuhr in Richtung der Llewellyns, deren Haus nach Inselmaßstäben auf der anderen Seite des Erdballs lag.

»Was meintest du, als du gesimst hast, dass du Allegra gedeckt hast?«, fragte Brick.

Hope wusste nicht recht, was sie sagen sollte. Sie war eine sehr schlechte Lügnerin. »Meinen Eltern gegenüber.«

»Deinen Eltern? Hatte das was mit Ian Coburn zu tun?«

»Nein«, sagte Hope.

»Hast du Allegra je über Ian sprechen gehört? Erwähnt sie ihn zu Hause?«

Hope zuckte die Achseln. »Möglich.«

»Möglich?«

»Ab und zu«, entgegnete Hope. »Sie sind befreundet, wie du selbst sagst. Sie darf doch wohl Freunde haben, Brick.« Sie war sich nicht sicher, warum sie Allegra in Schutz nahm. Allegra besaß keinen moralischen Kompass. Den hatte sie bei ihrem ersten Pfadfinderinnenausflug verloren, als sie sich zusammen mit Hollis Brancato in den Wald schlich und über einem Haufen vertrockneter Blätter Zigaretten rauchte. Im Alter von elf Jahren hatte sie fast den Hidden Forest in Brand gesetzt.

»Sag mir die *Wahrheit*!«, schrie Brick. »Trifft sie sich mit Ian Coburn?«

Hope war so bestürzt über diese Frage – obwohl sie seit Wochen damit rechnete –, dass sie vorübergehend vergaß, dass sie ein Auto lenkte, und mit einem Schlenker auf der Gegenspur landete. Zum Glück war sonst gerade niemand auf der Straße unterwegs, aber Hope sprang das Herz in die Kehle und blieb dort. Wenn sie einen Unfall baute, würden ihre Eltern sie *umbringen*.

»Erzähl's mir, Hope!«, sagte Brick. »*Vögelt* sie ihn?«

»Ich hab keine Ahnung«, sagte Hope. »Frag *sie*!«

Brick gab ein seltsam würgendes Geräusch von sich, und Hope, die fürchtete, er würde sich gleich übergeben, fuhr an den äußersten Straßenrand. Brick sackte gegen die Beifahrertür. Er war betrunken. Vermutlich hatte er den ganzen Abend über versucht, die Tatsache wegzutrinken, dass Allegra ihn nicht mehr liebte.

»Brick«, sagte Hope.

Doch dann wurde sie von blau-roten Lichtern in ihrem Rückspiegel und dem kurzen Aufheulen einer Polizeisirene aufgeschreckt.

»Setz dich gerade hin!«, bellte sie Brick an. »Und sag kein Wort!«

Sie stellte den Motor ab und holte ihren Führerschein und die Zulassungsbescheinigung für den Jeep hervor, kurbelte das Fenster herunter, und da bohrte sich auch schon eine Taschenlampe ins Wageninnere. Hope schaute auf und hatte das best- oder schlechtestmögliche Szenario vor sich. Der Polizeibeamte war Curren Brancato, ein älterer Bruder von Hollis. Hope wusste, dass er erst vor Kurzem bei der Polizei von Nantucket angefangen hatte. Er war nur sechs Jahre älter als Hope und Brick.

»Wen haben wir denn da?«, fragte Curren. »Allegra?«

»Nein«, sagte Hope. »Ich bin Hope. Allegras Schwester.«

»Ach so«, sagte er. »Der brave Zwilling.« Er nahm ihre Papiere entgegen. »Ich sehe dich oft mit deiner Mom in der Kirche.«

Hope atmete tief aus. »Ja.«

»Hast du getrunken, Hope?«, fragte Curren.

»Ich?«, gab Hope zurück. »Nein. Ich trinke nicht.«

»Kannst du mir erklären, wieso du die Mittellinie überfahren hast und dann fast von der Straße abgekommen bist?«

Hope erinnerte sich vage an Curren Brancato in seiner Highschoolzeit. Er war ein Footballstar – mit dem Spitznamen Blauer Donner – gewesen, bei den letzten Spielen in seinem letzten Schuljahr aber nicht eingesetzt worden, weil seine Leistungen in Spanisch nicht ausreichend waren. Hope war erst in der sechsten Klasse gewesen – sie und Allegra hatten damals einen gemeinsamen Freundeskreis gehabt, einschließlich Hollis –, doch sie entsann sich, wie alle empört gewesen waren über Currens Disqualifikation. Die Whalers hatten eine Chance auf den Massachusetts Super Bowl gehabt, aber nicht ohne Curren Brancato. Obwohl die Fans einen Riesenaufstand machten, durfte er nicht mitspielen. Hope hatte darin ein warnendes Beispiel für vergeudetes Talent gesehen.

Curren hatte sich jedoch als Phönix erwiesen und war aus der Asche wiederauferstanden. Er hatte erst eine Militärakademie in Vermont besucht, dann die Boston Police Academy. Schließlich war er nach Nantucket zurückgekehrt, wo er als einheimischer Held bejubelt wurde.

»Ich weiß, dass ich die Mittellinie überfahren habe«, sagte Hope. »Es tut mir leid.«

»Aber warum?«, fragte Curren. »Und dann bist du beinahe in die Bäume gekracht.«

»Äh …«, sagte Hope.

Curren Brancato – Officer Brancato – steckte seinen Kopf in den Jeep und musterte Brick. »Ist *er* betrunken?«

»Genau«, sagte Brick.

Hope seufzte. Sie hatte gehofft, Brick würde sich schlafend stellen.

»Du hast einen Jugendführerschein, Hope«, sagte Officer Brancato. »Da dürftest du nach neun Uhr nicht mehr hinters Steuer. Und deine Zickzack-Fahrweise? Ich könnte dafür sorgen, dass du bis zu deinem achtzehnten Geburtstag nicht mehr fährst.«

Na prima, dachte Hope. Das In-die-Kirche-Gehen hatte ihr ja sehr viel genützt.

»Meine Schwester wollte von einer Party abgeholt werden. Sie ist mit Hollis da«, sagte Hope und machte eine Pause, weil sie hoffte, die Erwähnung von Currens Schwester würde ihr vielleicht helfen. »Aber dann hat Allegra beschlossen, doch noch zu bleiben, und Brick wollte nach Hause, also bringe ich ihn. Tut mir leid, dass ich auf der Straße ausgeschert bin. Ich hab den Radiosender gewechselt, und dadurch war ich abgelenkt.«

»Dein Radio ist doch gar nicht an«, sagte Curren.

»Ich weiß. Ich habe es abgeschaltet, als du mich anhieltest.«

Curren studierte Brick eine Sekunde lang und dann Hope. »Hollis ist ein Früchtchen«, sagte er schließlich.

Hope starrte aufs Lenkrad, unsicher, ob sie zustimmen oder widersprechen sollte.

»Ist deine Schwester *auch* ein Früchtchen?«, fragte Curren. Irgendwie klang das, als ob er hoffte, dass Allegra eins war. Hope wusste ziemlich genau, was passiert wäre, wenn er Allegra angehalten hätte und sie allein gewesen wäre.

»Ja«, sagte Brick.

Das brachte Curren – Officer Brancato – zum Lachen. »Ich lasse dich mit einer mündlichen Verwarnung davonkommen«, sagte er.

Hope atmete tief ein. »Vielen Dank.«

»Gern geschehen«, sagte Curren, was sich teils freundlich anhörte und teils so, als ob er sich zu seinem eigenen Edelmut beglückwünschte. »Sei brav, sei schlau, halt dich von jedem Ärger fern, geh aufs College.«

Hope nickte feierlich, als wäre dies ein wirklich guter, origineller Ratschlag.

Curren gab ihr die Papiere zurück. »Okay, Hope. Bis demnächst in der Kirche.«

Vorsichtig fuhr Hope mit einem Tempo von fünfundzwanzig Meilen pro Stunde weiter, wobei sie die schwindelerregende Unbeschwertheit eines Menschen verspürte, der ungeschoren davongekommen ist. Brick schlief ein. Als Hope vor dem Haus der Llewellyns hielt, stupste sie ihn an, und er stieg wie ein Roboter aus und torkelte auf die Tür zu. Eigentlich hätte sie ihn noch ermahnen sollen, niemandem zu erzählen – vor allem nicht seinen Eltern, vor allem nicht Allegra –, dass sie von der Polizei angehalten worden waren. Aber sie bezweifelte, dass er sich das gemerkt hätte.

Mitten in der Nacht rüttelte Allegra sie wach. Hope brauchte eine Minute, um zu erkennen, was los war, doch dann sah sie das wutverzerrte Gesicht ihrer Schwester. Allegras Lippen waren geschürzt, und ihre Haare kitzelten Hopes Wangen, was einer Folter gleichkam.

Sie stieß Allegra weg. »Geh *runter* von mir«, sagte sie. »Was *willst* du?«

»Curren hat dich und Brick angehalten«, sagte Allegra. »Er hat Hollis gleich eine SMS geschickt. Er meinte, zwischen euch beiden *läuft* was.«

»Was?«

»Er meinte, du bist *Schlangenlinien* gefahren. Was für mich heißt, dass ihr rumgemacht habt.«

»Was?«

»Stell dich nicht blöd, Hope. Die Naive kauf ich dir nicht ab. Ich weiß, dass du fast mit Calgary geschlafen hast. Ich weiß, dass du weißt, was du mit Jungs machst. Du hast Brick heute Abend angefasst oder dich von ihm anfassen lassen.«

»Hab ich *nicht*«, sagte Hope. »Jetzt lass mich bitte in Ruhe. Raus aus meinem Zimmer!«

»Du bist hinter meinem Freund her«, sagte Allegra. »Ich weiß, dass du ihn magst, du trübe Tasse. Ich weiß, dass du scharf auf ihn bist.«

»*Nenn* mich nicht so«, sagte Hope. *Trübe Tasse:* der fiese Spitzname, den Allegra ihr mit Eintritt in die Mittelstufe gegeben hatte. »Und wieso interessiert dich das überhaupt? Du betrügst Brick doch die ganze Zeit schon mit Ian Coburn, einschließlich heute Abend, direkt vor seiner Nase. Bestimmt bist du *froh,* dass ich Brick nach Hause gefahren habe, da musstest du dich nicht um ihn kümmern.«

»Er hat mir mein Handy geklaut, um dir zu simsen!«, sagte Allegra. »Ihr beide habt was am Laufen.«

»Haben wir *nicht*«, sagte Hope. »Sei nicht bescheuert.«

Aus der Dunkelheit traf sie ein harter, brennender Schlag. Hope rang nach Luft. Es tat so weh, dass sie fast aufgeschrien hätte, doch die Genugtuung gönnte sie Allegra nicht. Sie zog sich die Decke über den Kopf und sagte: »Auf dein Niveau lasse ich mich nicht herab. Jetzt verschwinde aus meinem Zimmer.«

»Ich werde allen erzählen, was für eine Schlampe du bist«, sagte Allegra. »Deiner Zwillingsschwester den Freund auszuspannen!«

»Was für eine Schlampe *ich* bin?«, gab Hope zurück. »Das ist stark! Ich könnte ja morgen auch Hollis anrufen und ihr von dir und Ian Coburn erzählen. Oder Brick. Oder beiden. Brick hat sowieso schon einen Verdacht. Er hat mich gefragt, was ich wüsste, und ich war so erschrocken, dass ich die Mittellinie überfahren habe. *Weil ich Angst hatte, dass du auffliegst. Ich hab mir Sorgen um dich gemacht, Allegra.* Und jetzt gute Nacht.«

NANTUCKET

Hast du schon gehört?

Hope Pancik hatte mit Brick Llewellyn geschlafen. Sergeant Curren Brancato, der für viele von uns immer noch Blauer Donner Nr. 33 war, hatte sie auf einem Feldweg an der Shimmo Pond Road in einem geparkten Auto entdeckt, splitterfasernackt. Hopes Füße waren an das beschlagene Fenster gepresst gewesen, die Kleider der beiden über den Rücksitz des Jeeps verstreut.

Gewisse Vorkommnisse bestätigten diese Geschichte. Allegra traf sich in den Pausen nicht mehr mit Brick, sondern vertrieb sich die Zeit mit Hollis Brancato und Bluto, während Brick mit Parker Marz abhing. Parker war der kleinste, zierlichste Spieler der Highschool-Baseballmannschaft, ihr schwächstes Glied, aber er besaß Elan und hatte begeistert die Gelegenheit ergriffen, Bricks Kumpel zu sein.

Hope und Allegra sprachen in der Schule nicht miteinander, aber das hatten sie auch vorher nicht oft getan. Hope saß, anscheinend gedrückter Stimmung, beim Lunch mit ihren schlauen Mathe-Freunden zusammen und verließ sie dann früh, um im Musiksaal Flöte zu üben. Wenn sie durch die Cafeteria ging, stieß manchmal jemand einen Pfiff aus, auf den sie nicht reagierte.

Allegra Pancik weigerte sich, die Sache mit dem Betrug mit ihren Freunden und Freundinnen zu erörtern, auch nicht mit Hollis Brancato. Das ließ alle ihre Mitschüler vermuten, dass Allegra die Situation sehr, sehr ernst nahm – ernster vielleicht als sonst etwas in ihren bisherigen sechzehn Jahren.

GRACE

Die Woche begann mit einem wunderschönen sonnigen und *warmen* Tag – knapp *sechsundzwanzig Grad* waren vorhergesagt! –, und Grace zog einen Jeansrock an, den sie seit der Geburt der Zwillinge nicht getragen hatte.

Als Benton kam, pfiff er schon von Weitem. »Na, jetzt kriege ich doch mal deine nackten Beine zu sehen!«, rief er.

Grace stand bei den Adirondack Chairs und trank Kaffee, während sie auf den Polpis Harbor blickte. Endlich schwammen ein paar Boote auf dem Wasser. Der Sommer war im Anmarsch.

Sie drehte sich um und sah Benton auf sich zukommen. Er trug ein T-Shirt und Jeans, seine Buckeyes-Kappe und die Oakley-Sportsonnenbrille, in deren Gläsern sich der Frühlingshimmel spiegelte. Sie konnte gar nicht glauben, wie sehr sie den Mann begehrte. Als er sie erreicht hatte, warf sie ihm die Arme um den Hals, und sie fingen an, sich zu küssen. Grace strich ihm mit den Fingern übers Gesicht und zupfte an seinen rötlich braunen Locken. Benton packte mit beiden Händen ihren Hintern, was sie überraschte, weil es neu für sie war, dann hob er sie hoch, und sie schlang ihre Beine um ihn.

Sie stöhnte und dachte: *Das ist es. Jetzt wird es passieren.* Er war so hart, dass sie ihn durch seine Jeans hindurch spürte. Sie umschlang ihn fester.

»Bitte«, sagte sie.

»Ich kann nicht«, sagte er. Er biss sie auf die Unterlippe und sah ihr in die Augen. »Verdammt. Ich kann dir nicht widerstehen. Ich werde dich gleich hier auf dem Rasen lieben, direkt in der Sonne. Ist dir das recht?«

Sie war in einem Delirium, in dem sich jeder Zoll ihres Körpers so sehr nach ihm sehnte, dass sie nicht einmal antworten konnte. Sie stellte ihre Füße wieder auf den Boden und wollte sich gerade hinlegen, als sie ein deutliches Quietschen hörte. Als sie sich umdrehte, sah sie, dass Hope sich mit einem Buch in der Hängematte niederließ.

»O nein!«, wisperte Grace. Was machte Hope denn so früh zu Hause? Dann fiel ihr ein, dass beide Mädchen heute Morgen den College-Eignungstest abgelegt und für den Rest des Tages schulfrei hatten.

Benton erblickte Hope ebenfalls. Er schaute Grace an. »Scheiße!«, flüsterte er. »Hat sie was mitgekriegt?«

»Weiß ich nicht«, entgegnete Grace. »Ich glaube nicht.« Die Hängematte war hundert Meter entfernt, aber trotzdem, wie hätte Hope *nicht* sehen sollen, wie ihre Mutter ihre Beine um Benton Coe schlang und die beiden sich wie wahnsinnig küssten? Und doch hatte Hope nicht geschrien oder war dem Anblick entflohen oder hatte nach Grace gerufen und eine Erklärung verlangt, ja, sie hatte sich nicht einmal geräuspert. Vielleicht hatte sie doch nichts gesehen.

»Benimm dich normal«, sagte Grace.

»Normal?«, fragte Benton, als wüsste er nicht, was das

Wort bedeutete. Er war sichtlich erschüttert. Grace griff nach seiner Hand und drückte sie diskret.

»Komm mit, hallo sagen«, meinte sie. »Wenn du jetzt abhaust, sieht das erst recht verdächtig aus.«

»Lass uns übers Gärtnern reden«, sagte Benton.

»Über das Rosenbeet«, stimmte Grace zu. »Halt mir einen Vortrag.«

Benton hob ein wenig die Stimme, während sie auf die Hängematte zugingen. »Du musst sie zurückschneiden, wenn du willst, dass sie üppiger blühen«, sagte er. »Ich weiß, das entspricht nicht dem, was man instinktiv machen will. Und du solltest alle Blätter mit einer Mischung aus zwei Teilen Wasser und einem Teil Zitronensaft abwischen.«

Grace nickte, dann tat sie so, als bemerkte sie erst jetzt, dass ihre Tochter in der Hängematte saß. »Liebling!«, rief sie. »Du bist zu Hause! Wie war der Test?«

Hope schaute über ihr Buch hinweg zu Grace und Benton hinüber. Ihr Gesichtsausdruck war unmöglich zu deuten. »Gut«, sagte sie.

»Gut«, wiederholte Grace. »Was soll das heißen, *gut*?«

»Es heißt, dass der Test gut gelaufen ist, Mutter«, sagte Hope. »Und ich soll dir von Allegra ausrichten, dass sie an den Strand gefahren ist.«

»Wie ist Allegra mit dem Test klargekommen?«, fragte Grace.

»Keine Ahnung«, sagte Hope und schenkte Benton ein Lächeln, das freundlich und aufrichtig wirkte. »Hey, Benton.«

»Hey, Hope«, sagte Benton. »Schön, dich zu sehen! Was liest du da?«

Hope hielt ihr Buch hoch: *Die Liebe in den Zeiten der Cholera* von García Márquez. »Für den Literatur-Talentkurs.«

»García Márquez ist einer meiner Lieblingsschriftsteller«, sagte Benton. »Gefällt es dir?«

»Ich bin noch nicht richtig reingekommen«, gestand Hope.

»Hast du mal was von Nabokov gelesen?«, fragte Benton. »*Lolita?* Das musst du lesen. Als Persönlichkeit kannst du dich eigentlich erst bezeichnen, wenn du *Lolita* gelesen hast.«

Hope schüttelte den Kopf, und Grace gab Benton einen spielerischen Klaps auf den Arm. »Sie ist erst sechzehn«, sagte sie. »Ich weiß nicht recht, ob *Lolita* schon etwas für sie ist.«

»Man ist nie zu jung für gute Literatur«, sagte Benton. »Normalerweise erkläre ich meinen Kunden, welche Stauden Schatten benötigen … Aber Lesen ist meine heimliche Leidenschaft. Hast du jemals von *Goodbye, Columbus* von Philip Roth gehört? Das ist als Buch mein Dauerfavorit. Du wirst es lieben.«

Hope schüttelte den Kopf.

»Was von Salinger?«

»Der Fänger im Roggen«, sagte Hope. »Im Englischunterricht. Aber das hat mir nicht gefallen.«

»Es ist schwierig, den Subtext zu verstehen, glaube ich«, sagte Benton. »Holden ist so durcheinander, weil sein Bruder gestorben ist. Du solltest es mit *Franny und Zooey* versuchen.«

»Okay«, sagte Hope.

»Kennst du die Kurzgeschichten von Cheever?«

»Die habe ich geliebt«, sagte Grace und schaute zu Benton auf. »Woher weißt du so viel über Bücher?«

»Ich hab im Hauptfach Literatur studiert«, erwiderte Benton.

»Ich auch«, sagte Grace. »Französische Literatur.«

Benton wandte sich wieder Hope zu. »Hast du Hemingway gelesen? *Fiesta*? Was ist mit Andre Dubus II? Mein Gott, *der* war ein Genie! Und Updike?«

»Nein«, sagte Hope.

Benton rieb sich die Hände. »Als typischer weißer Mann hab ich natürlich die Frauen vergessen! Hast du Edith Wharton gelesen? *Zeit der Unschuld*? *Das Haus der Freude*?«

»Nein.«

»Ich bin regelrecht *neidisch* auf dich«, sagte Benton. »Ich wünschte, ich wäre wieder sechzehn und hätte die erste Lektüre all dieser Bücher noch vor mir. Kennst du John O'Haras *Begegnung in Samarra*? Auch eins von meinen Lieblingsbüchern.«

Hope schüttelte den Kopf. Grace fasste es nicht, wie *erstaunlich* es war, Benton über Literatur sprechen zu hören. Eddie war gewieft, aber seine Lektüre beschränkte sich auf Kaufverträge und den *Nantucket Standard* am Donnerstag.

»Truman Capotes *Frühstück bei Tiffany*? Richard Russo? Peter Taylors *The Old Forest*? Carson McCullers? Und was ist mit den Russen? Tolstoi? Tschechow? Isaak Babel?«

»Hören Sie auf«, sagte Hope. »Ich bin eine der Belesensten in meiner Klasse, aber Ihnen gegenüber fühle ich mich wie die letzte Analphabetin.«

Benton lachte. »Pass auf, ich stelle dir eine Liste mit hundert Büchern zusammen. In einem Jahr schaffst du wahrscheinlich die Hälfte davon.«

»Das wäre toll«, sagte Hope. »Wirklich.«

»Abgemacht«, sagte Benton, beugte sich hinunter und drückte Hopes Fuß in ihrem Sneaker. »Ich muss losschieben. War schön, dich zu sehen.«

»Gleichfalls«, sagte Hope.

»Ich bring dich«, sagte Grace.

In der Einfahrt blieben sie neben Bentons Pick-up stehen.

»Gerade noch mal davongekommen«, sagte Grace. »Sie hat nichts gesehen.«

»Ja, ich weiß«, sagte Benton. »Aber trotzdem … Das war mir zu nah dran.«

»Mir auch«, stimmte Grace zu. »Nächstes Mal müssen wir vorsichtiger sein.«

»Grace«, sagte Benton.

Sein Tonfall gefiel ihr nicht. »Was ist?«

Er holte tief Luft. »Sie ist *so* ein fantastisches Mädchen. Und Allegra ist sicher genauso wundervoll. Du hast eine *Familie*, Grace. Ich fühle mich nicht gut bei dem, was wir tun, und du dich bestimmt auch nicht.«

»Meine Töchter haben ihr eigenes Leben«, sagte Grace. »Und Eddie …«

»Ich glaube, es wäre das Beste, wenn ich eine Zeit lang nicht mehr herkomme.«

»Was?«

»Der Garten ist in guter Verfassung«, sagte Benton. »Wenn du Fragen hast, kannst du mich ja anrufen. Mein Telefon ist immer eingeschaltet.«

»Benton?« Grace schluckte. Er hatte recht. Was, was, *was*

wäre gewesen, wenn Hope sie tatsächlich gesehen hätte? Das hätte ihr ein völlig neues Ausmaß des Grauens beschert. »Okay, aber du kommst doch wieder, oder? Ich meine, du verlässt mich nicht endgültig?«

»Nein, Grace«, sagte er. »Ich verlasse dich nicht endgültig.« Er berührte ihre Wange, stieg in seinen Pick-up und fuhr weg.

Als Grace in die Küche trat, stand Hope an der Theke und erstellte auf einem Notizblock, den Grace für Einkaufszettel benutzte, eine Liste. »Wie hieß das Buch noch mal, das laut Benton sein Lieblingsbuch ist?«, fragte sie.

Grace sah Hope an. »Ich weiß nicht«, sagte sie und ging nach oben in ihr Arbeitszimmer. Sie musste mit Madeline sprechen.

Benton kam weder am nächsten Morgen noch am übernächsten. *Ich glaube, es wäre das Beste, wenn ich eine Zeit lang nicht mehr herkomme.* Wie lange dauerte eine Zeit lang? Eine Woche? Zwei Wochen? Einen Monat? Wenn er für einen Monat wegblieb, würde sie sterben.

Am Mittwochnachmittag überfiel sie eine scheußliche Migräne, nur dass es eine Migräne des Herzens war, nicht des Kopfes. Es waren die schlimmsten emotionalen Schmerzen, die Grace seit Ewigkeiten erlebt hatte. Alles war ihr egal. Es interessierte sie nicht, dass es ein milder, sonniger Tag voller Möglichkeiten war. Grace hätte sich um die Hühner kümmern, Eier einsammeln, ein paar schöne Stunden im Garten verbringen, etwas Kompliziertes zum Abendessen machen können – ein Spargelsoufflé, einen Erdbeer-Rhabarber-Pie.

Stattdessen übertrieb sie es mit dem Fioricet. Sie nahm zwei Tabletten um vier Uhr, als ihr klar wurde, dass Benton auch an diesem Tag nicht vorbeischauen würde, und dann eine dritte und vierte um sechs, als sie das Essen hätte zubereiten sollen. Grace schloss sich in ihrem Arbeitszimmer ein. Eddie und die Mädchen würden sich selbst versorgen müssen, wenn sie überhaupt zu Hause waren. Bisher war keiner heraufgekommen, um nach ihr zu sehen.

Du hast eine Familie, *Grace.*

Sie konnte Benton keinen Vorwurf machen, und mit Sicherheit konnte sie ihn nicht hassen. Er hatte recht! Er hatte die Notbremse gezogen, bevor sie eine Grenze überschritten. Grace sollte ihm dankbar sein. Sie hatte in der First Church in Salem am Altar gestanden und gelobt, Eddie Pancik zu lieben, nur Eddie, und allen anderen zu entsagen – aber von dem Moment an, in dem Benton Coe ihr die marokkanische Teekanne mitgebracht und das erste Pistazienmacaron mit ihr geteilt hatte, war Grace ihm verfallen gewesen. Eigentlich hatte sie sich sogar schon früher in ihn verliebt, nämlich als sie ihn zum ersten Mal gesehen hatte, im vorigen Frühjahr. Er hatte auf dem höchsten Erdhügel in ihrem damals noch nicht gestalteten Garten gestanden. Sie hatte, daran entsann sie sich, den riesigen Brillanten auf ihrem Ehering nach innen gedreht, sodass er in ihre Handfläche schnitt, und sich gewünscht, ledig zu sein.

Er machte sie *so glücklich*. Schon vor ihrem ersten Kuss, als sie »nur Freunde« gewesen waren, hatte sein Besuch ihren Tagen Bedeutung verliehen.

Sie nahm noch zwei Tabletten. Die sechste beförderte

Grace in eine kaleidoskopische Stratosphäre – in eine *Alice-im-Wunderland*-Teegesellschaft auf einer Mohnblumenwiese mit Toto und Timothy Leary.

Sie zog die Jalousie in ihrem Arbeitszimmer herunter, legte sich auf das Sofa und staunte darüber, wie bequem es war. Wieso hatte sie noch nie daran gedacht, hier zu schlafen?

Am nächsten Morgen wachte Grace mit dem Gefühl auf, lebendig begraben gewesen zu sein. Sie hatte furchtbaren Durst, ihre Augen brannten, ihre Nasenlöcher schmerzten. Einen Moment lang war sie völlig benebelt. Wo war sie? *Wer* war sie?

Grace Parker Pancik, dachte sie. Im Arbeitszimmer ihres Hauses in der Wauwinet Road. Und jemand klopfte an die Haustür.

Während Grace nach unten torkelte, versuchte sie, sich in die Realität zurückzuversetzen; ebenso gut hätte sie Rip Van Winkle nach zwanzigjährigem Schlaf sein können oder jemand, der soeben von einer Reise in einer Zeitmaschine zurückgekehrt war. Heute war Donnerstag, und die Uhr zeigte zehn nach elf an. Eddie war arbeiten, die Mädchen in der Schule.

Auf der Küchentheke lag eine offene Pizzaschachtel mit einem kalten, steifen Stück Paprika-Champignon-Pizza von Sophie T's darin. Das erklärte, was ihre Familie gestern Abend gegessen hatte. In der Spüle stand Geschirr, und eins der Baccarat-Gläser enthielt noch einen Rest Rotwein. Daneben eine leere Flasche Screaming Eagle.

Eddie hatte sich offenbar nichts dabei gedacht, seinen kostbaren, preisgekrönten Wein ohne sie zu trinken. Er hatte es weder geschafft, die Teller in die Spülmaschine zu stellen, noch die Pizzaschachtel im Mülleimer zu entsorgen, sondern beschlossen, darauf zu warten, dass Grace aufwachte und das übernahm.

Jemand klopfte noch immer.

Wer kann das sein?, fragte sich Grace. Pakete wären einfach vor die Tür gelegt worden.

Dann dachte sie: *Benton?* und eilte zur Tür. Normalerweise ging er ums Haus herum in den Garten, aber vielleicht war ihm das unter den gegebenen Umständen unangenehm.

Doch als Grace die massive Tür öffnete – sie war aus Eichenholz und schwer genug, um einem Sturmbock zu widerstehen –, stand Madeline vor ihr.

»Gott sei Dank, du bist am Leben«, sagte Madeline. »Eddie hat mich angerufen. Er meinte, du hättest dich in deinem Arbeitszimmer eingeschlossen und dort *übernachtet*?«

Grace machte die Tür weiter auf, sodass Madeline eintreten konnte. Sie spürte, dass sie medikamenteninduzierte Kopfschmerzen bekommen würde, die fast so schlimm waren wie eine Migräne und die sie mit Excedrin und starkem Kaffee würde bekämpfen müssen.

»Ich bin am Leben«, sagte Grace. »Mehr oder weniger.«

»Es ist so ein schöner Tag«, sagte Madeline. »Ich finde, wir sollten irgendwo draußen mittagessen gehen und uns eine Flasche Wein teilen.«

Grace blinzelte in die helle Wärme. Die Sonne tat ihren Augen weh.

»Musst du heute nicht in deinem Apartment schreiben?« Als Grace am Montag mit Madeline geredet hatte, hatte Madeline ihr etwas von einem Termin erzählt, den sie für das neue Buch einhalten müsse.

»Ich nehme mir heute frei«, sagte Madeline, »und widme mich ganz dir.«

Grace verspürte unsinnige Dankbarkeit. Sie würde duschen, sich ein Kleid anziehen und mit Madeline essen gehen.

Sie wusste nicht, wie eine Frau es schaffen sollte, ohne das Ohr einer besten Freundin eine Affäre zu haben.

Sie fuhren in den Great Harbor Yacht Club, der gerade zur Saison eröffnet hatte. Die Sommergäste waren noch nicht da, sodass sie das Restaurant praktisch für sich allein hatten und sich vertraulich unterhalten konnten. Es war einer dieser prachtvollen Tage, die versprachen, dass darauf monatelang genauso prachtvolle Tage folgen würden. Die Empfangsdame geleitete Grace und Madeline über den Rasen zu einem Tisch für zwei mit freiem Blick auf den Hafen und die riesigen Sommerhäuser in Monomoy. Die Kellnerin reichte ihnen Speisekarten, und Grace sagte: »Wir nehmen eine sehr kalte Flasche Sancerre, wenn Sie den haben.«

Madeline beäugte ihre Karte. »Dafür lohnt es sich definitiv, die Arbeit liegen zu lassen«, sagte sie. »Ich komme zu gern hierher. Du hast solches Glück.«

Grace wusste, dass sie Glück hatte. Sie und Eddie hatten jahrelang auf der Warteliste des Nantucket Yacht Club geschmachtet, bevor ihr klarwurde, dass sie niemals aufgenommen werden würden. Vermutlich hatte Eddie zu viele Leute verärgert, oder die alteingesessenen Familien, die hier Mitglieder waren, wollten nicht, dass jemand mit dem Spitznamen Flinker Eddie in ihre Liga aufstieg. Aber dann eröffnete der Great Harbor Yacht Club, und Eddie packte die Gelegenheit beim Schopf; er war einer der Ersten, die einen Scheck über die sechsstellige Aufnahmegebühr ausstellten.

Grace studierte die Karte – rohe Austern, Caesar Salad mit gegrillter Hähnchenbrust und cremigem Roquefort-Dressing, Hummer-Clubsandwich mit extradünnen Pommes – und versuchte sich einzureden, dass sie Hunger hatte.

Die Kellnerin kam mit dem Wein; Grace probierte ihn und nickte. Die Kellnerin füllte zwei Gläser und stellte die Flasche dann in einen Kübel mit Eis. Grace und Madeline stießen an, und Grace sagte: »Danke, dass du das vorgeschlagen hast.«

»Danke, dass du mich einlädst«, sagte Madeline.

Sie lachten, aber kurz darauf kehrte die Kellnerin mit verlegenem Gesichtsausdruck zurück. Sie beugte sich zu Grace vor und sagte: »Es tut mir leid, Sie zu stören, aber ich habe eben von unserem Manager gehört, dass die Rechnungsabteilung Ihren Scheck über den Mitgliedsbeitrag für dieses Jahr noch nicht erhalten hat. Ich darf Sie also genau genommen gar nicht bedienen.«

»Was?«, sagte Grace und griff nach ihrem Telefon, um Eddie zu simsen, der sich um ihre Rechnungen kümmerte. Allerdings waren Handys im Great Harbor verboten. Sie lächelte die Kellnerin an. »Ich habe zwei Ideen. Die eine ist, dass ich das Mittagessen bar bezahle und wir die Sache mit dem fehlenden Scheck später klären. Ich bin sicher, dass mein Mann ihn geschickt hat oder es zumindest vorhatte. Er hat im Moment geschäftlich sehr viel um die Ohren.« Grace fragte sich, ob die Rechnung des Yacht Club irgendwie zwischen die Rechnungen für das Häuserprojekt geraten war. Oder Eddie hatte Eloise die Rechnung gegeben, damit sie sie bezahlte, und sie hatte es vergessen. Sie wurde allmählich alt, und manches entfiel ihr einfach. Grace hatte ihn ermuntert, sie durch eine neue Kraft zu ersetzen, doch Eddie hatte darauf hingewiesen, dass sie mit der halben Insel verwandt war. Er konnte sie nicht aus heiterem Himmel feuern.

»Tut mir leid«, sagte die Kellnerin. »Bargeld darf ich nicht annehmen.«

»Okay«, sagte Grace. »Wie wär's, wenn ich Ihnen jetzt einen Scheck ausstelle und Sie, falls Sie den Scheck meines Mannes noch finden oder er mit der Post kommt, den zerreißen?«

»Da muss ich nachfragen«, sagte die Kellnerin.

Sie ging, und Grace holte ihr Scheckheft hervor und verdrehte die Augen in Richtung Madeline. »Ich fasse es nicht, dass Eddie mich in eine so peinliche Lage bringt.«

»Bitte«, sagte Madeline. »Ich bin deine beste Freundin. Ich wünschte, ich könnte helfen.«

Die Kellnerin tauchte wieder auf. »Unser Manager meint, das wäre in Ordnung.«

»Okay«, sagte Grace. »Gut. Wie hoch ist der Beitrag?«

»Fünfzehntausend Dollar«, sagte die Kellnerin.

Als Grace den Scheck ausschrieb, spürte sie Madelines Blicke auf sich. Fünfzehntausend Dollar. Früher, zu Beginn ihrer Freundschaft, waren Grace und Eddie und Madeline und Trevor samstagabends oft zusammen essen gegangen und hatten sich die Rechnung geteilt. Madeline gestand Grace später, dass der Gedanke an die Kosten sie so sehr beschäftigt hatte, dass sie das Essen fast nicht mehr genießen konnte. Was hatten sie bestellt? Wie viel hatte der Wein gekostet? (Den suchte Eddie immer aus.) Hatten sie genug Bargeld dabei, oder würden sie ihre Kreditkarten belasten müssen, obwohl ihr Konto eh schon gnadenlos überzogen war?

Oh, hatte Grace gesagt. Sie hatte *keine Ahnung* gehabt, wie Madeline zumute gewesen war. Andernfalls hätte sie Eddie gebeten, jedes Mal für alle zu bezahlen. Aber das hätte ihm nicht gefallen. Eddie war von Hause aus sparsam, ein Resultat dessen, dass er über einer Reinigung im Stadtzentrum von New Bedford bettelarm aufgewachsen war.

Würde es die Llewellyns nicht in ihrem Stolz verletzen, hätte er vielleicht argumentiert, wenn er jedes Mal bezahlte?

Jetzt fragte Grace sich, was Madeline wohl dachte. Zum Glück verschwand die Kellnerin mit dem Scheck, und das Thema hatte sich erledigt.

»Und, was läuft mit Benton?«, wollte Madeline wissen.

Grace hatte über nichts zu berichten außer über ihre Sehnsucht. *Nein, Grace, ich verlasse dich nicht endgültig.* Und wenn es nun doch endgültig war? Wenn er wieder Kontakt mit McGuvvy aufnahm, sie in San Diego anrief und irgendwie überredete, nach Nantucket zurückzukehren? Grace stand jeden Morgen an ihrem Fenster und wartete darauf, dass Bentons Pick-up in der Einfahrt auftauchte. Sie kümmerte sich um die Hühner, weil die ohne sie verhungert wären, ignorierte den Rest des Gartens jedoch, denn sie konnte sich einfach nicht dazu aufraffen, die Rosen zurückzuschneiden oder ihre Blätter mit Zitronenwasser abzuwischen. Sie schaffte es nicht, ihre Stauden auszuputzen oder auch nur den Rasen zu mähen, dabei war das ihre Lieblingstätigkeit.

»An dem Morgen, an dem es passierte«, sagte sie, »fing er an, mit Hope über die Bücher zu sprechen, die er gelesen hatte und die, wie er glaubte, auch ihr gefallen könnten. Das haute mich *um*. Da stand ich, neben meiner Tochter, und mit jedem Buch, das er nannte, verliebte ich mich mehr und mehr in ihn.«

»Grace«, sagte Madeline. »Du *bist* nicht in ihn verliebt. Ich weiß, dass du das glaubst, aber du liebst Eddie und deine Mädchen.«

Grace nippte an ihrem Wein und schaute hinaus auf die glatte blaue Fläche des Nantucket Sound. »Du hast recht«, sagte sie.

Doch Madeline hatte nicht recht.

Drei Gläser Wein hatten Graces Einstellung verändert. Als sie sich auf dem Parkplatz von Madeline verabschiedete, sagte sie: »Danke fürs Zuhören.«

»Dafür bin ich da«, sagte Madeline.

Und dann fuhr Madeline nach Hause, hin zu ihrer perfekten Ehe mit Trevor und ihrer gemeinsamen Liebe zu Brick. Grace beschloss, Eddie anzurufen und ihn nach dem Jahresbeitrag für den Yacht Club zu fragen, wurde aber direkt auf seine Mailbox weitergeleitet, und als sie im Büro anrief –

was sie sehr ungern tat, denn sie wollte eigentlich nicht mit Eloise oder Barbie reden, und die beiden schirmten Eddie immer ab, als wäre er der Boss von Microsoft –, landete sie auf dem Anrufbeantworter.

Sie starrte auf ihr Handy. Der Wein strömte durch ihre Adern, und sie stellte sich vor, wie er ihren gesunden Menschenverstand überschwemmte. *Mein Telefon ist immer eingeschaltet.*

Während sie Benton simste, fingen ihre Ohren an zu kribbeln. *Kommst du morgen zum Mittagessen? Rein freundschaftlich, versprochen. Um zwölf?*

Sie beschloss, sich nicht vom Parkplatz wegzubewegen, bevor er sich meldete. Wenn sie noch um Mitternacht hier war, sei's drum. Aber er antwortete sofort.

Ich komme.

Sie war im Schuppen und schrubbte das Kupferbecken, als Benton ums Haus geschlendert kam.

»Hey!«, rief sie. »Ich bin hier drinnen!«

Benton trat durch die Tür und sagte: »Was für eine Augenweide du bist!«

Grace lachte. »Es ist doch erst vier Tage her.«

Er kam auf sie zu und legte ihr sofort seine Hände auf die Hüften. Wegen der Hitze trug sie nur ein Bikinioberteil und Shorts.

»Sind die Mädchen in der Schule?«, fragte er.

Sie grinste. »Sicher.«

»Und Eddie?«

»Bei der Arbeit«, sagte sie.

Sein Mund traf ihren Mund, seine Zunge ihre Zunge, was in Grace das Gefühl erzeugte, sie würde gleich ohnmächtig werden oder sterben. Zuerst küssten sie sich sanft, dann immer heftiger. Im Gartenschuppen war es sowieso schon heiß, aber jetzt schwitzten sie, und wahnsinniges Verlangen beschleunigte ihren Puls. Benton machte die Tür zu und schloss sie ab, dann hob er Grace auf den Rand des Beckens. Mit ein paar geschickten Bewegungen band er ihr Bikinioberteil auf, streifte ihr die Shorts ab und kniete sich vor sie.

Später aßen sie.

Grace servierte kaltes Brathähnchen, einen frischen grünen Salat, einen Topf Kräuterfrischkäse und dralle, rosige Radieschen aus dem Garten. Sie schnitt dicke Scheiben von einem Mehrkornbrot ab und holte dann aus dem Kühlschrank süße Butter, ein Glas Gewürzgürkchen, eine Sommerwurst und grobkörnigen Senf.

»Eine gemischte Platte – Ploughman's Lunch!«, sagte Benton. »Den hab ich in Surrey oft gegessen.«

»Ich bin froh, dass du ihn magst«, sagte Grace.

»Ich mag alles an dir«, sagte er.

Du bist nicht in ihn verliebt.

Benton half Grace, alles nach draußen zu dem Teakholztisch zu tragen, und sie setzten sich mit Blick auf den Garten zu ihrem Festmahl hin.

Gemeinsam ließen sie es sich schmecken, stellten sich gegenseitig Häppchen zusammen: Radieschen, süße Butter und Senf, eine Scheibe Brot, dick mit Frischkäse bestrichen, gekrönt von Wurst.

Graces Hände zitterten, als sie ihn fütterte. Er knabberte an ihren Fingerspitzen.

»Kennst du ›Loving Cup‹ von den Rolling Stones?«, fragte er und fing an zu singen: *»I'm the ploughman in the valley with a face full of mud.«*

Kannte sie den Song? »Ich glaube«, sagte sie.

»Hier«, sagte er. »Ich spiele ihn dir vor.« Er stöpselte sein Handy in den Außenlautsprecher, und Musik erklang.

Benton ergriff Graces Hand und zog sie vom Stuhl. Sie begannen, langsam zu tanzen, Grace in Bentons Armen, ihr Gesicht an seine Brust gelegt. Sie hatte gar nicht gewusst, dass es solche Seligkeit gab. *What a beautiful buzz, what a beautiful buzz.*

Als Benton weg war, lief Grace hinauf in ihr Arbeitszimmer.

Sie musste Madeline anrufen.

MADELINE

Das Apartment, das Madeline ursprünglich so *befreiend* erschienen war, fühlte sich mittlerweile an wie eine Gefängniszelle. Sie musste sich geradezu hinschleppen, und wenn sie eintrat, überfiel sie regelrechte Panik. Sie hatte zwölftausend Dollar für diese Wohnung ausgegeben, und die musste sie jetzt erwirtschaften.

Druck.

Unter diesem Druck konnte sie kein Wort schreiben.

Sie hatte keine Idee für einen neuen Roman. Keine einzige.

Alle möglichen verstörenden Gedanken plagten sie. Das Geld wurde ihnen knapp, sie hatte mehr versprochen, als sie liefern konnte, sie hätte nie die fünfzigtausend bei Eddie investieren dürfen. Trevor würde um deren Rückzahlung bitten müssen, da Madelines Bitte nichts gefruchtet hatte.

Sie hatte ihren Abgabetermin überschritten, den Termin, den Redd Dreyfus für sie hatte verschieben können. Redd hatte sie auf dem Handy angerufen und zwei wütende Nachrichten hinterlassen, und sowohl Angie als auch ihr Assistent Marlo hatten sie per Mail und dann per Telefon kontaktiert. Sie bräuchten den Text; ansonsten würde sie nicht ins kommende Programm einbezogen werden und hätte »finanzielle Forderungen« zu erwarten.

Madeline kapitulierte. Sie hatte keine Wahl. Sie würde eine Fortsetzung von *Insulaner* schreiben.

Doch als Madeline sich mit ihrem Block hinsetzte und einen Abriss des Romans entwarf, war das Buch, das sie beschrieb, keine Fortsetzung von *Insulaner*, sondern eine Schilderung der heißen Liebesaffäre zwischen einer nichtberufstätigen Mutter zweier Kinder und ihrem Innenarchitekten.

Ich schreibe das hier nicht, dachte Madeline. *Ich schreibe es nicht*. Aber sie *schrieb* es. Die Worte flossen nur so aufs Papier.

Grace hatte es selbst gesagt: *Alles war normal und langweilig. Und jetzt … jetzt ist mein Leben ein Roman.*

Madeline machte sich nicht einmal die Mühe, ihren zwei Liebenden Namen zu geben. Sie nannte sie einfach B und G.

B, der Protagonist, ist Projektleiter bei der umfassenden Renovierung des Hauses von G, der weiblichen Hauptfigur. Sie ist die nichtberufstätige Mutter von zwei Mädchen – »irischen Zwillingen«, im Abstand von elf Monaten geboren. B und G fangen an, jeden Tag über die Renovierung zu konferieren. Wünscht G sich eine untermontierte Küchenspüle aus Porzellan oder eine Doppelspüle aus Edelstahl? Aus welchem Material sollen die Arbeitsflächen sein – Granit, Kalkstein, Corian? Dekorativer Fliesenspiegel oder schlichter Gipskarton? Welche Holzart für den Fußboden – Ahorn, Kirsche, Fichte astig? Welcher Stil für die Schränke? Was für Schrankgriffe?

Zum ersten Mal küssen sich B und G in der Gästetoilette im Erdgeschoss während einer Erörterung der Armaturen für das Waschbecken. Der Raum ist eng – und dunkel, da der Elektriker die Lampen noch nicht installiert hat. G steht drinnen, als

B hereinkommt, und ihre Hüften stoßen zufällig aneinander. Spontan küssen sie sich leidenschaftlich.

B fängt an, G jeden Tag marokkanischen Minztee mitzubringen sowie eine Schachtel mit vier Pistazienmacarons aus der örtlichen Bäckerei, die sie sich teilen.

Madeline gab sich nicht einmal damit ab, die Art der Leckerei zu verändern, obwohl es ebenso gut Pralinen oder Trüffel hätten sein können. Und aus dem marokkanischen Minztee hätte sie geeiste Vanilla Latte machen können.

Ich schreibe das hier nicht. Ich schreibe es nicht. Sie konnte diesen Text nicht abgeben. Grace würde sie verklagen. Oder umbringen. Oder beides.

Aber er war gut. Madeline erkannte, dass der Text gut war. Er war knapp und packend. Die Beschreibung von Graces Affäre mit Benton Coe enthielt alle Elemente eines spannenden Romans: Einsamkeit, Verlangen, Sex, Betrug.

B und G verlieben sich immer heftiger ineinander, während die Arbeit am Haus fortschreitet. Gs Ehemann, ein Immobilienanwalt namens Ren, Kurzform von Renfrew, zahlt sämtliche Rechnungen einschließlich der astronomisch hohen für die Dienste von B, ohne sich zu beklagen. Er erklärt den Leuten, er sei glücklich, wenn seine Frau glücklich sei.

Dann schrieb Madeline eine beispielhafte Szene, und zwar die, in der die beiden Liebenden auf der sonnigen Terrasse einen Ploughman's Lunch essen. Sie füttern sich gegenseitig; B knabbert an Gs Fingerspitzen. Und dann tanzen sie zu »Loving Cup« von den Rolling Stones. Madeline konnte sich nicht einmal dazu überwinden, einen anderen Song zu wählen – »Loving Cup« war einfach perfekt.

Sie *durfte* diesen Roman nicht schreiben. Aber sie hatte sonst nichts, also tippte sie ihr Exposé in den Computer, fügte die Beispielszene hinzu und mailte beides unter der Betreff-Zeile VERSUCH an Redd Dreyfus.

EDDIE

Mit dem Memorial-Day-Wochenende verband ihn eine Hassliebe. Einerseits konnte er es gar nicht abwarten, weil es den Beginn des Sommers markierte.

Eddie liebte den Sommer ebenso wie jeder auf Nantucket. Er liebte ihn, nicht weil die Geschäfte und Restaurants öffneten, nicht weil die Rettungsschwimmer in ihren roten Badeanzügen und Badehosen am Strand Patrouille liefen, nicht weil der Flieder blühte und es endlich warm genug für Grillpartys und Wiffleballspiele und Außenduschen war. Nein … Eddie liebte den Sommer, weil der Sommer bedeutete, dass die Fähre tief im Wasser lag, dass nach Martinis und Austern gierende Massen sich vor dem Cru sammelten, dass sich vor der Chicken Box eine Schlange bildete, um die Band Maxxtone zu hören, dass der Parkplatz des Stop & Shop, wo viele Kunden verbotenerweise auf den Behinderten-Plätzen parkten, rappelvoll war und der Verkehr auf der Orange Street dazu führte, dass die Dauereinwohner der Insel ihre Armaturenbretter anschrien.

Der Sommer auf Nantucket bedeutete Menschen. Und Menschen bedeuteten Geld – den Kauf und Verkauf von Häusern, die Vermietung von Ferienwohnungen.

Allerdings bedeutete der Memorial Day auf Nantucket

auch Figawi, eine Inseltradition, die jedes Jahr ausufernder und abscheulicher wurde. Vorgeblich handelte es sich um ein Segelrennen von Hyannis nach Nantucket und wieder zurück. Die Entstehung des Namens war jedermanns Lieblingsanekdote zu diesem Wochenende. In einem Jahr, in dem der Nebel besonders dicht war, rief irgendein alter Seemann aus: »Hey, where the figawi?« – eine Verballhornung von »Hey, where the fuck are we?« So kam die Regatta zu ihrem Namen, denn wer steht schließlich nicht auf sanktioniertes Fluchen?

In den letzten Jahren hatte sich das Figawi-Wochenende von einem Wettsegeln zu einem Wetttrinken entwickelt. Es ging immer mehr darum, wer am meisten oder am schnellsten trinken, beim Trinken am längsten bleiben, wer am frühesten aufstehen und zu trinken anfangen konnte und wer sich beim Trinken wie der größte Trottel (dies war die netteste Bezeichnung, die Eddie einfiel, obwohl er Dutzende weitere auf Lager hatte) benahm. Figawi war beliebt bei College-Absolventen, jungen Leuten, die gerade das Hamilton oder Bowdoin oder Middlebury oder, was Eddie am wenigsten mochte, das Boston College abgeschlossen hatten. (»Woran erkennst du, dass jemand aufs BC geht?«, witzelte er gern. »Er erzählt es dir.«) Diese jungen Leute hatten in Manhattan oder Boston Jobs als Redaktionsassistenten oder Wall-Street-Landser oder Vorschullehrerinnen oder studierten Jura an der NYU oder Medizin in Harvard. Sie lebten in Apartments im West Village oder in Back Bay, die ihre Eltern bezahlten, aber im Wesentlichen versuchten sie, sich als Erwachsene aufzuspielen. Sie trafen sich nach der Arbeit zum Trinken in der Newbury Street oder in Soho, sie schwänzten sonntags die Kirche und gingen stattdessen brunchen, und an Sommerwochenenden machten sie »einen Ausflug«.

Figawi auf Nantucket war wie für sie geschaffen. Die Männer trugen ihre ausgeblichenen roten Shorts von Murray's; sie schlangen sich Pullover mit Zopfmuster um den Hals und behielten auch drinnen ihre Sonnenbrille auf, weil sie so schrecklich verkatert waren. Die Mädchen – oder besser gesagt *Frauen* – liefen in langen Sommerkleidern ohne Unterwäsche herum. Sie sahen sich alle als Diane von Furstenberg am Pool des Beverly Hills Hotel im Jahr 1973. Und alle hatten Handtaschen bei sich, die so viel Krempel zu enthalten schienen wie ein Hundertliter-Müllbeutel. Eddie hätte ihnen gern gesagt, dass sie mit all dem Zeug auch an *Geh aufs Ganze* hätten teilnehmen können – doch sie hätten keine Ahnung gehabt, wovon er redete! Manche Frauen trugen allerdings auch Outfits, die aussahen, als stammten sie von den Wäscheleinen einer Wohnwagensiedlung – abgeschnittene Jeans-Shorts und enge T-Shirts, auf denen PARTYMAUS stand.

Die Frauen nervten Eddie mehr als die Männer, wahrscheinlich, weil er Töchter hatte.

Wenn die Sonne schien, kachelten die Figawier – eine ganz eigene Nation – in ihren gemieteten Jeeps mit Bierkästen auf dem Rücksitz die Hummock Pond Road entlang. An den Stränden patrouillierten private Sicherheitskräfte, die sich einen Spaß daraus machten, fürs Trinken in der Öffentlichkeit und Liegenlassen von Abfällen Strafzettel zu verteilen. Die rotgekleideten Rettungsschwimmer holten jede Menge Menschen aus dem Meer, weil die Brandungsrückströmung im Mai besonders stark war, und so gebildet die jungen

Draufgänger (ein Ausdruck von vielen, die Eddie zur Verfügung standen) auch sein mochten, sie schienen nicht zu wissen, dass sie sich dieser Strömung nur entziehen konnten, wenn sie lange genug parallel zum Ufer schwammen.

In diesem Jahr aber regnete es.

Regen am Figawi-Wochenende war tausendmal schlimmer als Sonne, denn dann wurde »Badengehen und Trinken« durch »Trinken und Trinken« ersetzt. Das Epizentrum der Figawi-Gelage war immer der Straight Wharf – insbesondere die Tavern, das Gazebo, das Straight Wharf Restaurant und das Cru. In diesen Lokalen drängten sich die in Seersucker und Madraskaro gekleideten schreienden, lachenden, fluchenden, hicksenden, posierenden Neu-Erwachsenen, die gerade erst lernten, eine gute Bloody Mary zu würdigen und eine Auster zu schlürfen, ohne sich ihre Brooks-Brothers-Hemden zu bekleckern.

Eddie war sich nicht sicher, was ihn zu dem Entschluss bewegte, an einem Samstagnachmittag um zwei das Cru anzusteuern; er wusste, dass er dort ein gemischtes Publikum (das netteste Wort, das ihm einfiel, obwohl er Dutzende andere auf Lager gehabt hätte) vorfinden würde. Barbie weigerte sich, am Figawi-Wochenende das Haus zu verlassen. Sie hatte Eddie nie verraten, wie sie es dort verbrachte, aber er schätzte, dass sie, wenn es sonnig war, auf ihrer Terrasse saß und Feigenkaktus-Margaritas trank. Und bei Regen frönte sie bestimmt ihrer lebenslangen Schwärmerei für James Garner und sah sich alte Folgen von *Detektiv Rockford – Anruf genügt* an.

Wenn Eddie hätte benennen müssen, was ihn motivierte, hätte er wohl gesagt, dass es der Wunsch war, im Mittelpunkt des Geschehens zu stehen. Irgendwann würden diese Figawier Rechtsanwälte und Chirurgen, College-Präsidenten, Football-Trainer und natürlich Hedgefonds-Manager werden. In fünf Jahren würden viele von ihnen verheiratet sein, mit einem Kleinkind neben sich und einem Baby im Bauch der Frau, und ein Ferienhaus mieten wollen – erst für eine Woche, dann für zwei, dann für den Monat Juli, dann für den ganzen Sommer. In zehn Jahren würden diese Figawier bereit sein zu kaufen.

Der Drink, den er sich genehmigen würde, war also, fand Eddie, im Grunde eine Investition in seine Vorruhestandsjahre.

Er ging am Gazebo vorbei, obwohl das Gerücht kursierte, dass sich inmitten dieses randvollen Schwarzen Loches zwei Verteidiger der Boston Bruins an der Bar miteinander vergnügten.

Wie können die Leute da drinnen auch nur atmen?, fragte er sich. Wie verschafften sie sich den Platz, ihre Getränke zum Mund zu führen, ohne jemandem den Ellbogen in den Kiefer zu rammen?

Er passierte das Straight Wharf Restaurant, obwohl er es eigentlich mochte. Sie servierten dort eine hervorragende Blaubarschpastete, und das an die Bar angrenzende Speiselokal bot mit die beste Küche der Insel. Doch an diesem Wochenende hätte Eddie es nicht mit der Kneifzange angefasst. Im Vorbeigehen sah er zwei junge Draufgänger, die ein Mädchen in einem trägerlosen weißen Kleid an den Knöcheln über das Balkongeländer hielten.

»Zieht mich wieder hoch!«, schrie sie. »Verdammt, Leo, zieh mich *hoch*! Ich muss kotzen! Ich muss gleich … *kotzen*!«

Eddie verlangsamte seine Schritte, um zu sehen, ob die junge Dame wirklich kotzen würde oder ob ihr, besser noch, die Brüste aus ihrem Kleid rutschen oder die Draufgänger den Griff um ihre Knöchel lockern und sie kopfüber in die Büsche fallen lassen würden.

»Ich sehe London, ich sehe Frankreich«, sagte einer der Draufgänger mit einem Blick unter den Rock des Mädchens.

»Ich muss *kotzen*, Leo!«, schrie sie wieder. Und tat es eine Sekunde später. Eddie schaute auf seine Uhr. Fünf Minuten nach zwei, und schon hatte die Kotzerei begonnen.

Eddie strebte weiter zum Cru. Das Cru war exklusiv, das Publikum eine Spur älter und betuchter. Vor drei Jahren hatte Eddie hier den Eigentümer von Low Beach Road Nr. 10 kennen gelernt und mit ihm das Übereinkommen über die Vermietung des Hauses getroffen.

Glauben Sie, Sie können fünfzig Riesen rausschinden?, hatte der Eigentümer gefragt.

Ich glaube *es nicht*, hatte Eddie erwidert. *Ich weiß es.*

Ihr Selbstbewusstsein gefällt mir, hatte der Eigentümer gesagt.

Insgeheim hoffte Eddie auf ähnliches Glück bei seinem heutigen Ausflug. Er brauchte einen dicken Fisch. Etwas *Legales*. In finanzieller Hinsicht fühlte er sich nicht viel anders als das vom Balkon hängende Mädchen – verzweifelt und kurz davor, den letzten Rest Würde zu verlieren.

Der Deal mit DeepWell war so glatt verlaufen, dass Barbie sich erboten hatte, auch andere Gruppen zu kontaktieren, die sich in der Low Beach Road einmieten wollten, und ihnen dieselben Extras vorzuschlagen: fünf schöne Russinnen für zehntausend pro Nacht. Eddie konnte gar nicht fassen, wie tollkühn seine Schwester war – er selbst hätte sich nie getraut, jemandem die Idee zu unterbreiten –, aber ihm war klar, dass das Arrangement besser klang, wenn es von einer Frau vorgetragen wurde. Eddie hatte Barbie am Telefon erlebt, wo sie ebenso Barbara Eden in *Bezaubernde Jeannie* war – die Männern ihre ausgefallensten Wünsche erfüllte – wie auch Mitglied eines israelischen Sonderkommandos, jemand, mit dem man *sich nicht anlegt*. Zu Eddie sagte sie: »Wenn sie ablehnen, lehnen sie eben ab, und ich tue so, als hätte ich nie etwas erwähnt.«

Aber bisher hatte *niemand* abgelehnt. Jede Gruppe wollte mitmachen. Noch am selben Abend sollten Manager einer Bergbaugesellschaft aus West Virginia einchecken, die sich schon sehr auf die Mädchen freuten.

Und die Mädchen – na ja, die waren begeistert.

Eddie war dankbar für die Einkünfte, doch sie hatten ihren Preis. Er litt unter chronischem Sodbrennen und Schlafstörungen und der ständigen Angst, dass ihn jemand beobachtete.

Aber er brauchte das Geld. Grace hatte für den Great Harbor Yacht Club einen Scheck über fünfzehntausend Dollar ausgestellt, der geplatzt war.

»Geplatzt?«, staunte Grace, als er ihr davon erzählte. »Was ist *los*, Eddie? Ich dachte, Eloise wäre vielleicht ein Fehler unterlaufen. Ich dachte, es hätte eine Fehlbuchung gegeben.«

»Das Häuserprojekt frisst all meine finanziellen Reserven

auf«, sagte Eddie. »Kann sein, dass wir im Yacht Club eine Pause einlegen müssen, bis ich sie verkauft habe.«

Grace warf ihm einen ungläubigen Blick zu. »Du willst behaupten, dass wir keine fünfzehntausend für den Yacht Club haben?«

»Genau das.«

»Aber wenn du sagst, dass der Scheck *geplatzt* ist, klingt das, als hätten wir nicht mal mehr fünfzehntausend auf unserem Konto.«

Eddie räusperte sich. Dieses Gespräch gefiel ihm kein bisschen. »Wir haben zurzeit keine fünfzehntausend auf unserem Konto.«

»Wie kann das sein?«, wollte Grace wissen.

»Das Häuserprojekt frisst mich auf«, sagte Eddie.

»Kannst du nicht einfach eins der Häuser in unfertigem Zustand verkaufen?«, fragte Grace.

»Das wäre eine Möglichkeit. Oder wir sind geduldig und warten, bis ich ein fertiges Haus verkauft habe.«

»Hast du irgendwelche Eisen im Feuer?«, fragte Grace.

Eddie lächelte. »Immer.«

»Okay«, sagte Grace und holte tief Luft. »Ich überlebe den Sommer auch ohne Yacht Club.«

Eddie war erleichtert. Gelegentlich beschuldigte er Grace im Zorn, verwöhnt zu sein, weil sie mit so viel Geld aufgewachsen war. Doch in Wirklichkeit war Grace eine sehr vernünftige Frau. »Danke für dein Verständnis.«

»Du hast aber genug Geld, um Benton zu bezahlen, oder?«, sagte Grace. »Und Hester Phan?«

»Klar«, entgegnete Eddie unsicher. Hester Phan war die

Pressefrau, die ihren Garten in einer Zeitschrift präsentieren sollte. Eddie hatte nur eingewilligt, dieses Projekt zu finanzieren, weil er geglaubt hatte, der potenzielle Artikel würde ein gutes Licht auf ihn als Immobilienmakler werfen.

Das Häuserprojekt war in Gefahr. Eddie hatte mit seinem Profit von DeepWell seinen Installateur und Gerry für das halbe Fundament von Nr. 13 bezahlt.

Was Madelines und Trevors Geld betraf – er wusste nicht, wie er mit der Situation fertigwerden sollte.

Er musste unbedingt ein Haus verkaufen.

Als Eddie ins Cru kam, stand die wunderschöne brünette Inhaberin am Empfangspult. Eddie kannte sie, seit sie direkt von der University of Richmond auf der Insel gelandet war. Sie begrüßte ihn mit einer liebevollen Umarmung und sagte: »Du wirst es nicht glauben, Eddie, aber ich habe hinten an der Bar noch einen freien Hocker. Bist du allein?«

»Ich bin allein«, sagte er und fragte sich dann, ob ihm das peinlich sein musste. *Keiner* feierte Figawi allein; das verstieß gegen die Regeln dieses Wochenendes, bei dem es vor allem darum ging, sich en masse zu besaufen und Geschichten zu erleben, an die sich hinterher niemand so richtig erinnerte, die sich aber noch jahrelang frisieren und ausschmücken ließen. Sich am Figawi-Wochenende *allein* hinauszuwagen, zeugte unmissverständlich davon, dass man ein Versager war; zumindest befürchtete Eddie das.

Die Barkeeperin, eine junge Frau, die früher Eddies Zwillinge gehütet hatte, sagte: »Hey, Eddie, was kann ich dir bringen?«

Er erinnerte sich nicht an den Namen seiner ehemaligen Babysitterin. Er klang irgendwie nach Elisa/Alyssa/Alicia, aber genau wusste er es nicht. Grace würde es wissen – sie würde vermutlich auch den zweiten Vornamen des Mädchens kennen –, doch wenn Eddie sie jetzt per SMS fragen würde, würde die Antwort ihn irgendwann im nächsten Monat erreichen, denn Grace checkte ihr Handy nie. Er war enttäuscht von sich. Er war Immobilienmakler und als solcher verpflichtet, sich Namen zu merken.

»Ich nehme …« Er war sich nicht sicher, was er wollte. Um ihn herum schien das Getränk der Stunde Bloody Mary zu sein. Aber von einer Bloody würde Eddie sofort Sodbrennen bekommen; er bekam schon Sodbrennen, wenn er die Bloody *ansah*, die dem Mann neben ihm gehörte. »Ich nehme einen Triple-Eight-Martini ohne Eis und mit Twist, bitte.«

»Sie wissen, wer den Twist erfunden hat, oder?«, fragte der Mann neben ihm. »Es war John D. Rockefeller. Er hatte panische Angst vor Keimen, und da Zitrusöl ein natürliches Desinfektionsmittel ist, bat Rockefeller seine Barkeeper immer, den Rand seines Glases mit Zitronenschale zu garnieren.«

Eddie wandte sich dem Mann zu. »Das wusste ich *nicht*«, sagte er, aber derartige Trivialitäten konnte er stets gut gebrauchen. Er würde diese Information anbringen, wenn er das nächste Mal einen Kunden zum Trinken einlud. Und dann bemerkte Eddie, dass der Mann neben ihm nicht einfach nur ein Mann war – es war Ed Kapenash, der Polizeichef. »Hallo, Chief!«

»Wie geht's, Eddie?«, gab der Chief mit einem Lächeln zurück. Die beiden schüttelten sich die Hände, und als Elisa/Alyssa/Alicia Eddie seinen Martini hinstellte, prosteten sie sich freundschaftlich zu. Der Chief hier im Cru! Eddie hätte nicht überraschter sein können, wenn er den Chief zufällig irgendwo in der Fremde getroffen hätte – in einer Bar in Hongkong oder einem Café in Amsterdam. Er fragte sich, ob der Chief ihm folgte. Aber nein, auch diesmal war er als Erster hier gewesen. Reiner Zufall also.

»Was machen *Sie* denn hier?«, fragte Eddie. Der Chief war kaum wiederzuerkennen. Er trug ein marineblaues Polohemd, Khakishorts und die rote Figawi-Baseballkappe mit dem Mount-Gay-Rum-Logo, die ihn als Teilnehmer an den Festlichkeiten auswies. »Sind Sie undercover unterwegs?«

Der Chief warf den Kopf in den Nacken und lachte, was auch Eddie zum Lachen brachte. Der Chief trank den letzten Rest seiner Bloody Mary und bestellte noch eine bei ihrer Barkeeperin, die er Eliza nannte.

Eliza!

»Ich bin hergekommen, um nach den Jungs zu schauen, zu sehen, wie es ihnen geht. Obwohl ich heute dienstfrei habe«, sagte der Chief. »Alle glauben, dass ich dieses Wochenende hasse, aber da irren sie sich. Ich bin selbst Segler, ich mag die Energie.«

Eddie nickte und machte sich über seinen Cocktail her, den seine ehemalige Babysitterin Eliza perfekt zubereitet hatte.

Sofort hob sich seine Stimmung.

»Ich finde es auch nicht übel«, sagte er. »Und die Story mit Rockefeller hat mir gut gefallen. Geschichte war immer mein Lieblingsfach.«

»Tatsächlich?«, sagte der Chief. »Meins auch. Ich hab ziemlich viel über Rockefeller, Vanderbilt, Mellon gelesen – die ganzen Großindustriellen.«

»Ich frage mich, was künftige Generationen über uns sagen werden«, meinte Eddie. »Vermutlich werden sie unsere Zeit die Handy-Ära nennen.« Genau in diesem Moment läutete sein Telefon – sein Klingelton war »Smoke on the Water« von Deep Purple, was dem Chief ein leises Lachen entlockte.

»Das da ist der einzige Song, den ich je auf der Gitarre zu spielen gelernt habe«, sagte er.

Eddie checkte sein Display: Es war Nadia, vermutlich, um sich zu erkundigen, wann die Mädchen heute Abend im Haus sein sollten. Eddies Haut wurde heiß und kribbelig. Er schaltete sein Handy auf Stumm, steckte es in die Tasche und nahm noch einen Schluck von seinem Drink.

»Ich hatte ganz vergessen, dass Sie Segler sind«, sagte er. Er würde Nadia auf dem Rückweg ins Büro anrufen. Natürlich konnte er kein Wort mit ihr wechseln, solange er neben dem Polizeichef saß.

»Ich segle seit sechs Jahren nicht mehr«, sagte der Chief. »Seit Greg und Tess MacAvoy …«

»O Gott«, sagte Eddie. »Stimmt ja. Tut mir leid. Ich hab nicht nachgedacht …«

Der Chief nahm seine Bloody in die Hand und ließ das Eis klappern, dann fügte er einen Schuss Tabasco hinzu, drückte den Zitronenschnitz aus und rührte mit seiner Selleriestange um. »Ist schon okay. Greg und ich sind jedes Jahr am Figawi-Wochenende gesegelt. Es war eine Tradition für uns. Der wahre Grund dafür, dass ich hergekommen bin, ist wohl der, sein Andenken in Ehren zu halten. Wir haben nach der Regatta hier immer noch was getrunken, damals, als es noch das Rope Walk war. Bloody Marys und ein Dutzend Muscheln für jeden, Littlenecks.«

Eddie trank seinen Martini aus und bedeutete Eliza, ihm noch einen zu bringen. Er war sich nicht sicher, wie sie bei diesem heiklen Thema gelandet waren, aber er hatte das Gefühl, es habe an ihm gelegen, und das wollte er wiedergutmachen. Als Eliza ihm seinen zweiten Cocktail servierte, hob er das Glas. »Auf Greg MacAvoy«, sagte er.

Der Chief nickte feierlich, während er und Eddie erneut anstießen, schien aber zu überwältigt von Erinnerungen, um zu sprechen. Er war, das wurde Eddie in diesem Moment klar, auch nur ein Mensch wie jeder andere. Er war nicht hier, um Eddie zu quälen; er war jemand, der seinen besten Freund verloren hatte und noch immer um ihn trauerte. »Greg hatte seine Fehler«, sagte der Chief schließlich. »Aber ich habe ihn geliebt wie einen Bruder. Es ist sechs Jahre her, und ich kann immer noch nicht glauben, dass er tot ist. Manchmal, wenn ich nachts allein im Streifenwagen sitze, höre ich ihn lachen.«

»Ich verrate Ihnen mal was Erbärmliches«, sagte Eddie. »So einen Freund hab ich nie gehabt.«

»Sie sind doch mit Trevor Llewellyn befreundet«, sagte der Chief. »Oder? Sie sind doch ständig zusammen unterwegs.«

»Das ist nicht dasselbe«, sagte Eddie, und das war es auch nicht. Eddie und Trevor kamen bestens miteinander aus, sie amüsierten sich gemeinsam und führten gelegentlich auch das, was für Eddie »echte« Gespräche waren, aber diese Gespräche drehten sich fast immer um ihre Frauen oder Kinder. Es gab kein dauerhaftes Band zwischen Eddie und Trevor. Sie hatten sich seit ihrem letzten gemeinsamen Abendessen vor ein paar Wochen nicht gesehen, und das machte Eddie nicht viel aus, ebenso wenig, vermutete er, wie es Trevor etwas ausmachte. Trevor flog seine Flugzeuge und ging seinen täglichen Geschäften nach, genau wie Eddie. »Trevor und ich hängen miteinander ab, trinken, rauchen Zigarren. Aber ehrlich gesagt wird diese Freundschaft in erster Linie von unseren Frauen in Gang gehalten. Eine Freundschaft, wie Sie sie mit Greg hatten, ist wahrscheinlich recht selten.«

»Da stimme ich zu«, sagte der Chief. »Wo sind Sie aufgewachsen, Eddie?«

»New Bedford«, erwiderte Eddie. »Im Stadtzentrum.«

»Keine gute Gegend«, sagte der Chief. »Soweit mir bekannt ist, jedenfalls.«

»Wohl eher nicht«, bestätigte Eddie. »Meine Eltern haben ihr Bestes getan, aber mein alter Herr starb an einem Emphysem, als ich vierzehn war, und meine Mutter drei Jahre später an Lungenkrebs. Die beiden haben gequalmt wie die Schlote, ebenso wie Barbie. Ich habe Zigaretten nie angerührt, weil ich Läufer war.«

»Verstehe«, sagte der Chief.

»Das Laufen hat mich davor bewahrt, in Schwierigkeiten zu geraten«, sagte Eddie. »Ich halte immer noch den Rekord über die vierhundert im Bundesstaat Massachusetts.«

»Was Sie nicht sagen!« Der Chief bestellte noch einen Drink, und das freute Eddie. Es war, als ob die anderen dreihundert Anwesenden nicht mehr existierten. Er saß hier und trank und führte bedeutsame Gespräche mit dem Polizeichef. Vielleicht, weil Eddie in New Bedford aufgewachsen war, oder weil er seine Geschäfte seit Jahren an der Grenze zur Illegalität betrieb, oder weil er ein schlechtes Gewissen hatte, oder weil er, Eddie, ebenso wie jeder andere auf der Welt echte menschliche Beziehungen suchte, erschien ihm die momentane Situation besonders großartig.

»Sollen wir uns ein Dutzend Littlenecks bestellen?«, fragte Eddie. »Ich weiß, dass ich nicht Greg MacAvoy bin, aber ich würde sie mir gern mit Ihnen teilen.«

»Ja«, sagte der Chief. »Das ist eine gute Idee. Eine sehr gute.«

Eddie winkte Eliza und bestellte die Muscheln.

»Vielen Dank«, sagte der Chief. »Sie sind ein netter Kerl, Eddie. Ein wirklich netter Kerl.«

Als Eddie um fünf Uhr das Cru verließ, fühlte er sich wie ein anderer Mensch – aufrecht, sauber, anständig, ehrbar. Der Chief war vor einer Viertelstunde gegangen, nach Hause zu seiner Frau und den MacAvoy-Zwillingen Chloe und Finn, die jetzt bei ihm aufwuchsen. Er hatte Eddie zum Abschied tatsächlich umarmt und auf den Rücken geklopft, und sie hatten ihre Handynummern ausgetauscht, die des Chief, unter der er jederzeit zu erreichen war, supergeheim.

»Wenn Sie mal Hilfe brauchen oder Lust auf einen Drink haben«, sagte der Chief, »rufen Sie mich einfach an.«

»Das mache ich«, sagte Eddie, dann lachte er. Zu laut? Zu eifrig? Die vier Wodka-Martinis hatten ihn fest im Griff; der Chief hatte genauso viel getrunken wie Eddie, wenn nicht mehr, aber er war ein Mann, dem Alkohol nichts anhaben konnte.

»Ich rufe Sie an, wenn ich mal wieder angeln fahre«, sagte der Chief. »Ich hab mir letztes Jahr ein Boot gekauft, einen sechsundzwanzig Fuß langen Boston Whaler mit nagelneuem 250-PS-Motor. Angeln Sie gern?«

»Sehr gern«, sagte Eddie, obwohl das gelogen war. Er hasste Angeln; es war zu viel Rumsitzen und Warten für ihn, lieber ging er arbeiten und verdiente Geld. Aber wenn der Chief angeln gehen wollte, würde Eddie angeln gehen. Trevor liebte das Angeln und war seit seinem achtzehnten Lebensjahr Mitglied im Anglers' Club. Eddie kam der Gedanke, dass Trevor dem Chief vielleicht ein besserer Freund wäre als er – aber jetzt klang er schon beinahe wie Grace.

»Prima«, sagte der Chief. »Machen Sie's gut, und ein schönes Wochenende noch.«

»Okay, Chief«, sagte Eddie, ganz bekümmert über dessen Abgang. »Ich komme definitiv gern mit zum Angeln. Rufen Sie mich an.«

Der Chief zeigte mit dem Finger auf Eddie, was alles Mögliche bedeuten konnte, dann schlängelte er sich durch die Menge der Berauschten, die ihm alle auswichen, denn auch wenn sie nicht wussten, dass er der Polizeichef war, spürten sie doch seine Autorität.

Jetzt, allein auf dem Straight Wharf, sah Eddie Figawier torkeln und schwanken, er sah potenzielle Faustkämpfe in der Luft liegen, er sah Frauen, die ihre Schuhe und ihre Haarbänder und die Kontrolle über ihre BH-Träger verloren. Als

Eddie erneut am Straight Wharf Restaurant vorbeikam, erspähte er das Mädchen in dem weißen trägerlosen Kleid, das jetzt auf dem Geländer saß und ein Corona trank. Sie hatte sich übergeben und wieder gefangen. Gut gemacht.

Sie merkte, wie er sie anstarrte, und winkte ihm zu. Er ging rasch weiter. Er würde seinen Nimbus der Tugendhaftigkeit nicht gefährden, indem er mit einem Mädchen flirtete, das halb so alt war wie er.

Aber diesen Nimbus würde er sowieso verlieren – ganz bestimmt. Er dachte an die Papiertüte voller Geld. Er dachte daran, dass jetzt das gesamte Personal des Great Harbor Yacht Club wusste, dass er in finanziellen Schwierigkeiten steckte. Bald würden andere Mitglieder davon erfahren und seine geschwächte Position ausnutzen. Glenn Daley, Eddies Erzfeind, war ein solches Mitglied.

Er musste ein Haus verkaufen.

Doch bis dahin hatte er die Mädchen.

MADELINE

Als Angie anrief, schrie sie. Zuerst dachte Madeline, sie sei wütend, aber dann wurde ihr klar, dass es ein glückliches, freudig erregtes Schreien war.

»Ich liebe es!«, sagte sie. »Es gefällt mir total!«

Madeline war verwirrt. »Du liebst was?«

»Dein neues Buch!«, sagte Angie.

»Warte mal«, sagte Madeline. »Woher kennst *du* es denn?«

»Redd hat es mir geschickt«, erklärte Angie. »Ich hab die Beispielszene gelesen. Sie hat etwas so Unmittelbares, so Elektrisierendes, dass ich mir fast die Finger daran verbrannt habe. Die Chemie zwischen deinen Figuren ist wirklich heiß. Wir werden es als ›Playboy Channel trifft auf Haus-und-Garten-TV‹ vermarkten. Welche Frau will schließlich *nicht* mit ihrem Innenarchitekten schlafen?«

Madeline verstummte vor Verblüffung. Sie hatte Redd das Exposé inklusive Beispielszene geschickt, weil er wissen sollte, dass er seinen Augapfel-Gefallen nicht umsonst für sie eingefordert hatte. Sie hatte nicht damit gerechnet, dass Redd die Texte an Angie weiterleiten würde, und mit Sicherheit hatte sie keine solche Begeisterung erwartet.

Playboy Channel trifft auf Haus-und-Garten-TV?

»Ich möchte, dass du so bald wie möglich anfängst zu

schreiben«, sagte Angie. »Ich möchte, dass das Buch ins Winterprogramm vorgezogen wird, und ich glaube, wir könnten in *Redbook* einen Vorabdruck lancieren. Die Frühstückssendungen werden es lieben! Gayle King wird total aus dem Häuschen sein! Sie und Norah werden sich darum prügeln.«

Madeline schluckte. Sie versuchte sich vorzustellen, wie sie in *CBS This Morning* zusammen mit Gayle King, Norah O'Donnell und Charlie Rose auftrat, um einen Roman zu erörtern, den sie … über Grace und Benton Coe geschrieben hatte.

»Es ist nur so«, sagte sie, »dass ich noch eine Menge verändern muss, denn was da jetzt steht, ist ein bisschen zu realitätsnah.«

»Kennst du denn jemanden, der das erlebt hat?«, fragte Angie und rang nach Luft. »Du *selbst?*«

»Nein, ich nicht!«, sagte Madeline. Aber *wenn* sie es gewesen wäre, hätte sie bestimmt nicht gewollt, dass ihre beste Freundin einen Roman darüber schrieb.

»Ist doch okay, wenn du es bist«, meinte Angie. »Hab ich dir von dem Typen erzählt, der mein Badezimmer gefliest hat? Der war *zu* süß. Den hätte ich *gern* vernascht.«

Madeline schloss die Augen. Es war unglaublich, dass sie diesen Ball ins Rollen gebracht hatte. Überall in Amerika würden Frauen jetzt gestehen, dass sie unzüchtige Gefühle für ihre Elektriker und Stuckateure hegten.

»Den Minztee muss ich definitiv verändern«, sagte sie. »Und die Pistazienmacarons. Und den Ploughman's Lunch und die Szene, wo sie zu ›Loving Cup‹ tanzen.«

»Normalerweise würde ich sagen, na gut, dann nimm

andere, ebenso anschauliche Details – aber in diesem Fall, Madeline, hast du den Nagel auf den Kopf getroffen. Genau diese Einzelheiten müssen es sein. Du *darfst* den Minztee nicht streichen oder den Ploughman's Lunch, so wie du die Radieschen beschreibst und wie er sie damit füttert – das alles passt einfach zu gut! Es wäre wie Hemingway ohne die Stierkämpfe oder Cheever ohne den Sechs-Uhr-vierundzwanzig-Zug nach New Canaan.«

»Ja, aber …«

»Lass es so, wie es ist«, sagte Angie. »Wenn wir später doch was abändern müssen, dann tun wir es eben.«

»Okay«, sagte Madeline beklommen.

»Und hast du dir schon einen Schluss ausgedacht?«

»Einen Schluss?«

»Ich weiß, dass du ein Problem mit Auflösungen hast«, sagte Angie. »Aber was ich hier gerne sehen würde, ist … ein Happy End für B und G.« Madeline hörte, wie Angie einen Stift auf ihren Schreibtisch knallte. »Ich habe diese Frauen satt, die zum Schluss immer das Richtige tun, bei ihren Ehemännern bleiben, sich an die ›Familienwerte‹ halten. Sogar *Fifty Shades of Grey* ist auf Nummer sicher gegangen.« Sie schnaubte. »Ich möchte, dass die Frau am Ende glücklich ist statt brav.«

»Okay«, sagte Madeline. »Das kriege ich hin.« Über den Schluss zu reden verschaffte ihr ein wenig Erleichterung. Die Geschichte zwischen Grace und Benton lief ja noch, also würde alles, was sie schrieb, reine Fiktion sein.

»Prima«, sagte Angie. »Das Buch wird ein Riesenhit, das hab ich einfach im Gefühl.«

»Danke.«

»Wir müssen uns noch einen Titel einfallen lassen«, sagte Angie. »Hast du eine Idee?«

»So … so weit bin ich wirklich noch nicht«, sagte Madeline. »Ich hab den Text eigentlich mehr zum Spaß geschrieben. Oder vielleicht eher als Fingerübung.«

»Als Fingerübung? Das ist doch wohl ein Witz. Diese *Fingerübung* wird direkt auf der Bestsellerliste der *New York Times* landen!«, prophezeite Angie. »Mach dir keine Gedanken wegen des Titels. Dafür habe ich hier im Haus meine Leute. Wir überlegen uns was.«

»Okay«, stimmte Madeline zu.

»Ich halte dich auf dem Laufenden«, versprach Angie. »Wir geben deinem Buch keinen Titel, ohne dich vorher zu informieren.«

»Schön.«

»Wieso telefonierst du dann noch mit mir?«, fragte Angie. »Mach dich ans Schreiben!«

Madeline legte auf.

Was hatte sie *getan*?

Es war reine Fiktion, rief sie sich ins Gedächtnis. Tief einatmen, tief ausatmen.

Es.

War.

Reine.

Fiktion.

Brick wünschte sich ein Auto, es waren Rechnungen zu bezahlen, sie hatte für zwölf Riesen dieses blöde Apartment gemietet. Am Horizont zeichnete sich das College ab. Trevor war zweitausend Fuß hoch in der Luft, genau genommen also nicht bei ihr auf der Erde. Und sie hätte ihr Problem sowieso nicht mit ihm erörtern können – es sei denn, sie hätte ihm von Graces Geheimnis erzählt.

Zwei Frauen an diesem Tisch werden die Person zu ihrer Linken hintergehen.

Eddie hatte links von Grace gesessen, Grace links von Madeline. Hier war er also – ihr Verrat an Grace.

Nein, Madeline würde ihn nicht begehen.

Aber wenn sie Angie verärgerte, würde Angie sie womöglich auf Vertragsbruch festnageln und zwingen, den Vorschuss zurückzuzahlen, von dem Madeline den größten Teil schon ausgegeben hatte.

Die Optionen, die Madeline hatte, waren beide unerfreulich.

Frühstücksfernsehen, das klang verlockend … aber nein.

Sie rief Eddie an, um ihn noch einmal um ihre fünfzigtausend Dollar zu bitten.

NANTUCKET

Thornton Bayle, der Asphaltierkönig der Insel, der gerade den Parkplatz des Nantucket Yacht Club mit einem neuen Belag versah, hörte ein Gespräch mit, das Eddie Pancik an seinem Handy führte. Der Nantucket Yacht Club lag direkt gegenüber von Island Fog Realty, und so ziemlich jeder in der Stadt wusste, dass Eddie, wenn er am Telefon nicht belauscht werden wollte, über die Straße auf den Jachtclub-Parkplatz ging.

Was Thornton Bayle am Spätnachmittag des Memorial Day mithörte, lautete in etwa so: *Ja, Madeline, ich verstehe dein Dilemma. Ich* verstehe, *Madeline! Ich habe Juni gesagt, und wenn nicht Juni, dann August. Madeline, wenn ich könnte, würde ich, aber im Moment kann ich einfach nicht. Du musst Geduld haben. Du musst bei der Stange bleiben. Du musst an mich glauben. Es waren von Anfang an zwei Parteien beteiligt … Du wusstest, dass ein Risiko bestand. Doch, das wusstest du. Bitte, Madeline, du musst mir ein bisschen Spielraum lassen. Ich bringe alles in Ordnung, aber nicht heute. Du musst mir Zeit geben, Madeline. Bitte gib mir noch etwas Zeit.*

Na, dachte Thornton, *das ist ja mal interessant.*

JUNI

HOPE

Sie überstand das Gerücht, dass sie es mit Brick getrieben hatte, indem sie erhobenen Hauptes auftrat und sich mit keinem Wort zu dem Thema äußerte. Allegra war in den Pausen wieder mit Brick zusammen und sorgte dafür, dass er immer zu spät zum Unterricht kam, weil sie vor jedem Trinkbrunnen stehen blieben und sich küssten.

Wenn Hope ihnen dabei zusah, hätte sie am liebsten gekotzt.

Unterdessen traf Allegra sich nach wie vor mit Ian Coburn. Sie erzählte Brick, sie müsse »zu Hause bleiben und für die Abschlussprüfung pauken«, ihren Eltern dagegen, dass sie am Ende der Einfahrt auf Hollis warten würde, die sie zu einer »Lerngruppe« abholen wollte, doch in Wahrheit wartete dort Ian Coburn in seinem roten Camaro, um sie an einen entlegenen Strandabschnitt in Madequecham zu entführen, wo sie bei Sonnenuntergang die schöne Kunst erlernte, ihm einen zu blasen.

Hope hätte es Brick einfach sagen sollen, als sie noch Gelegenheit dazu hatte: Ja, Allegra trifft sich mit Ian. Ja, Allegra vögelt Ian.

In der Tat war Hope davon überzeugt, dass das Gerücht über sie und Brick so schnell verstummt war, weil Allegra auf den Tisch gehauen und es ausgemerzt hatte. Sie wusste, dass Hope allen von ihr und Ian Coburn hätte erzählen können.

Ein weniger erfreulicher Gedanke war der, dass das Gerücht über Hope und Brick im Sande verlaufen war, weil keiner, der recht bei Sinnen war, sich vorstellen konnte, dass Brick mit Hope schlafen wollte.

Hope war sich nach wie vor sicher, dass Allegra es vermasseln würde; sie konnte auf dieser winzigen Insel nicht den ganzen Sommer über fremdgehen, ohne erwischt zu werden. Hope musste nur warten.

Doch die Warterei war ermüdend. Das Schuljahr näherte sich seinem Ende, und es wurde wärmer. Bis zum Ende der ersten Juniwoche hatte Hope all ihre Prüfungen mit einer Eins bestanden. Es gab nichts mehr zu lernen, nicht einmal einen Grund, Flöte zu üben. Gleich nach Ferienbeginn würde sie ihren Job in der Pfarrei der St. Mary's Church antreten, der ruhig, ungesellig und monoton zu werden versprach. Sie würde Mrs Aguilar bei der Ablage helfen und Pater Declan bei der Recherche zu seinen Predigten. Sie würde am Telefon sitzen und eine endlose Reihe von Inselbesuchern darüber informieren, dass samstags um 17:00 und sonntags um 8:30, 10:00 und 11:30 Uhr und wochentags um 7:30 Uhr die Messe gelesen und am Sonntag um 7:00 Uhr eine Messe auf Spanisch abgehalten wurde.

Erst einmal aber legte sich Hope nach der Schule in die Hängematte, die zwischen zwei Ulmen mit Blick auf den Polpis Harbor straff gespannt war, und las. Allegra war mit ihren Freundinnen bereits unterwegs zum Strand, wo sie das Bier tranken, das Blutos ältere Schwester für sie gekauft hatte, und dann im Sand einschliefen. Allegra lud Hope nie zum Mitkommen ein, und Hopes Freunde lasen zu Hause in ihren eigenen Hängematten oder bereiteten sich auf ihre Collegebewerbung vor. Hope tröstete sich damit, dass sie im nächsten Frühjahr an der University of Virginia and Vanderbilt studieren würde, vielleicht sogar an der Duke, während Allegra es nur auf die Warteliste des North Podunk Junior College schaffen würde.

Trotzdem, sie war einsam.

Die einzigen Lichtblicke in Hopes Leben waren ihre Gespräche mit Benton über Bücher. Sie hatte mit *Goodbye, Columbus* angefangen, es aber altmodisch und machohaft gefunden. *Begegnung in Samarra* hatte ihr wesentlich besser gefallen. Benton hatte sich anscheinend sehr darüber gefreut, dass sie seinen Vorschlägen folgte, und wenn sie sich sahen, fragte er sie immer, an welcher Stelle sie gerade sei und ob das Buch ihren Geschmack treffe.

Diese Gespräche dauerten nie so lange, wie Hope es sich gewünscht hätte, denn Hopes Mutter störte dauernd, indem sie Benton zum Hühnerstall rief oder seine Hilfe mit dem Rasenmäher brauchte. Manchmal servierte Grace Benton ein aufwändiges Mittagessen – Caesar Salad mit gegrilltem Thunfisch oder Frisée *aux lardons* mit pochierten Eiern. Und es gab immer einen Korb mit knusprigen Brötchen und ein kleines Holzbrett mit Käse, Crackern, Wurst, Senf, Butter und Marcona-Mandeln.

Hope sehnte sich danach, zu diesen Essen eingeladen zu werden, und das sagte sie auch ihrer Mutter.

»Benton und ich haben immer so viel Wichtiges zu besprechen«, entgegnete Grace. »Es tut mir leid, Liebling. Soll ich dir ein Schinkensandwich machen?«

»Ein Schinkensandwich?«, fragte Hope.

»Auf einem Baguette mit süßer Butter und Feigenkonfitüre?«, schlug Grace vor. »Du kannst es in der Hängematte essen und dabei lesen.«

Das klang verlockend, aber nicht so verlockend, wie sich zu ihrer Mutter und Benton an den Tisch zu setzen.

»Salat mit euch beiden wäre mir lieber«, sagte Hope.

»Tut mir leid, Schatz«, sagte Grace. »Wir haben gärtnerische Probleme zu erörtern.«

Gärtnerische Probleme? Meinte ihre Mutter das *ernst*? Sie schloss Hope von diesen Mittagessen aus, obwohl sie ständig beklagte, dass Hope und Allegra nicht mehr Zeit mit ihr verbrachten?

»Na gut«, sagte Hope. »Ein Schinkensandwich ist okay.«

Allegras Abschlusszensuren waren grottenschlecht: eine Drei minus in Chemie, Trigonometrie und amerikanischer Geschichte und eine Vier in Englisch, dafür neunundsiebzig Punkte im Singen – was, wie sie betonte, fast einer Zwei gleichkam (diese Note war beeindruckend, fand Hope, da Allegra ums Verrecken keine Melodie halten konnte). Eddie zeigte für ihn untypisches Rückgrat, indem er Allegra mitteilte, dass sie auch den Sommer über nicht Auto fahren dürfe. Damit hatte Allegra kein Problem, wenn sie mit Ian Coburn in seinem roten Camaro unterwegs war, aber um sich mit Brick zu treffen, musste sie entweder den Bus nehmen (der nur dreimal täglich in die Polpis Road kam) oder Hope bitten, sie zu chauffieren.

Das tat Hope ziemlich oft, wenn auch hauptsächlich, um Brick zu sehen. Brick wirkte todunglücklich. Er arbeitete stundenweise als »Informationsassistent« in der Nantucket Bank, was, wie er verkündete, der langweiligste Job überhaupt sei. Er begrüßte die Kunden und dirigierte sie entweder nach links zu den Schaltern oder nach rechts zu den Kreditberatern; außerdem unterwies er die Leute in der Benutzung der Penny Arcade, die Münzen sortierte und zählte und einen Beleg ausspuckte, den die Kunden gegen Papiergeld tauschen konnten. Brick sah aufgedunsen und blass aus; er hatte den Glanz und Schwung verloren, den er noch vor ein paar Wochen besessen hatte.

Eine ganze Woche lang wurden Abschlusspartys gefeiert; Allegra und Brick waren zu allen eingeladen, Hope zu keiner einzigen, obwohl Brick jedes Mal, wenn sie in eine Einfahrt bogen, fragte: »Warum kommst du nicht kurz mit rein?«

Aber Hope lehnte immer dankend ab.

Bei mehr als einer dieser Partys parkte Ian Coburns roter Camaro schon vor der Tür, und Hope dachte: *Wie kann sie das jeden Abend durchziehen?*

Eines Tages, als Benton gerade im Rosenbeet arbeitete, warf Hope sich demonstrativ in die Hängematte, in der Hand das Exemplar von *Lolita,* das sie sich kürzlich zugelegt hatte.

Mit einem lauten Seufzer schlug sie das Buch auf in der Hoffnung, Benton würde sie bemerken, doch der war erst einmal lange mit dem Rückschnitt der Rosen beschäftigt.

»Aua!«, entfuhr es ihm irgendwann. Er hatte sich an einem Dorn gestochen.

»Alles in Ordnung?«, fragte Hope und hüpfte aus ihrer Hängematte. »Soll ich Ihnen ein Pflaster holen?«

»Ach, Hope!«, sagte Benton. »Ich hab dich gar nicht gesehen. Du bist ja still wie ein Mäuschen.« Erst jetzt sah er Hopes Buch. »Hey! Du liest *Lolita*!«

Hope errötete. »Ja.«

Benton trat aus dem Beet und wischte sich mit einem orangeroten Tuch die Stirn ab. »Ich wollte dir ja die Liste mit den hundert Büchern zusammenstellen, aber ich habe so viel zu tun.«

»Sie haben noch andere Kunden außer Mom, oder?«

»Stimmt«, sagte Benton. »Ich arbeite an sechs Projekten gleichzeitig.«

»Sie haben fünf weitere Kunden?«, fragte Hope. »Mir kommt es vor, als wären Sie immer hier.«

»Na ja«, sagte er mit Blick auf das Haus, »das hier ist mein persönliches Lieblingsprojekt. Und ich habe einen Manager und zehn College-Studenten, die für mich arbeiten.«

»Ich verstehe nicht, warum Sie Gärtner sind, wenn Sie doch einen Abschluss in Literatur haben«, wunderte sich Hope.

Benton lachte. »So läuft es manchmal im Leben, Hope. Während meines Studiums an der Ohio State hatte ich oft Jobs im Freien, die mir gut gefielen. Deshalb reizte es mich nach meinem Abschluss mehr, draußen zu arbeiten, in Gärten, Parks, auf Grünflächen. Ich träume zwar oft davon, eines Tages Englischlehrer zu sein. Aber zurzeit ziehe ich Tätigkeiten wie diese einfach vor.«

»Haben Sie als Jugendlicher sehr viel gelesen?«, fragte Hope.

»Nur heimlich«, sagte Benton. »Spät nachts. Tagsüber hab ich mich wie ein normaler Teenager verhalten, Rugby gespielt, im Wald mit meinen Macker-Freunden Bier getrunken.«

»Dann waren Sie eine Art Kombination aus Allegra und mir«, meinte Hope.

»Vielleicht«, sagte Benton. »Ich kenne deine Schwester ja eigentlich gar nicht.«

Das freute Hope. Die meisten Menschen mochten Allegra lieber als sie, weil sie extravertiert war wie Eddie. Sie konnte Konversation machen, neckisch sein, flirten und schnell Freundschaft schließen. Wenn Benton Allegra kennen lernte, befürchtete Hope, würde auch er sie ihr vorziehen.

Vielleicht aber auch nicht. Allegra würde kein längeres Gespräch über Bücher zulassen.

»Sie ist ganz anders als ich«, sagte sie. »Sie ist schön und oberflächlich.«

Benton zuckte nicht mit der Wimper bei dieser Beurteilung. »*Du* bist schön«, meinte er.

Hope zuckte die Achseln. Sie wusste, wann jemand dies aus bloßer Nettigkeit sagte. »Sie ist schöner. Sie und ihre beste Freundin Hollis sind die beliebtesten Mädchen an unserer Schule. Allegra ist seit dem zweiten Highschooljahr mit Brick Llewellyn zusammen, doch jetzt langweilt er sie, aber statt einfach mit ihm Schluss zu machen, treibt sie sich mit diesem Ian rum, der aufs BC geht.«

»BC«, sagte Benton. »Gutes College.«

Eddies Witz hatte Benton eindeutig noch nicht gehört.

»Sie *betrügt* ihn nicht«, sagte Hope rasch. Sosehr sie sich auch wünschte, dass Allegra ihre wohlverdiente Strafe erhielt, wollte sie doch nicht als diejenige dastehen, die sie verpetzte. »Aber sie ist nicht sehr nett zu ihm.«

»Und das stört dich?«, fragte Benton.

»Ich möchte, dass sie sich wie ein anständiger Mensch verhält«, sagte Hope. Sie wünschte sich, dies alles möge sich weniger nach Teenie-Seifenoper anhören und mehr nach schmerzhaftem, kompliziertem, realem Leben. »Haben Sie einen Rat?«

»Den habe ich tatsächlich«, sagte Benton.

In diesem Moment steckte Grace ihren Kopf durch die Hintertür. Sie wirkte entzückt darüber, dass Hope und Benton miteinander redeten. »Benton«, sagte sie, »das Mittagessen ist fertig.« Und Hope fragte sie: »Schatz, hättest du gern ein Schinkensandwich?«

Hope zuckte die Achseln. Wie immer ruinierte ihre Mutter alles. »Warum nicht?«, sagte sie.

GRACE

Gerade als sie dachte, das Leben könne nicht besser werden, bekam sie einen Anruf von Hester Phan.

»Ich habe aufregende Neuigkeiten«, sagte Hester. Hester war eine ernste Frau vietnamesischer Abstammung mit ausdrucksloser Stimme. Sie klang, als wollte sie berichten, dass im Stop & Shop Handschuhe im Sonderangebot seien.

»Ach ja?«

»Der Haus-und-Garten-Redakteurin des *Boston Globe* haben die Fotos sehr gut gefallen. Sie wollen in der Sonntagsausgabe einen Beitrag bringen.«

Grace kreischte. »Wann?«, fragte sie.

»Am 21. Juli schicken sie einen Reporter und Fotografen«, sagte Hester, »und fünf Tage später, am 26. Juli, soll der Artikel erscheinen.«

Sie hatten weniger als einen Monat für die Vorbereitung!

»Wow!«, sagte Grace. »Danke, Hester, vielen Dank!«

»Das ist mein Job«, entgegnete Hester. »Ich rufe Sie kurz vorher noch einmal mit den genauen Details an. Und dann schicke ich Eddie meine Abschlussrechnung.«

Grace legte auf. Sie wusste nicht, ob sie zuerst Eddie oder Benton anrufen sollte. Das Richtige wäre ein Anruf bei Eddie. Dies war sein Haus, und er bezahlte Hesters Honorar. Außerdem wollte sie es Benton persönlich erzählen.

»Du wirst es nicht glauben!«, sagte sie. »Der *Boston Globe* hat zugesagt! Für die Sonntagsausgabe!«

»Was zugesagt?«, fragte Eddie.

»Einen Beitrag über den Garten!«, sagte Grace.

»Ach so«, sagte Eddie. »Heißt das, ich muss Hester nicht mehr bezahlen?«

»Nur noch die Abschlussrechnung mit dem vereinbarten Erfolgsbonus.«

»Warum sollte sie einen Erfolgsbonus bekommen?«, fragte Eddie. »Sie macht doch nur ihren Job. Erfolg sollte selbstverständlich sein und ihr keinen Bonus einbringen.« Er klang, als befände er sich in einer Art Höhle. Seine Stimme hallte, und Grace konnte seine Schritte hören.

»Wo bist du?«, wollte sie wissen.

»In der Eagle Wing Lane 13«, sagte er.

»Es klingt, als wäre das Haus leer«, sagte Grace. »Sollten nicht Bauarbeiter da sein?«

»Ja«, sagte Eddie. »Es sollten Bauarbeiter da sein.«

Sie konnte seinen Tonfall nicht deuten. War er sarkastisch?

Egal. Sie war zu aufgeregt wegen des Artikels im *Boston Globe*. »Schatz, freust du dich nicht für mich?«, fragte sie.

»Ich bin begeistert«, sagte Eddie.

Grace legte auf. Eddie hatte nicht begeistert geklungen – aber was hatte sie erwartet?

Sie wünschte, die Mädchen wären zu Hause, doch Hope hatte ihren Job im Pfarrhaus angetreten, und Allegra war auf dem Festland bei ihrem neuen Vorbereitungskurs für den College-Eignungstest. Statt sechs Wochen lang einmal pro Woche fand dieser Kurs eine Woche lang jeden Tag einschließlich Samstag statt. Allegra brauchte diesen zweiten Vorbereitungskurs, weil der vorherige nur zu einer Steigerung von dreißig Punkten in Kritischem Lesen geführt hatte und ihre Punktzahl in Mathe sogar gleich geblieben war. Beide Punktzahlen waren nicht sehr hoch.

Eddie war nicht erfreut darüber, für einen weiteren Kurs sowie für die täglichen Hin- und Rückflüge bezahlen zu müssen.

Grace meinte, manche Menschen litten eben unter Prüfungsstress.

Eddie sagte, Allegra würde sich nicht genügend anstrengen. Hatte Grace sie jemals lernen sehen?

Nein, Grace hatte Allegra noch nie lernen sehen, und außerdem ging Allegra jeden Abend aus.

Heute Abend wollte Grace den Mädchen beim Essen von dem Beitrag in der Sonntagsausgabe des *Boston Globe* erzählen.

Würde es sie interessieren?

Grace hätte gern Madeline angerufen, aber Madeline schrieb in ihrem Apartment eifrig an ihrem neuen Buch, und Grace wollte sie nicht stören. Sie war jedoch zu aufgeregt, um die Neuigkeit für sich zu behalten, und Benton würde erst in einer halben Stunde kommen.

Grace schickte Madeline eine SMS: *Beitrag über meinen Garten in der Sonntagsausgabe des* Boston Globe *vom 26. Juli!*

Und Madeline simste zurück: *Prima!*

Grace bemühte sich, nicht enttäuscht zu sein. *Prima!* war

eine angemessene Antwort. Sie konnte nicht erwarten, dass jemand verstand, *wie* prima es war.

Grace drehte gerade den Korken aus einer Flasche Jahrgangschampagner Veuve Cliquot, die sie unten in Eddies Weinkühlschrank gefunden hatte, als Benton um die Hausecke bog.

»Champagner?«, fragte er. »Was ist mit dem Minztee passiert?«

Grace füllte zwei Gläser, ließ sie aber auf dem Tisch stehen und sagte: »Hester Phan hat angerufen.«

»Bring es mir schonend bei«, sagte er.

»Am Sonntag, dem 26. Juli, wird unser Garten im … *Boston Globe* präsentiert!«

Benton schwang sie im Kreis herum und stieß einen Freudenschrei aus.

Nach *so einer* Reaktion hatte Grace sich gesehnt. Als Benton ihr Gesicht in die Hände nahm und begann, sie zu küssen, staunte sie darüber, wie es sich anfühlte, jemanden in ihrem Leben zu haben, der ihre Leidenschaft für diesen Garten teilte und wegen des Zeitungsartikels ebenso aus dem Häuschen war wie sie. Einen Partner. Einen Freund.

Und mehr als das.

Benton ließ den Champagner in der Sonne stehen und zog Grace an der Hand auf den Schuppen zu.

Am nächsten Tag erhielt Grace eine Einladung zur Sonnenuntergangs-Soirée des Nantucket Garden Club, die in diesem Jahr auf dem Anwesen von Jean Burton stattfinden sollte, das für Grace nur das Haus der Tausend Koi-Teiche war (eigentlich waren es bloß fünf, für Grace jedoch fünf zu viel). Jean war Vorsitzende des Nantucket Garden Club; sie hatte Grace nach dem Ende von deren Amtszeit abgelöst. Jean war gebürtige Texanerin und strotzte nur so vor Charme und Gastfreundlichkeit. Sie bat Grace weiterhin um Rat und hielt sie auf dem Laufenden, obwohl Grace inzwischen mit ihrem eigenen Projekt beschäftigt war.

Grace war sechs Jahre lang Vorsitzende und in ihrem alten Haus in der Dover Street selbst schon Veranstalterin der Sonnenuntergangs-Soirée gewesen. Die Sonnenuntergangs-Soirée war ein glanzvolles Ereignis, zu dem Grace als Begleitung immer Madeline mitgebracht hatte.

Dieses Jahr aber wollte sie Benton mitnehmen.

Sie rief Madeline an, um sich nach deren Meinung zu erkundigen.

»Bist du böse, wenn ich Benton zur Sonnenuntergangs-Soirée mitnehme?«, fragte sie.

Madeline schwieg, doch Grace konnte im Hintergrund das Kratzen ihres Stifts auf Papier und das Summen ihres Laptops hören.

»Ich bin nicht böse«, sagte Madeline dann. »Ich mag die Sonnenuntergangs-Soirée. Die Gärten sind schön, das Essen ist gut – aber im Grunde ist sie *dein* Ding.«

»Ich möchte bloß nicht, dass du glaubst, ich serviere dich Benton zuliebe ab«, sagte Grace.

»Das ist nicht das Problem«, erwiderte Madeline. »Das Problem ist, dass du mit Benton in der Öffentlichkeit gesehen wirst.«

Ja, daran hatte Grace auch schon gedacht. Und trotzdem wollte sie sich mit Benton ein bisschen weiter vorwagen. Die Insel maß vier mal dreizehn Meilen; sie konnten nicht gut zusammen im Ship's Inn essen gehen oder Hand in Hand das Steilufer von Sconset entlangspazieren. Die Sonnenuntergangs-Soirée aber war eine Veranstaltung des Garden Club, Benton war ihr Landschaftsarchitekt, und sie hatten etwas, mit dem sie gemeinsam prahlen konnten. Grace konnte es gar nicht *abwarten*, Jean Burton und Susan Prendergast und Monica Delray von dem Beitrag im *Boston Globe* zu erzählen! Die Sonnenuntergangs-Soirée war ein Ereignis, bei dem sie und Benton gefahrlos zusammen auftreten konnten.

»Ich werde Eddie um Erlaubnis bitten«, sagte Grace. »Ich bin sicher, er sagt ja.«

»Da bin ich auch sicher«, stimmte Madeline zu und seufzte. »Aber du weißt doch, wie diese Frauen reden, Grace. Erinnerst du dich, was die blonde Sharon für ein Gewese darum machte, als Monica mit zwei verschiedenen Schuhen aufgekreuzt ist? Sie beschuldigte Monica, beim Ankleiden betrunken gewesen zu sein, und drei Tage später sahen alle sie schon in der Betty-Ford-Klinik. Diese Frauen sind Nattern. Sie sind skrupellos. Wenn du mit Benton hingehst, werden sie das gnadenlos ausschlachten.«

»Die blonde Sharon kann mich mal«, sagte Grace.

»Du kannst natürlich tun, was du willst«, meinte Madeline. »Aber als deine beste Freundin muss ich dir sagen, dass ich euren gemeinsamen Auftritt viel besser finden würde, wenn ihr beiden nicht …«

»Ich weiß«, sagte Grace. Und das tat sie wirklich, doch es

war ihr egal. Sie wollte Benton zur Sonnenuntergangs-Soirée mitnehmen. Sie wollte sich amüsieren.

Noch am selben Abend unterbreitete sie Eddie das Thema.

»Es stört dich nicht, wenn ich mit Benton zur Sonnenuntergangs-Soirée gehe, oder?«

»Was ist die Sonnenuntergangs-Soirée?«, fragte Eddie.

»Die Gartenclub-Veranstaltung.«

Er winkte ab. »Nur zu«, sagte er. »Solange ich nicht mitkommen muss.« Er fuhr mit einer Diätwaffel durch Butter. Sein Sodbrennen sei neuerdings so schlimm, hatte er Grace erklärt, dass er kaum noch etwas anderes essen könne.

Benton fragte Grace am nächsten Morgen. »Möchtest du mit mir zur Sonnenuntergangs-Soirée gehen?«

Er strahlte sie an. »Nur allzu gern.«

»Sie findet bei Jean Burton statt«, sagte Grace.

»Koi-Teiche«, sagte Benton.

Grace küsste ihn und grinste. Sie konnte gar nicht glauben, *wie gut* sie harmonierten.

»Ich war schon mal dabei«, sagte er, »vor fünf oder sechs Jahren, bei Jody Rouisse. Marla Amster hat mich mitgenommen, weil ich damals ihren Garten gestaltet habe.«

»Du bist mit Marla Amster gekommen?«, fragte Grace. »Jetzt bin ich aber eifersüchtig.« Sie versuchte, sich an jenes Jahr zu entsinnen. Jody Rouisse wohnte draußen in Shimmo. Ja, Grace erinnerte sich, dass sie mit Madeline hingefahren war. Sie erinnerte sich an den Garten. Ihrer Meinung nach war er langweilig gewesen: eine Menge Ziergräser, nur ein

Blumenbeet und Stauden, die nach Farben angeordnet waren. Alles sehr unoriginell, hatte Grace gefunden. Aber sie erinnerte sich nicht an Benton. Sie konnte es nicht fassen, dass sie ihn übersehen hatte. Jetzt war er alles, was sie sah.

»Du brauchst nicht eifersüchtig zu sein«, sagte Benton. »Ich war nicht verliebt in Marla Amster.«

Verliebt! Verliebt! Verliebt verliebt verliebt!

Sobald Benton gegangen war, rannte Grace nach oben, um Madeline anzurufen.

Es gab nur einen dunklen Punkt in Graces Woche. Als sie eines Abends noch spät zum Stop & Shop fuhr, um Kopfsalat und Käse und andere Lunch-Zutaten zu holen, sah sie auf dem Parkplatz einen roten Sportwagen – mit einem Mädchen darin, das Allegra sehr ähnlich war. Das Mädchen küsste den blonden Jungen auf dem Fahrersitz.

Grace hätte beinahe ans Fenster geklopft. *Allegra?* Doch dann besann sie sich eines Besseren. Wenn sie sich geirrt hatte, wäre das peinlich, wenn nicht, noch peinlicher. Grace eilte in den Laden.

EDDIE

In der letzten Juniwoche wollte sich eine Gruppe von Kasper Snacks in der Low Beach Road Nr. 10 einmieten. Kenny Kasper war auf Empfehlung von Ronan NG zu Eddie gekommen und hatte ihn gebeten, ihm auch die Mädchen ins Haus zu schicken, und Eddie hatte gesagt: »Mal sehen, ob ich da was zaubern kann.«

Die Mädchen arbeiteten inzwischen praktisch ununterbrochen – und sie hatten begonnen, ihr Geld auch auszugeben. Nadia hatte sich über eine Zeitungsanzeige einen fast neuen lindgrünen Jeep gekauft und bar bezahlt. »Du darfst nicht so mit Kohle um dich werfen, Nadia«, sagte Eddie, »sonst fangen die Leute an, Fragen zu stellen.«

Er durfte nicht zulassen, dass die Situation entgleiste; er war zu abhängig von diesen Einkünften, die momentan seine einzigen waren. Er hatte ein wenig berauschendes Objekt in der High Street anzubieten, das er ein- und demselben Paar insgesamt viermal gezeigt hatte – doch das hatte letztendlich abgesagt und ein wesentlich schöneres Haus am oberen Ende der Main Street gekauft, von niemand anderem als Glenn Daley. Einem schwulen Pärchen hatte er ein Sieben-Millionen-Dollar-Anwesen in der Eel Point Road präsentiert, aber das wollte nur fünfeinhalb zahlen, und der Eigentümer weigerte sich, diese Summe auch nur in Betracht zu ziehen, und die beiden wollten nicht höher einsteigen, denn sie meinten, die Preise auf Nantucket seien unverschämt und sie würden sich stattdessen auf Martha's Vineyard und Block Island umsehen. Und das Vier-Millionen-Dollar-Grundstück an der Hulbert Avenue – für das Eddie nicht nur einen, sondern zwei Interessenten hatte – hatten die zwei Schwestern, denen es gehörte, gerade wieder vom Markt genommen.

Eddie konnte sein verflixtes Pech nicht fassen. Er versuchte, die Rechnungen für die Nummer 13 abzuzahlen, aber dann waren da noch seine insgesamt sechs Hypotheken, Lebensmittel, Allegras Vorbereitungskurs, Benton Coe und die verdammte Pressefrau mit ihrem »Erfolgsbonus«. Und Madeline fragte immer wieder nach ihren fünfzigtausend Dollar. Genau genommen fragte sie inzwischen nicht mehr, sondern sie bettelte, und ihr letzter Anruf hatte vage nach einer Drohung geklungen: Wenn Eddie nicht zahlte, würde etwas geschehen, was ihm nicht gefallen würde.

Er verstand, dass Madeline frustriert war und vielleicht sogar Angst hatte. Eddie hatte Trevor und Madeline den Fünfzigtausend-Dollar-Kredit als »Investitionsmöglichkeit« präsentiert, und genau das wäre er auch gewesen, wenn Eddie genügend Kapital gehabt hätte, um die Häuser fertigzustellen, oder der Markt endlich angefangen hätte zu kooperieren und Käufer zu produzieren. Was Eddie dringend brauchte, waren Käufer der 2005er-Ära; damals hatte die Wirtschaft geboomt, und Häuser waren innerhalb von zwölf Stunden, nachdem er sie angeboten hatte, für hundertdreißig Prozent ihres Marktpreises weggegangen.

Seit Oktober hatte er kein Haus verkauft, eine Tatsache, die ihn deprimierte. Er schwächelte. Erst hatte er sich gequält, dann war er untergegangen, und jetzt ertrank er. An die Llewellyns war er zu Beginn der Untergangsperiode herangetreten, als die Banken ihm kein Geld mehr geben wollten und auch sonst niemand ihn so sehr mochte oder an ihn glaubte, um ihm zu leihen, was er benötigte. Er wusste, dass Madeline einen dicken Vorschuss bekommen hatte und sie Trevor überreden würde zuzustimmen. Allerdings hatte er nicht vorhergesehen, wie verantwortungslos Madeline mit dem plötzlichen Geldsegen umgehen würde. Sie hatte sich für ein halbes Jahr ein Apartment gemietet, das sie nicht brauchte, und damit waren zwölftausend Riesen dahin.

Eddie wusste, dass er sich wegen der Geschäfte, die er und Barbie nebenbei machten, schuldig fühlen müsste … doch ihm blieb keine Wahl. Er schrieb Barbie eine SMS, obwohl sie ihm gegenüber an ihrem Schreibtisch saß. Barbie hatte in diesem Jahr bescheidene Erfolge zu verzeichnen, aber sie war die Königin der Billigimmobilie – der Eigentumswohnung für dreihundertneunundfünfzigtausend draußen am Flughafen, des fünfhundertfünfundneunzigtausend Dollar teuren Vierzimmerhauses mit zwei Bädern und unmöbliertem Souterrain –, während Eddie sich nur mit siebenstelligen oder lieber noch achtstelligen Posten abgab.

Seine Hybris würde ihn zu Fall bringen, vermutete er. Und doch war er stolz auf seinen Erfolg – er, ein Junge aus der Purchase Street in New Bedford.

Die SMS, die er Barbie schickte, lautete: *Die Mädchen sind morgen Abend in der LBR. Kasper Snacks.*

Ich habe nicht mit Kasper Snacks geredet, antwortete sie. *Woher wussten die Bescheid?*

Von Ronan NG, simste Eddie.

Barbie: *Vertrauenswürdig?*

Scheint so.

Hast du die Firma im Netz überprüft?

Eddie: *Es handelt sich um Kasper Snacks, Produzent der Donut-Chips!*

Barbie: ???????

Eddie: *Die essen alle außer dir.*

Barbie warf Eddie einen Blick zu. *Mein Bauchgefühl ist diesmal nicht das Beste,* schrieb sie. *Ich halte mich da raus.*

Eddie: *Wirklich? Es ist doch nicht anders als sonst. Standardvorgehensweise.*

Ich bin draußen, simste Barbie. *Übernimm du meinen Anteil.*

Eddie: *Du meinst es ernst?*

Barbie: *Sehr ernst.*

Normalerweise hätte Eddie versucht, Barbie ihr Vorhaben auszureden, aber er war zu erpicht auf die zusätzlichen Siebzehneinhalbtausend in dieser Woche.

Wenn du darauf bestehst, schrieb er. *Streichen also.*

Streichen, bestätigte Barbie.

Seine Büroleiterin Eloise benahm sich seit zwei, drei Tagen insofern merkwürdig, als sie Eddie alle möglichen Freundlichkeiten erwies, was sie zuvor *nie* getan hatte. Eddie argwöhnte, dass sie auf eine Gehaltserhöhung aus war – die er sich nicht leisten konnte, aber ebenso wenig konnte er es sich leisten, sie zu verlieren. Eloise hatte ihm von der

Bartlett's Farm ein Löwenmäulchen im Topf mitgebracht, weil sie meinte, er brauche etwas, das seinen Schreibtisch verschönere. Als er sie fragte, ob er es würde gießen müssen, versprach sie, sich persönlich um das Wohlergehen der Pflanze zu kümmern.

»Ich werde Ihr Privatgärtner sein«, sagte sie.

»Na ja, warum nicht, meine Frau hat auch einen«, sagte er.

Eloise starrte ihn an, und Eddie erklärte: »Benton Coe. Schon von ihm gehört, Eloise?«

»O ja«, sagte Eloise. »Er hat die Rosenbeete hinter dem 1800 House angelegt und den Garten am Greater Light gestaltet, der äußerst gelungen ist, wie ich zugeben muss.«

»Ich bezahle ihn, als wäre er der Bill Gates unter den Gärtnern«, sagte Eddie und schaute auf die vage bedrohlich wirkenden Schlünde der fuchsienroten Blüten des Löwenmauls. »Das ist jedenfalls ein sehr zuvorkommendes Geschenk. Danke, Eloise.«

»Ach du liebe Güte«, sagte Eloise. »Ich hätte ja fast was vergessen.«

»Was denn?«, fragte Eddie und setzte seinen Panamahut auf. Er musste nach Hause zu den Mädchen. Gelegentlich erhaschte er einen Blick auf Hope, aber Allegra hatte er seit mehr als drei Tagen nicht mehr zu Gesicht bekommen. Grace hatte erwähnt, dass sie Allegra oder jemanden, der wie Allegra aussah, mit einem jungen Mann in einem roten Camaro gesehen habe, und Eddie fragte sich, was *das* zu bedeuten hatte. Es würde ihm sehr missfallen, wenn Allegra und Brick sich trennten, aber vielleicht hatte der Typ mit dem roten Camaro ja Geld und konnte sich Allegras teurer

Lebensgewohnheiten annehmen. Eine Model-Karriere würde sie nicht machen, obwohl sie sich weiterhin so kleidete, als stünde sie ihr bevor.

»Es ist ein Anruf für Sie gekommen, als Sie außer Haus waren. Den hatte ich ganz vergessen«, sagte Eloise. Sie hielt ihm einen rosa Zettel hin, und Eddies Herz blockierte wie ein ungeölter Motor. Er brauchte sein Magensäuremittel, doch das befand sich im Handschuhfach seines Wagens – ein weiterer Grund dafür, dass er gehen musste. Er fürchtete, die Nachricht könne von Nadia sein, obwohl Eddie ihr erklärt hatte, dass sie ihn nie im Büro anrufen dürfe. Oder sie war von Kenny Kasper. Vielleicht hatte Barbie recht, und Kenny Kasper war in Wirklichkeit gar nicht Kenny Kasper, sondern Special Agent Kasper vom FBI.

Bevor Eddie sich den Zettel schnappen und ihn lesen konnte, verkündete Eloise: »Der Polizeichef hat angerufen. Er möchte, dass Sie morgen früh mit ihm angeln gehen.«

Eddie war aufgeregt wie ein Mädchen vor der ersten Verabredung. Der Chief hatte zwar etwas vom Angeln gesagt, aber viele Männer kamen ständig mit solchen Vorschlägen und verfolgten sie dann nicht weiter. Der Chief dagegen hatte sich tatsächlich die Mühe gemacht, Eddie zu kontaktieren.

Eddie rief den Polizeichef zurück, und sie beschlossen, sich am nächsten Morgen um halb sechs auf dem North Wharf zu treffen und bis zwei Uhr auf See zu bleiben. Der Chief würde Sandwiches und Bier und die Ruten mitbringen. Eddie musste nur noch aufkreuzen.

Eddie eilte nach Hause, um Grace und seinen Töchtern die Neuigkeit mitzuteilen. Beide Mädchen waren zum Abendessen da.

»Ich gehe morgen mit dem Polizeichef angeln«, sagte er.

»Cool«, meinte Allegra.

Hope zuckte die Achseln und knabberte an einer Spargelstange, die sie zwischen den Fingern hielt, eine Gewohnheit, die Eddie ungehörig fand; Grace aber billigte sie, weil Großmutter Sabine ihren Spargel auch so gegessen hatte.

»Vergiss nicht, dass ich am Donnerstagabend ausgehe«, sagte Grace.

»Ach ja?«, fragte Eddie.

»Die Sonnenuntergangs-Soirée«, erinnerte Grace ihn. »Vom Gartenclub.«

»Stimmt«, sagte Eddie. So ganz genau entsann er sich nicht, doch alles, was den Gartenclub anging, bedeutete, dass er gnädigerweise entschuldigt war. »Ich finde einfach, es war nett vom Chief, *mich* zum Angeln einzuladen. Ausgerechnet.«

»Aber du *hasst* Angeln«, sagte Hope.

»Nein«, behauptete Eddie. »Tue ich nicht.«

»Vielleicht wird es ja so wie in dieser Szene aus den *Sopranos*«, sagte Allegra, »wo sie den Typen zum Angeln einladen, weil sie ihn umbringen und über Bord werfen wollen.«

Eddie schob seinen Teller beiseite. Bis zu dieser Überlegung seiner Tochter hatte er sein Steak mit Kartoffelpüree und Spargel genossen. Aber tatsächlich war die Einladung so merkwürdig, dass er selbst zum Teil geneigt war, sie für eine Falle zu halten. Er würde nur ein Bier trinken, beschloss er.

Er würde eins akzeptieren, wenn es angeboten wurde, und sich dann die ganze Fahrt über daran festhalten; so konnte er sicher sein, dass er nichts Blödes sagte.

Um vier Uhr wachte er ohne die Hilfe seines Weckers auf, so nervös und aufgeregt war er. Er zog Khakishorts und weiße Tennisschuhe und ein langärmliges T-Shirt von Santos Rubbish Removal an und setzte seinen Panamahut auf, weil er sich ohne ihn nicht wie er selbst fühlte. Sobald das Hub geöffnet hatte, kaufte er sich dort einen Kaffee, dann fuhr er im Büro vorbei, um die Toilette zu benutzen und seine Mails zu checken. Die Einladung zum Angeln hatte ihn so durcheinandergebracht, dass er vergessen hatte, Nadia über die Kasper-Snacks-Gruppe heute Abend zu informieren.

Jetzt hätte er Zeit dazu gehabt. Er musste erst in einer halben Stunde auf dem Kai sein. Aber er konnte seinen Tag nicht mit einem Anruf bei Nadia beginnen und dann direkt zum Angeln mit dem Polizeichef übergehen. Er würde Nadia später anrufen, beschloss er. Er musste, denn die Einladung zum Angeln hatte, so wundersam sie auch sein mochte, seine finanziellen Probleme nicht verschwinden lassen.

Der Chief hatte seinen Sohn Eric mitgebracht, der an der Cornell Medizin studierte und als Erster Maat fungieren sollte. Die drei schüttelten sich die Hände und schlenderten dann den knarrenden Pier entlang, während hinter ihnen die Sonne aufging und das Wasser golden und silbern sprenkelte. Es waren noch andere Männer da, die in andere Boote kletterten und mit allem Möglichen hantierten – mit Tauen,

Motoren, Kühlboxen, Angelzubehör –, und doch wirkte der Kai friedlich und pittoresk. Er spiegelte eine andere Welt, das Leben auf dem Wasser, weit weg vom Gewimmel und Gehetze und Kommerz und Verkehr und den Besorgungen und Mahlzeiten und Einkäufen und Handygesprächen.

Das Boot des Chief hieß *Die Gestrandeten* – eine Reverenz an Greg und Tess MacAvoy und Addison Wheeler und einige weitere seiner Freunde, aber dieses Thema wollte Eddie lieber nicht berühren. Er musste sich mit der Tatsache herumschlagen, dass er eigentlich gar nicht angeln konnte. Er war vor ein paar Jahren mal mit Kunden angeln gefahren, doch das war eher eine Sauftour als eine Angeltour gewesen. Auf dem Boot hatten sich damals zwölf Männer und drei Maate befunden, und Eddie hatte nur zweimal die Angel ausgeworfen und die Rute insgesamt nicht länger als sechs oder sieben Minuten gehalten.

Am Abend zuvor hatte Eddie *Angel richtig auswerfen* gegoogelt und sich auf YouTube ein Lehrvideo angesehen – Bügel öffnen, Schnur mit dem Zeigefinger an der Rute fixieren, Rute leicht über die rechte Schulter nach hinten schwingen, sie nach vorn schnellen lassen und Schnur loslassen. Dann den Bügel umklappen und einkurbeln.

Das schaffte jeder.

»Wie kann ich helfen?«, fragte Eddie.

Der Chief reichte ihm die Kühlbox. »Könnten Sie die in die Kombüse bringen? Eric und ich legen die Schnüre aus. Wir werden versuchen, per Schleppangeln schon mal ein paar Barsche vom Grund zu holen.«

Eddie trug die Kühlbox zur Kombüse. Zumindest wusste

er, dass die Kombüse die Küche war. Er war so nervös wegen seines Mangels an Erfahrung, dass er die Box öffnete und ein Stella aus dem Eis zog. Eddies Lieblingsbier. Er machte es auf, dann fragte er sich, ob das wohl unverschämt war. Würde Großmutter Sabine ihn ungehobelt finden? Ja, zweifellos. Eddie war klar, dass er hätte warten sollen, bis ihm das Bier angeboten wurde, aber sorry, das konnte er nicht. Er brauchte jetzt sofort etwas zur Entspannung.

»Hoffentlich stört es Sie nicht, dass ich mir eins von Ihren Bieren aufgemacht habe«, sagte er zum Chief.

Der Chief winkte ab. »Bedienen Sie sich.« Er und Eric bewegten sich geschickt und präzise, als sie dieses und jenes in Angriff nahmen. Der Chief widmete sich überwiegend dem Motor und dem Computer und den Tauen und Luken, während Eric sich um die Ruten kümmerte. Es gab große Ruten in Halterungen und kleine Ruten, deren Rollen er mit flinken Fingern bespannte.

Endlich ließ der Chief den Motor an, und Eric löste die Taue vom Kai und stellte sich in den Bug, während sein Vater das Boot rückwärts aus seinem Liegeplatz manövrierte. Eddie setzte sich auf die gepolsterte Bank vor der Steuerkonsole und dachte, was für ein Verbrechen es doch sei, dass er schon so lange auf dieser Insel lebte und nicht das Geringste über das Meer wusste.

Vierzig Minuten später angelten sie in der Querströmung vor der Spitze von Great Point. Der Leuchtturm schimmerte rosig im sanften Morgenlicht. Great Point markierte den äußersten Norden von Nantucket und besaß eine unverfälschte natürliche Schönheit, und doch war Eddie diesen Strand nicht mehr entlanggefahren, seit die Mädchen klein gewesen waren. Das Wasser war das blaueste, das er je gesehen hatte. Es war erstaunlich, dieses Wasser, und es gab heute Morgen keine anderen Angler, die hier fischten. In sehr weiter Ferne konnte Eddie schwach und verschwommen Monomoy Point auf Cape Cod erkennen. Über ihren Köpfen kreischten Möwen.

Eric und der Chief checkten den Fischfinder und beschlossen, zu ankern und ein bisschen mit Ruten zu angeln. Sie hatten es schon seit Verlassen des Hafens mit Schleppangeln versucht, jedoch ohne Erfolg. Der Chief versenkte den Anker, und Eddie ging in die Kombüse, um sich entgegen seinem Schwur ein zweites Bier zu holen.

»Eddie, sind Sie bereit, die Angel auszuwerfen?«, fragte Eric.

Eddie atmete tief ein. War er *wirklich* dazu bereit? Er trat hinaus aufs Deck, stellte seine Bierflasche in eine der Halterungen und nahm von Eric die Rute entgegen, an deren Ende ein Köder in knalligem Orange wie ein Revuegirl tanzte.

»Ich bin bereit«, sagte er.

Er hielt die Rute über den Bootsrand, sodass der Köder ein paar Fuß über der Wasseroberfläche baumelte. Die See war ruhig; sanft klatschten Wellen an den Bug.

»Soll ich die Angel für Sie auswerfen?«, fragte Eric.

Eddie wollte gerade mit einem Seufzer der Erleichterung *Ja, bitte!* ausrufen, als der Chief bellte: »Das schafft Eddie auch allein, oder?«

»Na klar«, sagte Eddie. Er schaute auf die Montage und

versuchte, sich das Video im Geiste noch einmal vorzuspielen. Irgendetwas musste in die eine oder andere Richtung bewegt werden, während er die Schnur fixierte. Es war der Bügel, erinnerte er sich, und klappte ihn um. Jetzt sollte er die Rute leicht über seine rechte Schulter nach hinten schwingen und sie dann nach vorn schnellen lassen und die Schnur loslassen. Dabei würde ein Schwirren ertönen, das Geräusch, erzeugt von einem erfahrenen Angler, der Tausende Male eine Angel ausgeworfen und sich die Technik nicht erst vor zwölf Stunden online angeschaut hatte. Eddie war *kein* erfahrener Angler, aber immer gut darin gewesen, so zu tun, als ob – seine sicherste Erfolgsstrategie –, und so schwang er die Rute nach hinten und ließ dann die Schnur so nach vorn sausen, dass sie in genau der flüssigen Bewegung, die er sich erträumt hatte, einen wunderschönen Bogen beschrieb.

»Guter Wurf!«, rief der Chief.

Eddie strahlte. Er hatte nie zur Sentimentalität geneigt, doch jetzt wünschte er sich, sein Vater könnte ihn sehen. Er, Edward Pancik aus der Purchase Street in New Bedford, konnte sich den besten Tiefseeanglern gegenüber behaupten.

»Jetzt einkurbeln!«, sagte Eric.

Ja, ja, diesen Teil hatte Eddie vergessen. Wie hatte er nur erwarten können, etwas zu fangen, ohne die Schnur einzukurbeln?

Der Tag wurde noch besser, als Eddie seinen ersten Fisch fing. Ein beharrliches Ziehen beim Einkurbeln der Schnur zeigte ihm, dass da tatsächlich ein Fisch war. Seine Unterarme erwiesen sich als stärker, als er gedacht hatte. Trotzdem musste er mit dem Burschen kämpfen, indem er sich hin zum Wasser beugte, wenn er einkurbelte, und lockerließ, wenn der Fisch ihm entkommen wollte; und wenn der Fisch dann müde wurde, musste Eddie wieder einkurbeln. Eddie hätte gern behauptet, seine angeborenen Instinkte befähigten ihn dazu, aber in Wahrheit stand Eric neben ihm und unterwies ihn. Sobald der Fisch nahe genug am Boot war – sodass Eddie seine irisierenden Schuppen direkt unter der Wasseroberfläche schimmern sehen konnte –, instruierte Eric ihn, behutsam zu ziehen, während er selbst sich mit dem Fischhaken vorbeugte, den Fisch aufspießte und ihn an Bord holte.

In der Sonne zappelte ein Gestreifter Zackenbarsch, eine richtige Schönheit, glänzend und muskulös.

Der Chief war entzückt. »Eine gute Mahlzeit«, sagte er. »Grace wird sich freuen, wenn Sie was zum Abendessen mitbringen.«

Ja, Grace würde sich *bestimmt* freuen. Sie liebte frisch gefangenen Fisch. Doch dann kam Eddie der Gedanke, sie würde ihm vielleicht gar nicht glauben, dass er ihn selbst geangelt hatte.

»Mögen Sie ein Foto von mir und dieser Bestie machen?«, fragte er. Er reichte dem Chief sein Handy und packte den Fisch, der immer noch um sein Leben kämpfte, am Schwanz. Aber in diesem Moment fing sein Telefon an zu klingeln.

»Anruf für Sie«, sagte der Chief. »Soll ich …?« Er starrte mit unergründlicher Miene auf den Bildschirm.

»Unglaublich, dass Sie hier draußen Empfang haben«, sagte Eric. »Das liebe ich am meisten am Angeln. Keine Handys.«

Eddie hätte dem Chief das Telefon am liebsten aus der Hand gerissen. Vielleicht war es Nadia oder eins der anderen Mädchen. Er hätte es ausschalten sollen, bevor er an Bord ging.

Als er sein Handy entgegennahm, sah er, dass die Anruferin Madeline war.

»Herrje«, sagte er. Er wies den Anruf ab und schloss die Augen, ein Versuch, seinen Seelenfrieden zurückzuerlangen. Wenn er anfing, über Geschäftliches nachzudenken, über Geld und sein Darlehen von Madeline und Trevor, wäre sein Tag ruiniert.

Ich habe einen fast fünfundneunzig Zentimeter langen Gestreiften Zackenbarsch erwischt, dachte er. *Ich habe was zu essen gefangen*.

Er schenkte dem Chief ein schwaches Lächeln. »Ich hätte mein Telefon an Land lassen sollen.«

»Vielleicht«, sagte der Chief.

Der Anruf von Madeline hatte *keinen* Einfluss auf Eddies Angel-Karma – er fing sofort danach zwei Blaubarsche. Dann fing der Chief einen Gestreiften Zackenbarsch, ein bisschen kleiner als der von Eddie, und dann erwischte Eric einen Kleinen Thun, eine aufregende Sache, weil die schwer zu fangen waren. Sie lichteten den Anker und fuhren zur Boje Nr. 6, wo sie fast eine Stunde lang blieben, ohne dass ein Fisch anbiss.

»Das bringt nichts«, sagte Eric. Er klang ungeduldig, was Eddie überraschte. Waren denn nicht alle Angler mit der Fähigkeit gesegnet, endlos warten zu können? Eddie befürchtete, dass Eric aufgeben und nach Hause fahren wollte, und das war das Letzte, was er sich selbst wünschte. Er hätte ewig auf diesem Boot bleiben können.

Bier Nummer drei, dann Bier Nummer vier. Eddie stand auf und pinkelte vom Heck aus ins Wasser. Er war beschwipst; wahrscheinlich wäre es angebracht, etwas zu essen.

Als hätte er seine Gedanken gelesen, sagte der Chief: »Fahren wir rüber Richtung Sankaty Head und probieren da unser Glück, und dann essen wir was.«

»Gute Idee«, sagte Eddie, machte sich ein fünftes Bier auf und nahm wieder auf der Polsterbank Platz, um sich in der Sonne zu aalen. Er hatte was zu essen gefangen, und diese Vorstellung gefiel ihm sehr.

Er musste eingedöst sein; als er aufwachte, holten der Chief und Eric gerade Fische ein. Zwei Gestreifte Zackenbarsche – und der, den der Chief gefangen hatte, stellte den von Eddie in den Schatten. Eddie stand auf, um zu fragen, ob er helfen könne, doch er hatte Angst, er würde bloß im Wege sein, deshalb setzte er sich wieder, merkte dann, dass er erneut pinkeln musste, also trat er wieder ans Heck, und als er zurückkehrte, lagen beide Fische auf dem Deck, und Eric schnitt sie von der Schnur.

»Das war's«, sagte der Chief. »Wir machen Schluss. Essen wir was, und dann fahren wir zurück.«

Eddie nickte, aber das Herz war ihm schwer. Die Klippen von Sankaty erhoben sich direkt vor ihm. Dies war die Insel, auf der er mehr als sein halbes Leben verbracht hatte, doch er fühlte sich, als hätte er in den letzten sechs Stunden glückliche Zuflucht auf einem anderen Planeten gefunden.

Der Chief hatte Baguette-Sandwiches mit Salami, Schinken, *capicola*, scharfer *soppressata*, Provolone, Oliven und Kirschpaprika gemacht. Eddie hatte solchen Hunger, dass er ein ganzes Sandwich hinunterschlang, ohne nachzudenken – Paprika und *soppressata* brannten ihm auf Lippen und Zunge, doch er löschte das Feuer mit kaltem Bier.

»Und, wie hat es Ihnen gefallen?«, fragte der Chief.

»Prima«, sagte Eddie. »Könnte mir keinen schöneren Tag vorstellen.«

Der Chief packte die Essensabfälle zusammen und machte sich endlich auch ein Bier auf. Eric schlief mittlerweile auf der Polsterbank, und so lichtete der Chief den Anker und sagte dann zu Eddie: »Kommen Sie, setzen Sie sich zu mir. Es gibt etwas, worüber ich gern mit Ihnen sprechen würde.«

Eddie hatte das Gefühl, als pumpte sein Herz eine Mischung aus Habanero-Sauce und Schlangengift durch seine Adern. Hier war er also: der wahre Grund für die Einladung zum Angeln. Er hatte nichts zu tun mit einer aufkeimenden Freundschaft oder damit, dass er ein so anständiger Kerl war, oder mit seiner aufmerksamen Geste, im Cru für sich und den Chief im Gedenken an dessen verstorbenen Kumpel Littlenecks zu bestellen. Eddie zog eine Flasche Wasser aus der Kühlbox. Er musste nüchtern werden, pronto. Wie vorauszusehen gewesen war, stießen ihm die *capicola* und die *soppressata* auf, und mit sachtem Glimmen kündigte sich sein Sodbrennen an.

Er hatte den Angelausflug ohne Magensäureblocker angetreten.

»Klar doch«, sagte Eddie mit höherer Stimme als sonst.

Der Chief saß am Steuer, und Eddie nahm neben ihm Platz. »Was gibt's?«

Der Chief schwieg, und seinen Augen war hinter der Sonnenbrille nichts abzulesen. Ein anderes Boot passierte sie – mit jemandem, den der Chief anscheinend kannte, denn er winkte –, und Eddie winkte ebenfalls, obwohl er die Person nicht kannte. Er war so nervös, dass er wieder einmal auf sein wahlloses Winken zurückgriff. Der Chief stand auf und spähte über die Konsole, um sich, wie Eddie mutmaßte, zu vergewissern, dass Eric noch schlief.

Der Chief setzte sich wieder hinters Steuer. »Ich sage Ihnen das nur, weil ich Sie mag, Eddie. Ich finde, Sie sind ein großartiger Kerl.«

Was wollen Sie mir sagen?, dachte Eddie, brachte die Worte jedoch nicht hervor.

»Sicher glauben Sie, dass ich mich als Polizeichef für moralisch überlegen halte, aber das tue ich *nicht*, und ich urteile auch nicht. Ich habe bei meiner Arbeit ständig mit Menschen zu tun, die Fehler machen – manchmal große, schwerwiegende Fehler –, aber die meisten Leute, finde ich, sind anständig. Verängstigt, einsam, gelangweilt und vielleicht ab und zu fehlgeleitet – aber anständig.«

Eddie kippte eine halbe Flasche Wasser in sich hinein. Er hätte seinen großen Zeh für eine Handvoll Magensäureblocker mit Kirschgeschmack gegeben. »Was wollen Sie mir sagen, Ed?«

»Die Menschen auf dieser Insel reden viel«, sagte der Chief. »Sie können sich nicht vorstellen, wie viel. Der Tratsch, die Gerüchte – richtig heimtückisch, und das meiste davon ignoriere ich. Es geht mich nichts an, ist mir egal, und fünfundneunzig Prozent davon stimmen sowieso nicht.« Der Chief gab Gas, und das Boot hüpfte über die Wellen und schlug so hart auf dem Wasser auf, dass Eddies Zähne und Kiefer und sein ganzer Schädel klapperten. Es war fast, als versuchte der Chief, ihn körperlich zu züchtigen. »Aber dann habe ich den eingehenden Anruf gesehen und dachte, ich nehme diesmal lieber kein Blatt vor den Mund.«

»Anruf?«, sagte Eddie. Er erinnerte sich nicht einmal, wer da angerufen hatte. Ihn interessierte nur, dass es nicht Nadia gewesen war. Es war …

Bevor der Chief antworten konnte, riss der Wind Eddie seinen Panamahut vom Kopf. Sein kostbarer Besitz segelte einfach davon. Er tanzte fünfzig, dann hundert Meter hinter ihnen über ihr Kielwasser. Und verschwand.

Eddie wandte sich dem Chief zu. Mit welcher absurden Bitte würde er ihn wohl zum Umkehren bewegen, damit Eddie nach seinem Hut suchen konnte? Ein neuer würde ihn wieder dreihundertfünfundsiebzig Dollar und sechs Wochen Wartezeit kosten. Aber der Blick des Polizeichefs war fest nach vorn auf die blaue Fläche zwischen ihnen und dem Nantucket Harbor gerichtet.

Der Chief musste seine Stimme heben, um den Motor zu übertönen. »Ein Gerücht macht die Runde«, sagte er. »Ich habe es jetzt dreimal gehört.«

»Ein Gerücht?«, sagte Eddie. Sein zweiter Hut. Verschwundener als verschwunden.

»Das Gerücht, dass Sie eine Affäre haben«, sagte der Chief. »Mit Madeline King.«

Eddie schüttelte dem Chief und Eric die Hände und stolperte vom North Wharf, in der Hand einen großen, stabilen Plastikbeutel, der über zwei Kilo Filets vom Gestreiften Zackenbarsch enthielt.

Der Chief hatte versichert, er glaube ihm, doch Eddie zweifelte daran.

Zuerst hatte Eddie gelacht. Er fand die Vorstellung *echt komisch*. »Ich?«, sagte er. »Ich und *Madeline*? O mein Gott, nein, nein, *nein*!« Er wusste nicht recht, wie er den Chief überzeugen sollte. »Nein, tut mir leid, wenn ich Ihnen glattweg ins Gesicht lache, aber das *stimmt* einfach nicht.«

»Eddie, ich habe Ihnen ja gesagt, dass ich nicht urteile.«

»In diesem Fall besteht kein Grund zu urteilen«, sagte Eddie, »denn es stimmt nicht. Ich betrüge meine Frau nicht. Ich bin ihr nie untreu gewesen, kein einziges Mal.«

Die Miene des Chief war ausdruckslos. Wahrscheinlich sagte Eddie zu viel. Das war das Problem mit Situationen wie diesen: Wenn man zu wenig sagte, vermuteten die Leute, dass man schuldig war, und wenn man zu viel sagte, klang es, als ob man sich in Erklärungen verlor, weil man schuldig war. Eddie hätte den Chief gern gefragt, wo er das Gerücht über ihn und Madeline gehört hatte – wer waren die drei Quellen? Vielleicht konnte er diese Quellen kontaktieren und versuchen, das Gerücht zu ersticken. Aber sie waren höchstwahrscheinlich nicht die Originalquellen. Tratsch war wie ein Bakterium, das sich Abertausende Male teilt und vervielfacht. Wenn der Chief das Gerücht dreimal gehört hatte, war es überall.

Madeline hat angerufen, weil sie mir Geld geliehen hat und es zurückwill, hätte Eddie fast gesagt.

Das hätte die ganze Angelegenheit natürlich erklärt, doch Eddie Pancik wollte auf keinen Fall irgendjemanden auf Nantucket wissen lassen, dass er sich von seinen besten Freunden, die selbst nicht gerade betucht waren, Geld geborgt hatte. Für einen Immobilienmakler waren finanzielle Schwierigkeiten der *Todeskuss*. Wenn die Leute ihn für einen Versager hielten, würde er ein Versager werden. Niemand vertraute sich einem Immobilienmakler an, der im Untergang begriffen war.

»Es stimmt nicht«, sagte Eddie so bescheiden und demütig, wie er konnte.

»Okay, Eddie«, sagte der Chief. »Okay.«

Das Thema wurde fallen gelassen, aber noch als Eric den Barsch mit der Präzision des Chirurgen filetierte, der er irgendwann sein würde, spürte Eddie, dass das Gespräch die Atmosphäre vergiftet hatte. Überdies hatte er Sodbrennen und einen beginnenden Kater. In seinem Wagen und in der Schreibtischschublade im Büro waren Säureblocker. Er konnte es plötzlich gar nicht mehr abwarten, hier wegzukommen.

Zum Abschied sagte der Chief: »Danke, dass Sie heute mit rausgefahren sind, Eddie. Hat mir großen Spaß gemacht. Das müssen wir wiederholen.«

»Das Vergnügen war ganz meinerseits«, sagte Eddie, und das hatte bis zum Ende auch zugetroffen. »Danke, dass Sie mich eingeladen haben. Ich komme gerne noch mal mit.«

Aber als Eddie sich entfernte, war er sich sicher, dass es kein nächstes Mal geben würde. Oder vielleicht ja doch. Schließlich hatte der Chief *gesagt*, er urteile nicht.

Er zog sein Telefon hervor. Da war nur der eine verpasste Anruf von Madeline – keine SMS, nichts Neues. Sollte er Madeline zurückrufen und ihr von dem Gerücht erzählen? Vielleicht würde es sich verflüchtigen, wenn sie beide dagegen angingen. Oder hätte das die gegenteilige Wirkung?

Er beschloss, Madeline nicht anzurufen, die absurde Idee nicht weiter zu befeuern. Er durfte auf keinen Fall zulassen, dass Grace davon erfuhr.

Stattdessen wählte er Nadias Nummer. »Ihr müsst heute Abend um zehn im Haus sein«, sagte er.

»Wir sind dabei«, sagte Nadia. »Wir gehen heute alle in Salon für Haare und zum Zahnarzt.«

Zahnarzt?, dachte Eddie. Fünf oder zehn Sekunden lang fühlte er sich wie ein Wohltäter; ihr Nebenjob ermutigte die Mädchen, sich gut um sich zu kümmern! Er bezweifelte, dass auch nur eine von ihnen vorher je einen Zahnarzt besucht hatte. Hoffentlich würden sie zu Dr. Torre gehen, nicht zu diesem Clown McMann.

Die Sonne knallte auf Eddies kahlen Schädel. *Unfassbar*, dass er schon wieder einen Hut verloren hatte!

Säureblocker, dachte er. Er brauchte Magensäureblocker.

Eddie trat durch die Hintertür in sein Büro und steckte den Beutel mit den Fischfilets in den Küchenkühlschrank, der außerdem zur Feier von großen Abschlüssen drei Flaschen Dom Pérignon enthielt und ein paar Becher griechischen Joghurt, den Eloise gern zum Lunch aß.

Als er in den Hauptraum kam, war Barbie am Telefon und Eloise am Computer.

»Hallo, Leute«, sagte Eddie.

»Eddie«, sagte Eloise. »Wie lief's beim Angeln?«

»Kann mich nicht beklagen«, erwiderte Eddie. »Ein Tag auf dem Wasser ist besser als alles andere.«

»Ich wusste gar nicht, dass Sie das Wasser mögen«, sagte Eloise.

»Nein«, sagte Eddie, »ich auch nicht.«

»Nun«, sagte Eloise, »ich habe Ihnen aus dem Bake Shop Creme-Donuts mitgebracht für den Fall, dass Sie nichts gefangen haben.« Sie hielt ihm eine Schachtel mit Donuts hin – acht waren es, was bedeutete, dass Eloise vier selbst gegessen haben musste, denn Barbie rührte keine Donuts an.

»Ich *habe* was gefangen, aber da kann ich nicht widerstehen«, sagte Eddie und griff zu.

»Oh, das weiß ich«, sagte Eloise. »Ich kenne alles, was Sie gern mögen.«

Das Telefon klingelte, und Eloise nahm ab. *Bitte*, dachte Eddie, *lass es eine Zwanzig-Millionen-Dollar-Immobilie sein*.

Eddie trug die Donuts hinüber zu Barbies Schreibtisch und setzte sich neben sie auf den Sessel, der für die Kunden bestimmt war.

»Hör zu, ich rufe dich später zurück«, sagte sie ins Telefon. »Bis dann.«

»Wer war das?«, fragte Eddie.

»P«, sagte Barbie.

P wie *privat*. Eddie wusste, dass Barbie Männer hatte, Liebhaber, Verabredungen, was auch immer, doch er hatte keine Ahnung, wer sie waren oder bei wem er sich erkundigen sollte. Barbie kannte jeden auf der Insel, hatte aber keine engen Freunde. Weihnachten und Ostern feierte sie mit Eddie und Grace und den Zwillingen – oder sie verreiste, vermutlich mit den Männern, die sie kannte. Ob wohl reiche Männer darunter waren? Manolos waren teuer, und Barbie fuhr einen 1974er Alfa Romeo, der ständig gewartet werden musste. Aber Barbie besaß ihr Haus in Fishers Landing schon seit 1999, und sie hatte keine Kinder. Ihr Leben war beneidenswert simpel.

Eddie wünschte, er könnte mehr wie seine Schwester sein. Über Barbie tratschte niemand.

»Warum ist Eloise so nett zu mir?«, fragte er sie jetzt. Manchmal schmierte Eloise ihm Honig um den Bart, wenn sie sich mit Barbie gestritten hatte.

»Keine Ahnung.«

»Du hast ihr gegenüber nicht die Beherrschung verloren?«

»Nein, habe ich nicht«, sagte Barbie. »Wie läuft deine Brumanze mit dem Chief?«

»Sehr witzig«, sagte Eddie. »Es ist keine *Brumanze*. Wir sind zusammen angeln gegangen, Barb. Wobei ich übrigens einen Gestreiften Zackenbarsch gefangen habe. Ich kann dir ein Pfund oder so davon abgeben, wenn du willst.«

»Nein, danke«, sagte Barbie.

»Hast du immer noch Bauchschmerzen wegen der anderen Sache?«

Barbie nickte. »Ich könnte mich irren. Wahrscheinlich wird es mir leidtun, dass ich mich rausgezogen habe. Ich könnte das Geld gebrauchen.«

Also sind Barbies Männer vielleicht doch nicht reich, dachte Eddie. Vielleicht traf sie sich mit Chris, dem Mechaniker, der ihren Alfa Romeo reparierte.

»Dann sind wir ja schon zu zweit.«

»Hoffentlich erholt sich der Markt bald«, sagte Barbie, die lustlos auf ihren Bildschirm starrte.

»Hast du irgendwelche Gerüchte über mich gehört?«, fragte Eddie.

»Gerüchte?«

»Nein?«

»Nein«, sagte Barbie.

Eddie nickte, stand auf und nahm die Schachtel Donuts mit. Dieser Cremefüllung konnte er nicht widerstehen. Er verschlang das Gebäckstück in drei Bissen.

MADELINE

Das alljährliche Baseballspiel Nantucket gegen Martha's Vineyard markierte normalerweise einen von Madelines Lieblingstagen des Sommers. Aber in diesem Jahr war sie voll von ihrer Arbeit in Anspruch genommen.

Schreib, so schnell du kannst, hatte Angie gesagt.

Madeline hatte dreimal mit Eddie gesprochen und ihm ebenso viele Nachrichten hinterlassen, doch es zeichnete sich klar ab, dass sie und Trevor ihr Geld nicht in absehbarer Zeit zurückbekommen würden. Madeline war sogar so weit gegangen, bei den Häusern in der Eagle Wing Lane vorbeizufahren, um zu überprüfen, wie es dort stand, aber alle drei waren verrammelt und menschenleer. *Keiner* arbeitete da!

Sie hatte Trevor angerufen. »Es sind keine Lastwagen da, keine Bauarbeiter, *nichts*!«

»Vielleicht nimmt sich Eddie den Sommer über eine Auszeit«, meinte Trevor. »Vielleicht hat er andere Sachen am Laufen.«

»Er hat *Juni* gesagt!«, entgegnete Madeline. »Und jetzt haben wir praktisch Juli. Spätestens im August, hat er gesagt. Aber diese Häuser werden auf keinen Fall bis August fertig. Vielleicht nicht mal bis *nächsten* August.«

»Warum bist du so scharf auf das Geld?«, fragte Trevor.

»Wir haben Rechnungen zu bezahlen, Trev. Wir haben Brick ein Auto versprochen!«, sagte sie. »Ich weiß, es war meine Idee, bei Eddie zu investieren …«

»Hundertprozentig deine Idee«, bestätigte Trevor.

»Ich könnte mich sonst wohin treten«, sagte Madeline.

»Madeline«, sagte Trevor. »Du *musst atmen.*« Das war sein Standardspruch, wenn er glaubte, dass sie hysterisch wurde, und sie beruhigen wollte – doch heute regte er sie nur noch mehr auf.

»Ich *atme* ja!«, schrie sie, dann legte sie auf.

Vielleicht hat Eddie andere Sachen am Laufen. Eddie hatte mehr am Laufen, als er wusste! Seine Frau Grace war in Benton Coe *verliebt*! Sie war wild entschlossen, die Dinge weiter voranzutreiben, indem sie mit Benton Coe zur Sonnenuntergangs-Soirée ging.

Grace zuzuhören war zu einer Sucht geworden. Madeline konnte den jeweils nächsten Teil der Geschichte gar nicht abwarten. Sie wusste, dass sie ihrer Freundin empfehlen sollte, *auf die Bremse zu treten.* Stattdessen diente sie Grace geradezu als Resonanzboden, und nicht nur das – sie benutzte alles, was sie ihr erzählte, für ihren Roman. Ihre Figuren B und G bewegten sich mit Volldampf voraus. Madeline konnte nicht *aufhören* zu schreiben; nichts war ihr *jemals* so leichtgefallen. Es war schwarze Magie, wie die Séance mit Barbie.

Zwei Frauen an diesem Tisch werden die Person zu ihrer Linken hintergehen.

Doch irgendwie fühlte sich das Schreiben so natürlich

und organisch an, wie eine Geburt – dieser Roman war wie das zweite Kind, das Madeline nie bekommen hatte.

Sie konnte nicht aufhören. Konnte den Stecker nicht ziehen, nicht von ihrer Mission ablassen. Sie würde den Roman schreiben und ihn später noch einmal durchsehen und alles so verändern, dass nichts mehr wiederzuerkennen war außer für sie selbst.

Madeline war seit Jahren für das Potluck-Barbecue zwischen den beiden direkt aufeinander folgenden Spielen gegen Vineyard zuständig. Letzte Woche hatte sie es geschafft, die Rundmail zu verschicken, und die üblichen Teilnehmer hatten sich verpflichtet, das Übliche beizusteuern. Cathleen Rook würde ihr Peperonibrot mitbringen, um das sich die Jungen und Trainer schlugen, und Rachel würde übertreiben wie immer und ihren Kartoffel-Eiersalat, Pesto-Pasta und einen aus sieben Schichten bestehenden mexikanischen Dip mitbringen. Madeline war verantwortlich für Hamburger und Würstchen, Gewürzsoßen, Papiererzeugnisse, Gatorade, Wasser und Eis – das sie leider vergessen hatte, sodass sie es an der Flughafentankstelle holen musste, wo fünf Beutel sie fünfundzwanzig Dollar kosteten.

Sie platzierte Hamburger und Hotdogs, Brötchen, Pappteller und Servietten, Ketchup, Senf und Relish. Die Propangasflaschen für die Grills waren beide voll. Als das eigentliche Spiel begann, suchte Madeline sich ein schattiges Fleckchen auf der Tribüne, holte ihren Notizblock hervor und fing an zu schreiben.

Diana Marz, Parkers Mutter, sprach sie als Erste darauf an.

»Ist das dein neuer Roman?«, fragte sie.

Madeline schenkte ihr ein, wie sie hoffte, kryptisches Lächeln. Sie hatte sich immer gewünscht, dass die Leute sie als Schriftstellerin wahrnahmen, aber jetzt war es besser, wenn sie möglichst wenig über ihre Arbeit sagte. Ihr wurde klar, dass es vielleicht schlauer gewesen wäre, ihren Notizblock zu Hause zu lassen, doch sie konnte dem Drang nicht widerstehen, eine ganz bestimmte Szene zu beenden: B und G wagen den nächsten Schritt, indem sie sich gemeinsam in der Öffentlichkeit zeigen – in diesem fiktiven Fall im Summer House, wo sie ihre Hände nicht voneinander lassen können, erst unterm Tisch und dann beim Herumplanschen im Pool. Angie, das wusste Madeline, würde diese Szene lieben.

Ab und zu hob sie den Kopf, um sich ein paar Sekunden des Baseballspiels anzuschauen. Brick, der die erste Base verteidigte, klatschte in seinen Handschuh; er wollte Calgary McMann, den Pitcher, dazu bringen, dass er endlich mit einem gezielten Wurf den Spieler von Vineyard stoppte, der immer wieder versuchte, eine Base zu stehlen. Rachel saß ein Stück rechts von Madeline; sie trug ein marineblau-weiß gestreiftes Kleid, vorn mit einem riesigen marineblauen *N* verziert, das Rachel anscheinend selbst aufgebügelt hatte. Ihren Pompon hatte sie ebenfalls mitgebracht. Sie feuerte die Mannschaft unentwegt an und pausierte nur, um ihr Gesicht mit Sonnenmilch einzucremen, obwohl sie einen breitkrempigen Strohhut trug.

Trotz ihres lebhaften Interesses am Spiel bemerkte auch Rachel, dass Madeline schrieb.

»Na, du bist aber fleißig am Kritzeln!«, trällerte sie. »Ich sehe, dass das ›eigene Zimmer‹ gewirkt hat! Du bist ein Schreibautomat! Ich erwarte auf jeden Fall eine Erwähnung in den Danksagungen.«

Madeline nickte, während sie ihren Satz beendete. Man befand sich in der ersten Hälfte des siebten Innings; sie musste zurück in den Picknickbereich. Doch genau in diesem Moment klingelte ihr Handy, und sie kletterte von der Tribüne, bevor sie abnahm, weil sie dachte, es sei vielleicht Eddie mit einem Rückruf.

Es war Redd Dreyfus.

»Du hast doch die E-Mail von Angie gekriegt, oder?«, fragte er.

»Welche?«, fragte Madeline zurück.

»Die von heute Morgen.«

»Nein«, sagte Madeline. »Ich bin heute anderweitig beschäftigt und habe meinen Computer nicht dabei.« Normalerweise hörte Redd gern Details aus dem »Inselleben«, dann hätte sie zu einer Beschreibung des laufenden Baseballspiels angesetzt, aber jetzt klang er rein geschäftsmäßig.

»Nun«, sagte er, »es sieht so aus, als hätte die Verlagsleitung von Final Word eine Entscheidung über den Titel deines neuen Romans getroffen.«

»O Gott«, sagte Madeline. »Ich dachte …«

»Die sind komplett verrückt geworden«, sagte Redd. »Beziehungsweise komplett postmodern.«

»Wie lautet der Titel?«, wollte Madeline wissen. Von der Tribüne ertönte begeisterter Beifall, ein Zeichen für das Ende des Spiels. Sie hielt sich ein Ohr zu.

»Sie wollen den Roman *B/G* nennen«, sagte Redd. »Ganz

schön kompliziert auszusprechen. Auch wenn es witzig aussieht. Erinnert irgendwie an die Platte von Prince mit diesem merkwürdigen Symbol.«

»B/G?«, sagte Madeline. »Nein, das können wir nicht nehmen.«

»Es ist beschlossene Sache, fürchte ich«, sagte Redd.

»Angie hat *versprochen*, dass sie mir den Titel erst vorlegt!«, sagte Madeline. »Sie hat gesagt, dass sie meine Zustimmung abwarten.«

»Willkommen in der wunderbaren Welt des Verlagswesens«, sagte Redd. »Angie und ihre Vorgesetzten wollen Bücher verkaufen. Sie scheinen zu glauben, dass sie mit diesem absurden Titel einen neuen Markt erschließen oder zumindest unter Werbegesichtspunkten Interesse wecken.«

»Diese Initialen dürfen sie nicht benutzen!«, sagte Madeline. »Sie müssen verändert werden. Es ist mir egal, in welche anderen. Das können sie sich aussuchen.«

»Aber es sind die Namen deiner Figuren«, wandte Redd ein.

»Vorerst!«, sagte Madeline. »Das Buch muss noch stark überarbeitet werden!« Sie sah, dass die Menge sich von der Tribüne erhob und auf die Picknicktische zustrebte. »Fordere sie auf, die Initialen zu ändern, Redd, bitte!«

»Sie finden, dass sie an ›boy meets girl‹ erinnern. Ich glaube nicht, dass sie sich zu einer Änderung der Initialen überreden lassen. Der Verlag heißt nicht umsonst *Final Word*, Madeline.«

»Hör zu, Redd, ich muss Schluss machen«, sagte Madeline. »Bitte … tu, was du kannst!« Sie legte auf. *B/G*? Ebenso gut hätten sie beschließen können, den Roman *Benton und Grace* zu nennen!

Madeline rannte zum Getränkestand, um die Gatorade- und Wasserflaschen auf Eis zu legen. Kurz darauf tauchte Cathleen auf und begann, Beilagen aus der großen Kühlbox zu holen.

»Wo ist Rachel?«, fragte Madeline. »Hat sie Servierlöffel für den Kartoffelsalat und die Pasta mitgebracht?«

»Sie ist noch auf der Tribüne«, sagte Cathleen. »Sie hat angefangen, dein Buch zu lesen, und kann anscheinend gar nicht mehr aufhören.«

»Was?« Madeline ließ einen Beutel Eis ins Gras fallen und flitzte durch die hungrige und erwartungsvolle Menschenmenge zur Tribüne.

Und tatsächlich, da saß Rachel McMann über Madelines Notizblock gebeugt und war eifrig am Lesen.

Madeline hätte ihr den Block fast aus der Hand gerissen. »Was *machst* du da? Das gehört *mir*!«

Rachel strahlte. »Ich fasse es nicht, wie *gut* das ist. Es ist sexy, Madeline, aber auf eine intelligente, verführerische Weise. Guck mich an, ich bin ganz *rot*!«

»Rachel!«, sagte Madeline. »Es ist *nicht* für die Öffentlichkeit bestimmt.«

»Ich bin doch nicht die Öffentlichkeit, Dummerchen«, sagte Rachel. »Ich bin deine Freundin.«

Madeline war so wütend und peinlich berührt, dass sie Rachel nicht in die Augen schauen konnte. Stattdessen konzentrierte sie sich auf das aufgebügelte *N* auf Rachels Kleid. *N* wie *neugierig*!

»Es wird weggehen wie *warme Semmeln*!«, sagte Rachel.

Madeline drückte den Notizblock an ihre Brust. »Wir *sind* Freundinnen, Rachel, deshalb weiß ich, ich kann darauf vertrauen, dass du niemandem erzählst, wovon das Buch handelt.« Sie schluckte. »Es ist eine sehr frühe Fassung. Wahrscheinlich wird sich noch alles ändern, was du gerade gelesen hast.«

»An deiner Stelle würde ich kein Wort ändern«, sagte Rachel. »Aber keine Sorge, dein Geheimnis ist gut bei mir aufgehoben. Ich verrate keiner Menschenseele was.«

Madeline hatte ihre Lektion gelernt: Sie würde *nur noch* in ihrer Wohnung schreiben. Sie würde den Notizblock nicht einmal mehr über Nacht mit nach Hause nehmen. Er würde im Apartment bleiben, versteckt unter den Sofakissen oder in der Mikrowelle.

Madeline war sich ziemlich sicher, dass Rachel einen Zweitschlüssel für ihre Wohnung hatte, nicht aber, ob sie dagegen gefeit war, ihn zu benutzen.

Am nächsten Tag schrieb Madeline Angie eine E-Mail wegen der Änderung des Romantitels. Sie schlug eine Alternative vor: *Tore zum Himmel.*

In ihrer Antwort schrieb Angie: *Wir bleiben bei* B/G. *Außerdem muss ich bei* Tore zum Himmel *an schlechte Filme denken.*

Daraufhin rief Madeline bei Angie an – dreimal – und wurde dreimal von Angies Mailbox begrüßt. Nicht einmal Angies Assistenten Marlo erreichte sie telefonisch.

Um fünf Uhr nachmittags klopfte es an ihre Tür.

Eddie, dachte sie. Mit ihrem Scheck.

Sie rannte hin.

Aber da stand Trevor, seine sehr flotte Pilotenmütze in der Hand, und machte ein grimmiges Gesicht.

»Hey, Babe«, sagte sie. »Was für eine Überraschung! Ich dachte, es wäre vielleicht Eddie.« Sie küsste Trevor auf die Lippen, doch er reagierte nicht, sondern wich sogar leicht zurück.

»Was ist los?«, fragte sie.

»Ich habe heute von Pamela am Island-Air-Schalter ein Gerücht gehört.«

»Ach du Scheiße«, sagte Madeline. Es ging um Grace und Benton, bestimmt. Das war so schlimm, dass Madeline ganz übel wurde. Pamela am Island-Air-Schalter war eine der übelsten Klatschtanten auf Nantucket – sie, die blonde Sharon, Janice, die Dentalhygienikerin, und Rachel McMann.

Madeline zog Trevor ins Apartment und schloss die Tür hinter ihm ab.

Er ließ sich aufs Sofa fallen.

»Was ist denn?«, fragte sie.

»Du dachtest, ich wäre vielleicht *Eddie?*«, sagte Trevor. »Warum? Besucht Eddie dich oft hier?«

»Nein! Er ist nicht mehr da gewesen seit dem Tag, an dem ich eingezogen bin.«

»Okay«, sagte Trevor. »Das Gerücht … das, was Pamela angeblich *von sechs Leuten* gehört hat, ist, dass du mit Eddie Pancik eine Affäre hast.«

»Ach du lieber Gott.«

Trevor schwieg.

»Das *stimmt* nicht«, sagte Madeline. »Natürlich nicht. Wo graben die Leute so einen Scheiß aus?«

»An allen möglichen Orten«, sagte Trevor. »Du hast dir eine eigene Wohnung gemietet, und Eddie hat dich an deinem ersten Tag hier besucht, und jemand hat ihn gesehen. Und dann hat jemand anders mitgehört, wie er mit dir telefoniert hat.«

»Ich hab dir doch erzählt, dass ich ihn angerufen habe«, sagte Madeline. »Weil ich unser Geld zurückwill. Das Leben ist kostspielig, und die fünfzig Riesen können wir gut gebrauchen.«

»Was ist denn plötzlich so dringend?«, fragte Trevor. »Hast du Spielschulden, von denen ich nichts weiß?«

Madeline setzte sich behutsam neben ihrem Ehemann auf das Sofa. »Ich habe Schwierigkeiten mit dem neuen Roman«, sagte sie. »*Ernsthafte Schwierigkeiten.* Deshalb befürchte ich, dass ich womöglich meinen Vorschuss zurückzahlen muss.«

»Du hast Schwierigkeiten mit dem neuen Roman?«, sagte Trevor. »Da habe ich aber was anderes gehört. Ich habe gehört, dass dein neuer Roman von einem Paar handelt, das eine superheiße außereheliche Affäre hat.«

»Wer hat dir *das* denn erzählt?«, fragte Madeline. »*Pamela?*«

»Das ist ja nun wirklich egal«, sagte Trevor. »Das Gerücht macht jedenfalls die Runde. Die Leute sagen, dass ihr eine Affäre habt, du und Eddie, und dass sie den Stoff für deinen hocherotischen neuen Roman liefert.«

»Das kannst du doch unmöglich glauben. Du weißt, dass ich dir nie untreu sein würde.«

Trevor griff nach ihrem Notizblock. »Ist das dein neuer Roman?«

Madeline versuchte, sich den Block zu schnappen, aber er hielt ihn fest, und sie hatte Angst, die Seiten würden reißen. Sie ließ sich in die Sofakissen fallen und atmete schwer. »Es *ist* mein neuer Roman, aber ich will noch nicht, dass du ihn liest.«

»Handelt er von einem Paar, das eine superheiße außereheliche Affäre hat?«

»In etwa«, sagte Madeline.

Trevor warf den Notizblock auf den Couchtisch. »Na prima.«

»Es ist erfunden!«, sagte Madeline. »Ich schreibe Literatur. Das Problem ist, dass keiner mehr was Erfundenes *will*! Alle wollen Memoiren! Alle wollen ›basierend auf einer wahren Geschichte‹. Sie sollten Mary Karr und Erik Larson lesen! Aber das da« – Madeline zeigte auf den Notizblock – »ist *erfunden*! Es ist reine Fiktion! Ich habe mir eine Geschichte ausgedacht, um meine Leser zu unterhalten!«

»*Die Küste der Sorglosigkeit* war keine reine Fiktion«, sagte Trevor. »Die Handlung beruhte auf dem, was du erlebt hattest, mit Geoffrey. Und in *Hotel Springford* ging es um deine Beziehung zu deiner Mutter. Das heißt also, das einzige deiner Bücher, das *reine* Fiktion war, war *Insulaner* – und das ist wohl eher Science-Fiction. Ich habe dich ermutigt, eine Fortsetzung zu schreiben. Aber nein – anscheinend fühlst du dich zu diesem Müll genötigt.«

»Es ist kein Müll«, sagte Madeline.

»Du hast recht«, räumte Trevor ein. »So wütend und peinlich berührt ich auch bin, ich respektiere dich zu sehr, um deine Arbeit als Müll zu bezeichnen.«

»Vielleicht ist es Müll«, sagte Madeline. »Ich weiß es nicht. Es ist alles andere als fertig.« Sie starrte auf das schöne Profil ihres Mannes. Trevor kennen zu lernen war eine Wiedergutmachung des Lebens für all das Schlechte gewesen, das ihr vorher widerfahren war – die dürftige Erziehung, die sie bei ihrer Mutter genossen hatte, die gefährliche Beziehung zu Geoffrey. Durch Trevors Liebe war sie Gretchen Green geworden, die jugendliche Heldin, die Frau, die sie sein wollte. Jedenfalls nahezu. Sie versuchte, ihn zu umarmen.

Trevor stieß Madeline zwar nicht gerade von sich, aber er erwiderte ihre Umarmung auch nicht, sondern versteifte sich und stand auf.

»Du musst mir *helfen*!«, sagte Madeline. »Du musst mich *unterstützen*. Du bist mein Ehemann.«

»Und du bist meine Ehefrau«, sagte Trevor. Sein Tonfall war jetzt ein wenig freundlicher, und Madeline verspürte Erleichterung. Doch dann sagte er: »Vielleicht brauchst du ein bisschen Freiraum. Oder ich brauche ihn.«

»Freiraum?«, sagte Madeline. »Was meinst du denn *damit*?«

»Ich finde, du solltest ein paar Tage hierbleiben«, sagte Trevor. »Und ich versuche inzwischen, das alles zu verarbeiten.«

»Ich *möchte* nicht hierbleiben!«, sagte Madeline. »Was für ein grässlicher Vorschlag.«

»Wenn du mich lesen lässt, was du geschrieben hast, ändere ich meine Meinung«, sagte Trevor. »Aber ich kenne dich ziemlich gut, Madeline King, und mein Bauchgefühl verrät mir, dass du was verheimlichst.«

»Ich verheimliche *gar* nichts!«, sagte Madeline, doch ihre Stimme klang nicht einmal für sie selbst überzeugend und würde Trevor niemals täuschen. »Ich bin nur eine Schriftstellerin, die versucht, ihr Werk zu schützen.«

»Madeline.«

Fast wäre sie damit herausgeplatzt: *Grace hat eine Affäre mit Benton Coe, und die verwende ich als Stoff für mein neues Buch. Aber es war nicht meine Schuld! Ich wurde dazu gedrängt. Oder ich habe mich selbst in die Bredouille gebracht.*

»Ich will nicht, dass du es liest«, sagte sie. »Später kannst du es lesen, aber jetzt noch nicht.«

»Na schön«, sagte er, stand auf und bewegte sich auf die Tür zu.

»Du meinst es ernst«, sagte sie. »Du gehst?«

»Ja.«

»Wie lange sind ›ein paar Tage‹?«, fragte sie. Sie hatte Angst, dass Trevor zwar *ein paar Tage* sagte, in Wahrheit aber *für immer* meinte.

»Ich weiß nicht, Madeline. Ein paar Tage. Wenn du eine feste Zahl brauchst, würde ich ›eine Woche‹ sagen.«

»Eine *Woche*?«

»Ich muss mich abregen«, sagte Trevor.

Abends legte Madeline sich zunächst in das unbequeme Doppelbett. Sie versuchte, es als Spaß anzusehen, als Abenteuer, aber die Matratze war steif und unnachgiebig, und das Bettzeug, das sie im Badezimmerschrank gefunden hatte, roch komisch. Das Schlafzimmer hatte ein Fenster, das auf eine Gasse hinausging, die von den Gästen des Boarding

House und des Ventuno auf dem Heimweg als Abkürzung benutzt wurde. Madeline konnte ihre Schritte hören und ihre alkoholisierten Stimmen, aufgekratzt und leicht vernuschelt. Sie sollte vorm Schlafengehen selbst ein Glas trinken, wollte jedoch nicht, dass jemand sah, wie sie bei Murray's Wein kaufte und damit in ihr Apartment zurückkehrte.

Sie hatte weder den Wunsch noch das Geld, essen zu gehen – und überhaupt, wie hätte das ausgesehen? Madeline King, allein in einem Restaurant, wo sie womöglich auf ihren Liebhaber wartete.

Sie machte sich ein Erdnussbutter-Bananen-Sandwich.

Ihr fiel ein, dass sie auf dem Sofa vielleicht besser schlafen würde, also zog sie mit Decke und Kopfkissen ins Wohnzimmer um, aber hier hatten die Fenster keine Jalousien, nicht einmal Gardinen, und das Licht von der Centre Street strömte herein. Madeline setzte sich auf, starrte den Schaukasten mit den Vogeleiern an und dachte an die letzte Mieterin dieser Wohnung, die jetzt irgendwo auf St. John auf einer Klippe lebte.

Wie konnte sie die Sache in Ordnung bringen? Sollte sie *Eddie* bitten, Trevor anzurufen und seine Sorgen zu zerstreuen? Das klang nach einer guten Idee – möglicherweise. Es konnte aber auch ins Auge gehen und alles noch schlimmer machen.

Und wenn Trevor sich von ihr scheiden ließ? Die bloße Vorstellung war grotesk, war es jedenfalls bis heute gewesen. Sie und Trevor hatten den größten Teil ihrer Ehe auf einem mit Rosenblättern bestreuten Weg verbracht. Sie waren der Dick Van Dyke und die Mary Tyler Moore von Nantucket!

Doch vielleicht hatte sich dieses idiotische Gerücht gerade deshalb verbreitet – weil die Leute neidisch waren und wollten, dass sich das »glückliche Paar« als sein Gegenteil entpuppte.

Als Madeline endlich doch eingeschlafen war, hatte sie einen Albtraum über Geoffrey. Im wahren Leben hatte Geoffrey einen kahlrasierten Schädel und ein kunstvolles Prometheus-Tattoo auf dem Rücken gehabt. In Madelines Traum dagegen war er Rachels Ehemann Dr. Andy, nur mit einem Mund voll schwarzer Zähne. Als er ihre Hand- und Fußgelenke mit Kabelbindern zusammenzurrte, zeigte er ihr seine Zähne, und sie schrie laut auf, und der Schrei weckte sie.

Madeline lag bäuchlings auf dem Sofa, das Gesicht im Kopfkissen vergraben, und dachte: *Was habe ich getan?*

Mein Bauchgefühl verrät mir, dass du was verheimlichst. Das hätte Trevor nie gedacht, wenn er von Pamela nicht das verdammte Gerücht gehört hätte.

Madeline stand auf, ging im Zimmer auf und ab und blieb am Fenster stehen, um auf die Straße hinauszuschreien.

Kümmert euch!

Um eure!

Eigenen!

Angelegenheiten!

Hört auf!

Zu tratschen!

Sie stellte sich Frauen beim Lunch im Galley vor, die über sie, Madeline, redeten, sah vor sich, wie Dr. Andys Dentalhygienikerin Janice das Gerücht unter ihren Patienten verbreitete. *Habt ihr schon gehört?* Sie malte sich aus, wie Pamela von Island Air es Barry weitererzählte, dem Barkeeper im Flughafenrestaurant, der wiederum seiner Frau Candace, Empfangsdame im Schönheitssalon, davon berichten würde. Sobald es Orte wie Zahnarztpraxen und Kosmetiksalons erreichte, war einem Gerücht nicht mehr Einhalt zu gebieten. Die blonde Sharon würde es ihren Freundinnen im Jachtclub erzählen, wenn sie segelten und Tennis spielten und einen gemischten Salat aßen. Und so würden natürlich auch die Immobilienmakler Wind davon bekommen. Man würde bei der Besichtigung eines Elf-Millionen-Dollar-Anwesens in Monomoy darüber tuscheln, und von dort aus würde es nach Sconset gelangen – ins Postamt und an den Pool des Summer House. Die Leute würden am Pförtnerhäuschen von Wauwinet darüber tratschen, während sie Luft aus ihren Reifen ließen, bevor sie nach Great Point aufbrachen. Madeline wusste, dass nicht sie die eigentliche Zielscheibe war, sondern Eddie. Viele Menschen auf der Insel hassten Eddie. Die Bibliothekarinnen im Atheneum würden darüber sprechen und die Männer, die Autos auf die Fähre verluden, und die Skipper, die ihre Boote bei Madaket Marine überholen ließen, und das Ensemble von *Pygmalion,* aufgeführt vom Theater-Workshop Nantucket.

Hast du schon gehört? Madeline King und Eddie Pancik. Und sie schreibt einen Roman darüber!

Madeline fühlte sich so angewidert, so gedemütigt und peinlich berührt und so *beschämt* – weil sie wusste, dass sie sich das alles *selbst eingebrockt hatte* –, dass sie den Schaukasten mit den zarten Vogeleiern anhob und auf ihre angewinkelten Knie schmetterte, sodass das Glas splitterte und die Eier zerbrachen und die Trümmer sich über den Fußboden verstreuten.

So, dachte sie. Jetzt hatte sie das einzig Authentische und Interessante in diesem Apartment zerstört.

Am nächsten Morgen erwartete Madeline eine SMS von Rachel McMann. Sie lautete: *Hallo! Brick hat Calgary erzählt, dass du für eine Weile ausgezogen bist. Du kannst sicher eine Freundin gebrauchen. Wie wär's mit Drinks am Mittwochabend?*

Madeline starrte auf den Bildschirm. Brick hatte es Calgary erzählt! Und jetzt wusste Rachel McMann, dass Madeline ein paar Tage lang in der Wohnung bleiben würde – was, wie sie gern betont hätte, etwas völlig anderes war als »Ausziehen« –, und Rachel war auch diejenige, die aller Welt von Madelines neuem Roman erzählt hatte. Sie war die Einzige – außer Redd und Angie und den Mitarbeitern von Final Word, die alle in Manhattan lebten, also im Grunde in einer fernen Galaxie –, die ihn gelesen hatte!

Leck mich, Rachel, hätte Madeline am liebsten geantwortet.

Doch stattdessen löschte sie die SMS und machte sich an die Arbeit.

JULI

GRACE

Als sie unter Jean Burtons umranktem Spalier hindurchschritten, spürte Grace die Blicke von fünfzig neidischen Frauen auf sich.

Sie war an Bentons Arm.

Jean, ganz huldvolle Gastgeberin, kam auf sie zu, sobald Grace und Benton den Garten betraten.

»Grace!«, sagte Jean. »Ich freue mich so, dich zu sehen. Und Benton …« Sie beugte sich vor, um ihm einen saftigen Schmatzer auf die Wange zu geben. Grace wusste, so würde der ganze Abend verlaufen. Die aufrechten Damen des Nantucket Garden Club würden sich darin überschlagen, Bentons Aufmerksamkeit zu erregen. Manche der Frauen würden ihn vielleicht sogar ganz offen anmachen.

Aber er gehörte Grace.

In früheren Jahren hatte Grace zu dieser Veranstaltung ein, wie Eddie es nannte, »Gärtnerinnen«-Outfit getragen – eine weiße Bluse mit langem Rock und ihrem Peter-Beaton-Strohhut. Heute Abend dagegen trug sie ein nagelneues schwarzes Neckholder-Kleid, ein Perlenhalsband und ein Paar schwarze Riemchensandalen, die aus Allegras Schrank stammten. Sie hatte beschlossen, ihr Haar lang und offen zu tragen, weil es Benton so am besten gefiel.

Selbst Eddie verschlug es den Atem, als er sie sah. »Wow«, sagte er. »Du siehst *toll* aus. Wohin gehst du noch mal?«

»Zur Sonnenuntergangs-Soirée«, sagte Grace und versuchte, ihre Enttäuschung nicht zu zeigen. Der Mann merkte sich nichts, was sie ihm erzählte. »Vom Nantucket Garden Club.«

»Ach so, stimmt ja«, sagte Eddie.

Grace hätte ihn fast daran erinnert, dass Benton sie begleitete und Eddie sein Okay gegeben hatte. Doch dann dachte sie: *Warum schlafende Hunde wecken?*, und verabschiedete sich mit einem Kuss von Eddie und Hope. Allegra war aus.

Grace holte Benton an der Old South Road draußen beim Flughafen ab. Dort hatte Benton zwei große scheunenartige Gebäude gemietet, in denen seine Pick-up-Flotte und alle Anhänger, Rasenmäher und Bagger untergebracht waren. Er wohnte in einem Apartment im Obergeschoss mit seinem Manager Donovan und dessen Freundin Leslie, die einen von Bentons Gärtnertrupps leitete. Wenn Benton ausging, dann mit Donovan und Leslie. Sie besuchten Grillfeste am Strand und Vernissagen und hörten sich im Lobster Trap Live-Musik an. So viel wusste Grace über Bentons Leben auf Nantucket, wenn er nicht mit ihr zusammen war.

Aber jetzt sah sie, wo er lebte. Auf einem staubigen Industriegelände, kein Grashalm in Sicht. Die Einfahrt war Kies, der »Garten« Asphalt.

Schuster laufen selbst nur barfuß, dachte Grace. Trotzdem erfreute sie der Anblick der säuberlich aufgereihten Pick-ups mit den seitlich aufgemalten vierblättrigen Kleeblättern. Das hier war Benton Coes Hauptquartier, seine Einsatzzentrale, seine Domäne.

Sie drückte auf die Hupe, was ihre Großmutter Sabine schwer missbilligt hätte. Eine außereheliche Affäre war eine Sache – bestimmt hatte es die auch in den Vierzigern und Fünfzigern schon gegeben –, doch zu hupen, statt an die Haustür zu klopfen, war nahezu unverzeihlich. Aber Grace wollte nicht als »Date« in Erscheinung treten. Sie hatte keine Lust, Donovan oder Leslie kennen zu lernen, und sie wollte nicht, dass Bentons Mitarbeiter – von denen einige im Obergeschoss des zweiten Gebäudes wohnten – eine Frau im schwarzen Kleid vor der Tür ihres Chefs stehen sahen.

Aber als Benton in hellgrauen Hosen, einem türkisfarbenen Button-down-Hemd, marineblauem Blazer und Slippers aus dem Haus kam, geriet sie in Verzückung. Sie musste den Schalthebel ihres Range Rover auf Parken stellen und ein paarmal tief durchatmen. Der Mann war … ein Prachtstück. Sie hatte ihn noch nie anders gesehen als in Jeans, T-Shirt und Kapuzen-Sweatshirt.

Er stieg zu ihr ins Auto und sagte: »Verdammt, Grace. Du bist so schön, dass es mir den Verstand raubt.«

Lächle und bedanke dich, dachte sie. Aber seine Worte hatten sie sprachlos gemacht. Ihre Ohren kribbelten.

Grace, die auf einer Party nie mit leeren Händen erschien, reichte Jean einen Karton mit blassblauen Eiern. »Die sind von Hillary und den anderen Araucanas«, sagte sie. »Meine besten Produzentinnen.«

»Ich habe eine Schwäche für die gefleckten Eier von Ladybird«, sagte Benton.

Jean nahm den Karton entgegen und sagte: »Ich werde

sie wie eine Kostbarkeit behandeln.« Dann präsentierte sie mit einem dramatischen Schwenken ihrer Hand ihren Garten einschließlich Mandolinenspieler und den Leuten vom Lieferservice, die Horsd'œuvres herumreichten, und wohl auch der Sonne, die pflichtbewusst einen weichen goldenen Schleier über die Szenerie legte. Grace fiel sofort *la grande table* ins Auge, deren eine Hälfte als Bar diente, während die andere mit Käse, Trauben, Erdbeeren, Aprikosen, Nüssen, Salami, mariniertem Gemüse, Crackern, Baguettescheiben, Quittenpaste, Oliven und Dips beladen war. Grace hatte *la grande table* vor drei Jahren selbst erfunden – es war einfach ein überdimensionaler Ploughman's Lunch –, und Jean hatte die Tradition fortgesetzt.

»Schau dir das an!«, sagte Benton. »Jean, Sie haben sich selbst übertroffen.«

Jean strahlte. »Ich habe alles, was ich kann, von diesem atemberaubenden Geschöpf hier gelernt«, sagte sie und drückte Graces Oberarm. »Ich schwöre dir, Grace, als du reinkamst, dachte ich, du wärst eine von deinen Töchtern. Du leuchtest ja regelrecht. Du bist doch nicht schwanger, oder?«

Grace schrie auf, als hätte man sie in den Hintern gekniffen. »O Gott, nein!«

Die anderen Besucherinnen der Soirée trugen alle geblümte Kleider oder Leinenhänger, Jack-Rogers-Sandalen und Lilly-Pulitzer-Stoffe. Sie sahen aus wie Statistinnen in einem Merchant-Ivory-Film, und das war auch beabsichtigt. Von allen sommerlichen Cocktailpartys auf Nantucket war dies die eleganteste und stilvollste.

»Besorgen wir uns einen Drink«, sagte Grace.

»Ich hole dir einen«, sagte Benton. »Was möchtest du?«

»Ich nehme einen Sauvignon blanc«, sagte Grace. »Einen Sancerre, wenn sie haben.«

Als Benton in Richtung Bar ging, stürzten sich Frauen auf Grace wie Bussarde auf überfahrene Tiere – Jody Rouisse, Susan Prendergast, Monica Delray.

»Du Glückliche!«, sagte Monica. »Du bist mit Benton hier!«

»Er ist ein Traum«, sagte Jody.

»Und er macht seine Arbeit wirklich gut«, lobte Susan.

»Was ist denn mit Madeline?«, fragte Monica. »Habt ihr euch *verkracht*?«

»Verkracht?«, sagte Grace. Sie konnte sich beim besten Willen nicht erinnern, wann sie und Madeline zum letzten Mal auch nur uneins gewesen waren. »Sie ist total mit Schreiben beschäftigt.«

»Ach ja«, sagte Jody. »Das haben wir gehört.«

»Also habe ich beschlossen, Benton mitzubringen«, sagte Grace. »Er berät mich seit letztem Sommer bei der Gartengestaltung.«

»Das wissen wir«, sagte Jody. »Ich kann es gar nicht *abwarten*, deinen Garten zu sehen.«

»Wir dachten, die Soirée findet dieses Jahr vielleicht bei *dir* statt«, sagte Susan.

»Er ist noch nicht ganz soiréewürdig«, sagte Grace, obwohl er es natürlich war, mehr als das. In der Tat hatte Jean sie bereits im November gefragt, ob sie die nächste Gastgeberin sein wolle. Aber schon damals hatte Grace an einen

Zeitungsbeitrag über den Garten gedacht und nicht gewollt, dass hundert Leute über ihren Rasen trampelten und die Hühner ängstigten.

»Ach, hör auf«, sagte Jody. »Du willst ihn doch bloß für dich behalten. Graces geheimer Garten.«

Jetzt tauchte Benton wieder neben Grace auf und reichte ihr eine Champagnerflöte. »Sie hatten nur Chardonnay«, sagte er. »Da dachte ich, der hier wäre dir lieber.«

Grace nahm das Glas entgegen und lächelte. »Stimmt, danke.«

»Meine Damen«, sagte Benton. »Danke, dass Sie einen Bauern wie mich mit Ihrer Gesellschaft beehren. Ich sehe, mein Geschlecht ist hier deutlich in der Minderheit, aber das gefällt mir.«

Die versammelten Damen kicherten.

»Grace hat uns gerade erzählt, dass Sie sie beraten«, sagte Jody.«

»Ich bin jeden Tag da«, bestätigte Benton. »Es ist mein Lieblingsprojekt.«

»Der Garten ist Bentons Entwurf, seine Erfindung«, sagte Grace. »Das Ergebnis ist nicht mir zu verdanken. Ich bin nur eine Arbeitsbiene.«

»Hast du ihnen die Neuigkeit schon erzählt?«, fragte Benton.

»Welche Neuigkeit?«, wollte Monica wissen.

»Brennt ihr zusammen durch?«, sagte Susan und legte Benton eine Hand auf den Arm. »Nehmen Sie lieber mich mit.«

Benton lachte. »Grace soll erzählen.«

Grace blinzelte. Das Gespräch verwirrte sie. Was hatten die Frauen geglaubt, als Benton ihren Garten als sein *Lieblingsprojekt* bezeichnet hatte? Hatten sie gedacht …? Und was sollte die Frage, ob Benton und Grace miteinander durchbrennen wollten?

Madeline hatte recht gehabt. Diese Frauen waren Nattern.

»Deine Neuigkeit, Grace?«, hakte Jody nach.

Fast hätte sie sie ihnen nicht verraten. Sollten sie doch staunen, wenn sie am 26. Juli die Zeitung aufschlugen.

Aber Grace konnte nicht an sich halten und sagte: »Es wird einen Artikel über meinen Garten im *Boston Globe* geben. In der Haus-und-Garten-Beilage der Sonntagsausgabe.«

Es wurde nach Luft geschnappt und genickt, und Jody Rouisse verdrehte neidisch die Augen – was keine Überraschung war. Sie war diejenige, die Benton einen Traum genannt hatte, und machte selbst gerade eine Scheidung durch. Vermutlich täte sie nichts lieber, als Benton ihre Zähne in seine starke Schulter zu schlagen.

»Das ist ja toll!«, sagte Susan Prendergast. »Du musst doch begeistert sein.«

»Ich habe gehört, Eddie hat eine Pressefrau angeheuert«, sagte Jody. »Hat es sich durch sie ergeben?«

»Ja«, räumte Grace ein. »Hester Phan. Sie hat eine Presseerklärung mit Fotos und ausführlicher Beschreibung rausgeschickt, und der *Boston Globe* hat als Erster angebissen.« So wie sie es sagte, klang es, als hätte es womöglich mehr als eine Publikation gegeben, die ihr Augenmerk auf Graces Garten richten wollte.

»Ich hatte ja auf *Classic Garden* gehofft«, sagte Benton. »Ich hatte vor Jahren ein Projekt in Savannah, über das diese Zeitschrift berichtet hat. Sie machen ihre Sache außerordentlich gut.«

»Ich liebe *Classic Garden*«, sagte Susan.

Grace fragte sich, ob sie auf eine Zusage von *Classic Garden* hätte warten sollen, bevor sie sich an den *Boston Globe* band; dann hätte Benton seine Nummer eins gehabt.

Sie nippte an ihrem Champagner. Die anderen Frauen betrachteten sie voller Neid, aber auch, wie ihr schien, mit einer gewissen Verachtung. Ihr Ehemann hatte eine Pressefrau angeheuert, und jetzt würde der *Boston Globe* etwas über Graces Garten bringen.

War das nicht eigentlich nur eine kolossale Demonstration ihrer Eitelkeit?

Ehe Grace einschätzen konnte, wie ungeheuerlich es diesen Frauen vorkommen mochte, dass für ihren Garten eine Pressefrau angeheuert worden war, wurde ihr Gedankenfluss unterbrochen.

»Grace, hi!«, sagte eine laute weibliche Stimme. »Hi, hi, hi, *hi*! Ich fasse es nicht, dass Sie beide *hier* sind.«

Grace drehte sich um und sah Sharon Rhodes, allgemein bekannt als die blonde Sharon. Sie war nahezu einen Meter achtzig groß und hatte aggressiv gefärbte blonde Haare, einen breiten Mund mit eng stehenden Zähnen und ein schallendes, herzliches, ansteckendes Lachen, ihr angenehmstes Kennzeichen. Sie war die lauteste Person in jedem Raum und daher immer Mittelpunkt der Aufmerksamkeit. Wie üblich stach sie hervor, heute in einer schulterfreien knallroten Bluse, engen weißen Hosen und mit zwölf Zentimeter hohen Stilettos, die Jean Burtons herrlichen Rasen ruinieren würden.

Flache Schuhe, dachte Grace. Genau aus diesem Grund trug man zur Sonnenuntergangs-Soirée flache Schuhe.

»Hi, Sharon«, sagte sie und beugte sich zu einem Luftkuss vor. »Schön, Sie zu sehen.«

Die blonde Sharon beäugte Benton mit unverhohlenem Interesse. »Ich glaube, wir sind uns noch nie offiziell vorgestellt worden«, sagte sie und streckte die Hand aus. »Ich bin Sharon Rhodes.«

»Nett, Sie kennen zu lernen, Sharon Rhodes«, entgegnete Benton und ergriff ihre Hand.

»Ich habe natürlich von Ihrer Arbeit gehört«, sagte Sharon. »Und haben Sie nicht mit Katharine McGovern zusammengelebt?«

»McGuvvy«, sagte Benton. »Ja. Großartiges Mädchen. Wir haben uns getrennt, aber soweit ich weiß, ist sie sehr glücklich ...«

»In San Diego!«, sagte Sharon. »Meine Kinder haben dort letzten Sommer im Jachtclub bei ihr segeln gelernt.« Sie zwinkerte Benton zu. »Ich glaube, sie hoffte, dass Sie beide heiraten würden.«

»Das hat leider nicht geklappt«, sagte Benton. »Es sollte wohl nicht sein.«

Die blonde Sharon nickte und schaute zwischen Grace und Benton hin und her, als versuchte sie, sich einen Reim aus dem zu machen, was sie sah.

»Benton berät mich in Sachen Garten«, sagte Grace. »Ihm gelingt einfach alles. Sie sollten meine Rosen sehen.«

»Das würde ich gern«, sagte Sharon, »aber Sie laden mich ja nie ein.«

Grace lächelte. Sie hatte das Gefühl, der einzige Mensch auf Erden zu sein, der sich noch zu benehmen wusste. Gesegnet seien ihre Großmutter Sabine und die Sonntage, die Grace damit verbracht hatte, Tischmanieren zu lernen. »Sie sind jederzeit eingeladen«, sagte sie zu Sharon.

Die blonde Sharon lachte, als wäre dies das Komischste, was sie je gehört hatte. Es war auch ziemlich komisch. Wenn sie unangekündigt bei Grace auftauchen würde, um einen Blick auf deren Rosen zu werfen, würde Grace sich mit einer Migräne entschuldigen. Sie wäre dankbar für die massive Eichenholztür, die sie von Sharons Neugier trennte. Ihr Heim war eine Festung, in der die blonde Sharon nicht willkommen war. Grace hielt sie nicht für einen schlechten Menschen. Sie war ihr nur zu plump. Ihre Kleidung war zu auffällig, ihre Absätze waren zu hoch; ihr Lachen war zu laut. Madeline empfand genauso. Wenn Madeline hier gewesen wäre, hätten sie über Sharon geredet, sobald sie außer Hörweite gewesen wäre.

Als hätte sie ihre Gedanken gelesen, fragte die blonde Sharon: »Und, Grace, haben Sie schon was über Madelines neues Buch gehört? Rachel McMann hat ja wohl neulich einen Teil davon gelesen.«

»Ich weiß, dass sie intensiv daran arbeitet«, sagte Grace und lächelte Benton an. »Sollen wir uns in den Garten begeben?«

»Ja«, sagte Benton mit seinem britischen Akzent. »Begeben wir uns dorthin.«

»Sie sollten Madeline danach fragen!«, trällerte die blonde Sharon.

»Das mache ich«, stimmte Grace zu und hakte sich bei Benton ein. »War schön, Sie zu sehen.«

Grace und Benton schlenderten dahin und bewunderten Jean Burtons Beete, die alle mit Fleißigen Lieschen eingefasst waren.

»Oh, Fleißige Lieschen«, flüsterte Benton.

Grace drückte seinen Arm. Sie und Benton hatten dieselbe Meinung über Fleißige Lieschen. Bieder und langweilig.

Sie gingen zum ersten Koi-Teich und beobachteten die orangeroten Fische, die hier träge ihre Kreise zogen. Kois in Teichen waren für Grace dasselbe wie Tiger und Löwen in Zookäfigen.

»McGuvvy wollte dich also heiraten?«, fragte sie.

»Ach, keine Ahnung«, sagte Benton und starrte ins Wasser.

»Du kannst es mir ruhig erzählen«, sagte Grace. »Ich werde nicht eifersüchtig.« Das war gelogen. Grace verspürte jetzt schon Eifersucht. Sobald die blonde Sharon den Namen Katharine McGovern ausgesprochen hatte, hatten sich die Härchen auf Graces Armen gesträubt, und ihrem Herzen waren Stacheln gewachsen. Sie wusste, dass Benton und McGuvvy im vergangenen Sommer zusammengelebt hatten. Sie war McGuvvy sogar einmal begegnet, als sie, Eddie, Madeline und Trevor zum Essen im Le Languedoc gewesen waren. Die Panciks und die Llewellyns hatten sich unten im Bistro gerade an Cheeseburgern und Knoblauch-Pommes gütlich getan, als Benton mit einer jungen Frau hereingekommen war. Grace entsann sich, dass sie *äußerst interessiert* gewesen war und einen genaueren Blick auf die Frau mit dem merkwürdigen Namen hatte werfen wollen.

Meine Freundin McGuvvy, so hatte Benton sie letzten Sommer genannt.

McGuvvy: So hießen Elfen oder Kobolde.

Benton war mit ihr an ihren Tisch getreten und hatte sie vorgestellt: »Das ist McGuvvy, Leute.«

McGuvvy war das, was die Leute meinten, wenn sie den Ausdruck »Mädchen von nebenan« benutzten. Ihre Haare waren kastanienbraun; sie hatte Sommersprossen und eine schwarz gerahmte Brille auf der Nase. Sie trug eine weiße Bluse mit schwarzer Stickerei über weißen Hosen und schwarze Jack-Rogers-Sandalen. Türkisgrün lackierte Fußnägel. War sie hübsch?, fragte Grace sich unschlüssig. Sie war durchaus attraktiv, das ja, und sie war jung. Sie wirkte temperamentvoll, draufgängerisch, zu allem bereit. Wahrscheinlich konnte man jede Menge Spaß mit ihr haben. Grace wusste nur zwei Dinge über sie: dass sie im Nantucket Yacht Club Segeln unterrichtete und *rein gar nichts* fürs Gärtnern übrighatte. Als Grace gefragt hatte, wie das denn passe, hatte Benton gesagt: »Gut, gut. Wir haben unterschiedliche Interessen, kein Problem.«

Jetzt aber waren Grace und Benton ein Liebespaar, und sie sah seine Beziehung zu McGuvvy in anderem Licht.

»Sie wollte heiraten und Kinder haben«, sagte Benton und zuckte die Achseln. »Kann ich ihr natürlich nicht verübeln. Das wollen Frauen in ihrem Alter eben.«

»Und du wolltest … was nicht?«, fragte Grace. »Du wolltest nicht heiraten? Oder wolltest du keine Kinder?« Sie hatte nie die Möglichkeit erwogen, dass Benton sich Kinder wünschte. Sie dachte daran, wie Jean Burton sie gefragt hatte, ob sie *schwanger* sei. Grace war zweiundvierzig und Mutter von Teenagern und zog seit Jahren keine erneute Schwangerschaft in Betracht. Sie hatte es verrückt von Madeline gefunden, mit über fünfunddreißig, als Brick schon in der Mittelstufe war, noch an ein weiteres Kind zu denken.

Aber jetzt … sollte Grace Eddie verlassen und Benton heiraten, würde sie dann ein weiteres Kind in Erwägung ziehen?

»Ich weiß nicht, Grace. Ich wollte wohl keins von beiden mit McGuvvy«, sagte Benton.

Grace nippte an ihrem Champagner. Sie ging mit Benton langsam um die anderen Koi-Teiche herum, und dann folgten sie einem Plattenweg zu einem nahezu verborgenen Teich, der fast ganz von weiß blühenden Hortensiensträuchern umschlossen war.

»*Sechs* Koi-Teiche!«, sagte Benton lachend.

An diesem Teich stand eine steinerne Bank, die noch keiner der anderen Partygäste entdeckt hatte, also setzte Grace sich hin. Sie wollte das Gespräch fortsetzen.

»Willst du heiraten?«, fragte sie. »Wünschst du dir Kinder?«

Benton sah sie an und seufzte. »Diese Frage bringt mich im Moment etwas durcheinander.«

Grace verstand, was er meinte. Das Thema war zu bedeutungsschwer. Sie und Benton hatten eine Affäre, die heiß und unmittelbar war. Und, so hatte sie geglaubt, flüchtig. *Worauf soll das denn hinauslaufen?*, hatte Madeline sie gefragt. Und damals hatte Grace erwartet, dass das Ganze irgendwann zerplatzen würde wie eine Seifenblase. Sie hatte erwartet, eines Tages aufzuwachen und sich wieder wie ihr altes Selbst zu fühlen, ihrem Ehemann und ihren Töchtern und ihren Hühnern verbunden. Aber jetzt, da sie tiefer in der Sache steckte, da sie *richtig verliebt* war, ertrug Grace es nicht, an ein Ende zu denken. Und deshalb – wenn kein Ende, dann eine Zukunft. Und wenn eine Zukunft – dann waren Antworten auf diese Fragen wichtig.

»Vergiss das mit dem Heiraten mal«, sagte sie. »Willst du Kinder?«

»Ja«, erwiderte er. »Ich habe mir immer Kinder gewünscht.«

Grace nahm noch einen Schluck. Ohne Grund traten ihr Tränen in die Augen. Trotz der Komplikationen bei Hopes Geburt konnte sie immer noch Kinder bekommen. Doch sie war alt. Benton verdiente eine Jüngere, eine wie McGuvvy.

Er wischte ihr die Träne von der Wange. »Bitte, Grace. Lass uns dieses Gespräch nicht hier führen. Das ist keine gute Idee.«

»Na ja«, sagte Grace. »Ich war es nicht, die McGuvvy zur Sprache gebracht hat.«

»Ich auch nicht«, sagte Benton. »Das war deine Freundin.«

»Gott, diese Frau ist *nicht* meine Freundin.« Grace stand von der Bank auf und trank ihren Champagner aus. Sie war plötzlich wütend, obwohl sie nicht wusste, warum. Sie und Benton hatten ein Tête-à-Tête wie sonst auch, aber es war auf gefährliches Terrain geraten, und ihr Empfinden harmonierte nicht mehr so gut miteinander. Grace hätte ihre zarte neue Liebe nie der Öffentlichkeit aussetzen dürfen.

Benton zog ein Taschentuch hervor und reichte es Grace, damit sie ihre Tränen trocknen konnte.

»Meine Großmutter hätte dich geliebt«, sagte sie.

»Glaubst du?«, sagte Benton. Er ergriff eine von Graces Händen und schaute sie mit diesem für ihn typischen Blick an, und sie dachte: *Er wird …*

Doch in diesem Moment kam die blonde Sharon mit Jody Rouisse im Schlepptau den Plattenweg entlanggestapft.

»Ach, hier sind Sie!«, sagte Sharon. »Wir haben uns schon gewundert, wo Sie beide abgeblieben sind.«

»Alles in Ordnung, Grace?«, fragte Jody. »Hast du *geweint*?«

»Mir geht's gut«, sagte Grace schniefend und bemühte sich um ein Lächeln.

»Wir sollten uns auf *la grande table* stürzen«, sagte Benton. »Ich bin am Verhungern.«

»Ich liebe den Stinkekäse!«, rief die blonde Sharon aus.

Während Grace und Benton den versteckten Koi-Teich hinter sich ließen, sagte Grace: »Ich will weg hier.«

»Du hast meine Gedanken gelesen«, sagte Benton. »Diese Frau *ist* Stinkekäse.«

»Das sind sie alle«, sagte Grace und fühlte sich plötzlich, wie Eleanor sich gefühlt haben musste, als Grace sie in den Hühnerstall gebracht hatte. Hillary und Dolly hatten sie halb totgehackt.

Grace suchte Jean Burton und verabschiedete sich von ihr.

»Ich fasse es nicht, dass ihr so früh geht«, sagte Jean. »Wo ich meine Rede noch gar nicht gehalten habe.«

»Ich schicke einen Scheck«, versprach Grace und umarmte Jean. Sie ging nur ungern, konnte aber keine Sekunde länger bleiben.

Sobald sie draußen auf der Straße waren, sagte Benton: »Wohin …?« Die Sonne war endlich untergegangen, es wurde dunkel.

»Sollen wir noch was trinken gehen?«, fragte Grace.

»Könnten wir«, sagte Benton. »Oder fahren wir an den Strand?«

»Das erscheint mir zu riskant«, sagte Grace. Sie stiegen in ihren Range Rover, und Grace ließ den Motor an. Sie wollte nicht, dass der Abend endete – das wollte sie nie –, aber sie wollte auch nicht in einer kompromittierenden Situation erwischt werden. Sie bog von der Fair Street in die Lucretia Mott Lane ein. Das einzig Vernünftige war, Benton nach Hause zu bringen.

»Halt an«, sagte Benton.

»Was?«

»Halt an.«

Grace tat wie geheißen. Ihre Scheinwerfer beleuchteten die schmale Gasse. Kein Mensch war zu sehen. Benton stieg aus.

»Wo willst du hin?«, fragte Grace.

»Komm einfach mit, bitte. Mach die Scheinwerfer aus.«

»Ich kann nicht einfach die Straße blockieren«, sagte Grace.

»Die benutzt doch eh keiner«, sagte Benton.

Grace schaltete die Scheinwerfer ab und stieg ebenfalls aus. Es war jetzt ganz dunkel. Die Lucretia Mott Lane war gesäumt von uralten Laubbäumen, Bäume, die schon die Wampanoag-Indianer und die Quäker und die Walfängerwitwen gekannt hatten.

Benton nahm Grace in die Arme und küsste sie mitten auf der Straße. Es war ebenso aufregend wie beängstigend.

»Jemand wird uns sehen«, sagte sie.

»Das ist mir egal«, sagte er. »Es ist mir egal, wer uns sieht. Ich liebe dich, Grace. Ich liebe dich.«

Sie starrte ihn an; die Tränen in ihren Augen machten alles scharf und klar. »Ja«, sagte sie. »Ich liebe dich auch. Ich habe noch nie jemanden so geliebt wie dich.«

Grace fuhr Benton nach Hause, und als er ihr erzählte, dass Donovan und Leslie auf dem Festland waren, im Cape Cod Melody Tent, und sich Lyle Lovett anhörten, folgte Grace ihm nach oben in sein Apartment.

Worauf soll das hinauslaufen?

Sie wusste es nicht.

Die Liebe, wie sie sie mit Benton Coe erlebte, war dramatisch und drängend und verzehrend. Sie war LIEBE in Großbuchstaben, fett gedruckt, unterstrichen. Sie ließ sie das, was sie für Eddie verspürte, als ein völlig anderes Gefühl empfinden. Sie mochte Eddie gern und hatte sich von ihm becircen lassen. Er hatte sie zum Lachen gebracht und ihr geboten, was sie so verzweifelt brauchte: einen Ausweg aus ihrem Zuhause mit den sie erstickenden Eltern und tyrannischen Brüdern. Er hatte ihr die Gelegenheit gegeben, sich ein Heim zu schaffen und ihre Kinder so zu erziehen, wie *sie* wollte. Er hatte sie Chefin sein und den Laden selbstständig schmeißen lassen. Er hatte sie materiell mit allem versorgt, was sie sich wünschte. Dafür war sie Eddie dankbar. Doch sie liebte ihn nicht so, wie sie Benton liebte.

Als Grace nach Hause kam, war es dort dunkel und still – alle schliefen entweder oder waren ausgegangen –, und dafür war sie dankbar.

Sie rannte hinauf in ihr Arbeitszimmer, um Madeline anzurufen.

EDDIE

Grace ging zu ihrer kleinen Gartenclub-Party, und Allegra war aus wie üblich, sodass Eddie und Hope allein zurückblieben. Grace hatte nichts zu essen gemacht, was ungewöhnlich war; vermutlich war sie zu beschäftigt mit Umziehen und Frisieren und Schminken gewesen. Sie hatte so wunderschön ausgesehen, dass Eddie sich fast wünschte, er könnte sie begleiten. Aber der Gartenclub … nein. Lieber hätte er seine Hand in ein Nest mit Killerbienen gesteckt.

Was sollte er essen? Er könnte Rühreier machen. Auf der Küchentheke standen fünf frische Kartons.

Aber da würde ihm doch wohl was Besseres einfallen, dachte er, während Grace mit dem Range Rover wegfuhr, und klopfte an Hopes Zimmertür.

Sie riss die Tür auf. »Was ist?«

»Hast du Hunger?«, fragte Eddie.

Sie zuckte die Achseln. Sie und Allegra hatten genau dasselbe Achselzucken, was ihn irritierte.

»Brezel dich auf«, sagte er. »Ich lade dich zum Essen ein.«

Eine halbe Stunde später gingen Eddie und Hope zwischen zwei Garten-Cottages einen kopfsteingepflasterten Weg entlang auf die prachtvolle vordere Veranda des Summer

House zu. Von drinnen wehten gute Gerüche heran sowie die Klänge des Klaviers und die Geräusche von klirrenden Gläsern, Gesprächen und Gelächter. Eddies Stimmung verbesserte sich schlagartig. Er nahm Hopes Arm. Sie sah reizend aus in ihrem weißen Sommerkleid, die Haare zu einem französischen Zopf geflochten. Sie sah aus wie ein Mädchen, während Allegra immer beängstigend fraulich wirkte.

Sie bekamen einen Tisch an einem der vorderen Fenster zugewiesen. Das Summer House hatte unebene Holzfußböden und die elegant-rustikale Atmosphäre eines Ferienhauses aus den Vierzigern, und die Pianistin spielte am liebsten Cole Porter. Eddie bestellte einen Martini mit Twist, Hope eine Cola.

Als die Getränke eintrafen, hob Eddie sein Glas und sagte: »Cheers, Big Ears.«

»Es ist nett hier«, sagte Hope. »Vielen Dank, Dad.«

Eddie wäre fast in Tränen ausgebrochen. Da schuftete er sich dumm und dämlich, legte sich ins Zeug wie kein anderer, und doch blieben die drei Frauen in seinem Leben davon gänzlich unbeeindruckt. Eddie brauchte keine Lobeshymnen, aber es war schön, ab und zu ein Danke zu hören, eine Bestätigung, dass er mehr war als ein Geldautomat.

»Gern geschehen.«

Hope bestellte die Muschelsuppe und einen Caesar Salad, und Eddie genehmigte sich eine Foie gras und die Lammkoteletts und dazu eine gute Flasche Pinot noir aus dem Willamette Valley, und dann lehnte er sich in seinen Stuhl zurück und fragte: »Also, was ist los mit deiner Schwester?«

»Ich hab keine Ahnung«, sagte Hope.

»Wirklich nicht?«

»Bitte sag mir, dass du mich nicht zum Essen eingeladen hast, damit ich Allegra verpetze. Wenn du was über Allegra wissen willst, Daddy, frag sie selbst.«

»Tut mir leid, du hast recht«, sagte Eddie. »Jetzt bin ich mit dir hier, da soll es auch um dich gehen. Was gibt's denn Neues bei dir?«

Hope zuckte die Achseln.

»Gefällt dir dein Job im Pfarrhaus?«

»Der ist okay.«

»Pater Declan verhält sich doch nicht unpassend dir gegenüber, oder?«

»Dad!«, sagte Hope. »Nein! Bitte sei still.«

»Ein Vater muss fragen«, meinte Eddie.

»Ich mag Pater Declan«, sagte Hope. »Er ist klug. Ich lese gerade John O'Haras Roman *Begegnung in Samarra*, und Pater Declan sagt, das war eins seiner Lieblingsbücher im College.«

Das Gespräch wuchs Eddie über den Kopf. Er erzählte gern, dass er seit dem *Wüstenplanet* in der zehnten Klasse kein Buch mehr gelesen habe, aber sogar das hatte er nicht beendet. Das letzte Buch, das Eddie ganz gelesen hatte, war *Klein Stuart* gewesen.

»Ist es ein katholischer Roman?«, fragte er.

»Nein«, sagte Hope. »Pater Declan ist Geistlicher, Dad, aber er ist auch ein Mensch. Nicht alles, was er tut, muss ›katholisch‹ sein.«

»Ich weiß«, sagte Eddie und machte sich über seine Foie gras her. Er liebte Foie gras, doch Grace ließ nie zu, dass er sie bestellte. Sie lehnte die Zwangsfütterung der Gänse ab. Als Hühnerzüchterin war ihr jede Form der Geflügelmisshandlung zuwider. Aber Grace war nicht hier, sondern auf einer Gartenparty.

»Ob Mom sich wohl amüsiert auf ihrer Party?«, sagte er.

»Findest du es nicht komisch, dass sie Benton mitgenommen hat?«, fragte Hope.

»Wen?«

»Benton Coe. Den Garten-Typ.«

»Ach ja, *stimmt*«, sagte Eddie. »Das hat sie mir erzählt, aber ich hatte es vergessen.«

»Findest du das nicht komisch?«

Fand Eddie es komisch? Na ja, es machte ihn vielleicht ein bisschen nervös, dass sie sich für einen Abend mit dem Gärtner derartig aufgedonnert hatte, doch Benton erschien Eddie, obwohl er groß und stattlich war wie ein Hunne, nicht besonders bedrohlich. Er war ein Mann, der sich mit Rosen und Tulpen beschäftigte. Eddie hielt ihn nicht für schwul, aber er war definitiv auf weibliche Emotionen eingestimmt – und genau das brauchte Grace. Sie brauchte jemanden, mit dem sie über ihren Garten sprechen konnte. Für Grace war dieser Garten, was für Barbie ihre Privatsphäre und für Putin die Überlegenheit der Russen war. Eddie hatte sich außer fürs Geldverdienen und fürs Laufen nie besonders leidenschaftlich für etwas engagiert. Doch das Laufen war eher ein gottgegebenes Naturtalent gewesen, also nicht ganz dasselbe.

»Nein, ich finde es nicht komisch«, sagte Eddie. »Benton ist ihr Gärtner, und sie sind zu einer Gartenclub-Veranstaltung gegangen. Vielleicht bin ich verrückt, aber mir leuchtet das vollkommen ein. Er kann deiner Mutter die Namen aller Blumen nennen.«

»Die kennt sie schon«, wandte Hope ein.

»Genau«, sagte Eddie. Er aß die leckere Leckerei auf, die seine Foie gras gewesen war, und bedeutete dem Kellner, ihm Wein nachzuschenken. Dann überfiel ihn ein grauenhafter Gedanke: Womöglich hatte Grace das Gerücht über ihn und Madeline gehört und dieses »Date« mit Benton Coe arrangiert, um sich an ihm zu rächen? Aber nein – falls Grace das Gerücht gehört hatte, hätte Eddie sofort ein Messer an der Kehle gehabt. Er mochte nicht an Grace und Benton denken, ebenso wenig wie an den Tratsch über ihn und Madeline. Er wollte einfach das Abendessen mit seiner Tochter genießen; es war so lange her, dass sie zusammen ausgegangen waren.

Hope aß ihr Schoko-Törtchen mit flüssigem Kern auf, und Eddie bezahlte gerade die Rechnung – die Lammkoteletts kosteten sechsundvierzig Dollar; wieso war ihm das nicht aufgefallen, bevor er sie bestellt hatte? –, als der Polizeichef an ihren Tisch trat.

»Eddie!«, sagte der Chief.

Eddie sprang auf. »Chief, wie geht's Ihnen?« Die beiden Männer schüttelten sich die Hände, und Eddie deutete auf Hope. »Meine Tochter Hope. Hope, du kennst Chief Kapenash?«

Hope lächelte schüchtern, wohingegen Allegra, das wusste Eddie, aufgesprungen wäre und ihm, erpicht darauf, ihn zu beeindrucken, die Hand geschüttelt hätte. Aber Eddie wollte nicht vergleichen.

»Sie haben einen Vater-Tochter-Abend?«, fragte der Chief.

»Haben wir«, sagte Eddie. Was für ein glücklicher Zufall, dass der Chief diesen Moment hervorragender Erziehungskompetenz miterlebte! Er war nicht allein und *nicht* mit Madeline oder einer anderen Frau hier, sondern mit seiner Tochter. Das war die beste Eigenwerbung, die Eddie sich hätte wünschen können – und sie war ganz organisch zustande gekommen. »Ihre Mutter und ihre Schwester sind aus, also nutzen wir die Gelegenheit.«

»Schön«, sagte der Chief. »Und ich freue mich auf ein romantisches Dinner mit meiner Frau. War nett, Sie zu sehen, Eddie.«

»Gleichfalls, Chief«, sagte Eddie und blieb stehen, bis der Chief weitergegangen war. Die Pianistin setzte zu »Some Enchanted Evening« an. Eddie strahlte Hope an.

»Okay, ich bin fertig«, sagte sie. »Können wir gehen?«

»Können wir«, sagte Eddie und scheuchte Hope auf dem Weg durchs Restaurant vor sich her, wobei er wahllos jedem zuwinkte, den er sah.

HOPE

Im Haus klingelte mitten in der Nacht das Telefon. Hope wälzte sich herum. Ihr war übel; das Essen im Summer House lag ihr schwer im Magen, und als Eddie zur Toilette gegangen war, hatte Hope heimlich an seinem Martini genippt, nur um herauszufinden, wie er schmeckte.

Er hatte wie Feuerzeugbenzin mit Zitronenaroma geschmeckt. Hope hätte ihn fast ausgespuckt, aber sie wollte keine Aufmerksamkeit auf sich ziehen, deshalb hatte sie ihn heruntergeschluckt.

Alkohol war ekelhaft.

Das Telefon hörte auf zu klingeln. Hopes Magen gurgelte. Sie hoffte, dass sie sich nicht würde übergeben müssen, und versuchte, nicht an den Martini zu denken. Er hatte so klar und harmlos ausgesehen, dass Hope geglaubt hatte, er würde wie Wasser schmecken.

Plötzlich hörte sie die Stimmen ihrer Eltern im Flur. Die ihrer Mutter klang, wie Hope fand, hysterisch. Sie hörte, wie sie die Tür zu Allegras Zimmer öffneten, was bei Grace zu weiterer Hysterie führte. Allegra war also noch aus. Hope checkte ihr Handy. Es war zehn nach drei.

Wow, dachte Hope. Der von ihren Eltern festgelegte Zeitpunkt fürs Nachhausekommen war halb zwölf. Allegra hatte ihren bisherigen Rekord – Viertel vor zwei – deutlich gebrochen.

Grace fing an zu weinen, und Eddie versuchte sie zu trösten, doch er klang selbst ein bisschen unsicher, und plötzlich fragte sich Hope, ob vielleicht etwas *wirklich Schlimmes* passiert war – dass sich Allegra zum Beispiel verletzt hatte.

Oder …?

Hope schaffte es gerade noch bis zu ihrem Mülleimer. *O Gott*, dachte sie. Der verdammte Martini, nie wieder, und nie wieder Muschelsuppe oder Caesar Salad, was sie sehr bedauerte, denn das waren ihre Lieblingsgerichte, aber igitt, pfui Teufel, das Erbrechen ruinierte alles. Sie würgte und spuckte und ließ sich dann zitternd auf ihr Bett fallen, bis sie das Gott-sei-Dank-ist-es-raus-Gefühl überkam. Jetzt gelang es ihr, aufzustehen und die Tür zu öffnen.

»Dad?«, sagte sie. »Mom? Was ist los?«

»Deine Schwester ist in Schwierigkeiten«, sagte Eddie. »Ich fahre rüber zur Polizeiwache. Du gehst bitte wieder ins Bett.«

»Was für Schwierigkeiten?«, fragte Hope. Polizeiwache klang nicht gut, aber besser als Krankenhaus. »Ist sie verletzt?«

»Nein«, sagte Eddie. »Zumindest nicht, bis ich sie in die Finger kriege.«

Au weia, dachte Hope.

»Du bist so ein braves Mädchen, Schatz«, sagte Grace. »Deine Schwester dagegen …«

Hope wollte es nicht hören. Sie zog sich in die Sicherheit ihres Zimmers zurück und schloss die Tür, ehe Grace ihren Satz beenden konnte.

Hope war so ein braves Mädchen, Allegra dagegen … nicht. Nein, ganz und gar nicht. Sie und Ian Coburn waren draußen auf der Ram Pasture dabei erwischt worden, wie sie nur in Unterwäsche auf der Motorhaube von Ians Camaro saßen und Wild Turkey tranken und Gras rauchten. Bei einer Durchsuchung des Wagens kamen sieben Gramm Kokain zum Vorschein, genug, um Ian zu verhaften, der neunzehn war.

Der Polizeibeamte, der sie entdeckte, war Curren Brancato, auch wenn dann der Polizeichef, aus Gefälligkeit gegenüber Eddie, bei Allegras Eltern angerufen hatte.

Noch interessanter als das, was Allegra erlebt hatte, war, wie Hope davon erfuhr. Um halb sechs Uhr morgens wurde sie (mit einem üblen Geschmack im Mund und dem Gestank von Erbrochenem in ihrem Zimmer) von einer SMS geweckt, die Brick Llewellyn ihr geschickt hatte.

Sie lautete: *Ich hab das Foto gesehen. Deine Schwester ist fremdgegangen, und du wusstest es und hast mir nichts gesagt.*

Hope dachte: *Welches Foto?*

Und schrieb zurück: ??????????

Brick simste: *Hollis hat mir ein Foto geschickt von Allegra und Ian in Unterwäsche auf Ians Camaro. Sie wurden von unserem Freund Officer Brancato erwischt. Ian = Koksdealer = wandert in den Knast.*

Während Hope dies noch verarbeitete, klopfte es an ihre Tür.

»Komm rein«, krächzte sie.

Allegra kam hereingeschlichen, machte die Tür hinter sich zu, schloss sie ab und schlüpfte neben Hope ins Bett.

»Hoppla«, sagte Hope. Eine solche körperliche Nähe zu ihrer Schwester kam völlig unerwartet. Früher hatten Allegra und Hope im Bett miteinander gekuschelt und sich beim Cheerleading hochgehoben, aber es war Jahre her, dass Allegra Hope freiwillig berührt hatte. Eigentlich hätte Hope Allegras Rückkehr in die Seifenblase ihrer Zwillingsinnigkeit ja begrüßen müssen, doch sie war einfach nur angeekelt.

Eine zweite SMS landete auf Hopes Handy, und während Allegra zitternd in Hopes Kopfkissen weinte, checkte Hope sie. Da war das Foto von Allegra und Ian. Ian hatte nur kurze marineblaue Boxershorts an und eine Flasche Wild Turkey zwischen den Beinen. Allegra trug einen BH und ein Höschen in Blassrosa – einen Moment lang dachte Hope, sie sei nackt –, und in ihrem Mund steckte ein Joint. Ihre Augen waren geschlossen. Dieser visuelle Beweis war so erdrückend, dass Hope ihn sofort löschte, obwohl sie wusste, dass das Foto dadurch nicht verschwand. Wer hatte es aufgenommen? Es musste Officer Brancato gewesen sein, begriff Hope. Mit seinem privaten Handy. Und das Foto hatte er Hollis geschickt, was doch sicher ein Verstoß gegen sein Berufsethos war, oder? Aber das spielte kaum eine Rolle, denn ein Bild verrät, wie das alte Sprichwort sagt, mehr als tausend Worte, und diese tausend Worte hier verrieten, dass Allegra kiffte, trank und fremdging.

Zum ersten Mal seit vielen Jahren tat Hope ihre Schwester leid. Sie strich Allegra über die Haare und massierte ihr den Rücken.

»Entschuldige, dass ich nicht besonders gut rieche«, sagte sie. »Ich habe gekotzt.«

»Ist mir egal«, sagte Allegra. »Ich dufte wahrscheinlich auch nicht nach Rosen.«

Stimmt, dachte Hope. Marihuana, Schnaps, Zigaretten – oder, wie Mrs Aguiar aus dem Pfarrhaus es nennen würde: der Gestank nach Hölle und Verdammnis.

»Was ist für dich denn am schlimmsten?«, fragte Hope.

Diese Frage löste einen längeren Tränenschwall aus. Hope massierte ihrer Schwester weiterhin den knochigen Rücken. Allegra aß in letzter Zeit so gut wie nichts; vielleicht rechnete sie immer noch mit einer Modelkarriere. Oder sie war so dünn, weil sie mit Ian Coburn vom Armaturenbrett des roten Camaro Kokain schnupfte. Mittlerweile lag alles im Bereich des Möglichen.

»Dass Ian ins Gefängnis muss?«, sagte Allegra. »Dass Brick mich abgrundtief hasst? Dass Hollis allen erzählt, was für eine Schlampe ich bin? Curren Brancato hat uns hochgehen lassen und ein Foto von uns gemacht. Ich dachte, er würde *cool* bleiben. Ich dachte, er würde uns *laufen* lassen. Aber er war darauf aus, sich zu beweisen. Als große Nummer bei der Polizei von Nantucket, oder was weiß ich. Sobald er wieder in seinem Streifenwagen saß, hat er Hollis das Foto gesimst. Und Hollis, meine beste Freundin, meine Seelenverwandte, hat es an den Rest des Universums verschickt.«

Hope versuchte, sich Worte des Trostes einfallen zu lassen. Das Foto stammte also von Hollis. Sie und der Rest von Allegras Freunden und Freundinnen waren eine Bande hinterhältiger Opportunisten.

»Mom und Dad sind stinksauer«, sagte Allegra. »Dad hat mir Hausarrest verpasst.«

»Wow«, sagte Hope. Eddie verpasste Allegra nie Hausarrest, doch anscheinend hatte der Anruf des Polizeichefs mitten in der Nacht ihn umgestimmt.

»Und er hat mir mein Handy weggenommen«, sagte Allegra.

»Au weia«, sagte Hope.

»Kann ich bitte deins benutzen?«, fragte Allegra. »Ich muss Brick eine SMS schicken.«

»Ruf ihn doch übers Festnetz an«, riet Hope.

»Lass mich dein Handy benutzen.«

»Nein«, sagte Hope. »Das wäre mir unangenehm.«

»Es wäre dir *unangenehm*?«

»Tut mir leid«, sagte Hope.

Allegras Gesicht nahm einen Ausdruck an, den Hope als Rückkehr zu ihrem Standardmodus als Zicke deutete, aber dann wurde ihr anscheinend klar, dass sie damit nichts erreichen würde, und sie brach in Tränen aus. »Was soll ich tun, Hope?«

»Wahrscheinlich solltest du«, sagte Hope, während Zärtlichkeit für ihre Schwester in ihr aufwallte, »versuchen zu schlafen.«

Später, als Allegra tatsächlich schlief und leise in Hopes Bett schnarchte, schrieb Hope eine SMS an Brick.

Du solltest ihr verzeihen.

Auf keinen Fall, simste er zurück. *Niemals.*

EDDIE

Er schlief noch halb, als er in der Polizeiwache eintraf, um Allegra abzuholen. Es war der Chief gewesen, der Eddie angerufen hatte, und als Eddie seine Stimme gehört hatte, hatte er sich in Wackelpudding verwandelt. *Barbie hatte recht,* dachte er. *Die Mädchen sind in der Low Beach Road mit den Typen von Kasper Snacks erwischt worden.* Eddie würde nicht lügen. Als der Chief gesagt hatte, er rufe an, weil Allegra auf der Ram Pasture beim Trinken entdeckt worden war, wurde Eddie vor Erleichterung *fast ohnmächtig.* Dann aber zeigte er die angemessene Reaktion und sagte: »Um Gottes willen, Ed, Sie machen *Witze.*«

»Ich wünschte, es wäre so«, sagte der Chief. »Tut mir leid, Eddie. Sie ist auf der Wache. Sie müssen sie abholen.«

»Da habe ich wohl die falsche Tochter zum Essen eingeladen«, sagte Eddie.

»Es sind Teenager, Eddie. Was soll man machen?«, sagte der Chief.

Die Eltern des Coburn-Jungen waren auch auf der Wache, der Vater ein Hitzkopf, der den diensthabenden Beamten anbrüllte, die Mutter sichtlich nervös. Eddie kannte beide nicht gut genug, um sie zu begrüßen. Er hätte ihnen gern erklärt, was für ein schlechter Einfluss und verdorbener Taugenichts ihr Sohn sei, konzentrierte sich jedoch darauf, Allegra nach Hause zu schaffen.

Sobald sie im Auto saßen, verordnete Eddie ihr Hausarrest für den Rest ihres Lebens. Dann nahm er Allegra das Handy weg und sagte: *Weißt du, was das für ein Gefühl ist, wenn mitten in der Nacht der Polizeichef anruft? Deine Mutter und ich dachten, du wärst tot! Aber nein, du bist nur eine betrunkene Kifferin, die in aller Öffentlichkeit in Unterwäsche mit einem Typen zusammenhockt, der nicht mal ihr Freund ist! Für solche Mädchen gibt es Bezeichnungen, Allegra, die nicht sehr schmeichelhaft sind!*

Allegra weinte. Und dann heulte und hickste sie und klang, als hätte sie einen epileptischen Anfall. Eddie hätte ihr fast das Telefon zurückgegeben und gesagt, es komme schon alles in Ordnung und er sei bloß froh, das ihr nichts passiert war. Schließlich sei keiner perfekt, am allerwenigsten er selbst. Aber er wusste, einer der Gründe dafür, dass Allegra sich so aufgeführt hatte, war der, dass Eddie und Grace ihr alles durchgehen ließen. Das musste aufhören!

Als er am nächsten Morgen aufwachte, fühlte es sich an, als wäre sein Herz über Nacht in Brand geraten. Er konnte nicht aufstehen oder sich anziehen oder sich die Zähne putzen oder sich auch nur vorstellen, eine Tasse Kaffee zu trinken oder aufrecht am Steuer seines Cayenne zu sitzen. Schon der Name des Wagens entflammte sein Herz erneut. Warum hatte er ihn sich überhaupt gekauft? Weil es ein Porsche war, weil er seinen Kunden imponieren, den Eindruck vermitteln wollte, er sei ein scharfer Typ.

Er konnte sich nicht aus seiner Rückenlage unter der Decke befreien. Er konnte nicht aufstehen, um seine Blase zu erleichtern.

»Grace«, stöhnte er. Keine Antwort.

Eddie schloss die Augen und betete um Schlaf. Zum ersten Mal in seinem Leben würde er nicht arbeiten gehen.

Als er mittags aufwachte, war es still im Haus. Wo war Grace? Hatte sie nach ihm gesehen? Auf seinem Nachttisch war kein Zettel zu sehen, kein Glas mit Eiswasser, kein achtsam platziertes Fläschchen Magensäureblocker mit Kirschgeschmack. Fand sie es nicht ungewöhnlich, dass Eddie bis mittags schlief? War sie nicht *besorgt*?

Wundersamerweise merkte Eddie, dass er aufstehen konnte, wenn auch mit wackligen Beinen. Er zog seine ältesten, weichsten Khakishorts an und sein T-Shirt von Santos Rubbish Removal und schlich in den Flur. Er war so lange nicht mehr an einem Wochentag tagsüber zu Hause gewesen, dass er sich wie ein Einbrecher vorkam. Die Türen zu den Zimmern der Mädchen waren geschlossen. Schliefen sie noch? Hope hatte einen Job im Pfarrhaus – also war sie vermutlich dort –, aber Allegra? War sie aufgestanden, um an ihrem Vorbereitungskurs für den College-Eignungstest teilzunehmen, oder war der schon vorbei? Eddie erinnerte sich nicht. Er war ein unaufmerksamer Vater. Er bezahlte Allegras Kurs, aber wenn es ihm überhaupt einfiel, sie zu fragen, wie es denn laufe, achtete er kaum auf ihre Antwort. Und wie verbrachte Allegra ihre Tage nach dem Unterricht? Eddie hatte die vage Vorstellung, dass sie mit ihren Freundinnen an den

Strand ging. Wo sie, wie er jetzt argwöhnte, Gras rauchte und Wild Turkey trank. Aber dieser Lebenswandel würde jetzt ein abruptes Ende finden. Eddie sollte Allegra ins Büro mitnehmen und sie die Ablage machen lassen – aber er fürchtete, sie könne vielleicht Geschmack an dem Gewerbe finden, und das wollte er nicht. Das Immobiliengeschäft war schlecht für die Seele.

Vermutlich schlief Allegra. Er sollte sie wecken und dafür sorgen, dass sie Grace mit den Hühnern half. Er starrte auf ihre geschlossene Zimmertür und erwog es – doch seine Schmerzen waren zu stark für eine Konfrontation.

Eddie schlurfte die Treppe hinab in die Küche. Grace war bereits im Hühnerstall gewesen, schon zweimal wahrscheinlich. Auf der Theke warteten in Kartons sieben Dutzend Eier, ebenso wie Zutaten zum Lunch. Es sah aus, als hätte Grace Truthahn-Club-Sandwiches gemacht. Eddie war am Verhungern, scheute sich aber, etwas zu essen.

Er goss sich ein Glas Milch ein. Durch das offene Küchenfenster hörte er Grace weinen. Sicher war sie völlig verstört wegen Allegra und machte sich Vorwürfe. Jetzt sagte sie: »Ich habe Angst vor ihr. Ist das nicht das Schrecklichste, was du je gehört hast? Ich habe Angst vor meiner eigenen Tochter.«

Es war nicht das Schrecklichste, was Eddie je gehört hatte. Er hatte selbst ein wenig Angst vor Allegra. Sie war so *selbstsicher*, eine solche Autorität in ihrer eigenen Welt, dass er manchmal vergaß, dass sie erst sechzehn war. Natürlich hatte Eddie ein bisschen mehr Einfluss auf ihre Tochter als Grace, weil es in seiner Macht lag, wie viel sie ausgeben konnte, doch er fand Allegra ebenfalls einschüchternd.

Wer immer es war, mit dem Grace redete, murmelte eine Antwort, die Eddie nicht verstand. Wer war bei ihr? Kaum hatte er sich das gefragt, da wurde ihm klar, dass Grace sich dem Gärtner anvertraute. Benton Coe.

Findest du es nicht komisch, dass sie Benton mitgenommen hat?

Eddie trat hinaus auf die Terrasse. Trotz Graces Tränen nahmen sie und Benton anscheinend gerade ein nettes kleines Mittagsmahl ein. Zorn stieg in Eddie auf. Während er ackerte und sich um ihre Finanzen sorgte, picknickte Grace zu Hause mit dem Menschen, der eigentlich für sie beide arbeiten sollte.

Falls Eddie das Glück hatte, reinkarniert zu werden, würde er als Graces Gärtner wiederkommen.

»Hey«, sagte er.

Die Finger hinter dem Kopf ineinander verflochten, lehnte Benton sich in seinen Stuhl zurück. Er wirkte neben Grace ein wenig ungenierter, als Eddie es sich vielleicht gewünscht hätte, aber es schien nichts *Ungehöriges* zwischen ihnen vorzugehen. Es war nicht einmal so, dass Grace an seiner Schulter weinte. Ihre Ellbogen lagen auf dem Tisch, und sie betupfte sich die Augen mit ihrer Serviette. Und auf Eddies Ankunft reagierten sie nicht nervös oder erschrocken. Es sah nicht aus, als hätten sie etwas zu *verbergen*.

Benton stand auf. »Hey, Eddie«, sagte er und schüttelte ihm die Hand. »Grace hat mir gerade von letzter Nacht erzählt.«

Grace blickte ihn aus verweinten Augen an. »Wie geht's dir mit deinem Sodbrennen?«

»Schlimmer denn je«, sagte Eddie.

»Soll ich dir Cracker und Butter bringen?«, fragte Grace.

Eddie war sich nicht sicher, ob er auch nur die schaffen würde, aber es war peinlich, Babynahrung angeboten zu bekommen, weil er so etwas wie Speck und Tomaten nicht essen konnte – nicht einmal Gurkensalat mit Graces Buttermilch-Kräuter-Dressing.

»Ich brauche nichts«, sagte er und klang dabei wie ein schmollendes Kind.

Grace schob ihren Stuhl zurück und stand auf. »Ich hole die Cracker.«

Benton erhob sich ebenfalls. »Ich muss gehen. Die reizende Mrs Allemand wartet auf mich.«

»Edith Allemand?«, fragte Eddie.

Benton grinste. »Die und keine andere.«

Edith Allemand lebte in einem Haus in der Main Street, das Eddie jedes Mal, wenn er daran vorbeifuhr, zum Sabbern brachte. Neben dem Hadwen House und den Three Bricks gab es womöglich kein schöneres Beispiel für die Architektur der Walfangära auf Nantucket. Edith Allemand war ungefähr fünfhundert Jahre alt, aber immer noch hellwach und aktiv. Sie war die Art Frau, wie es Graces Beschreibung nach ihre Großmutter Sabine gewesen sein musste: unglaublich kultiviert und elegant. Sonst hätte Eddie vielleicht an ihre Tür geklopft und sie gebeten, das Haus für sie verkaufen zu dürfen.

»Meinen Sie, sie wird ihr Haus jemals verkaufen?«, fragte er.

»Nein«, sagte Benton. »Sie vermacht es der Nantucket Historical Association.«

Eddie war enttäuscht, obwohl er gewusst hatte, dass sie etwas sozial Verantwortliches damit tun, es zum Beispiel Historikern hinterlassen würde. »Die perfekte Verschwendung einer sechsstelligen Kommission«, sagte er.

Benton warf den Kopf in den Nacken und lachte, und Eddie gratulierte sich dazu, trotz seiner schauderhaften Schmerzen Witze machen zu können. Er mochte Benton Coe, befand er. Ein netter Typ und eindeutig Spitze in seinem Beruf, wenn Edith Allemand ihm vertraute.

Benton winkte. »War schön, Sie zu sehen, Eddie. Tut mir leid, die Sache mit Allegra, aber … auch die wird vorübergehen.«

»Oh, ich weiß«, sagte Eddie. »Vielen Dank.«

»Tschüss, Grace!«, rief Benton. »Nicht unterkriegen lassen – bis demnächst!«

Sie konnten Graces Stimme kaum von drinnen hören. »Danke! Tschüss!«

MADELINE

Sie wurde durch einen Anruf von Trevor geweckt.

»Du musst nach Hause kommen«, sagte er. »Wir haben hier eine Krise.«

Madeline wusste nicht, warum sie überrascht war, doch als Trevor ihr das Foto auf Bricks Handy zeigte, rang sie nach Luft. Allegra saß in heller Spitzenunterwäsche, einen Joint zwischen den Lippen, auf der Motorhaube von Ian Coburns Camaro. Ihr langes dunkles Haar war zerzaust, ihr Gesichtsausdruck entrückt und benommen. Ian Coburn trug nur eine Unterhose und hatte eine Flasche Whiskey zwischen den Beinen. Das Bild war widerlich, nicht so sehr wegen dem, was es zeigte, sondern wegen dem, was es andeutete.

»Ich vermute, sie treffen sich schon seit Monaten heimlich«, sagte Trevor.

»Oh mein Gott«, sagte Madeline. »Wie bist du an das Handy geraten?«

»Er hat es an die Wand geworfen«, sagte Trevor. »Oben ist ein Loch im Gipskarton, aber das Telefon hat überlebt.« Er verkleinerte das Bild, bis Allegra und Ian Coburn verschwunden waren. »Komplettschutz-Hülle.«

Wenn es doch auch für Menschen Komplettschutz-Hüllen

gäbe, dachte Madeline. Sogar von der Küche aus konnte sie Brick weinen hören – schreckliche, verzweifelte Schluchzer, durchsetzt mit lauten Flüchen.

Madeline stieg die Treppe hoch und stellte sich vor die geschlossene Tür. Sofort kam ihr die Erinnerung an Brick als Baby; sie hatte es nie ertragen, ihn schreien zu hören. Aber ihn als Sechzehnjährigen so todunglücklich zu erleben war weitaus schlimmer. Sein Schmerz war real, sein Herz gebrochen, er hatte an ein Mädchen geglaubt, hatte sie geliebt, und sie hatte ihn betrogen. Sie hatte einen anderen ihm vorgezogen, sie hatte es hinter seinem Rücken mit diesem Kerl getrieben. Sie hatte ihn gedemütigt.

Trevor kam leise die Treppe herauf. Es klang, als ob Brick auf seine Matratze einhämmerte.

»Was sollen wir tun?«, fragte Madeline.

»Was *können* wir tun?«, sagte Trevor. »Er hat Liebeskummer. Da muss er sich allein durchkämpfen, wie wir alle.«

Madeline schaute in die grünen Augen ihres Mannes. »Ich habe *keine*, ich wiederhole, *keine* Affäre mit Eddie Pancik.«

»Ich bin froh, dass du zu Hause bist«, sagte Trevor und nahm sie in die Arme.

Madeline wurde schwach vor Erleichterung. Sie drückte ihren Ehemann, so fest sie konnte.

»Warum?«, schrie Brick.

Warum?, dachte Madeline.

Wir mischen uns nicht ein, dachte sie. Brick und Allegra waren *Jugendliche* – dies war ihre erste Erfahrung mit all diesen verwirrenden Emotionen. Allegra war vom Wege anständigen Verhaltens abgekommen, aber wohl kaum als erster Mensch auf der Welt.

Wir mischen uns nicht ein.

Sie waren Jugendliche.

Das Festnetztelefon klingelte. Laut Anruferkennung war es der Haushalt der Panciks.

»Das ist bestimmt Allegra«, sagte Trevor. »Sie ruft schon den ganzen Morgen an.«

»Ach ja?«, sagte Madeline.

»Er will nicht mit ihr sprechen«, sagte Trevor. »Ich hab es einfach klingeln lassen.«

Ja, dachte Madeline. *Lass es klingeln.*

Wir mischen uns nicht ein.

Doch die Wut in Madeline kam ihr in die Quere. Keine Mutter sollte zuhören müssen, wie ihr Kind so leidet.

Du böses, böses Mädchen, dachte sie und nahm den Hörer ab. »Hallo?«

»Madeline?«

Es war Grace.

»Hey«, sagte Madeline.

»Du hast es wohl schon gehört?«

»Ja, habe ich.«

»Die Polizei hat heute Nacht um zehn nach drei angerufen«, sagte Grace. »Eddie musste sie von der Wache abholen.«

Madeline schwieg. *Wir mischen uns nicht ein.* Dieses Versprechen hatten sie sich aus einem bestimmten Grund gegeben – welcher war das noch mal gewesen?

»Ein paar Sekunden lang dachte ich, sie sei tot«, sagte Grace. »Eddie ist … Gott, er ist einfach wütend.«

Er ist wütend?, dachte Madeline.

»Er ist nicht zur Arbeit gegangen«, sagte Grace.

Nun, sogar Madeline musste zugeben: Das war überraschend. Eddie ging bis auf Weihnachten und Thanksgiving jeden Tag zur Arbeit. Er ging Ostern zur Arbeit, er ging am Muttertag zur Arbeit, er ging Neujahr zur Arbeit – nur für den Fall, dass jemand beschloss, auf Nantucket ein Haus zu kaufen. Aber wenn Madeline ihre eigenen Geschäftsbeziehungen mit Eddie zugrunde legte, lief beruflich weniger für ihn, als Grace wusste.

»Er ist nach unten gekommen, während Benton hier war«, sagte Grace. »Ich wusste, dass er zu Hause war, also lief natürlich nichts, aber es war mir trotzdem sehr unangenehm, beide unter einem Dach zu haben.«

Es war die Erwähnung von Benton, die den Ausschlag gab.

»Das Verhalten deiner Tochter war abscheulich, Grace.«

»Madeline, es tut mir leid …«

»Wir wussten es alle!«, sagte Madeline. »An dem Abend, als wir bei euch zum Essen waren, hat Ian Coburn ihr unaufhörlich gesimst. Und du und Eddie, ihr habt es zugelassen.«

»Nein«, sagte Grace. »Eddie hat sie gebeten, ihr Telefon abzuschalten.«

»Sie hat es Brick regelrecht unter die Nase gerieben!«, sagte Madeline. »Vor uns allen! Als ob sie unbedingt wollte, dass wir merken, womit sie da durchkommt.«

»Ich hab sie mit ihm gesehen«, flüsterte Grace.

»Was?«

»Sie haben sich auf dem Parkplatz vom Stop & Shop im Auto geküsst«, sagte Grace. »Ich hab sie gesehen, mir aber eingeredet, dass es nicht Allegra war. Dass sie so etwas nicht tun würde.«

»*Was?*«, fragte Madeline. »Wie lange ist das her?«

»Zehn Tage?«, sagte Grace. »Zwei Wochen?«

»Du wusstest es schon vor einer Woche und hast mir nichts erzählt? Und du hast Allegra nicht darauf angesprochen?«

»Ich wollte nicht …«

»Was wolltest du nicht?« Madeline trug das Telefon in ihr Schlafzimmer und schloss die Tür. »Du wolltest Allegra nicht mit dem konfrontieren, was sie Brick angetan hat, weil es genau dasselbe ist, was du Eddie antust?«

»Madeline …«

»Da ist der Apfel ja nicht weit vom Stamm gefallen«, sagte Madeline. »Allegra ist eine Betrügerin, und du, Grace, bist auch eine.«

Am anderen Ende blieb es still; Madelines Worte hatten Grace zweifellos zum Verstummen gebracht. Madeline fasste es nicht, dass sie sie laut ausgesprochen hatte, aber ein Tornado der Wut hatte sie mitgerissen – nicht nur wegen Allegra und Ian Coburn und der Tatsache, dass Grace offensichtlich *Bescheid gewusst* hatte, sondern auch wegen Eddie und der fünfzigtausend Dollar. Madeline wollte ihr Geld zurück! Und wenn sie schon dabei war, gab es noch andere Dinge, die an ihr nagten, die sie nur nie zur Sprache gebracht hatte. Zum Beispiel Graces Migräne. Die ganze Welt musste stillstehen und sich vor Graces allmonatlichen Schmerzen verneigen, doch als Madeline ihre dritte und schlimmste Fehlgeburt gehabt hatte, hatte Grace die Fünf-Uhr-Messe besucht, statt gleich ins Krankenhaus zu kommen. Grace erklärte ihr später, dass sie als Kommunionhelferin so schnell keinen Ersatz gefunden und für Madeline und die Seele des Babys gebetet habe, doch Madeline war trotzdem verletzt gewesen. Grace war ihre beste Freundin und hätte *alles* hintanstellen müssen, besonders da sie wusste, wie sehr sich Madeline noch ein Baby wünschte.

Und dann war da Madelines Verdacht, dass Grace *Insulaner*, ihr letztes Buch, gar nicht zu Ende gelesen hatte. Madeline hatte es vorigen Sommer in Graces Strandtasche gesehen, als Grace behauptet hatte, sie habe es bis Seite 150 »geschafft«. Und dann sah Madeline den Roman Monate später auf Graces Flurtisch liegen, und das Lesezeichen steckte noch immer auf Seite 150. Hatte Grace einfach aufgehört zu lesen? Es war Madeline zu peinlich gewesen nachzufragen, doch sie war sich ziemlich sicher, dass ihre beste Freundin das Buch nie ausgelesen hatte. Das lag vielleicht daran, dass … Graces Intellekt dafür zu erhaben war, weil sie am feinen Mount Holyoke Französische Literatur studiert hatte und nur Werke las, die sie für »wichtig« und »wertvoll« hielt.

Madeline konnte sich nicht erinnern, jemals so wütend gewesen zu sein.

»Du hast recht«, sagte Grace leise.

»Ich weiß, dass ich recht habe!«, schrie Madeline. »Und ich will mein Geld zurück!«

Damit knallte sie den Hörer auf und verspürte eine Sekunde lang *vollkommene Selbstgerechtigkeit*. Sie dachte an ihren Roman *B/G*. Vielleicht würde sie *keines* der Details verändern, sondern alle so lassen, wie sie waren, damit Grace Bescheid wusste!

Trevor klopfte an die Tür. »Schatz, ist alles in Ordnung?«, fragte er. »Mit wem hast du gesprochen?«

»Mit Grace«, stieß Madeline hervor. Dann brach sie in Tränen aus.

NANTUCKET

Officer Brancato schickte seiner Schwester Hollis das Foto, auf dem Allegra Pancik und Ian Coburn in Unterwäsche auf der Motorhaube von Ians Camaro saßen. Darunter schrieb er: *Deine BF steckt in GROSSEN SCHWIERIGKEITEN.*

Hollis Brancato war kein Engel. Insgeheim hatte auch *sie* ein Auge auf Ian Coburn geworfen. Zu erfahren, dass Allegra sich mit ihm traf, obwohl sie gleichzeitig offiziell Bricks feste Freundin war, löste bei ihr Alarm aus wie ein Feuermelder. Sie leitete das Foto an Kenzie und Bluto weiter. *Allegra ist eine Fremdgeherin, und hier ist der Beweis.* Allerdings benutzte sie nicht das Wort *Fremdgeherin,* sondern andere Ausdrücke, zu gemein, um sie zu wiederholen.

Von Kenzie und Bluto verbreitete sich die Nachricht zu Hannah, und Hannah fühlte sich genötigt, dem Menschen Bescheid zu geben, den die Nachricht am meisten anging, Brick Llewellyn, und dann verständigte sie Calgary und Taylor Rook und Parker Marz und den Rest von Bricks Baseballteam, damit er Verbündete hatte.

Bis Freitagnachmittag hatte mit Sicherheit jeder Schüler der Nantucket High School irgendeine Version dessen gehört, was Allegra und Ian Coburn passiert war, und die meisten hatten auch den fotografischen Beleg gesehen. Manche behaupteten, Ian sei in Handschellen ins Gefängnis gewandert, andere, er sei unterwegs nach Walpole. In Wahrheit hatte er nur eine Verwarnung bekommen – die Menge Kokain, die man in seinem Wagen gefunden hatte, war zu klein, um ihm die Absicht zu unterstellen, damit Handel zu treiben –, aber seine Eltern waren so besorgt, dass sie bereits mehrere Drogenentzugseinrichtungen an der Westküste unter die Lupe genommen hatten.

Welten kollidierten, als die blonde Sharon ihre beiden Kinder mit den ambitionierten Namen Sterling und Colby zu ihrem halbjährlichen Zahnreinigungstermin bei Dr. Andy McMann begleitete. Während andere Mütter sich im Wartezimmer mit Hilfe von *People* über Blake und Miranda und Kanye und Kim auf den neuesten Stand brachten, ging Sharon mit in den Untersuchungsraum und plauderte mit Janice, der Dentalhygienikerin.

»Und, sind Sie in letzter Zeit aus gewesen?«, fragte Janice.

»Ich war kürzlich auf der Sonnenuntergangs-Soirée für den Nantucket Garden Club«, erwiderte Sharon.

Janice blendete Sharon im Geiste aus, während sie mit einem Nachdruck, der Colby zum Zappeln brachte, an seinem Zahnbelag herumkratzte. Colby war erst sieben. Janice hatte bei einem Siebenjährigen noch nie solchen Zahnbelag erlebt und wollte Sharon das gerade mitteilen, als diese sagte: »Grace Pancik war mit Benton Coe da, ihrem Gärtner.«

»Wirklich?«, fragte Janice. »Waren sie tatsächlich *zusammen* da?«

»Schwer zu sagen«, meinte Sharon. »Offiziell nicht, glaube ich. Aber Jody Rouisse und ich haben die beiden allein an diesem kleinen Teich gesehen, und Grace hat geweint.«

Janice fragte sich, ob Grace das Gerücht über Eddie und Madeline King gehört hatte. Ob sie Benton Coe darüber ihr Herz ausgeschüttet hatte? Janice hätte Sharon fast gefragt, was sie dachte, doch sie war sich nicht sicher, ob Sharon das mit Eddie und Madeline bereits zugetragen worden war. Sie warf einen raschen Blick auf Sharon, die eine Menge wusste – aber vielleicht nicht alles.

»Und später habe ich dann gehört, dass Jean Burton glaubt, Grace sei *schwanger*«, sagte Sharon.

Hoppla! Diese Neuigkeit verblüffte Janice so sehr, dass sie Colby ins Zahnfleisch über seinem ersten Prämolar stach und Colby anfing zu weinen.

»Wenn Dr. Andy mitkriegen würde, dass wir über die Panciks tratschen, würde er mich *umbringen*«, sagte Janice. »Eddie ist unser Vermieter.«

»Okay, na gut«, sagte Sharon, »Sie haben es nicht von mir.«

Der einzige Mensch, dem Janice weiterzuerzählen wagte, dass Sharon ihr berichtet hatte, Grace und Benton seien zusammen auf der Sonnenuntergangs-Soirée gewesen und Grace habe geweint, weil sie entdeckt habe, dass sie schwanger sei, war Dr. Andy selbst.

»Was?«, entgegnete Dr. Andy. Nur wenige Informationen konnten Andrew McManns Gemütsruhe stören – aber diese schaffte es. Und hatte ihm Rachel nicht kürzlich erzählt, dass Madeline ein erotisches Buch schrieb, das womöglich auf ihren eigenen Erlebnissen mit Eddie Pancik basierte?

In seiner Mittagspause rief Dr. Andy Rachel im Büro von Bayberry Properties an. »Janice hat mir erzählt, dass Grace eine Affäre mit ihrem Gärtner hat.«

»Oh ja«, sagte Rachel. »Davon habe ich gehört.«

»Ach so«, sagte Dr. Andy und fühlte sich ein bisschen in seine Schranken verwiesen. »Glaubst du nicht, Madelines Buch könnte auch von Grace und dem Gärtner handeln und nicht von ihr selbst und Eddie? Hast du nicht gesagt, dass es um eine Frau und ihren Gärtner geht?«

»Innenarchitekten«, sagte Rachel und senkte ihre Stimme zu einem Flüstern. »Du willst Eddie ja nur aus der Sache raushalten, weil er dein *Vermieter* ist.«

Dr. Andy gestand sich ein, dass das zutreffen könnte. Er hatte die Illusion, dass Eddie, wenn er sich gut mit ihm stellte, aufhören würde, ständig die Miete zu erhöhen, was in den letzten anderthalb Jahren schon zweimal der Fall gewesen war. Dr. Andy hatte einen Auszug erwogen, aber nur wenigen Menschen war klar, welchen logistischen Albtraum das für eine Zahnarztpraxis bedeutete.

»Diese Pancik-Familie ist ganz schön verkorkst«, sagte Rachel. »Entsinnst du dich, was Calgary mir über Allegra erzählt hat?«

Dr. Andy gab ein nichtssagendes Geräusch von sich. Wenn Rachel anfing, über Teenagerdramen zu sprechen, blendete er sie aus. Seine letzte Erinnerung an Allegra Pancik war die an eine hübsche, freundliche junge Frau mit bezauberndem Lächeln und tadellosen Zahnputzgewohnheiten. Und dabei wollte er es auch belassen.

EDDIE

Er befand sich im Sinkflug.

Auf den Brief von der Bank folgte ein strenger Anruf von Philip Meier, Kreditberater: Eagle Wing Lane Nummer 9 und 11 würden an die Bank zurückfallen, wenn Eddie die letzten drei Hypothekenraten nicht zahlte, mit denen er bei beiden Häusern im Rückstand war.

Er würde sie verlieren. Es war an der Zeit, Nägel mit Köpfen zu machen.

Er ging auf dem Telefon seine Kontakte durch, einmal, zweimal dreimal. Gab es *irgendjemanden* in seinem Bekanntenkreis, den er fragen konnte? Sein Kumpel Lex von der Highschool war inzwischen Slumlord in New Bedford und der Einzige, der vielleicht das Geld und das Interesse hatte (obwohl zwei Luxusimmobilien auf Nantucket nicht ganz seine Liga waren) – doch als Eddie bei Lex anrief, verkündete eine automatische Stimme, die Nummer sei nicht mehr in Betrieb.

Also blieb nur Glenn Daley. Eddie machte sich nicht einmal die Mühe, es telefonisch zu versuchen. Glenn würde nur erkennen, dass es ihm todernst war, wenn Eddie direkt ins Büro von Bayberry Properties spaziert kam.

Und genau das tat er.

Rachel McMann saß Gott sei Dank nicht an ihrem Tisch. Wahrscheinlich war sie dabei, Kunden gleich aus den Touristenbussen anzuwerben.

Glenn versuchte, sich seine Überraschung nicht anmerken zu lassen. »Edward!«, sagte er. »Was verschafft mir denn *die* Ehre?«

Die beiden Männer schüttelten sich die Hände. Eddie deutete auf den Sessel vor Glenns Schreibtisch, der zum Glück durch drei Stellwände vom Rest des Raums getrennt war.

»Bitte«, sagte Glenn. »Setzen Sie sich.«

Es war schwer zu erklären, warum Eddie Glenn Daley so sehr hasste. Er war ein rundlicher, leutseliger Typ mit schütterem Haar, der Slip-on-Sneakers trug, eine laute, fröhliche Stimme hatte und immer wusste, wer am Abend zuvor welches Spiel gewonnen hatte und wo die Börse wann schloss, und immer gerade den Film gesehen hatte, über den alle redeten, oder das Buch gelesen hatte, das alle lasen. Am besten konnte Eddie es damit begründen, dass Glenn stets sein Rivale gewesen war, sein Gegner, den er schlagen wollte. Das lag vermutlich an den Übereinstimmungen zwischen ihnen – er und Eddie waren zur selben Zeit ins Immobiliengeschäft auf Nantucket eingestiegen und hatten zur selben Zeit ihre eigenen Agenturen eröffnet – und daran, dass Glenn seinen Job sehr gut machte.

Glenn war in den Neunzigern kokainabhängig gewesen – ein Gerücht besagte, dass die Provision für ein Haus in der India Street vollständig in seiner Nase gelandet war – und hatte dann eine sehr öffentliche Scheidung durchlebt, angeblich dreihunderttausend Dollar teuer. Viele Männer behaupteten gern, ihre Exfrauen seien verrückt, doch in Glenns Fall stimmte das. Ashland Daley hatte Glenn einmal mit einer geladenen Pistole durch den Supermarkt gejagt, und Eddie entsann sich, dass er damals gedacht hatte, das hätte keinem netteren Typen passieren können.

Aber Glenn hatte sich als Stehaufmännchen erwiesen. Er nahm keine Drogen mehr, Ashland zog nach Kalifornien, und Glenn begann, dank seines unbekümmerten Auftretens und seines Wunsches nach Selbstvervollkommnung jede Menge Häuser zu verkaufen.

Eddie nahm Glenn gegenüber Platz. Und dann erklärte er mit leiser Stimme: Bei der Bauplanung und -ausführung in der Eagle Wing Lane seien seine Augen größer gewesen als sein Mund und wolle Glenn jetzt ein unglaubliches Geschäft machen und Eddie aushelfen, indem er Nummer 9 und 11 kaufte? Eine Million Dollar für beide. Das totale Schnäppchen.

Glenn stieß einen Pfiff aus. »Eine Million Dollar.« Er griff nach Notizblock und Stift. »Wie viel haben Sie für die Grundstücke bezahlt?«

Eddie erwog zu lügen, doch Glenn brauchte nur zum Grundbuchamt zu gehen und nachzusehen. »Dreihundert insgesamt«, sagte er.

»Drei also«, sagte Glenn und schrieb *300* auf den Notizblock. »Und wie viel haben Sie reingesteckt? Keine dreihundertfünfzig pro Haus, auf keinen Fall, sie sind noch komplett im *Rohbau*, Ed. Ich bin vorbeigefahren.«

»Ungefähr zwei«, sagte Eddie.

Glenn knallte seinen Stift auf den Tisch. »Kommen Sie zu

mir, um mir die Hucke vollzulügen? Ich weiß, dass Schuyler Pine alle drei für den Preis von einem entworfen hat, weil Sie ihn als Präsidenten für den Jachtclub nominiert haben …«

»Moment mal«, sagte Eddie. »Woher wissen Sie das?«

Glenn riss das oberste Blatt aus seinem Notizblock, zerknüllte es und begann, auf ein neues Blatt zu kritzeln. »Lassen Sie Nummer 13 außen vor, Eddie, wenn Sie das Haus behalten wollen. Teilen Sie alles durch drei, nicht durch zwei. Also zweihundert für Grund und Boden. Und vielleicht, *vielleicht*, hundertfünfzig bisherige Baukosten … und das ist schon großzügig. Damit kommen wir auf fünfhundert. Ich verstehe nicht, wieso Sie dann eine Million Dollar verlangen.«

Eddie fiel wieder ein, warum er Glenn Daley hasste: Der Typ war ein Kotzbrocken! Natürlich forderte Eddie eine Million, damit er Nummer 13 fertigstellen und verkaufen konnte!

»Wenn die Häuser fertig sind«, sagte er, »können Sie sie für jeweils eins Komma zwei verkaufen. Zwei Komma vier bei einer Investition von einer Million, das sind fast anderthalb Millionen Profit.«

»Ich gebe Ihnen eine halbe Million«, sagte Glenn. »Ich rufe Ben Winford an und nehme Ihnen noch *heute* beide für eine halbe Million ab.«

Eddie starrte auf Glenns Zahlen. Eine halbe Million reichte aus, um die Hypotheken abzulösen und ungefähr ein Viertel seiner ursprünglichen Investition wieder hereinzuholen.

Dann bemerkte Eddie den Notizblock selbst. Er stammte aus dem Four Seasons in Santa Barbara.

»Hey«, sagte er und versuchte, einen klaren Gedanken zu

fassen, was allerdings zunächst nicht gelingen wollte. Als es dann klappte, schluckte Eddie. *Nein,* dachte er. *Auf keinen Fall.* Er zeigte auf den Block. »Haben Sie mal im Four Seasons in Santa Barbara übernachtet? Ich hab gehört, es soll da sehr nett sein.«

Glenn drehte den Notizblock um. »Das geht Sie nun wirklich nichts an, Eddie.«

Das ging ihn nichts an. *P* wie *privat*. Barbara schlief mit Glenn Daley! Schlief buchstäblich mit dem Feind! Sie machte Ausflüge an Orte wie Santa Barbara mit ihm und sprach über Geschäftsgeheimnisse wie Eddies Deal mit Schuyler Pine.

Eddies Kopfhaut kribbelte. Hatte Barbie Glenn verraten, was sie in der Low Beach Road taten?

Das würde sie nicht tun.

Oder doch?

Eignete sich vielleicht gut als Bettgeflüster. *Hey, weißt du was? Eddie und ich betreiben ein Bordell.*

Eddie versuchte, zu denken wie seine Schwester. Sie hatten sich ihr Leben lang sehr nahe gestanden, und doch war ihm ein Teil von Barbie, zumindest als Erwachsene, immer unzugänglich geblieben. *P* wie *privat*. Es gab Dinge, die Barbie ihn nicht wissen lassen wollte. Zum Beispiel … dass sie mit dem dicken, fetten, blöden, erfolgreichen ehemaligen Drogenabhängigen Glenn Daley schlief.

Hatte sie ihm von den Mädchen erzählt?

Nein, das glaubte Eddie nicht. Glenns Gesichtsausdruck hatte sich ein wenig verändert, und Eddie dachte: *Er weiß, dass ich Bescheid weiß.*

»Neunhundert«, sagte Eddie.

»Sechshundert«, sagte Glenn.

»Siebenhundert, und wir sind im Geschäft«, sagte Eddie, obwohl siebenhundert nicht ganz ausreichten, um ihn dahin zu bringen, wo er hinwollte. Aber es waren siebenhundert mehr, als er vor einer Viertelstunde gehabt hatte, warum es also nicht als Sieg bezeichnen?

Eddie setzte seinen Panamahut auf, den letzten, den er besaß. Er hatte für die anderen beiden Ersatz beschaffen wollen, doch für derartige Extravaganzen fehlte ihm das Geld.

Siebenhundert Riesen: die Hypotheken auf seine Gewerbeimmobilien und die ausstehenden Rechnungen für Nummer 13 und die Hypothekenraten für sein Haus bezahlen (mit denen er auch ein, zwei Monate im Rückstand war), Hester Phan ihren dämlichen »Erfolgsbonus« zahlen, Strom und Wasser und Lebensmittel und Benzin bezahlen wie alle Amerikaner. Vielleicht – *vielleicht* – blieb noch genug übrig, um die Fußböden und Arbeitsflächen in Nummer 13 installieren zu lassen, vielleicht konnte er mit einem Trockenbautypen und mit Malern reden und sich so weiter einem Verkauf annähern und Madeline dann versichern, dass sie ihr Geld bald erhalten werde.

»Ich lasse Ben die Papiere fertigmachen«, sagte Glenn.

Notargebühren. Siebenhundert Riesen reichten nicht annähernd.

P wie *privat*.

»Danke, Kumpel«, sagte Eddie.

Glenn Daley zog eine Augenbraue hoch, und Eddie schlenderte aus dem Büro.

GRACE

Die Veränderung war geringfügig, doch Grace bemerkte sie sofort. Benton löste sich eine Sekunde früher aus ihrem Kuss als sonst und sagte, er könne nicht zum Lunch bleiben.

Am Abend der Sonnenuntergangs-Soirée hatte er ihr *mitten auf der Straße* seine Liebe gestanden und Grace *in seinem eigenen Bett* geliebt (eine willkommene Abwechslung zum Gartenschuppen). Aber jetzt benahm er sich seltsam. Ob es ihn erschreckt hatte, dass Grace ihm am Freitagmorgen schon in der Einfahrt erzählt hatte, dass Eddie wegen des Fiaskos mit Allegra nicht zur Arbeit gegangen war, sondern noch schlief?

Vielleicht tat Benton aber auch nur das, was Männer eben tun, wenn sie einer Frau nahekommen und ihre Gefühle sie ängstigen.

Sie war sich nicht sicher, doch Bentons Timing hätte nicht schlechter sein können. Grace *brauchte* ihn. Sie hatte seit drei Tagen nicht mit Madeline gesprochen.

Habt ihr euch verkracht, du und Madeline?

Es war fast, als hätte die blonde Sharon es vorhergesehen. Die einzige Beziehung, auf die Grace *zählen* konnte, war zerbrochen. Madeline war *so wütend* gewesen. Grace hatte gar nicht gewusst, dass Madeline zu solcher Wut fähig war. Sie war immer so heiter und freundlich, so kalifornisch locker.

Sie schaffte alles spielend leicht. Sie lächelte, sie hörte zu, sie war sehr gut darin, »alle drei Seiten einer Geschichte«, wie sie es nannte, zu verstehen.

Grace vermisste sie sehr. Fünfzig- oder sechzigmal am Tag passierte etwas, bei dem Grace dachte: *Das muss ich Madeline erzählen*. Doch dann schaute sie auf ihr Telefon und dachte an Madelines Worte: *Allegra ist eine Betrügerin, und du, Grace, bist auch eine*. Und sie erschauerte. Madeline wollte nichts von ihr hören. Madeline hielt sie für eine gewöhnliche Hure.

Es tat *schrecklich weh*, dieses Zerwürfnis mit ihrer besten Freundin. Wahrscheinlich saß Madeline jetzt in ihrem Apartment und erwog, ihre Schreibdisziplin zu brechen und sich mit Rachel McMann zum Mittagessen zu verabreden.

Eddie musste Madeline ihr Geld zurückgeben. Vielleicht würde das ihre Wut mindern, und Grace konnte sie anrufen.

Und jetzt verhielt sich obendrein auch noch Benton seltsam.

»Ist alles in Ordnung?«, fragte Grace. »Du benimmst dich komisch.«

»Ich benehme mich nicht komisch«, sagte Benton. »Ich kann heute einfach nicht zum Lunch bleiben.«

»Es ist sonst keiner zu Hause«, sagte Grace, »falls es das ist, was dir Sorgen macht.« Eddie war wieder arbeiten, Hope war im Pfarrhaus, und Allegra war in der Stadt unterwegs, um sich einen ehrenamtlichen Job zu suchen. Sie musste sich stündlich bei Eddie oder Barbie *persönlich* im Büro melden. Weder Eddie noch Grace verließen sich darauf, dass sie sich nicht heimlich an den Strand verdrückte.

»Das macht mir überhaupt keine Sorgen«, sagte Benton und sah auf sein Handy. »Ich muss los.«

»Dann geh«, sagte Grace. »Du scheinst ja in Eile zu sein.«

Er seufzte. »Grace.«

»Wir haben nur noch zwei Wochen, bis sie kommen!«, sagte Grace und machte eine weit ausholende Geste mit der Hand. »Findest du diesen Garten präsentabel?«

»Fünfzehn Tage«, sagte Benton. »Und ja, finde ich.«

Grace wurde nicht schlau aus dem, was vor sich ging. Das hier war doch derselbe Mann, der ihr seine Liebe erklärt hatte, oder? Er hatte *gesagt*, es sei ihm egal, wer ihn höre.

Dann kam ihr der schlimmste Gedanke.

»Kommt McGuvvy heute? «, fragte sie. »Besucht sie dich?«

»Nein, Grace«, sagte Benton. »Sie besucht mich nicht. Ich habe keinen Kontakt mehr mit ihr – das weißt du doch.«

»Stimmt«, sagte Grace. »Tut mir leid. Du wirkst nur so distanziert, als wolltest du dich von mir zurückziehen.«

Benton steckte sein Handy in die Tasche und wandte sich Grace zu. »Wahrscheinlich solltest du deinen Töchtern mehr Aufmerksamkeit schenken.«

»Wie bitte? Willst du mir Erziehungsratschläge geben?«

»Ich hatte ein Gespräch mit Hope«, sagte Benton. »Es war keine große Sache, aber sogar *sie* hat mir erzählt, Allegra sei dabei, sich Ärger einzuhandeln. Ich befürchte, dass ich dich von deiner wichtigsten Verpflichtung abhalte.«

»Du … nein, das tust du nicht«, sagte Grace. »Die Mädchen sind … na ja, sie sind *sechzehn*. Wenn ich ihnen mehr Aufmerksamkeit schenken würde, würden sie mich nervig finden und mir sagen, ich soll sie in Ruhe lassen.«

Benton seufzte. »Du hast recht. Es steht mir nicht zu, dir Erziehungsratschläge zu geben.«

»Bedrückt dich sonst noch was?«, fragte Grace. »Hast du Angst, mir davon zu erzählen?«

Benton nickte langsam. »Ich glaube, die Leute reden über uns.«

»Wirklich?«

»Es gibt eine gewisse Donna, die für Mrs Allemand arbeitet, und die hat gehört, dass Madeline King einen erotischen Roman über eine Frau und ihren Innenarchitekten schreibt. Die Leute sagen wohl, es geht dabei um uns beide.«

»Madeline?«, sagte Grace. Madeline *schrieb* an einem neuen Roman, doch Grace hatte keine Ahnung, worum es darin ging.

»Du hast ihr doch nichts von uns erzählt, oder?«, fragte Benton.

»Nein«, erwiderte Grace und fürchtete, ihre Ohren würden in Flammen aufgehen und sie verraten.

»Ich weiß, dass sie deine beste Freundin ist«, sagte Benton.

»Meine beste Freundin *war*«, korrigierte Grace. »Wegen der Geschichte mit Allegra spricht sie nicht mehr mit mir.«

»Aber sie schreibt das nicht aus Rache, oder?«, fragte Benton.

»Nein«, sagte Grace, doch ihre Gedanken kehrten zurück zu dem Abend, an dem sie Madeline in ihr Arbeitszimmer gebeten hatte, und dann zu all den Telefonaten. Madeline kannte *jede* Einzelheit. Wenn sie *tatsächlich* ein Buch darüber schrieb … Aber nein, das würde sie nie tun, nicht einmal aus Rache.

Zwei Frauen an diesem Tisch werden die Person zu ihrer Linken hintergehen.

Grace schüttelte den Kopf, um klar denken zu können. »Wer ist Donna?«, fragte sie. »Und woher hat sie dieses Gerücht?«

»Sie ist wohl mit einem Mädchen namens Greta befreundet, und die ist Kinderfrau bei dieser Blonden, Sharon, die wir auf der Party getroffen haben.«

»O Gott«, sagte Grace. »Sharon ist schrecklich. Sie denkt sich ständig Geschichten aus und versucht, sie als wahr darzustellen.«

»Ich sage nur, was ich gehört habe.«

»Ich dachte, es sei dir *egal*, wer Bescheid weiß«, sagte Grace. »Das hast du neulich Abend jedenfalls behauptet.«

»Ich hatte getrunken.«

»Es ist dir also *nicht* egal.«

»Na ja, ich mag es nicht, wenn über mich getratscht wird. Ich habe einen Betrieb zu leiten. Ich verallgemeinere nur ungern, aber es sind die Frauen, die mich anheuern – und die Männer, die die Rechnungen bezahlen. Aber ein noch ungünstigeres Licht wirft das Gerücht auf dich, Grace. Ich will nicht, dass jemand schlecht von dir denkt.«

Grace holte tief Luft. »Ich bin bereit, Eddie zu verlassen.«

Bentons Miene spiegelte jungenhafte Hoffnung. »Wirklich?«

»Wirklich«, sagte sie. Dann dachte sie an die Zwillinge. Allegra war jetzt schon problematisch und Hope nicht sehr stabil.

Vielleicht las Benton ihr den Zweifel vom Gesicht ab,

denn er sagte: »Planen wir nicht zu weit voraus. Lass uns fürs Erste nur am Garten arbeiten.«

Grace nickte. »Okay.«

»Morgen bleibe ich zum Lunch, Grace, versprochen.« Er beugte sich zu ihr und küsste sie auf eine Weise, die ihr Innerstes nach außen kehrte. »Ich liebe dich.«

»Und ich liebe dich«, sagte Grace.

Benton schlenderte davon, und wenige Sekunden später hörte Grace den Motor seines Pick-ups. Sie rannte nach oben in ihr Arbeitszimmer, um Madeline anzurufen.

Dreimal Klingeln, viermal Klingeln, Mailbox.

»Es gibt das Gerücht, dass dein neuer Roman von einer Frau handelt, die eine Affäre mit ihrem Innenarchitekten hat«, sagte Grace, »und anscheinend denken manche Leute, dass es dabei um mich und Benton geht. Ich hoffe doch sehr, dass das nicht stimmt, Madeline.« Grace schluckte. »Ich hoffe sehr, dass das *nicht* stimmt.«

MADELINE

Sie hatte keine große Hoffnung darin gesetzt, dass Brick sein Herzeleid dadurch würde lindern wollen, dass er Zeit mit seiner Mutter verbrachte, aber Madeline bot es ihm an, und Brick akzeptierte. In der Woche nach Allegras Betrug unternahmen sie viel gemeinsam. Am ersten Tag holten sie sich Sandwiches bei Something Natural und fuhren zum Sesachacha Pond, wo Madeline sich ans Ufer setzte und Brick über seine Kopfhörer Musik hörte. Am zweiten Tag regnete es, also sahen sie sich im Dreamland Theatre einen Film an, beide mit einem Becher Popcorn und einer Schachtel Karamelldrops. Am dritten Tag radelten sie nach Madaket und dösten am Strand, bis die Sonne orange und rosa unterging – dann trafen sie sich mit Trevor bei Millie's zu Fisch-Tacos.

Am vierten Tag wollte Brick »zu Hause bleiben und chillen«, was immer das heißen mochte, und Madeline schrieb den ganzen Tag über in ihrer Wohnung.

Am fünften Tag fragte Brick Madeline, ob sie mit ihm und Parker Marz zum Cisco Beach fahren wolle.

»Klar«, sagte Madeline. Parker war zierlicher als Bricks andere Freunde, aber intelligent und witzig, und er verstand sich gut mit Erwachsenen. Madeline war gern in seiner Gesellschaft.

Als sie am Cisco auf den Parkplatz einbog, sagte sie: »Seid ihr sicher, dass ihr mich mitschleppen wollt? Ich könnte euch hier einfach rauslassen und später wieder abholen.«

»Sie sollten definitiv mitkommen, Mrs Llewellyn«, sagte Parker. »Unser soziales Ansehen wird sprunghaft steigen, wenn wir eine schöne Frau dabeihaben.«

»Reg dich ab, Kumpel«, sagte Brick, lächelte aber zum ersten Mal seit langem. »Das hier ist meine Mom.«

»Also, soll ich euch einfach absetzen?«, fragte Madeline ihn.

»Nein, Mom, komm mit. Das ist cool«, sagte Brick.

Madeline folgte den beiden an den Strand und stellte drei Stühle auf. Cisco war die Heimat der Surfer von Nantucket – junge Männer in Neoprenanzügen standen besitzergreifend neben ihren Brettern und den hinreißenden unterernährten Mädchen, die sie anhimmelten. Madeline erkannte auch einige Surf-Veteranen – Sultan Nash zum Beispiel, den Anstreicher, und Thornton Bayle, den Asphaltierkönig –, die für die Wellen ihre Arbeit schwänzten. Und dann gab es eine Menge Anfänger – von Jugendlichen in Bricks Alter bis hinunter zu Viert- und Fünftklässlern.

Brick stürzte sich zum Bodysurfen ins Wasser, während Parker sich in den Stuhl neben Madeline fallen ließ.

»Ich glaube, es geht ihm jeden Tag ein bisschen besser«, sagte Parker.

Madeline hätte fast gelacht. »Wirklich?«

»Er ist mein Bruder«, sagte Parker. »Und diese … entschuldigen Sie meine Ausdrucksweise, Mrs Llewellyn, dieses *Luder* Pancik hat ihm übel mitgespielt. Das ist das Risiko, das man eingeht, wenn man eine Schönheit wie sie datet. Allegra ist das beliebteste Mädchen auf unserer Schule – na ja, sie und Hollis; ich meine, ich habe keine Chance auf eine Verabredung mit jemandem ihres Kalibers, aber das Gute ist« – Parker streckte einen Arm aus, um auf Brick zu zeigen, der allein über die Dünung trieb –, »dass ich auch nie solchen Liebeskummer habe.«

»Ihr seid alle noch so jung«, sagte Madeline. »Brick und Allegra waren vielleicht zu unreif für eine exklusive Beziehung.«

»Das klingt, als wollten Sie Allegra in Schutz nehmen, Mrs Llewellyn«, sagte Parker. »Aber Sie sollten nicht so nachsichtig sein. Allegra hat Brick seit *Längerem* betrogen. Ich hab sie schon im April mit Ian in der Cape Cod Mall gesehen, am *Chanel-Stand*. Es ist doch *total offensichtlich*, worum es Allegra geht. Sie hat sich einen älteren Typen mit Geld ausgesucht. Brick hatte nie eine Chance!« Parker stieß einen gequälten Seufzer aus. »Ich hoffe bloß, dass unser Junge sich nicht unterkriegen lässt.«

Madeline drückte Parkers Arm. »Er hat Glück, einen so guten Freund wie dich zu haben.«

»Ich liebe ihn«, sagte Parker. »Er ist mein Bruder.«

Madeline lächelte, dann holte sie ihren Notizblock aus ihrer Büchertasche.

»Ist das Ihr neuer Roman?«, fragte Parker. »Meine Mom sagt, er ist ein echter Hammer.«

Madeline hatte Graces Nachricht erhalten – *Ich hoffe doch sehr, dass das nicht stimmt, Madeline. Ich hoffe sehr, dass das* nicht *stimmt* –, aber das hinderte sie nicht am Weiterschreiben oder auch nur daran, ihr Tempo zu verlangsamen. Sie würde mit *B/G* fortfahren, bis Eddie ihr das Geld zurückzahlte!

Sobald Madeline wieder zu Hause war, fing ihr Telefon an zu surren. Rachel McMann. Sie war versucht, sie auf die Mailbox weiterzuleiten, andererseits aber auch ausgehungert nach weiblicher Interaktion. Sie sehnte sich jede Sekunde jedes einzelnen Tages nach Grace.

»Du wirst es nicht glauben«, sagte Rachel.

Madeline schniefte. Es gefiel ihr schon jetzt nicht, wie dieses Gespräch verlief.

»Was denn?«, fragte sie.

»Ich hab gehört«, sagte Rachel, »dass Grace Pancik …«

»O Gott«, sagte Madeline.

»… zur Sonnenuntergangs-Soirée Benton Coe, ihren Gärtner, mitgenommen hat und Jean Burton glaubt, dass sie schwanger ist.«

»Schwanger?«, wiederholte Madeline. »Grace?« Das versetzte ihr einen Stich. Sie selbst hatte immer wieder versucht, ein weiteres Baby zu bekommen, und falls Grace jetzt *versehentlich* von Benton Coe schwanger geworden war …

Aber nein, nein, unmöglich. Das war Tratsch von der heimtückischsten Sorte.

»Rachel«, sagte Madeline. »Zwischen Grace und Benton Coe läuft nichts. Grace ist *glücklich* mit Eddie verheiratet. Also bitte, Rachel …«

»Ja?«

»Kümmere dich um deinen eigenen Kram.«

EDDIE

Als er ins Büro trat, beherrschte ihn ein einziger Gedanke. Nach seinem Treffen mit Glenn Daley hatte er versucht, Barbie zu Hause zu erreichen, und er hatte ihr zwei Nachrichten auf dem Handy hinterlassen – keine Antwort.

Eloise war da, telefonierte aber. Eddie ließ sich Barbie gegenüber in den Sessel fallen. Sie trug ein rotes Wickelkleid von Diane von Furstenberg, zehn Zentimeter hohe Manolos und die Riesenperle um den Hals.

Eddie fragte sich, ob Glenn Daley diese Perle wohl je zwischen seinen Zähnen gehalten hatte.

»Ich verkaufe Nummer neun und elf in der Eagle Wing Road an Glenn Daley«, sagte er.

»Ja«, sagte sie, »ich weiß.«

»Du weißt?«

»Jemand aus seinem Büro hat die Papiere rübergeschickt«, sagte Barbie. Auf ihrem Schreibtisch standen zwei große Kaffeebecher aus dem Handlebar Café, Barbies neuestem Lieblingsladen. Sie reichte Eddie einen, der üppig mit Milch aufgefüllt war.

»Danke«, sagte Eddie. Barbie holte ihm nie Kaffee. Dies war also ein Friedensangebot beziehungsweise eine Bitte, sie nicht dafür zu hassen, dass sie mit Glenn Daley schlief. Eddie hätte das Thema gern angesprochen, fürchtete aber, es würde sie beide in Verlegenheit bringen. Nun, er würde sie zumindest wissen lassen, dass er Bescheid wusste. Definitiv.

»Ab jetzt«, sagte er, »werde *ich* das mit den Mädchen regeln.«

Barbie warf einen Blick auf Eloise und nickte. Sie wirkte so verdammt unbekümmert, dass Eddie am liebsten ihren Tacker ergriffen und durchs Büro geschleudert hätte, um ihr eine Reaktion zu entlocken.

»Okay?«, fragte er.

»Okay«, sagte sie.

Die nächste Gruppe, die in über zwei Wochen fällig war, kam von Nightbill, einer Art Revisions- oder Steuerberatungsfirma aus Kansas City. Die Kontaktperson war ein Mann namens Bugsy Greer.

Bugsy?, dachte Eddie. Er hatte sich das Foto des Typs im Internet angeschaut. Ehrlich gesagt sah er aus wie aus einem Gruselkabinett. Er war vollkommen kahl, und mit seinen Zähnen stimmte etwas nicht. Eddie hatte sich unter Schaudern gefragt, welches der Mädchen mit Bugsy Greer würde schlafen müssen, dann aber versucht, an etwas Angenehmes zu denken – Heißluftballons, Weihnachtsbäume.

Er war *sehr nervös*, als er sich auf den Anruf vorbereitete. Deshalb verließ er mit seinem Handy das Büro und schlenderte am Rand des Parkplatzes des Nantucket Yacht Club hin und her. Jetzt war Sommer, was bedeutete, dass er vorsichtiger sein musste, sonst würde ihn der in seinem Häuschen stationierte Wärter auffordern, sich zu verziehen, oder eine der alten Damen mit ihren inseltypischen Rattankörbchen würde über ihn schimpfen.

Neben einem nagelneuen Range Rover blieb er stehen. Er wünschte, er hätte besser zugehört, wenn Barbie diesen Gruppen ihren Vorschlag unterbreitet hatte.

Bugsy meldete sich. »Hallo?«

Eddie sprach so schnell, dass er über seine eigenen Worte stolperte. *Hey, Bugsy, hier ist Ihr Immobilienmakler auf Nantucket. Freuen Sie sich schon auf die Insel? Brauchen Sie Reservierungen zum Essen? Fürs Pearl? Cru? Ventuno?*

Und dann sagte er: *Passen Sie auf, hier ist noch was Vertrauliches. Unser Putztrupp besteht aus fünf Russinnen, die noch mehr tun als putzen.*

»*Wirklich?*«, sagte Bugsy, jetzt munterer als zuvor.

»Wirklich«, bestätigte Eddie. »Sie können abends wiederkommen, wenn Sie mögen.«

»Wir mögen«, sagte Bugsy.

»Gut«, sagte Eddie und atmete ein paarmal tief durch. »Sie verstehen mich also?«

»Ich glaube schon«, sagte Bugsy. »Wie viel?«

»Zwölftausend pro Nacht«, sagte Eddie. Er hatte zugleich ein schlechtes und ein gutes Gefühl dabei, den Preis zu erhöhen. Die beiden zusätzlichen Riesen würde er behalten.

Mit Glenn Daley zu schlafen!

»Das geht in Ordnung«, sagte Bugsy.

»Zahlen Sie pro Nacht oder alles auf einmal?«, fragte Eddie.

»Was ist Ihnen lieber?«

»Alles auf einmal«, sagte Eddie. »Wenn Sie es so deichseln können, Bugsy?«

»Das kann ich«, sagte Bugsy. »Bugsy« war offensichtlich eine Art Spitzname, und Eddie kam sich lächerlich dabei vor, ihn zu benutzen. »Ich kann alles deichseln.«

»Ihr Selbstbewusstsein gefällt mir«, sagte Eddie.

Als Eddie ein paar Tage später seine Mailbox checkte, enthielt sie eine Nachricht von Madeline. Er dachte, sie habe vielleicht angerufen, um ihr Entsetzen oder ihre Wut über Allegras Verhalten auszudrücken, und er war bereit, ihr alle Strafen aufzuzählen, die er seiner Tochter aufgebrummt hatte. Er hatte ihr das Handy weggenommen und ihr bis auf Weiteres Hausarrest gegeben. Kein Strand mit Freundinnen, keine Partys, und den Coburn-Knaben durfte sie nie wiedersehen.

Aber wie sich herausstellte, ging es Madeline nicht um Allegra.

Ich habe Layton Gray angerufen, Eddie, lautete die Nachricht.

Layton Gray war der Anwalt der Llewellyns, genau derjenige, den Eddie selbst ihnen empfohlen hatte, als sie jemanden für einen Vertragsabschluss gebraucht hatten. *Er wird Schritte gegen dich einleiten, wenn du uns das Geld nicht bis Ende nächster Woche zurückzahlst. Ich bin großzügig, Eddie. Dir bleiben noch zehn Tage.* Dann legte sie auf.

»Was?«, sagte Eddie. »Kein auf Wiedersehen?«

Er würde Nummer 9 und 11 an Glenn Daley verkaufen und Madeline und Trevor mit einem Teil des Erlöses auszahlen. Er würde sich von seinen Schulden befreien und von nun an auf dem Pfad der Tugend wandeln – sobald er konnte.

Er rief zu Hause an, um sich nach Grace und den Mädchen zu erkundigen. Wie lange war es her, dass er einfach nur so angerufen hatte? Das würde er jetzt öfter tun, beschloss er. Jeden Tag.

»Hi, Eddie«, sagte Grace. Sie klang verblüfft. »Alles okay?«

»Wollte mich nur mal melden!«, sagte Eddie. »Wie läuft's denn so? Sind die Mädchen zu Hause?«

»Ja«, sagte Grace. »Sie sind beide hier. Sie müssen heute nicht arbeiten, daher gehen wir zum Mittagessen ins Galley.«

Eddie fragte sich, ob ein »Hausarrest« für Allegra allen Ernstes bedeuten konnte, dass sie zum Lunch ins Galley eingeladen wurde. Aber er wusste, wie sehr Grace sich gemeinsam verbrachte Zeit mit den Zwillingen wünschte, und zu der würde es nie kommen, wenn Allegra keinen Hausarrest hätte – eine traurige Tatsache. Eddie selbst ging gern zum Mittagessen oder auf einen abendlichen Cocktail ins Galley, was er diesen Sommer allerdings noch nicht getan hatte. Es war kostspielig. Er wünschte sich, Grace wäre strenger und hätte vorgeschlagen, dass Allegra den Rasen mähte.

»Allegra wirkt … verändert«, sagte Grace.

»Positiv oder negativ?«, fragte Eddie.

»Positiv«, meinte Grace. »Als würde sie tatsächlich bereuen.«

»Na ja, das sollte sie auch«, sagte Eddie. Er musste auflegen, bevor sich seine gute Laune vollkommen verflüchtigte. »Schön zu hören, dass es sich in diese Richtung entwickelt. Viel Spaß beim Lunch!«

»Den werden wir haben«, sagte Grace.

HOPE

In nur vier Tagen war Allegras Welt implodiert wie ein sterbender Stern.

Am Morgen danach hatte Hope nachgegeben und Allegra ihr Telefon benutzen lassen, um Brick und Hollis und ihren anderen Freunden zu simsen – aber die Resultate waren nicht schön. Brick schrieb ihr, sie solle ihn nie wieder kontaktieren. Sie habe ihn zum Gespött gemacht. Er habe sie so sehr geliebt, wie es ihm möglich gewesen sei, doch das sei offenbar nicht genug oder nicht die richtige Art Liebe gewesen, was in Ordnung sei, aber er wolle keine weitere Sekunde an sie verschwenden. *Mach's gut und viel Glück,* schrieb er.

Seine ruhigen, entschlossenen Worte brachten Allegra völlig zum Ausflippen. Hope hatte noch nie erlebt, dass ihre Schwester derartig die Fassung verlor. Allegra *kreischte,* raufte sich die Haare und tobte durch Hopes Zimmer, als suchte sie nach einem Fluchtweg von der *Titanic.* Sie starrte Hopes Handy an und fragte: »Was soll ich ihm sagen? Wie überrede ich ihn, mir zu verzeihen?«

Hope seufzte. Sie wünschte, ihr fielen irgendwelche magischen Worte ein, die ihrer Schwester helfen würden. Doch sogar mit dem bisschen Erfahrung, das Hope mit Beziehungen hatte, wusste sie, dass Brick für Allegra zu diesem Zeitpunkt unerreichbar war. Vielleicht würde er ihr in zehn oder eher zwanzig oder dreißig Jahren vergeben – wenn er sechsundvierzig war und selbst eine stürmische sechzehnjährige Tochter hatte.

»Ich weiß nicht«, sagte sie.

Allegra reichte Hope das Telefon und sagte: »Hier, schreib du ihm. Er hat dich immer gemocht. Er *respektiert* dich. Erklär ihm, dass es mir nicht gut geht. Bitte ihn, zumindest meinen Anruf anzunehmen.«

»Okay«, sagte Hope und schickte Brick eine SMS, die *Heißes Glas sieht aus wie kaltes Glas* lautete.

Sie wartete. Auf ihren Geheimcode würde er doch bestimmt reagieren?

Nichts.

Es geht meiner Schwester nicht gut. Sie ist vermutlich zu egoistisch, um sich tatsächlich umzubringen, aber Ängste und Depressionen sind wahrscheinlich. Kannst du bitte einfach mit ihr reden? Danke. Deine Freundin Hope.

Bitte kontaktiere mich nie wieder, antwortete Brick.

Ich bin's, Hope. Wirklich. Heißes Glas sieht aus wie kaltes Glas.

Ja, ich weiß, Hope, simste Brick. *Bitte kontaktiere mich nie wieder.*

Hope war bestürzt. So hatte sie sich das nicht vorgestellt. Hope und Brick hätten eine geheime Verbundenheit entwickeln sollen, eine verständnisvolle Sympathie füreinander, die dazu führte, dass Brick sich in sie verliebte. Brick hätte erkennen sollen, dass Hope all das war, was auch Allegra war, nur außerdem noch zuverlässig, freundlich und aufrichtig.

Hope warf das Telefon aufs Bett. »Anscheinend hasst er mich auch.«

Allegra fing an zu jammern. Sie griff nach dem Handy, um noch einmal anzurufen, und in dem Augenblick erschienen auf dem Bildschirm Nachrichten von Hollis, Hannah, Kenzie und Bluto. Keine davon war besonders nett. Hope las über Allegras Schulter hinweg mit und schreckte zurück vor den Namen, mit denen sie sie beschimpften: *Säuferin, Kifferin, magersüchtige Schlampe*.

»Sehe ich magersüchtig aus?«, fragte Allegra und zeigte Hope das Foto.

»Na ja, dick wirkst du jedenfalls nicht«, sagte Hope in einem Ton, der Zuversicht vermitteln sollte. In der Tat war die Aufnahme von Allegra trotz der schrecklichen Begleitumstände irgendwie toll. Ohne Schnaps und Joint hätten Allegra und Ian für ein Parfüm posieren können. »Vielleicht verbreitet sich das Bild wie ein Lauffeuer und fällt jemandem in einer Model-Agentur auf.«

Allegra warf ihrer Schwester einen hoffnungsvollen, wässrigen Blick zu. »Glaubst du? Vielleicht?«

Von Bluto traf eine SMS ein: *Lügnerin, Fremdgeherin, Nutte.*

»Vielleicht«, sagte Hope.

Allegra wehrte sich beherzt. Für Hollis und Kenzie fand sie einige ausgesuchte Worte, und ihr Zorn auf Bluto entlud sich darin, dass sie ihn einen fettärschigen Sukkubus nannte. Als ihr nichts mehr einfiel, ließ sie sich neben Hope rücklings aufs Bett fallen.

»Ich weiß nicht, was ich tun soll«, sagte sie.

»Die beruhigen sich schon wieder«, meinte Hope.

»Das spielt dann auch keine Rolle mehr. Die Zahnpasta ist aus der Tube. Wenn du jemanden als Lügnerin und Fremdgeherin und Nutte bezeichnest, kannst du das nicht zurücknehmen. Die Beziehung ist dann einfach kaputt. Es ist alles Hollis' Schuld. Sie wartet seit Jahren darauf, mich fertigzumachen.«

Hope musste einräumen, dass das stimmen könnte. Hollis und Allegra waren einander ziemlich ebenbürtig, nur hatte Allegra einfach immer ein klein wenig mehr Glück gehabt. Jetzt, da sie sich als fehlbar erwiesen hatte, konnte Hollis den Titel der Bienenkönigin ganz für sich allein reklamieren.

»Auch das wird vorübergehen«, sagte Hope.

»Und was tue ich bis dahin?«

Hope verstand die Frage nicht und sagte das auch.

»Was fange ich *an*, bis es ›vorübergeht‹?«, sagte Allegra. »Ich habe keinen Job wie du. Und zum Strand kann ich nicht. Zum einen darf ich das Haus nicht verlassen, aber selbst wenn ich keinen Hausarrest hätte, könnte ich nicht allein zum Strand.«

»Na ja«, sagte Hope, »du könntest lesen.«

»Lesen?« Allegras Tonfall drückte echte Verwunderung aus, als wollte sie sagen: *Was? Warum sollte ich das tun?*

Hope warf ihrer Schwester das Exemplar von *Lolita* zu. Sie hatte es vor kurzem ausgelesen und konnte nun endlich für sich beanspruchen, eine Persönlichkeit zu sein. Das Buch war hervorragend gewesen, originell und sonderbar, und es hatte sie zum Nachdenken angeregt.

»Lies das«, sagte Hope. »Es kommen einige hochtrabende

Worte darin vor. Es wird deine Punktezahl in Kritischem Lesen verbessern.«

Allegra musterte den Einband skeptisch. »*Lolita*. Vladimir Nabokov. Ist es überhaupt auf *Englisch*?«

»Ja«, sagte Hope. »Es handelt von einem erwachsenen Mann namens Humbert Humbert, der eine Dreizehnjährige verführt und mit ihr durch Amerika fährt.«

»Krank«, sagte Allegra, aber Hope merkte, dass ihr Interesse geweckt war.

Allegra verbrachte den schlimmen ersten Tag durchgehend in Hopes Zimmer mit Lesen und Dösen, und Hope blieb bei ihr. Sie ackerte sich durch den Großteil von *Das Haus der Freude*, und dann übte sie Flöte. Sie redete sich ein, dass sie in ihrem Zimmer blieb, um aufzupassen, dass ihre Schwester nichts Blödes anstellte, doch in Wahrheit genoss sie ihre wortlose Kameradschaft. Nachdem Hope einige Sätze aus Mozarts Flötenkonzert in G-Dur gespielt hatte, sagte Allegra, die auf dem Rücken liegend an die Decke starrte, *Lolita* aufgeschlagen auf der Brust: »Du bist wirklich gut. Ich wünschte, ich wäre gut in irgendwas.«

»Du bist in vielen Dingen gut«, sagte Hope.

»Worin denn?«

Hope nahm die Flöte auseinander und säuberte das Mundstück. Die Dinge, in denen Allegra gut war – hübsch zu sein, beliebt zu sein –, waren momentan ziemlich diskreditiert.

»Worin, Hope?«

»In vielem«, sagte Hope. »Ich werde dir jetzt nicht deine vielen Talente aufzählen.«

»Weil du das nicht kannst«, sagte Allegra. »Weil ich keine Talente habe. Weil ich ein gemeines, treuloses, verlogenes Flittchen bin.«

»Ach, hör auf«, sagte Hope. »Du hast einen Fehler gemacht, das ist alles. Wir sind jung. Man erwartet von uns, dass wir Fehler machen, um aus ihnen zu lernen und uns weiterzuentwickeln.«

»Nenn mir eine gute Eigenschaft, die ich habe«, sagte Allegra. »Bitte. Nur eine.«

»Du hast ein fantastisches Stilgefühl«, sagte Hope.

Allegra schwieg mit geschlossenen Augen. »Stimmt«, sagte sie dann. »Das habe ich.«

Hope vermutete, dass Allegras neu entdeckte Demut kurzlebig sein und sie am Ende dieses ersten Tages Hopes Gesellschaft satthaben würde. Doch das war nicht der Fall, und in der zweiten Woche gelang es Allegra, in der Weezie Library for Children einen ehrenamtlichen Teilzeitjob zu ergattern, bei dem sie Bücher in Regale sortierte. Ihre Mutter war so erfreut darüber, dass sie ein Mittagessen im Galley nur zu dritt vorschlug. Allegra stimmte nicht nur zu, sondern wirkte sogar regelrecht begeistert. *Begeisterte* es sie, in der Öffentlichkeit mit Grace und Hope gesehen zu werden? Na ja, es erlaubte ihr, das Haus zu verlassen – sicher eine Wohltat für sie –, und das Galley war elegant, sodass sie Gelegenheit hatte, sich herauszuputzen. Hope zog ihr trägerloses Lilly-Pulitzer-Kleid mit dem türkis-weißen Schmetterlingsmuster an, Allegra ein jadegrünes langes Modell von Tbags Los Angeles und Gladiator-Sandalen. Hope flocht sich einen französischen Zopf, Allegra dagegen entschied sich für eine etwas zerzaust wirkende Frisur aus halb hochgestecktem, halb locker fallendem Haar, die direkt aus der *Vogue* stammte.

»Es ist echt unfair, wie schön du bist«, sagte Hope.

Allegra wirkte aufrichtig verlegen. »Du siehst doch genauso aus wie ich«, sagte sie. »Wir sind *eineiige Zwillinge.*«

»Nur dass du Alice bist«, sagte Hope, »und ich bin die Haselmaus.«

»Hör auf«, sagte Allegra, hob das Ende von Hopes Zopf und kitzelte damit deren Nase. »Wir können beide Alice sein.«

Das Mittagessen im Galley war vergnüglich und etwas ganz Spezielles, obwohl Grace alle fünf Minuten hervorhob, wie vergnüglich und speziell es sei. Grace machte am Eingang des wunderschönen Strandrestaurants ein Foto von ihren Töchtern und bat ihren Kellner dann, als sie am Tisch saßen, eine Aufnahme von ihnen dreien zu machen.

»Das sind meine Zwillinge«, verkündete sie so laut, dass die Hälfte der anderen Gäste sie hören konnte. »Ich fasse es nicht, welches Glück ich heute habe. Was für ein besonderer Tag!«

Hope wandte sich Allegra zu, um gemeinsam mit ihr die Augen zu verdrehen, aber Allegra lächelte ihre Mutter allen Ernstes an.

???, dachte Hope. Allegra schien diesen Mutter-Tochter-Tochter-Lunch *total* zu genießen. Es war geradezu unheimlich. Vor einem Monat hätte Allegra rundweg abgelehnt, wenn Grace diesen Ausflug vorgeschlagen hätte. Oder sie hätte – wenn Grace genügend auf die Tränendrüsen gedrückt oder ihr gedroht hätte – verdrießlich dagesessen und die ganze Zeit über gesimst.

Jetzt hatte sie natürlich kein Handy mehr oder jemanden, dem sie simsen konnte.

Grace bestellte ein Glas Weißwein, Allegra eine Cola light, Hope einen Eistee. Sie stießen an, und Grace sagte: »Das macht solchen Spaß! Das ist so was Besonderes. Danke, dass ihr mitgekommen seid.«

»Dafür brauchst du dich doch nicht zu bedanken«, sagte Allegra. »Du bist unsere *Mutter.*«

Vielleicht ist Allegra so nett, weil sie hofft, dass dann ihr Hausarrest aufgehoben wird, dachte Hope. Allegra wirkte so überzeugend, dass es tatsächlich klappen könnte.

Grace bestellte die Gazpacho und das Omelette mit Gruyère und Frühlingszwiebeln, Allegra den Hummersalat und Hope den gemischten grünen Salat mit Blaubeeren und Ziegenkäse und Pommes dazu. Von ihrem Tisch aus hatten sie einen Blick auf den weißen Strand, das Rettungsschwimmerhäuschen, die blauen, grünen und gelben Sonnenschirme des Cliffside und das friedliche blaue Wasser des Nantucket Sound. Segelboote sprenkelten den Horizont, und die Fähre bahnte sich ihren Weg hinüber nach Hyannis. Eine Brise lüpfte den Rand der Markise.

»Wie ihr ja wahrscheinlich wisst«, sagte Grace, »kommen nächste Woche Leute vom *Boston Globe,* die einen Artikel mit Fotos von unserem Garten bringen wollen. Also wird Benton oft da sein, um zu helfen, dass der Garten fertig wird.«

»Welcher Benton?«, fragte Allegra.

»Moms Gärtner«, sagte Hope. »Er ist derjenige, der mir *Lolita* empfohlen hat.«

»Das Buch gefällt mir gut«, sagte Allegra. »Ich meine, es ist verstörend, aber sehr interessant. Was liest du gerade, Hope?«

»*Das Haus der Freude*, Edith Wharton«, sagte Hope.

»Das habe ich vor ewigen Zeiten gelesen«, sagte Grace, »in meinem ersten Jahr am Holyoke.«

»Vielleicht nehme ich mir das als Nächstes vor«, sagte Allegra.

Wo ist meine Schwester?, dachte Hope.

Sie bestellten einen Brownie-Eisbecher mit drei Löffeln, und Grace ließ sich einen Cappuccino und die Rechnung bringen. Während sie zahlte, stupste Allegra Hope unter dem Tisch an. Mrs Kraft, ihre Englischlehrerin, kam direkt auf sie zu.

»Da sind ja die reizenden Damen Pancik beim Lunch«, sagte Mrs Kraft und strahlte den Tisch an.

Grace stand auf und gab Mrs Kraft einen Luftkuss. »Hallo, Ruth.«

Hope fragte sich, ob von ihr und Allegra erwartet wurde, dass sie Mrs Kraft ebenso begrüßten. Ihrer Englischlehrerin einen Luftkuss geben? Sie konnte sich zu nichts anderem als einem Winken durchringen. Ruth Kraft – alle Schüler nannten sie hinter ihrem Rücken Ruthie – umschwebte eine Kumuluswolke aus krausen braunen Locken. Sie hatte eine Ausbildung als Opernsängerin, und ihr Markenzeichen war es, die Worte, die sie betonen wollte, hervorzuschmettern. Besonders Allegra imitierte sie gern.

Vergleich ich diiiiiich mit einem Sommmmertag?

Mrs Kraft hatte Allegra eine Vier gegeben, aber trotzdem strahlte Allegra sie mit engelhaftem Lächeln an. »Hallo auch, Mrs Kraft!«

»Und wie läuft *unser* Sommer?«, fragte Mrs Kraft. Irgendetwas an ihrem Ton deutete darauf hin, dass sie tatsächlich auf Informationen abzielte. War es möglich, dass *Mrs Kraft* gehört hatte, wie Allegra in Unterwäsche mit Ian Coburn beim Trinken und Kiffen erwischt worden war? Wenn Mrs Kraft Bescheid wusste, war es amtlich: *Alle* wussten Bescheid. Hatte Mrs Kraft *das Foto gesehen?* Hope tat ihre Schwester ernstlich leid. Derartige Neuigkeiten würden im Herbst schnell die Runde im Lehrerzimmer machen, und dann würde Allegra niemanden mehr haben, den sie um ein Empfehlungsschreiben fürs College bitten konnte. Noch letzte Woche hätte Hope das erfreulich gefunden. Inzwischen aber waren sie und Allegra wie die korsischen Brüder; wenn jemand Allegra vors Schienbein trat, spürte Hope den Schmerz.

»Die Mädchen haben gerade über die Bücher gesprochen, die sie diesen Sommer schon gelesen haben«, sagte Grace.

»Apropos Lesen!«, sagte Mrs Kraft und wandte ihre Aufmerksamkeit Grace zu. »Haben Sie von dem neuen Madeline-King-Roman gehört? Er soll ja recht skandalös sein.«

»Nein, kein Wort«, sagte Grace und wies die beiden Mädchen mit einer Handbewegung wie der von Pater Declan in der Messe an aufzustehen. »Ich bin zu beschäftigt mit dem Garten und den Hühnern.«

»Ich dachte einfach, Sie wüssten davon«, sagte Mrs Kraft, »weil Sie und Madeline doch so eng befreundet sind.«

»Um ehrlich zu sein«, sagte Grace, »reden Madeline und ich momentan nicht miteinander.«

Dies schien Mrs Kraft ins Schleudern zu bringen. Mit unsicherer Stimme entgegnete sie: »Oh, entschuldigen Sie, da bin ich wohl ins Fettnäpfchen getreten. Ich hätte das nicht erwähnen sollen.«

Grace lächelte wehmütig und befingerte die Schließe ihrer Handtasche. »Wahrscheinlich nicht.«

Hope musterte ihre Mutter. Sie *redete* nicht mit Madeline? Das war eine so unerhörte Neuigkeit, dass Hope zunächst dachte, es sei gelogen – doch dann fiel ihr ein, dass seit einer Weile *tatsächlich* etwas fehlte; ihre Mutter schloss sich nicht wie sonst in ihrem Arbeitszimmer ein, um mit Madeline zu telefonieren. Lag es an dem, was zwischen Allegra und Brick vorgefallen war? Oder war Grace zu sehr von Benton und dem Garten beansprucht? Gelegentlich machte Hope sich klar, dass ihre Mutter eine Frau mit ihren eigenen komplizierten Emotionen war. Sie fragte sich, ob Grace und Madeline sich gestritten hatten wie Allegra und Hollis. Aber waren die beiden nicht zu *alt* für ein solches Verhalten?

Hope trat von einem Bein aufs andere. Sie hätte Mrs Kraft gern aufgefordert, zu verduften und anderswo ihre Arien zu singen oder ihre Sonette zu rezitieren, ihre Mutter endlich in Ruhe zu lassen. Als hätte sie denselben Gedanken gehabt, äußerte sich Allegra.

»Es war schön, Sie zu sehen, Mrs Kraft. Lassen Sie sich das Essen schmecken.«

»Oh«, sagte Mrs Kraft. Sie war anscheinend so verblüfft über die höfliche Abfuhr ihrer schlechtesten Schülerin, dass sie auf den Keilabsätzen ihrer Espadrilles schwankte. »Ja, vielen Dank.«

Hope schenkte Mrs Kraft ein zweites kurzes Winken – diesmal zum Abschied – und folgte Mutter und Schwester aus dem Restaurant.

GRACE

Nantucket erlebte eine Woche der Hitze, und wenn Grace *Hitze* sagte, meinte sie Temperaturen um die dreißig Grad. Es war so heiß, dass die Mädchen, sobald sie von ihren Jobs zu Hause waren, in den Pool sprangen und Grace bei voll aufgedrehter Klimaanlage drinnen blieb, wenn sie sich nicht um die Hühner kümmerte oder Benton da war.

Benton kam nur für eine routinemäßige Stunde und verhielt sich strikt sachlich. Zum Lunch konnte er nicht bleiben. Seine anderen Gärten steckten *in der Krise,* sagte er.

Wegen der Hitze.

Dann klang die Hitze ab, und es folgten zweieinhalb Tage hämmernden Dauerregens.

Am ersten Regentag simste Benton: *Komme heute nicht. Bleibe zu Hause, um Papierkram zu erledigen.*

Grace rollte sich im Bett zusammen und wehrte eine Migräne ab. Erwog sie wirklich, Eddie für diesen Mann zu verlassen?

Am zweiten Tag schrieb er: *Komme heute nicht. Habe Rechnungen zu schreiben, darunter übrigens eine stattliche an Eddie; vielleicht solltest du ihn vorwarnen?*

Migräne. *Du kommst heute nicht, um die Frau zu sehen, die du liebst,* dachte Grace, *und schickst Eddie eine stattliche Rech-*

nung, bei der Eddie an die Decke gehen würde. Er beklagte sich noch immer über Hester Phans Honorar, und als Grace Madelines und Trevors fünfzigtausend Dollar zur Sprache gebracht hatte, hatte Eddie sie angefunkelt und gesagt: *Ehrlich, Grace, was glaubst du eigentlich, was ich den ganzen Tag tue?*

Auf Graces Nachricht hatte Madeline nicht geantwortet, und Grace fing an, sich Sorgen zu machen, dass sie ihrer Beziehung dadurch noch mehr geschadet hatte. Sie war hin- und hergerissen zwischen dem Glauben, dass Madeline *wirklich* einen Roman über sie und Benton schrieb – *Zwei Frauen an diesem Tisch werden die Person zu ihrer Linken hintergehen* –, und der Überzeugung, dass es nur ein übles, von der blonden Sharon in die Welt gesetztes Gerücht war.

Aber dann hatte Ruth Kraft Madelines Buch erwähnt, und Grace fragte sich, wie die alberne Ruthie darauf gekommen war.

Ob es doch stimmte?

Nein, das konnte nicht sein. Das würde Madeline nie, *niemals* tun, egal, wie wütend sie sein mochte.

Oder?

Wenn es stimmte, wäre Grace … wäre sie … also, wäre sie ihr so böse, dass sie sich gar nicht vorstellen konnte, *was* sie tun würde. Sie hatte Madeline alles im Vertrauen erzählt! Sie waren seit fast zwanzig Jahren befreundet!

Madeline würde so etwas nie tun, befand Grace. Es war nur ein Gerücht.

Es sei denn, Madeline übte eine Art Rache aus.

Allegra ist eine Betrügerin, und du, Grace, bist auch eine.

Was Madeline offensichtlich nicht verstand, war, dass Grace *verliebt* war. Dagegen konnte sie *nichts* tun!

Der Schmerz senkte sich auf ihren Kopf herab, drückte wie ein Bleihelm auf ihren Schädel, zermalmte, zerquetschte ihn. Sie war verliebt, sehnte sich danach, mit Madeline zu sprechen und alles zu klären, doch in Wahrheit wünschte sie sich nur Benton.

Bei einem Gang ins Badezimmer – der einzige Grund für sie, überhaupt aufzustehen – starrte sie auf ihren durchweichten Garten.

Ein Garten im Regen war nicht schön.

Das Glück kehrte zurück. Die Sonne kam heraus. Benton tauchte mit breitem Lächeln und heftigem sexuellen Appetit bei ihr auf. Er liebte sie wieder. Ihr großer Tag stand kurz bevor.

Sie hatten den Rasen gemäht und getrimmt, die Beete gejätet, die Staudenbeete frisch gemulcht, die Taglilien und Rosen ausgeputzt, den Pool gesäubert, die Kissen auf den sorgsam arrangierten Liegestühlen aufgeschüttelt, den Grill geschrubbt, die Terrasse gefegt, die Adirondack Chairs abgewischt, die Hängematte gestrafft. Jetzt schritten Benton und Grace noch einmal jeden Zentimeter des Grundstücks ab, schnitten Blumen für einen Strauß, glätteten Unebenheiten im weißen Muschelbelag der Einfahrt, füllten die Vogelhäuschen mit Futter auf.

»Alles fertig«, sagte Benton und gab Grace zum Abschied einen leidenschaftlichen Kuss. »Bis morgen.«

Clara Teasdale, Haus-und-Garten-Redakteurin des *Boston Globe*, und Big George, einer der Fotografen des *Globe*, trafen in einem Wagen ein, an dessen Steuer Bernie Wu saß. Bernie und Grace waren befreundet, weil Bernie Wus Tochter Chloe im Schulorchester zusammen mit Hope Flöte spielte. Anscheinend verlieh diese Freundschaft Bernie so viel Unbefangenheit, dass er fünfundvierzig Minuten zu früh aufkreuzte und an der Haustür vorbei mit Clara und Big George ums Haus herum in den Garten ging. Am Hühnerstall blieb er stehen, deutete auf jede einzelne Henne und benannte sie wahllos: »Martha, Dolly, Eleanor, Ladybird, Hillary.« Bernie Wus Frau war ein großer Fan von Graces Eiern und kaufte jeden Monat fünf Kartons davon.

Clara lachte über die Namen. »First Ladies«, sagte sie.

Grace und Benton liebten sich derweilen schnell und ungestüm im Gartenschuppen. Grace, an Benton geklammert, wollte ihn tiefer und tiefer in sich spüren, wollte eins mit ihm werden. Er erregte sie, er forderte sie heraus, er war ihre prachtvoll strahlende Sonne.

Grace meinte Stimmen zu hören. Dann hörte sie ganz deutlich eine Frau, die *First Ladies* sagte, und löste sich von Benton. »Sie sind da.«

»Schon?«, sagte Benton und sah auf seine Uhr. »Eine Dreiviertelstunde zu früh?«

Schweigend richteten sie ihre Kleider. Grace versuchte, die Falten aus ihrem blassrosa Leinenkleid zu streichen. »Bist du bereit?«, fragte sie.

Benton nickte, und Grace öffnete die Tür des Schuppens und trat heraus, um ihre Gäste zu begrüßen. Sie bemerkte den verwirrten Ausdruck auf Bernies Gesicht, als Benton ihr nach draußen folgte. Immerhin hielt er eine Harke und ein Klemmbrett in den Händen.

Dann fing Bernie an, sehr schnell zu sprechen. Grace erkannte, dass er nervös war, wusste aber nicht genau, ob es daran lag, dass er seine Grenzen überschritten hatte, indem er einfach so in den Garten geplatzt war, oder dass ihm klarwurde, wie sehr er sie gestört hatte. Vielleicht war er auch nur beeindruckt von Clara und Big Eddie und der Vorstellung, dass der *Boston Globe* einen Artikel über Graces und Eddies Garten bringen würde. Grace hoffte, dass es Letzteres war, und mühte sich, alles normal erscheinen zu lassen, während sie weiterhin ständig ihr Kleid glättete. Sie versuchte, nicht daran zu denken, wie Benton es hochgeschoben hatte.

»Also, ich bin dann mal weg«, sagte Bernie. »Um halb eins hole ich Sie wieder ab.« Er schenkte Grace ein Lächeln, mit dem er ihr aufrichtig Glück zu wünschen schien, und sie winkte ihm zu. Big George stand bereits am hinteren Ende des Grundstücks, wo er Fotos schoss von den Adirondack Chairs, gerahmt von Graces Tellerhortensien, vor der ruhigen blauen Fläche des Polpis Harbor.

Clara Teasdale war hingerissen von dem Garten und vermutlich auch von Benton, der mit ungeheurem Stolz auf seine Lieblingselemente hinwies – die Steine im Bachbett, die Stauden, die Rosen, die so üppig blühten, dass man hätte hineinbeißen mögen. Das ganze Gelände *war eine Pracht*. An der Bank mit den Topffarnen verweilte Benton und erzählte, wie er den einzigen Pariser Antiquitätenhändler aufgestöbert hatte, der so klug gewesen war, die alten Bänke aus dem Jardin des Tuileries zu bergen.

Grace übernahm, als es an der Zeit war, Clara die Hühner zu präsentieren. Sie ließ Clara sogar ein halbes Dutzend blassblaue Eier aus den Nistkästen einsammeln, obwohl die Ladies gackernd ihre Missbilligung darüber äußerten, dass eine Fremde diese Aufgabe wahrnahm. Dann öffnete Grace die Tür zum Schuppen und lauschte Claras Oooohs und Aaaahs angesichts von Graces Sammlung von Gießkannen und dem kupfernen Glanz des Ausgussbeckens und der ebenso praktischen wie bezaubernd schönen Arbeitsfläche aus Speckstein.

Dazu klickte Big Georges Kamera unablässig.

Grace zeigte den beiden den Anbau mit dem darin enthaltenen Aufsitzmäher, und Big George bat sie, ihn ins Freie auf den smaragdgrünen Rasen zu schieben und sich in ihrem rosa Leinenkleid auf ihn zu hocken.

Klickklickklick.

Im Laufe der nächsten Stunde folgten Vorschläge zu weiteren ausgefallenen Schnappschüssen – einer von Benton, wie er mitten zwischen den Rosen die größte Gartenschere schwang, einer von Grace, wie sie knöcheltief im flachen Ende ihres Pools stand, und einer von Benton und Grace, wie sie an einem Ast der großen Ulme baumelten.

Dann war es Zeit fürs Mittagessen. Es war nicht als Teil des Shootings geplant gewesen, doch Grace hatte trotzdem ihr Bestes gegeben und Sandwiches mit sechs verschiedenen Belägen zubereitet. Eiersalat natürlich, Gurke auf Kräuterfrischkäse, Radieschen auf süßer Butter, mit Curry gewürzter Hähnchensalat, Roastbeef mit Meerrettich-Mayo und Schinken und Schweizer Käse. Außerdem hatte sie drei Kartons dicke, pralle Erdbeeren gekauft und Baisers und Limettenmus gemacht.

Big George machte Aufnahmen von dem Essen, was Grace schmeichelte.

Sie holte eine Flasche Rosé-Sekt von Schramsberg aus Eddies Weinkeller, und Benton säbelte mit Graces großem Küchenmesser den Kopf ab. Der Korken landete im Taglilienbeet, und alle jubelten. Grace, Benton und Clara setzten sich zum Lunch hin und posierten für Big George. Grace fütterte Benton mit einer Erdbeere. Clara goss zu viel Sekt in ihr Glas und ertränkte ihr Schinken-Käse-Sandwich. Grace häufte für Big George Sandwiches auf einen Teller, und als er pausierte, um zu essen, stibitzte sie seine Kamera und machte Fotos davon, wie er sich vollstopfte.

»Sind Sie ein Stones-Fan?«, fragte Benton ihn.

»Ist das nicht jeder?«, gab George zurück.

Benton stöpselte sein Handy in den Außenlautsprecher und spielte »Loving Cup«. Dann verteilte er den Rest des Sekts auf Graces und Claras Gläser.

»Das war irgendwie der Titelsong unseres Sommers«, sagte er.

»Ich muss ehrlich gestehen, dass ich bei einem Shooting noch nie so viel Spaß hatte«, sagte Clara.

Grace stimmte zu. Es machte wirklich Spaß. Sie stellte sich vor, dass ein Leben mit Benton an jedem einzelnen Tag so spielerisch, so sinnenfroh, so sorglos verlaufen könnte.

Während Clara ihren Sekt austrank, ging sie die Notizen,

die sie sich gemacht hatte, noch einmal laut durch: *Benton, Ohio State, Jobs auf Campusgelände; Surrey, England: Leidenschaft für Rosen; Savannah, Oxford, Nantucket Historical Association*.

Sie schaute auf und kniff die Augen zusammen. »Wie haben Sie Grace entdeckt?«

Benton warf Grace einen Blick zu, den man nur als liebevoll bezeichnen konnte. »Sie hat mich entdeckt«, sagte er.

Klickklickklick.

NANTUCKET

Viele von uns wussten, dass in der Sonntagsausgabe des *Boston Globe* ein Beitrag über den Garten der Panciks erscheinen würde, andere dagegen waren überrascht, als sie Sahne und Zucker in ihren frisch aufgebrühten Kaffee rührten und die Zeitung aufschlugen. Allerdings staunten selbst diejenigen, die damit gerechnet hatten, über das, was sie sahen. Zunächst einmal lautete die Überschrift des Artikels *Nantuckets geheimes Eden*. Und das erste Foto – RUMS!, überlebensgroß und in Farbe – zeigte Grace Pancik, die Benton Coe mit einer prallen, köstlichen Erdbeere fütterte.

Hoppla!

Darunter stand: *Hausbesitzerin Grace Pancik lässt sich mit Landschaftsarchitekt Benton Coe, Eigentümer von Coe Designs, ein Mittagessen im Freien schmecken.*

Der Artikel begann so: *Manche Beziehungen sind einfach perfekt, etwa die zwischen Inselbewohnerin Grace Pancik und Benton Coe, dem Mann, den sie für die Planung und Ausführung der gärtnerischen Gestaltung ihres eins Komma zwei Hektar großen Grundstücks in Wauwinet angeheuert hat.*

Hoppla!

Es folgten ein paar Sätze über Bentons Biografie: beeindruckend, aber nichts, was wir nicht schon kannten.

Dann ein paar Absätze zu Graces Biografie: *Mrs Pancik studierte am Mount Holyoke College im Hauptfach Französische Literatur, was ihre Vorliebe für die aus dem Jardin des Tuileries geborgene Gartenbank erklärt, die angeblich aus der Ära von Louis XIV, Colbert und dem berühmten Landschaftsarchitekten André Le Nôtre stammt. Genau diese Bank zierte damals eine lange Terrasse mit Blick auf die Seine, die Terrasse du Bord-de-l'Eau hieß, und diente wahrscheinlich der Erholung von Zeitgenossen wie Auguste Renoir und Claude Monet nach einem ermüdenden Besuch des nahegelegenen Louvre. Derartige historische Details faszinieren Mrs Pancik und beflügeln ihre romantische Fantasie.*

Mit Leidenschaft widmet sie sich außerdem ihrem Taglilienbeet, das sie als Tribut an ihre geliebte, inzwischen verstorbene Großmutter Sabine Roddin-Baste anlegte, die in Wayland ein Anwesen mit Apfelgarten und Krocketrasen besaß.

»Meine Großmutter Sabine vergötterte Taglilien«, sagte Mrs Pancik. »Und sie war es, die meine Liebe zu Parks und Gärten weckte.«

Gefolgt von einer Fotocollage: Grace auf einem Aufsitzmäher, einer Königin auf ihrem Thron nicht unähnlich; Grace und Benton, die nebeneinander an einem Ast baumelten wie Kinder auf einem Spielplatz; Grace, die aus einer Sektflöte trank, während Benton sie ansah; Grace im flachen Ende ihres Pools watend; Benton, der mit einer riesigen Pflanzenschere im Rosenbeet stand; eine der Hennen – Martha oder Dolly –, die im Garten herumstolzierte; das Innere des Schuppens, wo das kupferne Ausgussbecken glänzte wie ein neuer Penny. Auf dem Schild darüber stand:

Ein Garten ist keine Sache auf Leben und Tod. Er ist weitaus wichtiger.

Dann folgten einige Aussagen über ihre Zusammenarbeit, die in allen Punkten ein Versuch war, verschiedene »Momente« zu kreieren. Pool und Whirlpool, beide flaschengrün gefliest und eingefasst mit alten Pflastersteinen und dem Kopfsteinpflaster aus der Stadt, gaben einem das Gefühl, man sei auf einen Badeplatz im Wald gestoßen. Der hügelige grüne Rasen lud zu einem Spaziergang zu den Adirondack Chairs ein, die so aufgestellt waren, dass man von hier aus das Rieseln des Baches, der am hinteren Rand des Grundstücks entlangfloss, hören und die Segelboote auf dem Polpis Harbor sehen konnte. Zwischen zweihundertjährigen Ulmen spannte sich eine Hängematte, in der Mrs Pancik oft lag, wenn sie Victor Hugo und Alexandre Dumas las, in ihrem Blickfeld das prächtige Rosenbeet mit zweiundzwanzig verschiedenen Sorten.

»Aber die Essenz dessen, was wir zu erreichen versucht haben«, sagt Coe, »verkörpert der Gartenschuppen.«

Mrs Pancik stimmt zu. »Das ist wirklich unser Baby«, sagt sie.

Jody Rouisse rief Susan Prendergast an. »Ich für meinen Teil finde das widerlich«, sagte sie. »Ich meine, ist es nicht für *jeden auf der Welt offensichtlich*, dass die beiden ein Liebespaar sind? Sie hat ihn *gefüttert*.«

»Wie Adam und Eva im Paradies«, sagte Susan. »Glaubst du, die Autorin hatte Insider-Informationen?«

»Eddie wurde gar nicht erwähnt«, sagte Jody. »Ich meine,

sie nennen sie Mrs Pancik, aber es klingt, als ob Eddie und die Zwillinge nicht existieren.«

»Ich muss sagen, wie Benton sie auf diesem einen Foto ansieht, ist ziemlich heiß«, sagte Susan. »Ich wünschte, jemand würde *mich* so ansehen.«

»Ich finde die Erwähnung der Bank aus den Tuilerien reichlich prätentiös«, meinte Jody. »Und Grace liest in der Hängematte Victor Hugo? Wohl eher die *Cosmo*.«

»Sie *hat* Französische Literatur studiert«, sagte Susan. »Wie ich gehört habe, ist ihre Bibliothek voller Erstausgaben.«

»Und was ist damit, dass Grace den Gartenschuppen als ihr ›Baby‹ bezeichnet?«, fragte Jody. »Du weißt doch, Jean Burton fand, dass sie wie eine Schwangere aussah. Ich denke, es besteht die Möglichkeit, dass der Schuppen nicht ihr einziges Baby ist.«

»Ihre Rosen sind absolut unglaublich«, sagte Susan. »Das musst du ihr lassen.«

»Schön«, sagte Jody. »Das lasse ich ihr.«

Dr. Andy McMann sah die Zeitung als Erster. Normalerweise kostete er das Alleinsein am Sonntagmorgen aus. Calgary schlief lange und Rachel noch länger. Das erlaubte Dr. Andy, in Ruhe draußen auf seiner Terrasse zu sitzen, den Sonnenschein und die frische Brise zu genießen, seinen Kaffee zu trinken, seinen dünn gebutterten Roggentoast und eine halbe reife Avocado zu essen, Schubert zu hören und den *Globe* zu lesen. Gewöhnlich übersprang er den Heim-und-Garten-Teil, aber heute fiel sein Blick zufällig auf das Wort *Nantucket*, und er schaute nach, um zu sehen, worum es ging.

Um Grace Panciks Garten. Und diese Kanone von Landschaftsarchitekten. Dr. Andy las den Artikel und musterte die Fotos, und ein Gefühl des Unbehagens breitete sich vom unteren Ende seines Rückgrats bis in seinen Nacken aus. Seinem Vermieter Eddie Pancik wurden von diesem Coe Hörner aufgesetzt – so viel war offensichtlich! Dr. Andy zögerte, Rachel zu wecken, doch diese Angelegenheit, fand er, duldete keinen Aufschub. Er trug die Zeitung hoch in ihr Schlafzimmer.

Alicia Buckler, Eigentumsprüferin für die Stadt Nantucket, las den *Globe*, während sie in der Schlange stand und zusammen mit dem Rest der Menschheit auf einen freien Tisch im Black-Eyed Susan's wartete. Sie wandte sich ihrer Ehefrau Janice zu und zeigte auf das Foto von Grace und Benton, die an einem Ast schaukelten.

»Ich glaube, wir beide arbeiten zu viel«, sagte sie. »Wir sollten Urlaub machen und rumhängen wie die zwei hier.«

Janice rang nach Luft. »Das ist Grace Pancik!«, sagte sie. »Mit Benton Coe.«

Alicia warf Janice frustriert die Seiten zu. Sie hatte es *gründlich satt*, dass Janice alle auf Nantucket zu kennen schien, nur weil sie ihnen die Zähne reinigte. Und sie hatte die Nase voll von ihrer Sonntagsgewohnheit, im Black-Eyed Susan's zu frühstücken. Jede Woche verschwendeten sie eine Stunde damit, in der Schlange zu stehen. Alicia sehnte sich nach den Zeiten zurück, als man noch im Jared Coffin House Frühstück bekam, doch wenn sie das zur Sprache brachte, nannte Janice sie immer eine alte Muffeltante, und dann fingen sie an zu streiten. Alicia war acht Monate älter als Janice und diesbezüglich sehr empfindlich.

»Lass dir deinen pochierten Tofu schmecken«, sagte sie. »Ich gehe nach Hause.«

Aber Janice hörte sie nicht, so vertieft war sie in den Artikel.

Glenn Daley wälzte sich herum und hätte Barbie fast zerquetscht. Sie lagen im Bett, tranken Mimosas und lasen die Zeitung. Glenn war schon mit vielen Frauen zusammen gewesen, hatte sinnliche Genüsse wie guten Champagner und fünfhundert Dollar teure Bettwäsche und frische Blumen im Zimmer aber nie so ausgekostet wie mit Barbie. Und sie duftete hinreißend, sogar gleich nach dem Aufwachen. Er stellte sich nicht gern vor, dass er womöglich dabei war, sich zu verlieben – seine Ehefrau hatte ihm die Liebe ein für alle Mal vergällt –, doch an diesem Sonntagmorgen hätte er ganz sicher nichts anderes tun oder mit niemand anderem zusammen sein mögen.

»Guck mal«, sagte Glenn und zeigte Barbie die Zeitung. »Deine Schwägerin.«

»Ach herrje«, sagte Barbie.

EDDIE

Wie es so schön heißt: *Ein Unglück kommt selten allein.*

Am Freitagnachmittag erhielt Eddie nicht einen, sondern zwei beunruhigende Anrufe. Einer war von Layton Gray, Madelines und Trevors Anwalt, der andere von Philip Meier von der Bank.

Layton rief an wegen der Fünfzigtausend-Dollar-Investition. Seine Klienten seien sehr verstimmt, sagte er, und wollten ihr Geld zurück. Eddie und Layton hatten schon bei zahllosen Immobiliengeschäften zusammengearbeitet. Eddie hielt Layton nicht nur für einen anständigen Kerl, sondern auch für eine Art Freund, und deshalb war das, was ihn an der Nachricht am meisten bestürzte, Laytons Tonfall. Er war streitsüchtig und distanziert und ohne jeden Hinweis darauf, dass Layton Eddie überhaupt *kannte,* geschweige denn, dass er an der Bar des Great Harbor Yacht Club schon ein paar Drinks mit ihm gekippt hatte.

»Bitte rufen Sie mich an, um darüber zu reden«, sagte Layton, »bevor ich rechtliche Schritte einleiten muss.«

Rechtliche Schritte? Eddie glaubte nicht, dass es dafür eine Grundlage gab. Es war eine Investition auf Treu und Glauben gewesen. Madeline und Trevor hatten einen Scheck ausgestellt, und Eddie hatte ihnen das Doppelte – also hundert

Riesen – versprochen, sobald die Häuser verkauft wären. Er hatte den Scheck fotokopiert, darunter *Investition der Llewellyns in die Eagle Wing Lane* geschrieben, und dann hatten sie alle drei das Papier unterzeichnet, das Eddie wiederum kopiert hatte. Das Original war bei Madeline und Trevor verblieben, die Kopie bei Eddie.

Nichts Rechtsgültiges, nichts Bindendes. Eine Investition auf Treu und Glauben zwischen Freunden.

Und doch, die Worte »Treu« und »Glauben« nagten an ihm. Denen konnte er sich nicht entziehen. Er musste seinen Teil der Vereinbarung einhalten. Und er wollte ganz sicher nicht, dass Layton Gray dachte, er habe das Geld seiner Freunde in ein Verlustgeschäft gesteckt. Layton war pro Woche an acht bis zehn Immobilienverkäufen beteiligt; er hatte mit jeder Agentur auf Nantucket zu tun. Wenn sich diese Geschichte herumsprach ... Nein, das durfte Eddie nicht zulassen. Er war *stinksauer*, dass Madeline sich an Layton gewandt hatte; eigentlich konnte er es gar nicht fassen. Rechtsanwälte kosteten Geld. Wenn sie angerufen hatte, meinte sie es ernst.

Er versuchte, sich eine Möglichkeit auszurechnen, wie er Madeline und Trevor zumindest einen Teil ihrer Investition zurückzahlen konnte. Sobald der Deal mit Glenn Daley (schon der Name des Mannes verursachte ihm Sodbrennen) unter Dach und Fach war, konnte er vielleicht zehntausend Dollar für die Llewellyns abzweigen.

Vielleicht?

Doch, das würde er tun.

Dann rief Philip Meier an und erklärte Eddie, er sei mit der Hypothek auf sein Haus neunzig Tage im Rückstand.

»Moment mal«, sagte Eddie. »Das kann nicht sein …«

»Zweiundneunzig Tage, genau genommen«, sagte Philip. »Sie sind mit siebenundzwanzigtausendachthundertzehn Dollar im Verzug.«

Eddies Inneres ging in Flammen auf. »Das kann nicht stimmen!«

»Doch, es stimmt«, behauptete Philip. »Wir haben Ihnen mehrere Mahnungen ins Büro geschickt.«

Eddie beäugte den Stapel ungeöffneter Umschläge auf seinem Schreibtisch – manche neu, andere älter, vermutlich bis zu drei Monate alt.

»Werde ich das Haus verlieren?«, fragte er. Er stellte sich vor, wie Grace und die Mädchen in Pyjamas draußen auf dem Rasen standen, während Mitarbeiter der Bank die Haustür verrammelten.

»Bis Montag brauche ich einen Scheck«, sagte Philip.

Montag?, dachte Eddie. Wo sollte er bis Montag siebenundzwanzig Riesen hernehmen? Dann fiel ihm ein, dass die Leute von Nightbill am Montag eincheckten und dass Bugsy Greer eingewilligt hatte, im Voraus die volle Summe zu bezahlen, bar – vierundachtzigtausend Dollar. Davon würden fünfunddreißig an die Mädchen gehen, und neunundvierzigtausend musste er sich mit Barbie teilen. Aber Barbie wusste nicht, dass Eddie den Preis erhöht hatte, also konnte er sie mit siebzehntausendfünfhundert abspeisen, sodass ihm einunddreißigtausendfünfhundert bleiben würden!

Hervorragend.

»Ich kann Ihnen das Geld gleich Dienstagmorgen geben«, sagte er zu Philip. »Bar.«

»Bar?«, sagte Philip. »Was haben Sie vor? Einen Banküberfall?«

Sie lachten beide.

»Dienstagmorgen geht in Ordnung. Danke, Eddie«, sagte Philip.

Eddie war beflügelt von seinem Sieg, doch er wusste, dass der nur eine Scheinlösung war. Er brauchte etwas Großes, etwas *Richtiges.* Wo waren all die Käufer? Nadia hatte den Mann von Kasper Snacks angeschleppt, mit dem sie geschlafen hatte, und gesagt, er sei interessiert daran, ein Haus zu erwerben. Eddie war fast ohnmächtig geworden vor Erleichterung. Hier zeigte sich ein Vorteil seiner Nebentätigkeit, den er nicht vorhergesehen hatte – die Mädchen konnten potenzielle Käufer anlocken. Allerdings hatte sich herausgestellt, dass Nadias spezieller Freund zu sehr Mittelwestler war und keinen Schimmer hatte, was ihn eine Investition in den Immobilienmarkt von Nantucket kosten würde. Er hatte einen Blick auf die Preise geworfen und beschlossen, Nadia stattdessen ein Eis zu spendieren.

Den Samstag verbrachte Eddie im Büro. Es war nichts los, daher machte er die Papiere für den Deal mit Glenn Daley fertig. Auf dem Heimweg kehrte er auf einen Drink im Lola ein, obwohl die Martinis hier zwanzig Dollar kosteten. Wahrscheinlich musste er öfter ausgehen, damit er neue Leute kennen lernte, denen er seine Visitenkarte geben konnte, aber Ausgehen kostete Geld, das er einfach nicht hatte. Als er nach Hause fuhr, kam er an den Häusern in der Eagle Wing Lane vorbei und sah sich selbst, zerquetscht wie die Böse Hexe des

Ostens, unter dem Fundament von Nummer 9. Er mochte gar nicht daran denken, wie glücklich er gewesen war, als er den Kauf der drei Grundstücke abgeschlossen hatte.

Am Sonntagmorgen war Grace um sechs Uhr auf – und unterwegs ins Hub, um sich den *Boston Globe* zu schnappen. Sie freute sich so sehr darauf, den Artikel zu lesen, dass Eddie befürchtete, sie würde sich spontan selbst entzünden. Er versuchte, sich ebenso zu freuen, war aber zu sehr verzehrt von der Sorge, der wunderschöne Garten, den sie so liebte, könnte von der Bank beschlagnahmt werden.

Er schlief bis halb zehn, ein sicheres Zeichen dafür, dass es ihm schlecht ging. Als er aufstand, fand er die Zwillinge lesend am Pool vor.

»Wo ist Mommy?«, fragte er.

»Oben in ihrem Arbeitszimmer«, sagte Hope. »Am Telefon.«

Eddie schickte sich an, Rühreier zu machen, denen er mehrere Klackse Frischkäse hinzufügte, das einzige Gericht zum Frühstück, das sein Sodbrennen tatsächlich zu mildern schien. Er verwendete neun frische Eier, was vermutlich zu viele waren, aber was sollte es, sie waren schließlich umsonst.

Grace kam strahlend nach unten. »Willst du den Artikel sehen?«, fragte sie. »Er ist toll.«

»Klar«, sagte Eddie. »Wenn ich schon dafür bezahlt habe.«

»Okay«, sagte Grace. »Ich wollte ihn den Mädchen zeigen, aber die hatten kein Interesse.«

»Was für ein Schock«, sagte Eddie.

»Die Fotos waren alle gestellt«, sagte Grace, »werd also nicht eifersüchtig.«

»Eifersüchtig?«

»Auf Benton, Dummerchen!« Grace schlug die Zeitung so auf, dass sie flach auf der erotischsten Arbeitsplatte der Welt lag und das Foto zeigte, auf dem Grace Benton mit einer Erdbeere fütterte. NANTUCKETS GEHEIMES EDEN lautete die Überschrift.

»Hübsch«, sagte Eddie. Das Bild wirkte ein wenig … anzüglich, obwohl er nicht genau wusste, wieso. Vielleicht *sollte* er eifersüchtig sein? Er schaute sich die anderen Bilder an – Grace auf dem Mäher, Grace im Pool, Grace und Benton an einem Ast der Ulme baumelnd wie zwei Kapuzineraffen.

»Lies«, sagte Grace.

»Ich lese ihn später«, sagte Eddie. »Versprochen.« Der Beitrag war *lang*, und er brachte im Moment nicht genügend Aufmerksamkeit auf, um sich einer solchen Mühe zu unterziehen. Das Hirn tat ihm weh. Er hatte Hunger auf seine Eier. Er war glücklich darüber, dass Grace glücklich war. Sie hatte bekommen, was sie sich gewünscht hatte. Der Artikel stellte den erfolgreichen Ausgang einer Art Suche dar. Eddie hätte es gefallen, wenn sein Leben auch so gewesen wäre. Stattdessen fühlte es sich an, als stünde er bis zum Hintern in Eiswasser und wüsche Goldnuggets aus, die er dann entweder ausgab oder verlor, was weiteres Auswaschen nötig machen würde. Endloses Auswaschen.

Er schaute sich noch einmal das Foto an, auf dem Grace Benton fütterte, doch statt Eifersucht verspürte er bloß Neugier. Benton Coe war ein erfolgreicher Geschäftsmann. Ob *er* wohl Geld hatte, das er gern in Nummer 13 investieren würde?

Eddie füllte sein cremiges Rührei auf einen Teller und trug es hinaus auf die Terrasse. Beim ersten Bissen schloss er die Augen und sah Benton Coe als eine Art Prinz vor sich, der sie alle retten würde.

MADELINE

Als Madeline den Beitrag im *Boston Globe* sah, dachte sie unwillkürlich: *Grace und Benton wirken so glücklich.*

Sie wusste nicht genau, ob es der Artikel war, der sie inspirierte, doch zum ersten Mal in ihrer Schriftstellerkarriere zweifelte sie keinen Moment lang daran, wie ihr Roman enden würde. Sie fühlte sich wie Gretchen Green, Heldin ihrer Kindheit, die herbeigeeilt kam, um den Ablauf zu koordinieren. Zunächst dramatisiert sich der Konflikt: Gs Mann Renfrew kommt G auf die Schliche, indem er die Anrufliste auf ihrem Handy checkt. (Soviel Madeline bekannt war, wurden so die meisten Ehebrecher ertappt, nur Grace würde man auf diese Weise nicht erwischen, weil sie ihr Handy kaum benutzte.) Nach der Entdeckung ihrer Affäre verlässt G ihren Mann und brennt mit B nach St. John durch, auf eine der Amerikanischen Jungferninseln, wo B den Auftrag hat, eine riesige Villensiedlung mit Blick auf die Honeymoon Bay auszustatten. G fängt an, Vögel zu beobachten, was sich mit ihrem neu gefundenen Gefühl von Freiheit deckt. Sie meint, Flügel zu haben.

Madeline legte ihren Stift hin und tat einen tiefen, reinigenden Atemzug. Das Buch war fertig. Madeline wusste nicht nur, dass Angie es lieben würde – sie wusste auch, dass es gut war.

EDDIE

Als er am Montagmorgen ins Büro kam, saß Barbie schon mit zwei Bechern Kaffee aus dem Handlebar Café und einer aufgeschlagenen Zeitung vor sich an ihrem Schreibtisch.

»Setz dich«, sagte sie.

Er mochte es nicht, wenn sie ihm Befehle erteilte, aber irgendetwas an ihrem Tonfall ließ ihn gehorchen.

Vielleicht wollte sie ihm ihre Beziehung zu Glenn Daley beichten.

Sie reichte ihm seinen üppig mit Milch aufgefüllten Kaffee.

Dann deutete sie mit einem Nicken auf die Zeitung. »Hast du das gesehen?«

Sie meinte den Artikel über den Garten mit dem Foto von Grace, die Benton mit einer Erdbeere fütterte.

»Ja«, entgegnete Eddie achselzuckend. »Grace hat gesagt, die Fotos sind alle gestellt.«

»Das behauptet Grace«, sagte Barbie. »Alle anderen auf der Insel sagen, du bezahlst diesen Typen dafür, dass er deine Frau vögelt.«

»Wo wir gerade vom Vögeln sprechen«, sagte Eddie, »wie geht's Glenn?«

»Nicht das Thema wechseln«, sagte Barbie. »Du musst

Ordnung schaffen bei dir zu Hause. Ich meine es ernst, Ed. Du musst dich damit auseinandersetzen.«

Eddie beäugte seine Schwester und sah die Jugendliche vor sich, die sich mit schlechter Dauerwelle und zu viel Eyeliner vor der Highschoolbücherei mit Teresa Maniscalco prügelte, weil Teresa überall herumerzählt hatte, dass es in der Mädchenumkleide nach Barbies Vagina stinke. Eddie entsann sich, wie er die Wendung *stinkt nach Barbies Vagina* gehört und tiefe Scham empfunden hatte. Er hatte die Ehre seiner Schwester verteidigen wollen, war aber nie gut darin gewesen, sich seinen Problemen zu stellen – er war zu schmächtig. Lieber rannte er vor ihnen davon.

Barbie, die vor niemandem Angst hatte, setzte sich gegen Teresa Maniscalco durch, indem sie mit einem Schlag deren Lippe zum Platzen brachte, womit sie sich prompt eine dreitägige Suspendierung vom Unterricht einhandelte. Eddie war am Hauptsekretariat vorbeigegangen und hatte durch die Plexiglasscheibe Barbie gesehen, die sich, die Arme über der Brust verschränkt und eiserne Entschlossenheit ausstrahlend, auf einem Stuhl fläzte. *Meine Schwester ist die toughste Person auf der Welt,* hatte er gedacht. Sie war viel tougher als Eddie selbst.

Danach legte sich keiner mehr mit Barbie an. Sie ackerte bis zum Umfallen und wurde von der Boston University angenommen, wo sie Bauernblusen bevorzugte und das Deuten von Tarotkarten lernte. Nach ihrem Abschluss folgte sie Eddie nach Nantucket. Ihr erster Job war der als persönliche Assistentin einer sehr reichen Frau mit einem Sommerhaus auf Abrams Point – und Barbie saugte bei ihr Wissen auf wie ein Schwamm. Welcher Wein, welche Gabel, welche Blumen. Sie eignete sich Kenntnisse über Kristall und Kunstgalerien und die Viertel von Manhattan und Paris an. Eddie konnte gar nicht *fassen,* wie schnell sie sich verwandelte. Er selbst mochte ja total beschränkt sein, aber Barbie präsentierte sich der Welt als elegante und kultivierte Frau. Und dann hatte sie natürlich immer schon den sechsten Sinn gehabt. Das war das Entscheidende.

»Okay«, sagte er, »geht klar.«

Den ganzen Heimweg über debattierte er mit sich selbst. Grace hatte *keine* Affäre mit Benton Coe. Vielleicht war es eine Schulmädchenschwärmerei – sie genoss es, jemanden zu haben, mit dem sie über ihre Hühner und ihre Blumen sprechen konnte –, doch es lag nicht in Graces Natur, ein Techtelmechtel zu haben. Sie war von klein auf durch ihre Großmutter, ihre Eltern, ihre älteren Brüder zu sehr darauf programmiert, *brav* zu sein. Rebellion, das wusste er, war für sie gewesen, in ihrem zweiten Jahr am Holyoke – am *selben Abend,* an einem *Dienstag!* – Tequila zu trinken und Zigaretten zu rauchen. Eine Affäre im Erwachsenenalter war undenkbar.

Oder?

Eddies Sodbrennen verstärkte sich von einer milden Stufe 3 von heute Morgen auf Stufe 7 und dann 8. Und, als er in die Einfahrt bog und Bentons großen schwarzen Pick-up sah, auf Stufe 9.

Eddie stürmte ins Haus. »Grace!«, rief er. Er rannte, zwei Stufen auf einmal nehmend – Flinker Eddie –, nach oben und platzte ins Elternschlafzimmer. Leer. Dann riss er, ohne anzuklopfen, die Tür zu Graces Arbeitszimmer auf – was ihm verboten war, denn das Arbeitszimmer sei ihr Heiligtum, sagte sie –, aber auch hier war niemand.

Eddie beruhigte sich ein bisschen. Er hatte sich von Barbie seine Gedanken vergiften lassen. Bestimmt waren Grace und Benton draußen beim Jäten und Mulchen und schmiedeten Pläne für eine Außendusche mit Türen aus den Fensterläden eines französischen Bauernhauses. Und Kletterrosen. Grace wünschte sich seit Ewigkeiten eine Außendusche mit Rosen.

Na bitte! Er hatte zugehört!

Eddie ging durch die Küche hinaus auf die Terrasse.

»Grace!«, rief er.

Der Garten war nur von Schmetterlingen, Bienen und Vögeln bevölkert. Er schimmerte wie in einem utopischen Fiebertraum. Eddie trat an den äußeren Rand des Grundstücks und ließ sich in einen der Adirondack Chairs plumpsen. Die Aussicht über den Polpis Harbor war herrlich zu dieser Jahreszeit. Er hatte Glück gehabt. Ebenso wie Barbie hatte er es seit den Tagen der Purchase Street in New Bedford weit gebracht.

Er erhob sich. Wo war Grace?

Er spazierte zurück über den hügeligen grünen Rasen, vorbei an der Hängematte und dem Rosenbeet, vorbei am Swimmingpool, an den Stauden. Bei der einen Meter fünfzig großen Engelsstatue blieb er stehen und fragte: »Wo ist Grace?«

Die Statue antwortete nicht. Sie stand einfach da mit demselben ausdruckslosen, sanften Lächeln, das sie immer zeigte. Eddie hatte einen fünfstelligen Betrag für sie bezahlt. Bei so viel Geld sollte sie eigentlich reagieren, wenn sie angesprochen wurde. Er lachte über sich selbst. Barbie war so ein Ekel. Sie setzte ihm Flausen in den Kopf, und jetzt verlor er den Verstand und redete mit Steinfiguren.

Dann fiel Eddies Blick auf den Schuppen.

Der Gartenschuppen.

Er hörte Barbies Stimme: *Du musst Ordnung schaffen bei dir zu Hause.*

Er versuchte, den Knauf zu drehen. Abgeschlossen. Warum sollte der Gartenschuppen *abgeschlossen* sein? Er drückte sein Ohr an die Tür und konnte Geräusche hören – Atmen, glaubte er, und Bewegungen.

Er klopfte an. »Benton, Sie sind hier ab sofort überflüssig.« Er räusperte sich. »Sie sind *überflüssig,* und ich werde Ihre Abschlussrechnung nicht bezahlen. Sie haben mir mehr genommen, als ich Ihnen schulde. Ich gehe jetzt, und Sie werden direkt nach mir gehen und nie zurückkommen.«

Damit drehte Eddie sich um, ging ums Haus herum zur Einfahrt, vorbei an dem schwarzen Pick-up und stieg in seinen Cayenne. Er verspürte eine außergewöhnliche Ruhe und war stolz auf sich. Er hatte die Situation bewundernswert gemeistert, fand er. Das hätte vielleicht sogar Graces Großmutter Sabine gefunden. Es hatte keine unschöne Konfrontation gegeben, keinen Faustkampf, kein lautstarkes Beschuldigen oder Leugnen.

Ein paar hundert Meter weiter die Straße entlang bog Eddie auf den Parkplatz am Polpis Harbor ab und wartete. Als er bis zehn gezählt hatte, kam Bentons Pick-up vorbei. Also hatte Eddie recht gehabt. Sie waren zusammen in dem abgeschlossenen Gartenschuppen gewesen. Sie hatten ... An diesem Punkt brach Eddie zusammen. Er *weinte* nicht gerade – das tat er nie –, aber seine Atmung veränderte sich. Grace, seine Grace, die er zum ersten Mal gesehen hatte, als sie im Morning Glory Café Blaubeerpfannkuchen servierte. Sie war ihm nicht in erster Linie als schön erschienen, sondern als unverdorben. Sie hatte diese großen braunen unschuldigen Augen und ein perfektes Lächeln. Wenn sie in Verlegenheit geriet, färbten sich ihre Ohren rosa. Sie war die Art Mädchen, die Eddie immer hatte heiraten wollen, die Art, für die Heim und Familie stets an erster Stelle stehen würden.

Und das hatten sie auch. Bis zu diesem Sommer. Oder womöglich bis letzten Sommer? Wie lange lief die Geschichte mit Benton schon? Eddie mochte gar nicht darüber nachdenken. Er wusste, dass er nicht vollkommen war, dass er in seiner Besessenheit, Geld zu scheffeln, alles andere Grace überlassen hatte. Sie erledigte die Hausarbeit und bereitete all die leckeren Mahlzeiten zu, sie kaufte ein und kümmerte sich um die Mädchen. Einmal war sie wütend geworden und hatte Eddie gefragt, ob er überhaupt wisse, in welche Klasse die Zwillinge gingen. *Natürlich, sie sind in der dritten!*, hatte er entrüstet gesagt, doch die richtige Antwort wäre die vierte Klasse gewesen. Grace hatte gesagt: *Ich werde ihnen nie erzählen, dass du das nicht wusstest, weil sie dann am Boden zerstört wären. Aber wirklich, Eddie, gib dir mehr Mühe!*

Er hatte es versucht. Er ließ sich bei Allegras Thanksgiving-Aufführung und bei Hopes Flötenkonzerten blicken, auch wenn das bedeutete, dass er wichtige Termine verlegen musste. Er hatte Allegra zu ihrem Modelagentur-Interview in New York City gefahren, doch auch das passte Grace nicht, weil Eddie, wie sie meinte, nur Energie auf die Mädchen verwende, wenn er sich dabei mit Ruhm bedecken könne.

Er wusste, dass Grace als Ehefrau wahrscheinlich nicht so glücklich oder erfüllt war, wie sie es hätte sein können. Lange Zeit verglich sie sich und Eddie mit Madeline und Trevor – und dabei konnte er nur verlieren. Trevor und Madeline hielten Händchen, wo sie gingen und standen, Trevor brachte Madeline Blumen mit, Trevor bezeichnete Madeline immer als »meine Liebste« statt als »meine Frau«. Trevor sah sich mit Madeline romantische Komödien an, und sie hatten gemeinsam Unterricht in Gesellschaftstanz genommen. Über den Tanzunterricht hatte Eddie gespottet und damit bei Grace Tränen ausgelöst, vermutlich, weil Eddie sie in jeder von ihr genannten Hinsicht und auch auf Gebieten, die er sich nicht einmal vorstellen konnte, enttäuscht hatte.

Aber was sollte es nützen, wenn er sich in seinen Unzulänglichkeiten suhlte?

Eddie riss sich zusammen und fuhr zurück zur Arbeit.

Als er ins Büro trat, zog Barbie eine Augenbraue hoch.

»Erledigt«, sagte er.

Eine Stunde später rief Grace an. »Ihre Frau ist auf Leitung eins«, sagte Eloise.

»Leiten Sie sie auf die Mailbox weiter«, sagte Eddie.

Um drei Uhr kam Eloise zu ihm an den Schreibtisch. Ihre Liebenswürdigkeit und Hilfsbereitschaft waren verschwunden, hatten sich bereits vor ein paar Wochen verflüchtigt.

»Edward«, sagte sie, »ich hätte gern meinen Gehaltsscheck.«

»Welchen Gehaltsscheck?«, fragte Eddie. Er bezahlte Eloise jeden zweiten Freitag; sie verdiente zwanzig Dollar in der Stunde.

»Für letzte Woche und diese Woche«, sagte sie.

»Heute ist erst Montag«, sagte Eddie. »Ich bezahle Sie am Freitag.«

»Ich hätte gern meinen Gehaltsscheck«, wiederholte Eloise. Sie hatte ihre Mit-mir-ist-nicht-zu-spaßen-Miene aufgesetzt, die Eddie ein wenig ängstigte. Eloises Ehemann war ein Coffin; sie hatten vier Kinder und dreizehn Enkel und waren mit fast allen auf der Insel verwandt. Eddie konnte es sich nicht leisten, Eloise zu verärgern, aber er hatte keine sechzehnhundert Dollar auf seinem Geschäftskonto.

»Heute ist erst Montag«, sagte er noch einmal. »Darf ich Sie fragen, warum …?«

»Ich bin da in so eine Situation geraten«, sagte Eloise. »Deshalb möchte ich das Geld schon heute.«

»Ich kann es Ihnen morgen geben«, sagte Eddie, weil er an Nightbill dachte. »In bar.«

»Das nützt mir nichts«, sagte Eloise. »Ich brauche es jetzt.«

Unfassbar, wie die Frauen ihm heute zusetzten. Es musste wohl ein Scheiß-auf-Eddie-Tag sein, nur hatte sich niemand die Mühe gemacht, ihn vorzuwarnen. Er holte das Firmenscheckbuch hervor und reichte Eloise ihren Scheck.

»Danke«, sagte Eloise knapp.

Eddie nickte. Wenn sie versuchte, ihn heute einzulösen, würde er mit großer Sicherheit platzen.

Sobald Eloise und Barbie mittagessen gegangen waren, hörte Eddie Graces Nachricht auf seiner Mailbox ab. *Hey, die Mädchen sind heute Abend beide zu Hause*, sagte sie, *deshalb mariniere ich jetzt ein paar Ribeye-Steaks, und dann werde ich diese kleinen Kartoffeln rösten, die du so magst, und Mais enthülsen. Ich dachte, wir könnten schön zusammen essen …*

Dann löste sie sich in Tränen auf. *Es tut mir so leid*, blökte sie und legte auf.

Eddie arbeitete bis um sechs, und dann wurde aus sechs sieben. Eloise und Barbie begaben sich beide in ihr wundervolles kleines Leben außerhalb des Büros. Eloise hatte ihren Scheck zweifellos sicher in ihrem Portemonnaie verwahrt und würde sich jetzt ihrer »Situation« widmen.

Um zehn nach sieben klingelte Eddies Handy. Vermutlich war es Grace, die ihn fragen wollte, wann er zum Essen kommen würde. So nett sich gegrillte Steaks und Mais und die Gesellschaft seiner Frau und seiner Töchter auch anhörten, so weit durfte er nicht gehen. Er würde sich nicht mit Röstkartoffeln besänftigen lassen, nachdem er seine Frau beim Sex mit dem Gärtner erwischt hatte! Er konnte nicht einfach weitermachen, als ob nichts passiert wäre.

Eddie musste mit jemandem sprechen. Er brauchte einen Freund. Er zog sein Telefon hervor und wählte die supergeheime Handynummer des Chief.

»Hey, Eddie«, sagte der Chief. »Wie geht's?«

»Großartig«, sagte Eddie ein bisschen zu enthusiastisch. Der Chief hatte doch *gesagt,* Eddie könne anrufen, wenn er Hilfe benötige. Und das war jetzt der Fall. Er wollte nicht unbedingt erzählen, was geschehen war; er wünschte sich bloß einen anderen Mann zum Reden. »Haben Sie heute Abend Zeit? Ich würde mich gern irgendwo mit Ihnen treffen. Wie wär's mit dem Brant Point Grill in zwanzig Minuten?«

»Ich hab schon was vor, Eddie«, sagte der Chief. »Tut mir leid.«

»Das muss Ihnen doch nicht *leidtun*«, sagte Eddie. »Es ist ja wirklich sehr kurzfristig. Ich hatte einfach einen schlimmen Tag. Könnten wir uns später treffen? Gegen zehn, sagen wir?«

Wenn der Chief um zehn Uhr Zeit hatte, konnte Eddie sich im Lola einen Burger schnappen, bis Viertel nach neun dort bleiben und dann in die Low Beach Road 10 düsen, um das Geld abzuholen – und um zehn Uhr im Brant Point Grill sein.

»Zehn?«, sagte der Chief. »Da liege ich längst im Bett. Tut mir leid, Eddie.«

»Sind Sie *sicher*?«, hakte Eddie nach. »Kann ich Sie nicht doch überreden?« Es war peinlich, so zu betteln, doch Eddie wünschte sich fast verzweifelt ein Gespräch mit jemandem, der nichts mit seiner Familie oder seiner Arbeit oder seiner unseligen Nebentätigkeit zu tun hatte.

»Vielleicht ein andermal«, sagte der Chief. Seine Stimme klang ein wenig gereizt, und Eddie wollte keine Nervensäge sein, deshalb sagte er: »Okay, Chief, kein Problem.« Und legte auf.

Eddie saß im Büro, bis die Sonne unterging und der Raum dunkel wurde. Er beobachtete, wie die Leute draußen auf der Straße zu ihren Sommerabendvergnügungen unterwegs waren. Teenager schlenderten zum Eisessen auf die Juice Bar zu; Eltern schoben Kinderwagen in Richtung Spielplatz am Children's Beach. Pärchen hielten sich auf dem Weg zum Dinner im Oran Mor oder im Club Car an den Händen. Wie gern hätte Eddie jetzt Grace abgeholt und ins Club Car ausgeführt. Dort hätten sie den Kaviar bestellen können, der mit einem eiskalten Wodka serviert wurde, und danach vielleicht an der Pianobar mitgesungen. Er hätte sogar die zwanzig Mäuse springen lassen, die es kostete, Ryan zum Singen von »Tiny Dancer« zu bewegen. Er hätte es für Grace getan. Sie liebte Elton John.

Er war so … einsam. Dabei musste er das nicht sein. Er konnte zum Abendessen nach Hause fahren oder auch nach nebenan ins Lola gehen, sich einen Martini und einen Burger genehmigen und vielleicht ein paar Visitenkarten verteilen.

Im Dunkeln wirkte das Büro regelrecht trostlos. Sein menschenleeres Reich.

Schließlich machte Eddie das Licht an und zwang sich, den Stapel ungeöffneter Umschläge auf seinem Schreibtisch durchzusehen. Ganz oben lag eine Rechnung über zweitausendvierhundert Dollar von Hester Phan. Ihr Erfolgsbonus.

Das gab den Ausschlag. Eddie hatte das Gefühl, in eine mit brennender Wut und Entrüstung gefüllte Grube zu stürzen. Erfolgsbonus, von wegen! Er griff zum Telefon und machte den Anruf, den er schon den ganzen Tag über hatte machen wollen.

Nachdem Benton das Büro verlassen hatte, fuhr Eddie in die Low Beach Road. Er zitterte immer noch. *Grace, Grace, Grace.* Er war so kurz davor gewesen, sie zu verlieren. Eddie mühte sich, nicht zu bereuen, was er gerade getan hatte, aber ein Teil von ihm wünschte sich, er wäre einfach nach Hause gefahren. Er malte sich aus, wie Grace die Ribeye-Steaks mit ihrer Zaubermarinade bestrichen, die kleinen Kartoffeln mit Olivenöl beträufelt und mit Meersalz und grob gemahlenem Pfeffer gewürzt und Mais von der Bartlett's Farm enthülst hatte. Hope und Allegra hatten bestimmt beide noch lesend in ihren Badeanzügen am Pool gelegen. Als Grace sie zum Tischdecken gerufen hatte, waren sie pflichtbewusst aufgestanden, um zu helfen. Sie hatten sogar ihre Handtücher aufgehoben und in den Wäschekorb geworfen, wo sie hingehörten. Dann war Hope zur Besteckschublade gegangen, und Allegra hatte vier Teller aus dem Schrank genommen.

Eddie hätte einen hervorragenden Jahrgangs-Pinot-noir aus dem Keller geholt, und Grace wäre über seine Wahl so glücklich gewesen, dass sie ihm ihr Gesicht zu einem Kuss entgegengehoben hätte.

Wenn er heute Abend nach Hause kam, würden er und Grace miteinander reden, beschloss Eddie. Sie würden neu beginnen. Kein Benton Coe mehr. Und er würde seinerseits die Low Beach Road aufgeben. Er konnte Grace nicht auffordern, ihre Affäre zu beenden, wenn er nicht den Schmutz in seinem eigenen Leben beseitigte. Diese Woche war Schluss. Er würde sich mit seinem Steuerberater Frank treffen und zusammen mit ihm entscheiden, welche von Eddies zwei Gewerbeimmobilien sie zum Verkauf anbieten sollten. Selbst mit Hypotheken konnte er wahrscheinlich noch einen anständigen Profit herausschlagen.

Geld machte nicht glücklich – manchmal aber doch.

Er würde es schaffen. Er musste sich nur noch um diese eine letzte Sache kümmern.

Um zehn vor zehn saß Eddie in seinem Cayenne vor der Low Beach Road 10. Die Klimaanlage im Wagen war an, nicht aber das Radio. Eddie hatte kaltes Wasser und eine Flasche Magensäureblocker in der Konsole. Seine Hände zitterten.

Ein Auto hielt hinter ihm – Nadias Jeep –, und Nadia und die anderen Mädchen stiegen aus. Ihre Haare waren zu Hochfrisuren aufgetürmt, und lockige Strähnen rahmten ihre Gesichter. Sie waren dick und grell geschminkt; ihr Make-up erinnerte Eddie an Tortenglasuren. Sie trugen kurze Röcke und kippelten auf ihren Stilettos. Sie kicherten und neckten sich gegenseitig auf Russisch. Sie wirkten … glücklich, geradezu ausgelassen, und Eddie versuchte, sein heftig schmerzendes Gewissen vom Klang ihrer Stimmen beschwichtigen zu lassen. Diese jungen Frauen waren hier, um sich zu prostituieren, doch zumindest schienen sie es mit Vergnügen zu tun. Vielleicht war das, was Eddie sah, aber auch gespielte Tapferkeit oder aufgeregte Vorfreude auf das, was für sie »leicht verdientes Geld« sein mochte. Immerhin war es besser, als Toiletten zu putzen, oder? Weniger erniedrigend? Eddie hatte keine Ahnung, wie die Mädchen es betrachteten. Im tiefsten Innern wusste er, dass die ganze Angelegenheit widerwärtig war. Eddies Eltern würden sich so sehr schämen, dass es ihm wehtat, darüber nachzudenken. Er wünschte, Barbie hätte sich erboten mitzukommen. Doch das tat sie nie. Sie saß einfach mit ihren Stiften und Notizblöcken aus den exotischen Hotels, in denen sie sich mit Glenn Daley traf, an ihrem Schreibtisch und wartete darauf, dass Eddie ihr ihren Anteil des Geldes übergab.

»Ich lasse mein Handy an«, hatte sie gesagt, bevor sie das Büro verließ. »Für den Fall, dass du mich anrufen musst.«

»Warum sollte ich dich anrufen müssen?«, hatte Eddie gesagt. Jetzt fragte er sich, ob Barbie eine böse Vorahnung hinsichtlich dieses Abends gehabt oder in ihren Tarotkarten oder Teeblättern oder in ihrer verdammten Kristallkugel gelesen hatte. Aber als er sich danach erkundigte, sagte sie: »Nein, nein, ich meinte nur: für den Fall.«

Was auch immer das heißen sollte.

Als die Mädchen Eddie erblickten, brachen sie in fröhliches Begrüßungsgezwitscher aus. *Eddie, Eddie, Eddie, hi, hi, hi.* Nadia küsste ihn auf die Wange, wo sie, da war er sich sicher, einen dicken, feuchten Lippenabdruck hinterließ. Elise und Gabrielle hakten sich bei ihm ein, und obwohl er sich nur zu gern von ihnen gelöst hätte, durfte er nicht riskieren, sie zu beleidigen oder ihnen die Laune zu verderben. Er versuchte sich einzureden, dass die Mädchen die hier wohnenden Herren bloß unterhalten würden. Nadia würde jonglieren, Julia »Send in the Clowns« singen, und Elise und Gabrielle würden als Dritte und Vierte beim Bridge fungieren.

Zu sechst näherten sie sich der Seitentür von Low Beach Road Nummer 10. Die Mädchen schwiegen, während Eddie anklopfte – erst einmal, dann zweimal.

Ein sehr großer magerer Mann mit schiefen Zähnen machte auf. Bugsy. Er trug ein blaues T-Shirt, Jeans und eine Baseballkappe der Minnesota Twins und sah etwas weniger beängstigend aus als auf dem Foto im Internet.

»Seid gegrüßt!«, sagte er, riss die Tür weit auf und bat sie alle herein.

Eddie ließ die Mädchen vorgehen, dann trat auch er ein, direkt in die riesige Gourmetküche, die nur von elfenbeinfarbenen Stumpenkerzen erleuchtet war. Auf den Arbeitsflächen aus Carrara-Marmor präsentierten sich ein üppiges Sushi-Buffet und Eiskübel, die Champagnerflaschen der Marke Cristal enthielten. Die Mädchen mühten sich, ihr begeistertes Quietschen zu unterdrücken. So sollte es sein – ein echtes Liebeswerben –, obwohl sie in diesem Sommer oft nur Pizzaschachteln und einen Haufen leerer Bierdosen vorgefunden hatten. Und einmal einen halb gegessenen Schokoladenkuchen, auf dem Ameisen krabbelten. Nadia hatte Eddie anvertraut, es sehe manchmal so schlimm aus, dass es den Mädchen den Spaß verdarb, weil sie wüssten, dass sie am nächsten Morgen alles aufräumen und putzen mussten.

Macht Stimmung kaputt, weißt du, Eddie?, hatte sie gesagt. *Wenn man sich vorstellt: heute Freundin, morgen Dienstmädchen.*

Sushi aßen die Russinnen besonders gern, und sie liebten Champagner. »Wollen Sie auf einen Drink bleiben?«, fragte Bugsy Eddie.

»Nein, danke«, sagte Eddie. Es war ihm unangenehm, in diesem Haus zu sein. Er wollte das Geld und dann gehen.

»Tragen Sie den Hut ständig?«, fragte Bugsy. »Auch nachts?«

Eddie nickte.

»Haben Sie ihn aus Kuba?«

»Nein, aus Ecuador«, sagte Eddie. Er war es gewöhnt zu erklären, dass der Hut, obwohl er Panamahut hieß, in der Stadt Montecristi in Ecuador hergestellt wurde.

»Ist es Ihnen peinlich, dass Sie eine Glatze haben?«, wollte Bugsy wissen. Er war selbst kahlköpfig und berührte den Schirm seiner Baseballkappe.

Eddie hatte keine Lust, mit Bugsy Dinge zu erörtern, die ihn unsicher machten, aber er fürchtete, eine Verneinung würde zu weiterem Nachhaken führen.

»Ja«, sagte er. »Ein bisschen schon.« Er hatte mit Ende zwanzig, als sein Haar schütter geworden war, angefangen, den Panamahut zu tragen.

Bugsy hob seine zur Faust geballte Hand, um damit gegen Eddies Faust zu schlagen. Dann steckte er zwei Finger zwischen seine schiefen, ungepflegten Zähne und stieß einen scharfen Pfiff aus. Sofort erschienen weitere Männer in der Küche, und innerhalb von Sekunden wurden ihnen Mädchen zugeteilt – bis auf Nadia. Nadia, so schien es, gehörte Bugsy.

Eddie ertrug es nicht, das merkwürdige Flirtritual zu beobachten. Schon jetzt küsste Elise einen Mann, der schwarze, zurückgegelte Haare hatte wie ein Vampir. Eddie wandte sich Bugsy zu, merkte aber, dass er unfähig war, das Thema Bezahlung zur Sprache zu bringen. Es war Nadia, die ihn rettete, indem sie sagte: »Warum gibst du Eddie nicht Geld, dann er kann verduften?«

Bugsy zwickte Nadia in die Nase, als wäre sie seine vorlaute Nichte, und bedeutete Eddie, ihm nach draußen zu folgen. Eddie war nur allzu glücklich darüber, sich verdrücken zu dürfen. Er winkte den Mädchen zu und sagte: »Ladies, wir sehen uns morgen.«

Keine von ihnen antwortete. Sie arbeiteten, und er spielte keine Rolle mehr.

Sobald sie in die milde Sommerabendluft hinausgetreten waren, holte Bugsy einen gepolsterten Umschlag von der Größe eines Federkissens hervor. So viel Geld. Eddie tat sein Bestes, um nicht gierig zu wirken.

»Sie kommen diese Woche jeden Abend?«, fragte Bugsy.

»Ja«, bestätigte Eddie.

»Na dann«, sagte Bugsy. »Für erwiesene Dienste.« Er überreichte Eddie den Umschlag ganz förmlich mit beiden Händen.

»Vielen Dank«, sagte Eddie.

»Danke *Ihnen*«, sagte Bugsy.

Plötzlich spürte Eddie einen festen Griff um seine Schulter und ein blendendes Licht in den Augen.

»Hoppla!«, sagte er. Sein Panamahut fiel zu Boden, und Eddie hörte das unverkennbare Knirschen von Schuh auf Stroh und zuckte zusammen. Sein dritter Hut in diesem Sommer. Sein letzter Hut.

Drinnen kreischte eins der Mädchen, und eine Sekunde später kreischten sie alle. Eddie wurden die Hände hinter den Rücken gezogen. Man legte ihm *Handschellen* an. Ein Mann mit deutlichem Südbostoner Akzent las ihm seine Rechte vor. Er war verhaftet.

Die Mädchen *schrien*. Waren sie *verletzt*?, fragte sich Eddie. Plötzlich kam Nadia aus der Seitentür geflitzt und sagte: »Hallo, Eddie, bitte, wir brauchen Hilfe.« Ihre Stimme klang ruhig und ungezwungen, als ob ihnen eine Sicherung durchgebrannt wäre oder sie ihn bitten wollten, ein Glas Gewürzgurken für sie zu öffnen.

»Miss?«, sagte der Südbostoner. »Bleiben Sie bitte da stehen. FBI.«

FBI, dachte Eddie. Am liebsten wäre er weggerannt. Er war der Flinke Eddie, der schnellste Starsprinter, den die New Bedford High School in fünfunddreißig Jahren hervorgebracht hatte. Er wusste, dass er, falls nötig, noch immer eine Viertelmeile in unter einer Minute laufen konnte. Er würde schon halbwegs am Sankaty Head Lighthouse sein, bevor irgendjemand auch nur wusste, in welche Richtung er gerannt war. Aber was dann? Er lebte auf einer Insel.

Er schloss die Augen und wartete darauf, dass die Flammen seine Brustwand hochschlugen. Er dachte an Grace, schlafend in ihrem großen Bett mit der Daunendecke. *Grace*. Er stellte sich vor, wie sie das Geschirr vom Abendessen abwusch, wie er ihr dichtes, dunkles Haar anhob und seinen Mund auf ihren Nacken drückte, eine Geste aus den Anfängen ihrer Beziehung, die er schon lange nicht mehr praktizierte.

Er hätte nach Hause fahren und das Steak und die Röstkartoffeln essen sollen, die sie speziell für ihn zubereitet hatte. Er hätte seine Frau lieben sollen. Versuchen sollen, sie wieder zum Lachen zu bringen, sie wieder glücklich zu machen.

Doch dann fiel ihm ein, dass die einzige Methode, Grace

glücklich zu machen, die er je gekannt hatte, die war, ihr jeden Wunsch zu erfüllen.

»Dafür brauchte ich das Geld«, sagte Eddie zu dem Mann hinter ihm, den er immer noch nicht sehen konnte. »Es war für meine Frau.«

»Sparen Sie sich das für den Richter«, sagte der Südbostoner.

»Wenn Sie mich laufen lassen, denke ich mir was anderes für Grace aus«, sagte Eddie. »Was Besseres.«

»Das können Sie sich im Gefängnis ausdenken. Da haben Sie jede Menge Zeit.«

Die Mädchen kamen dicht hintereinander aus dem Haus. Alle weinten.

»Eddie!«, rief Nadia.

Eddie versuchte instinktiv, seine Hände zu befreien.

»Ganz ruhig, Kumpel«, sagte der Südbostoner und geleitete Eddie zu einem schwarzen Suburban. Eddie dachte daran, wie der Chief seine Einladung zum Trinken abgelehnt hatte. *Ich hab schon was vor.* Hatte er von diesem Einsatz gewusst? Bestimmt. Und Eddie hatte geglaubt, sie seien *Freunde.*

Sie sind ein anständiger Kerl, Eddie. Ein wirklich anständiger Kerl.

Die Erkenntnis, *wie wenig das zutraf*, brach Eddie das brennende Herz.

GRACE

Irgendetwas an dem Zeitungsartikel im *Boston Globe* veränderte die Lage für Grace. Der Anblick der Fotos von ihr und Benton und die Lektüre des Textes, der das Wunderland schilderte, das sie gemeinsam geschaffen hatten, war so bestätigend gewesen. Es *war* eine Beschreibung ihres geheimen Garten Eden. Grace wusste, dass es verrückt war, aber sie hatte das Gefühl, dass sie die einzige Frau auf Erden und Benton der einzige Mann war. Als Benton am Montag kam, war Grace erfüllt von wahnsinnigem, glühendem Verlangen. Zum allerersten Mal zog sie *ihn* in den Gartenschuppen. Sie küsste ihn leidenschaftlich und sagte: »Ich würde dich wirklich gern heiraten.«

»Da gibt's ein kleines Problem«, entgegnete Benton. »Du bist schon verheiratet.«

»Das ist mir egal«, sagte Grace.

Benton berührte ihr Gesicht. »Du kannst nicht einfach abhauen. Was ist mit den Mädchen? Die brauchen dich.«

»Nächstes Jahr um diese Zeit sind sie unterwegs aufs College«, wandte Grace ein.

»Ja, aber ein Jahr ist eine lange Zeit«, sagte Benton. »Du überlegst doch nicht ernsthaft, Eddie *jetzt* zu verlassen, oder?«

Tat sie das? Wenn sie die Sache mit Madeline besprechen könnte, würde Madeline sagen: *Du hast zwei Kinder, Grace, und ein wunderschönes Heim. Bist du bereit, das alles aufzugeben? Benton Coe ist ein talentierter Mann, aber er hat hier keine Wurzeln. Er wohnt in einem Apartment über seinem Fuhrpark, und im Winter treibt er sich überall auf der Welt rum. Wahrscheinlich hat er nicht mal eine Krankenversicherung.*

Ich bin sicher, dass er eine hat, würde Grace erwidern.

Inzwischen konnte sie sich Benton und sie selbst als richtiges Paar vorstellen. Im Gegensatz zu dem, was alle glaubten, brauchte sie nicht viel, was ihr leibliches Wohl anging; sie konnte aus einem Rucksack leben. Es würde ihr nichts ausmachen, einen Winter in Marokko oder Palm Beach zu verbringen, an irgendeinem warmen und exotischen Ort fernab von ihren endlosen Verpflichtungen als Ehefrau und Mutter.

»Ich tue es«, sagte sie. »Wenn der Sommer vorbei ist, verlasse ich ihn.«

»Das klingt verrückt, Grace«, sagte Benton. »Aber es gefällt mir.« Er drückte seine Lippen auf den empfindsamsten Punkt ihres Nackens.

Wie so viele Male zuvor liebten sie sich im Gartenschuppen – bis Grace Eddies Stimme hörte.

»Grace!«

Grace hätte beinahe laut aufgeschrien. Sie mühte sich, wieder in ihr Kleid zu schlüpfen und ihre Haare zu richten, während Benton seine Shorts hochzog und leise vor sich hin fluchte.

Grace legte einen Finger auf ihren Mund. Sie mussten

sich ruhig verhalten. Es klang, als wäre Eddie auf der Terrasse. Wenn er dann woanders nach ihr suchte, konnten sie und Benton sich davonstehlen. Aber Eddie war nicht blöd. Bentons Pick-up stand in der Einfahrt, und im Haus hatte Eddie vermutlich schon nachgeschaut, und – jetzt kam ihr der schlimmste Gedanke – der Schuppen hatte vier Fenster. Die waren zwar sehr weit oben, sodass Eddie eine Leiter benötigen würde, um hereinzuspähen, doch falls er sich eine holte, würde er sie entdecken. Je länger Grace und Benton warteten, bis sie die Tür öffneten, desto übler würde es aussehen. Jede Sekunde brachte sie dem Verderben näher. Es gab im Schuppen nichts, womit sie sich hätten beschäftigen können. Was, würden sie und Benton sagen, hatten sie hier getan?

Eine ganze Weile herrschte Stille, und Grace dachte: *Mach die Tür auf! Nein, lass sie zu und verschlossen!* Vielleicht würde Eddie ins Büro zurückfahren. Was machte er überhaupt zu Hause? Benton war schweißgebadet und blass und wirkte, als wäre ihm schlecht, und Grace befürchtete, er würde sich in das kupferne Ausgussbecken erbrechen. Dabei wollte sie, dass er ruhig war, die Sache in die Hand nahm, ihr sagte, was zu tun sei.

Dann erfolgte ein scharfes Klopfen an der Tür des Schuppens, und sie fuhren beide zusammen. *Bitte, lieber Gott!*, dachte Grace. Sie war eine Ehebrecherin, die gleich ertappt werden würde, und hatte somit nicht das Recht, Zuflucht im Gebet zu suchen, doch genau das tat sie, indem sie ein Ave Maria wisperte.

»Benton, Sie sind hier ab sofort überflüssig«, sagte Eddie. »Sie sind *überflüssig*, und ich werde Ihre Abschlussrechnung nicht bezahlen. Sie haben mir mehr genommen, als ich Ihnen schulde. Ich gehe jetzt, und Sie werden direkt nach mir gehen und nie zurückkommen.«

Benton nickte heftig. Er zitterte. Warum öffnete er nicht die Tür und stellte sich Eddie? Warum sagte er nicht: *Sie können mich nicht einfach rausschmeißen, ich habe* nichts Falsches *getan!* Oder warum sagte er, da das nicht ganz glaubhaft war, Eddie nicht die Wahrheit: *Ich liebe Ihre Frau! Ich werde sie heiraten!*

Stattdessen zuckte Benton zusammen, und Grace dachte, er würde tatsächlich in Tränen ausbrechen. Dann hörten sie, dass Eddie sich entfernte; sie hörten den Motor seines Wagens. Er war gegangen, wie er es angekündigt hatte.

Benton sah Grace an. »Ich gehe jetzt auch.«

»Aber …?«, sagte Grace. »Ich dachte …?«

»Wenn sich das hier rumspricht«, sagte Benton, »wird es *übel*, Grace. Übel für dich, aber *richtig* übel für mich. Ich könnte meinen Betrieb verlieren. Ich *werde* meinen Betrieb verlieren, ganz bestimmt. Ich kann nicht hierbleiben.« Er zog an seinen rötlich braunen Haaren. »Ich fasse es nicht, dass ich so dämlich war! Herrgott!«

Grace gefiel es nicht, wie er redete, und sie entgegnete: »Vor zehn Minuten hast du noch gesagt, du hörst es gern, dass ich alles für dich aufgeben will.«

»Vor zehn Minuten sind wir auch noch nicht *erwischt* worden!«, sagte Benton. »Und als ich sagte, es klingt verrückt, was du da sagst, habe ich es ernst gemeint. Es ist Fantasterei, Grace. Ich bestreite ja nicht, dass es wundervoll war. Es war amüsant und aufregend und sexy – genau so, wie eine Sommerromanze sein sollte.«

»Es ist mehr als eine Sommerromanze«, sagte Grace. »Ich habe doch schon beschlossen, Eddie zu verlassen.«

»Nein, bitte tu das nicht!« Benton öffnete die Tür, und frische, kühle Luft strömte herein, doch Grace merkte, dass sie nicht atmen konnte. »Ich muss weg hier«, sagte Benton und verschwand ohne einen Blick zurück auf Grace ums Haus herum. Wenig später hörte sie den Motor seines Pick-ups und dachte: *Er verlässt mich. Er verlässt mich.*

In den folgenden Minuten rief Grace Benton siebenmal auf dem Handy an, hinterließ fünf Nachrichten und schickte ihm vier SMS von unterschiedlicher Länge. Die Antwort war Schweigen.

Grace rief bei Eddie im Büro an. Sie musste ihm einschärfen, dass er, so wütend er auch sein mochte, niemandem erzählen durfte, was er entdeckt hatte. Sonst wären ihrer aller Leben ruiniert – seins, ihrs, Bentons und das der Zwillinge! Aber Eloise nahm ab und leitete den Anruf auf Eddies Mailbox. Grace hatte Angst, Eloise oder Barbie würden die Nachricht mithören, also sprach sie über Essenspläne. Steaks. Kartoffeln und Mais. Dann brach sie zusammen und legte auf.

Eddie wollte nicht mit ihr reden, aber konnte sie ihm das vorwerfen?

In diesem Moment traf eine SMS von Benton ein. Erleichterung überflutete Grace, bis sie sie gelesen hatte.

Sie lautete: *Ich verlasse morgen die Insel. Es gibt ein Projekt in Detroit, das ich schon länger in Betracht ziehe. Jetzt überneh-*

me ich es und setze Donovan hier als meinen Nachfolger ein. Wir waren unbesonnen und leichtfertig, Grace, und ich nehme fünfzig Prozent der Schuld auf mich. Ich wünsche dir alles Gute. Du wirst immer meine First Lady sein. XO B.

Grace konnte gar nicht glauben, wie sehr seine Wortwahl sie verletzte. Er wünschte ihr *alles Gute*? Er zog nach *Detroit*? Sie waren *unbesonnen* und *leichtfertig* gewesen? XO?

Sie hatten sich *geliebt* – wen kümmerte da Bentons Karriere oder Graces Ruf? Was spielten diese Dinge für eine Rolle?

Er nahm fünfzig Prozent der Schuld auf sich. Wie großzügig von ihm.

Detroit? Er hatte das »schon länger in Betracht gezogen« – aber Grace erfuhr jetzt zum ersten Mal davon. Würde er sich in Detroit mit McGuvvy treffen? McGuvvy war aus Ohio, oder? Und Ohio grenzte an Michigan, daher konnte man vermuten, dass McGuvvy nach Detroit ziehen und auf dem See Segeln unterrichten würde. Wahrscheinlich hatte Benton schon länger in Betracht gezogen, sich *wieder mit McGuvvy zusammenzutun!*

Sie würde immer seine First Lady sein, aber welche Bedeutung hatte das, wenn er nicht bei ihr blieb?

Unbesonnen? Das klang, als hätten sie vergessen, den Gartenschlauch aufzuwickeln oder die Poolfilter zu checken.

Leichtfertig? Er hätte nichts sagen können, was sie mehr kränkte. Er liebte sie nicht; der Ausruf in der Lucretia Mott Lane war eine Lüge im Rausch gewesen, gefolgt von ähnlichen Erklärungen, weiteren Lügen. Er hatte Eddie nicht die Stirn geboten, sondern *Angst* vor ihm gezeigt, obwohl er ihn leicht hätte übers Knie legen und verhauen können.

Er wünschte ihr alles Gute.

Was sich daraus für Grace ergab, war *totale Verzweiflung.* Sie ertrug es nicht, den Gartenschuppen anzusehen, und hätte mit Freuden jemanden angeheuert, der ihn abriss. Am liebsten hätte sie Benzin über die Rosen gegossen und sie angezündet. Sie wollte, dass der ganze Garten brannte.

Sie stieg in ihren Range Rover und fuhr wie ein geölter Blitz zu Bentons Apartment. Es war noch nicht Mittag, und alle Arbeitsfahrzeuge waren weg, einschließlich Bentons schwarzem Pick-up. Wo steckte er? Sie musste ihn einfach nur sehen, sie benötigte ein paar ruhige Momente, um sich mit ihm auszusprechen. Eddie würde niemandem etwas sagen; er redete nicht gern über Ereignisse, bei denen er eine schlechte Figur abgab. Niemand würde je erfahren, was passiert war. Benton konnte hierbleiben. Oder … Grace konnte mit ihm nach Detroit gehen.

Nein, dachte sie sofort. Sie durfte die Zwillinge nicht einfach so verlassen. Das war keine Option.

Sie parkte den Wagen wahllos und rannte die Treppe hinauf zu Bentons Apartment. Die Tür ging auf, und ein junger bärtiger Mann mit Brille und einem flachen Hut kam heraus.

»Hi«, sagte er. »Kann ich Ihnen *helfen*?«

»Ich bin auf der Suche nach Benton«, sagte Grace. »Ist er hier?«

»Er ist an der Front, glaube ich«, sagte der Mann. »Ich bin Donovan, sein Manager. Haben Sie eine Frage oder ein Problem?«

»Beides«, entgegnete Grace aufrichtig. Dann fühlte sie sich wie ein kompletter Trottel. »Ich bin Grace Pancik.«

»Ach ja, genau!«, sagte Donovan. »Sie kamen mir schon bekannt vor. Ich hab den Beitrag im *Globe* gesehen. Tolle Presse! Wir haben darüber bereits drei neue Kunden gewonnen.«

»Prima«, sagte Grace. Sie versuchte zu lächeln, doch ihr Gesicht wollte ihr nicht gehorchen. »Hören Sie, ich muss Benton wirklich dringend sprechen …«

»Haben Sie es auf seinem Handy probiert?«, fragte Donovan.

»Hab ich«, sagte Grace. Sie hätte gern gefragt, ob sie sich drinnen hinsetzen und auf Benton warten könne, doch in diesem Apartment wohnten auch Donovan und Leslie, und Grace wurde klar, dass ihr Verhalten ans Psychotische grenzte. »Wissen Sie, *wo* er ist? Ich muss ihn wirklich dringend persönlich sprechen.«

Donovan streckte die Hände aus, als wollte er prüfen, ob es regnete. »Benton ist sein eigener Herr«, sagte er. »Er bespricht seine Termine nicht mit mir oder sonst jemandem.«

Grace holte tief Luft. »Okay.«

»Aber vielleicht versuchen Sie es bei Mrs Allemand«, sagte Donovan. »Da ist er montags und freitags.«

Edith Allemand – Main Street. Sie eilte die Treppe hinab, drehte sich dann aber noch einmal um.

»Donovan? Wissen Sie, ob Benton nach Detroit geht?«

»Ich weiß, dass er es erwägt, aber entschieden hat er sich, glaube ich, noch nicht.«

Grace stieg wieder in ihren Range Rover und fuhr in Richtung Main Street. Und siehe da, vor Nummer 808 parkte Bentons Pick-up in der Einfahrt. Und genau da im Vorgarten standen Benton und die legendäre Mrs Allemand. Benton hielt ihre Hände, und Mrs Allemand redete. Wenn sie jünger als fünfundachtzig gewesen wäre, wäre Grace vor Eifersucht geplatzt.

Grace hielt vor dem Haus, bestürzt über ihre eigene Dreistigkeit (die Stimme ihrer Großmutter Sabine flehte sie an, *keine Szene zu machen*) – doch sie konnte nicht anders. Sie musste mit ihm sprechen.

Er bemerkte ihr Auto, und sein Gesichtsausdruck wurde besorgt. Er sagte etwas zu Mrs Allemand und kam dann auf Grace zu. Grace liebte seinen federnden Gang. Sie liebte alles an ihm. Sie war total hin und weg.

Er steckte seinen Kopf durch das offene Beifahrerfenster und flüsterte: »Grace, was *tust* du hier?«

»Ich muss mit dir reden«, sagte sie.

»Verstehst du nicht, wie unpassend das hier ist?«, fragte er. »Weißt du nicht, wie das *aussieht*?«

»Ist mir egal, wie es aussieht«, sagte Grace. »Und dir war es auch mal egal. Als du mich auf der Lucretia Mott Lane geküsst hast!«

»Ich habe einen Betrieb zu leiten«, sagte Benton. »Und du hast eine Familie. Kümmere dich um deine Familie, Grace. Kümmere dich um deine Töchter. Klär deine Probleme mit Eddie. Bitte, bitte mach es mir nicht schwerer, als es eh schon ist. Bitte verfolge mich nie wieder so wie jetzt, okay? Das macht mich ein bisschen nervös.«

Verfolgen?, dachte Grace entrüstet. Sie *verfolgte* ihn doch nicht.

Aber hier war sie, vor Mrs Allemands Haus, und Donovan

würde Benton sicher erzählen, dass Grace sein Apartment gestürmt hatte.

Verfolgen.

»Du schuldest Hope noch eine Liste mit hundert Büchern«, sagte Grace. »Mir kannst du ja gern das Herz brechen – das ist okay –, aber enttäusch keine Sechzehnjährige.«

Aus dem Garten trällerte Mrs Allemand: »Alles in Ordnung, Benton?«

Benton winkte ihr zu und schenkte Grace einen letzten Blick. »Bitte, Grace. Klarer Schnitt, okay? Du wirst schon zurechtkommen. Und jetzt … mach's gut.«

Mach's gut.

Grace fuhr los.

Sie wünschte sich Madeline. Madeline war der einzige Mensch, der sie verstehen würde.

Das Erste, was Grace nach ihrer Heimkehr tat, war, ihre Mitgliedschaft im Nantucket Garden Club zu kündigen. In einer E-Mail an Jean Burton gab sie dafür »persönliche Gründe« an. Es war ihr egal, wie diese persönlichen Gründe interpretiert wurden. Ihr war alles egal.

Sie öffnete ihr Arzneischränkchen, nahm eine Fioricet und versuchte, sich zu konzentrieren. Benton war weg – aber was war mit Eddie? Konnte sie ihre Ehe noch retten? *Wollte* sie ihre Ehe retten?

Sie würde jetzt die Steaks besorgen, beschloss sie. Sie würde Kerzen anzünden, einen Strauß Blumen pflücken und versuchen, Normalität herzustellen. In der Zwischenzeit würde Benton vielleicht zur Besinnung kommen.

Klarer Schnitt, okay? Was hieß das? Sollte sie so tun, als hätte es die Postkarten aus Marokko und den Minztee und die Pistazienmacarons und die Ploughman's Lunches und das langsame Tanzen auf der Terrasse und das Fotoshooting für den *Boston Globe* und ihre feurigen Liebesspiele im Gartenschuppen nie gegeben?

Detroit?

Doch Eddie kam zum Abendessen nicht nach Hause. Er müsse sich um die Mietsache in der Low Beach Road kümmern, informierte er sie in einer knappen SMS. Grace aß schweigend mit den Mädchen, die sich von den Büchern erzählten, die sie gerade lasen. Das Essen duftete köstlich, aber Grace bekam keinen Bissen herunter. Sie hatte alles ruiniert. Ihr Liebhaber war weg, er hatte sich als Feigling erwiesen – *ziehe jetzt ein Projekt in Detroit in Betracht* –, und sie hatte ihre Ehe zerstört. Genau so, wie Madeline es vorhergesagt hatte. *Worauf soll das denn hinauslaufen?*

Grace trank vier Gläser Wein und dann, als die Mädchen in die Stadt ins Kino gefahren waren, ein fünftes. Mehr oder weniger betäubt wankte sie die Treppe hinauf. Sie griff nach ihrem Handy und las noch einmal die SMS von Benton. Sie brauchte Madeline. Konnte sie Madeline anrufen?

Allegra ist eine Betrügerin, und du, Grace, bist auch eine.

Nein, sie konnte Madeline nicht anrufen.

Vor dem Einschlafen suchte Grace nach Gründen, dankbar zu sein. Ihre Töchter waren gesund und kamen gut miteinander aus. Und sie hatte immer noch den schönsten Garten auf Nantucket. Ganz zu schweigen von ihren Araucana-Hühnern und ihrem florierenden Handel mit Bio-Eiern.

Exotische Hühner und blassblaue Eier waren gut und schön, aber kein Ersatz für Liebe.

Als Grace um Mitternacht aufwachte, war Eddie immer noch nicht da. War er noch in der Low Beach Road beschäftigt? Oder besoff er sich womöglich in einer Bar in der Stadt? Grace mochte ihm nicht simsen, um ihn danach zu fragen. Sie schlich den Flur entlang in ihr Arbeitszimmer und sah sich noch einmal den Artikel im *Boston Globe* an. Da waren ihre Hortensien, ihre Rosen, ihre Adirondack Chairs – alles perfekt und professionell aufeinander abgestimmt. Da waren der Steg und der Bach und der Polpis Harbor dahinter, der Gartenschuppen und das kupferne Ausgussbecken, das sie jetzt am liebsten herausgerissen und auf der Müllkippe entsorgt hätte. Und da waren Grace und Benton auf ihren Stammplätzen am Teakholztisch, wo sie ihre Champagnergläser hoben und sich über all das Schöne freuten, das sie kreiert hatten.

Ich vermisse dich, simste sie Benton.

Schweigen.

Elf Minuten später (eigentlich hatte sie fünfzehn Minuten warten wollen, schaffte es aber nicht) schrieb sie: *Ich weiß, dass du mich auch vermisst.*

Schweigen.

Es gab nichts auf der Welt, befand sie, das so sehr verletzte wie Schweigen.

Seit dem Abend der Séance hegte Grace gemischte Gefühle für ihre Schwägerin Barbie. *Zwei Frauen an diesem Tisch wer-*

den die Person zu ihrer Linken hintergehen. Eddie hatte links von Grace gesessen, Grace links von Madeline und Trevor links von Barbie. Barbie würde nie in eine Situation geraten, in der sie Trevor hintergehen konnte, und es war sowieso ziemlich klar, dass sie nicht sich selbst meinte.

Grace würde Eddie hintergehen.

Madeline würde Grace hintergehen.

Barbie hatte recht gehabt: Ein halbes Jahr später hatte Grace ihre Affäre mit Benton Coe begonnen. Besaß Barbie *wirklich* übersinnliche Fähigkeiten? Oder hatte ihre Prophezeiung Graces Verhalten beeinflusst? Diese Fragen hatte Grace sich immer wieder gestellt, aber sie sah Barbie seitdem mit anderen Augen. Und nach der Séance hatte Barbie die Feiertage nicht mehr mit Grace, Eddie und den Zwillingen verbracht. Sie behauptete, sie verreise lieber, doch Grace hatte das Gefühl, dass Barbie etwas Schändliches über sie herausgefunden hatte und sich deshalb von ihr distanzieren wollte.

Außerdem war Barbie Pancik von Natur aus eine sehr verschlossene und unnahbare Person. Ihre Loyalität galt ausschließlich Eddie und der Agentur und darüber hinaus sich selbst.

Man stelle sich also Graces Überraschung vor, als Barbie Pancik mitten in der Nacht an ihrem Bett stand und sie wachrüttelte.

Grace schrie auf. Es war ein böser Traum, in dem Barbie drohend über ihr aufragte, ihre schwarze Perle hin und her schwingend wie ein Pendel, und der Duft ihres Parfüms den ganzen Raum erfüllte.

»Grace, du musst aufwachen«, sagte Barbie.

Ein böser Traum. Nein, kein böser Traum. Aus irgendeinem unbegreiflichen Grund war Barbie Pancik in ihrem Schlafzimmer. Es war etwas Schlimmes passiert. Grace schaute nach rechts – kein Eddie. Eddie war tot. Warum sollte Barbie Pancik sonst hier sein? Eddie hatte das mit Grace und Benton herausgefunden und sich umgebracht.

Grace schlug die Hand vor den Mund und schüttelte den Kopf.

Barbie ließ sich neben Grace auf die Matratze sinken und sagte: »Du musst mir zuhören.«

»Nein«, wisperte Grace. »Neinneinneinneinnein.«

»Eddie steckt in Schwierigkeiten. Es gab ein Missverständnis in dem Haus in der Low Beach Road, und das FBI hat ihn in Gewahrsam genommen.«

Wieder dachte Grace: *Ein böser Traum*. Denn was Barbie sagte – falls sie real war, und das schien sie tatsächlich zu sein –, ergab keinen Sinn. FBI? Welches *Missverständnis* konnte das FBI ins Spiel bringen?

Barbie reichte Grace ein Glas Wasser vom Nachttisch. »Ich möchte, dass du das trinkst, und dann erzähle ich dir etwas, das du nie, niemals weitererzählen darfst. Verstehst du mich?«

Grace nahm das Wasser entgegen und nickte. Barbie hätte eine gute Mutter abgegeben, fand sie.

»Das FBI hat Eddie verhaftet, weil sie ihn verdächtigen, in der Low Beach Road einen Prostituiertenring geführt zu haben«, sagte Barbie.

Grace blinzelte und stellte das Wasser dann wieder ab.

»Womöglich hat er schon gestanden«, sagte Barbie. »Das weiß ich nicht.«

»Gestanden«, wiederholte Grace.

»Ben Winford ist jetzt bei ihm, aber vielleicht hat er schon vor Bens Ankunft den Mund aufgemacht. Anscheinend hat Eddie nicht so oft *Law & Order* gesehen wie ich.«

»Law & Order?«, fragte Grace.

»Du musst dich jetzt anziehen und auf die Wache fahren und ihn gegen Kaution rausholen«, sagte Barbie.

»Ich? Was ist mit dir? Kommst du nicht mit?«

»Nein«, sagte Barbie. »Ich muss mich von der Sache distanzieren. Aus geschäftlichen Gründen.«

»Stimmt es denn?«, wollte Grace wissen.

»Darauf kommt es nicht an«, sagte Barbie. »Sie müssen es beweisen.«

Aus irgendeinem Grund war Nadia, eine von Eddies Putzfrauen, in der Polizeiwache. Grace blinzelte und dachte erneut: *Ein böser Traum*. Ein Albtraum von der Art, bei der Menschen aus verschiedenen Bereichen ihres Lebens an Orten auftauchten, wo sie nicht hingehörten. Warum sollte Nadia hier sein? Das war ein Irrtum. Doch als Grace nach hinten geleitet wurde, um die Kaution für Eddie zu hinterlegen, sah sie Nadia oder ein Mädchen, das ihr aufs Haar glich, in einem der Verhörräume sitzen. Grace war so verdutzt, dass sie einen Schritt zurück machte und noch einmal in den Raum spähte, um sich zu vergewissern. Definitiv Nadia. Grace hörte, wie sie sagte: »Ich putz nur die Häuser …« Jetzt schloss, wer immer mit in dem Raum war, die Tür.

Dann erblickte Grace Eddies vier andere Putzfrauen, die auf Klappstühlen vor der diensthabenden Beamtin saßen. Grace hatte sie irgendwann kennen gelernt, erinnerte sich aber nicht an ihre Namen bis auf den von Nadia. Die Mädchen trugen Schlauchröcke und hatten alle ihre sehr hochhackigen Schuhe ausgezogen. Ein Mädchen rieb sich die Füße, eins weinte leise. Sie rochen streng und antiseptisch, nach Haarspray und billigem Parfüm. Sie sahen aus … na ja. Grace seufzte. Sie sahen aus wie Nutten. Eddie hatte seine Putztruppe als Prostituierte eingesetzt. Grace drehte sich der Magen um.

»Ich bin hier, um die Kaution für Eddie Pancik zu hinterlegen«, sagte sie zu der Beamtin, einer Schwarzen, die so umwerfend aussah, dass sie ein Supermodel hätte sein können, und auf deren Namensschild *Peters* stand.

Von den Mädchen war Getuschel zu hören. Eins von ihnen fragte: »Sie sind Eddies Frau, oder?«

»Keine Gespräche!«, sagte Officer Peters.

Grace wandte sich zu den Mädchen um. »Ja«, sagte sie.

In dieser Sekunde ging die Tür im Flur auf, und Nadia kam heraus, begleitet von einem stiernackigen Mann mit silbernem Bürstenschnitt und einer marineblauen FBI-Windjacke.

»Hallo, Mrs Pancik«, sagte Nadia.

»Was geht hier vor, Nadia?«, fragte Grace. Es konnte sich doch nur um einen Irrtum handeln, oder? Es *musste* ein Irrtum sein. Grace konnte sich nicht *vorstellen*, dass Eddie diese Mädchen – keins von ihnen älter als fünfundzwanzig, schätzte sie – zu Huren gemacht hatte.

Doch Nadia schien zu Erklärungen nicht in der Lage zu

sein. Sie drehte sich zu den anderen Mädchen um und sagte etwas auf Russisch.

»Das reicht!«, bellte der silberne Bürstenschnitt. »Kat, hast du einen Raum, wo ich Miss Nadia unterbringen kann, während ich mit der Nächsten rede? Sie sollte isoliert werden. Das sollten sie eigentlich alle.«

»Wir können nichts tun, was wir nicht tun können«, sagte Officer Peters und lächelte Grace entschuldigend an. »Wir haben einfach nicht genug Personal, wenn so was passiert.«

Grace nickte, als verstünde sie, was das bedeutete. Officer Peters redete mit ihr, als steckten sie irgendwie unter einer Decke, und Grace beschloss, das auszunutzen, und sagte: »Ich würde gern meinen Mann sehen. Ist das möglich?«

»Wer ist denn Ihr Mann?«, fragte der Bürstenschnitt.

»Edward Pancik.«

»Ha!«, sagte er. »Dann setzen Sie sich lieber. Das wird eine Weile dauern.«

»Ich sehe mal, ob ich einen Raum für Miss Nadia finde«, sagte Officer Peters.

Nadia sagte zu den anderen Mädchen etwas auf Russisch.

Grace wünschte, sie könnte sie verstehen! »Seid ihr … in Schwierigkeiten, Nadia?«, fragte sie.

»Ma'am, bitte«, sagte der silberne Bürstenschnitt. »Sie muss isoliert werden! Herrgott noch mal!«

Officer Peters verschwand im Flur. Der silberne Bürstenschnitt beäugte die fünf Mädchen und las Namen von einem Klemmbrett ab. *Elise Anoshkin, Julia Vlacic, Gabrielle Bylinkin, Nadia Roskilov, Tonia Yedemesky*. Die betreffenden Mädchen hoben nacheinander die Hände.

Das einzig Gute an der Entdeckung, dass Eddie sich in eine so abscheuliche Lage gebracht hatte, war, dass sie Grace davon abhielt, sich wegen Benton zu quälen.

Sie musste sich zwischen beidem entscheiden.

Und das hier war definitiv schlimmer.

Um sieben Uhr morgens rüttelte eine sehr ramponierte Version von Eddies normalerweise tadellos gekleidetem Anwalt Ben Winford Grace auf ihrem Stuhl wach.

»Diesmal hat Eddie sich so richtig reingeritten«, sagte er und starrte an die Decke, was Grace veranlasste, auch an die Decke zu starren. »Warum rufen meine Klienten mich nie *an*, bevor sie das Gesetz brechen? Dann könnte ich ihnen erklären, dass das keine gute Idee ist. Was hat Richard Nixon uns gelehrt? Was haben die Attentäter von Boston uns gelehrt? Verbrecher werden immer erwischt.«

»Muss er ins Gefängnis?«, fragte Grace. Ihre Stimme klang nach dem Fioricet, dem Wein und der fast schlaflosen Nacht sehr brüchig. Sie dachte an ihr Zusammensein mit Benton im Gartenschuppen. Das war gestern früh gewesen, vor weniger als vierundzwanzig Stunden, die ihr wie Wochen vorkamen.

»Oh, wahrscheinlich«, sagte Ben müde. Grace bemerkte, dass er eine Pyjamajacke zu seinen Jeans trug. »Das hier ist nicht gerade mein Spezialgebiet, aber ich kenne einen Typen in Boston, der sich mit Erpressung und Prostitution, eher so Mafia-Sachen, befasst. Sie kennen mich ja – ich bin im Grunde Immobilienexperte.«

»Mafia-Sachen?«, hakte Grace nach. Sie hatte das Gefühl, gleich ohnmächtig zu werden.

Ben tätschelte ihr Knie. »Die gute Nachricht ist, dass Sie ihn noch heute hier rauskriegen.«

Drei Stunden später, um zehn Uhr, kam Eddie fürs Erste frei. Seine Kaution wurde auf fünfzehntausend Dollar festgesetzt. Grace wollte mit ihrer Platin-Kreditkarte bezahlen, doch das durfte sie nicht, also musste sie einen Scheck ausstellen. Als sie endlich draußen beim Auto waren und Grace Eddie davon erzählte, lachte er wie ein Verrückter. »Der Scheck wird platzen, Grace. Wir sind pleite.«

»Was soll das heißen?«

Eddie zuckte die Achseln. »Sobald sie merken, dass der Scheck ungedeckt ist, werden sie mich abholen.«

»Nein, was soll es heißen, dass wir pleite sind?«, fragte Grace. »Wie können wir pleite sein?«

Sie hörte schweigend zu, während Eddie berichtete: Das ganze Geld war weg. Das Häuserprojekt war eine finanzielle Schlinge um seinen Hals. Zwei von den dreien hatte er an Glenn Daley verkauft, ausgerechnet, aber der Erlös hatte nur dazu gereicht, Eddies aufgelaufene Schulden zu bezahlen. Die Eagle Wing Lane 13 war noch hundertfünfzig- oder zweihunderttausend Dollar entfernt von der Fertigstellung, und Eddie hatte seine Möglichkeiten ausgeschöpft. Er hatte seit neun Monaten kein Haus verkauft; der Markt gab absolut nichts her. Er hatte es geschafft, die Low Beach Road 10 an Gruppen von Managern zu vermieten, doch das hatte ihm dann diesen Schlamassel eingebrockt.

»Ja«, sagte Grace. »Reden wir mal über *diesen Schlamassel*. Was zum Teufel ist los, Eddie? Was hast du *getan*?«

»Das kann ich dir nicht erzählen«, sagte Eddie, »sonst kriegen sie dich vielleicht als Mitwisserin dran.«

»Das werden sie nicht«, sagte Grace, »weil ich nichts davon wusste. Aber jetzt erzählst du es mir.«

»Ich kann nicht«, sagte Eddie.

»Erzähl es mir!«, schrie Grace.

Eddie barg das Gesicht in seinen Händen. Grace dachte, er würde womöglich weinen, und das ängstigte sie, weil Eddie nie weinte. Er hatte beim Tod seiner beiden Eltern nicht geweint, und er hatte nicht geweint, als Hope blau angelaufen zur Welt gekommen war. Er hatte nicht geweint, als er Grace gestern mit Benton im Gartenschuppen ertappt hatte. Würde er jetzt weinen, über seinen Ruin?

Nein. Er hob den Kopf und sagte: »Ich brauchte Geld, und letztes Jahr hatte ich einen Kunden, der sich nach den Mädchen erkundigte – ob sie rüberkommen und den Jungs Gesellschaft leisten könnten –, und letztes Jahr habe ich ›auf keinen Fall‹ gesagt.«

»Aber dann …?«

»Dann, in diesem Jahr, bin ich richtig in Schwierigkeiten geraten, Grace. Ich kann dir gar nicht sagen, wie schlimm es wurde, finanziell, und ich brauchte Geld, und die Typen, die dieses Haus mieten, Baby, die haben Kohle ohne Ende, die zahlen zehn Riesen *pro Nacht*.«

Grace rang nach Luft.

»Ganz schön viel, oder? Und ich brauchte das Geld, aber ich hätte die Mädchen nie gezwungen. Ich hab sie nur gefragt, *was wäre, wenn*. Und sie waren *begeistert*. Es ist eine Menge Schotter für sie.«

»Das sind Immigrantinnen, die du ausbeuten kannst«, sagte Grace. »Was für eine Reaktion hast du denn *erwartet*? Ich glaube, mir wird gleich übel.«

»Die Mädchen haben sich nie beklagt«, sagte Eddie. »Vermutlich sahen sie sich als Julia Roberts in *Pretty Woman*. Sie waren scharf auf die Kohle. Die Bezahlung war *irre* – auch für mich und Barbie.«

»Barbie ist also *doch* beteiligt?«, fragte Grace.

»Nein.«

»Eddie.«

»Ja«, sagte Eddie. »Ja, sie ist beteiligt. Aber das weiß die Polizei nicht, und sie darf es auch nicht erfahren. Barbie muss die Geschäfte führen, solange ich …«

»Solange du im Gefängnis bist«, ergänzte Grace. Es klang unfassbar, doch sie musste akzeptieren, dass es eintreffen könnte. Eddie würde vielleicht ins Gefängnis kommen. *Oh, wahrscheinlich*, hatte Ben Winford gesagt. Grace schluckte. Es nagte noch etwas anderes an ihr. »Hast du … ich meine, Eddie, hast du … mit einem von den Mädchen geschlafen?«

»Nein!«, sagte Eddie. »Mein Gott, nein! Ich bin dir nie untreu gewesen.«

Grace nickte. Sie glaubte ihm.

»*Du* bist die Untreue! Du hattest eine Affäre mit Benton Coe, *vor meiner Nase, in meinem eigenen Haus*.«

Grace schwieg. »Jetzt ist er weg. Es ist vorbei.«

»Es klingt, als wärst du traurig darüber«, sagte Eddie. »Bist du traurig? *Liebst* du ihn, Grace?«

Ja, ich liebe ihn!, hätte sie gern geschrien. *Ich liebe ihn mehr, als ich das Atmen liebe!*

Aber stattdessen sagte sie: »Darüber kann ich momentan nicht nachdenken, Eddie. Wir haben größere Probleme. Wir haben eine *Strafanzeige* gegen dich laufen!«

»Was erzählen wir den Mädchen?«, fragte Eddie.

»Gar nichts«, sagte Grace. »Sie sind Kinder, Eddie. Sie brauchen nichts über die Schandtaten ihrer Eltern zu wissen.«

»Sie werden es bestimmt erfahren«, sagte Eddie. »So, wie auf dieser Insel getratscht wird.«

»Wir schützen sie so lange wie möglich«, sagte Grace. »Okay?«

»Okay«, sagte Eddie.

Als sie nach Hause kamen, lagen die Mädchen lesend nebeneinander auf Liegestühlen am Pool, beide rank und schlank und entzückend in ihren Bikinis, Allegras rot, Hopes schwarz – nein, Moment mal, umgekehrt. Grace schüttelte den Kopf; es war praktisch das erste Mal, seit ihre Töchter Babys gewesen waren, dass sie sie verwechselte. Beide trugen die Haare offen, und Hope hatte ihre so frisiert wie Allegra, was wirklich bezaubernd aussah. Das hier war der Schnappschuss von einem Familienleben, wie Grace es sich immer gewünscht hatte, aber nie ganz hatte verwirklichen können – wegen Allegras Launenhaftigkeit, wegen Graces wilden, streunenden Herzens und weil Eddie immer, immer, *immer* gearbeitet hatte

»Habt ihr Hunger?«, rief Grace ihnen zu.

»Einen Mordshunger«, sagte Allegra. »Wo seid ihr zwei *gewesen?*«

»Aus«, sagte Grace.

»Aus wo?«, fragte Hope.

»Einfach aus«, sagte Grace.

»Wow«, sagte Allegra. »Du klingst wie ich.«

Grace machte Hühnersalat-Sandwiches und holte Weintrauben aus dem Kühlschrank. Sie schnitt ein paar Gewächshaustomaten auf, bestrich sie mit frischem Pesto und gab winzige Mozzarellakugeln dazu. Sie und die Mädchen setzten sich draußen in der Sonne an den Tisch, Eddie dagegen entschuldigte sich damit, dass er schlafen müsse, und ging nach oben.

»Ist mit Dad alles in Ordnung?«, fragte Hope, nachdem sie gegessen hatten.

»Nicht so ganz«, entgegnete Grace. Sie räumte die Teller ab und stand auf, weil sie nicht mehr sagen wollte. Eddie hatte recht: Die Mädchen mussten von ihm und Grace erfahren, was los war, bevor sie es von anderen hörten – aber den heutigen Tag würde sie ihnen noch lassen.

MADELINE

Madeline las die fertige erste Fassung von *B/G* dreimal. Der Roman war gut; er machte regelrecht *süchtig*. Die Kraft und Eindringlichkeit der Liebesgeschichte und die Verbotenheit der Affäre wirkten unwiderstehlich, aber erst die Echtheit der Gefühle zwischen B und G ließen ihn leuchten.

Sie würde ihn nicht veröffentlichen.

Oh, wie sie sich davor fürchtete, Angie anzurufen! Und doch, anrufen musste sie sie.

Angies Assistent Marlo nahm ab. »Sie ist beim Mittagessen.«

»Wirklich?«, fragte Madeline. Es war Viertel nach zehn. Kein Mensch aß um Viertel nach zehn zu Mittag, nicht einmal Angie Turner. Vielleicht bedeutete »Mittagessen«, dass sie sich im Warwick Hotel mit ihrem Fliesenleger traf. Madeline beschloss, es einfach Marlo zu erzählen, und der konnte Angie dann die schlechte Nachricht übermitteln. »Hör zu, Marlo, ich werde *B/G* nicht veröffentlichen. Ich muss es zurückziehen.«

»Bleib bitte dran«, sagte Marlo. »Ich stelle dich zu Angie durch.«

»Ich dachte, sie sei zu Mittag.«

»Sie ist gerade reingekommen«, sagte Marlo.

»Wie geht's meiner Lieblingsautorin?«, fragte Angie, als sie am Apparat war. »Wie geht's dem nächsten großen Ding? Von jetzt an werde ich dich einfach Nummer eins nennen, denn dahin bist du unterwegs, Madeline. An die Spitze. In der *New York Times*, im *Wall Street Journal*, in *USA Today*.«

Marlo hatte ihr nichts erzählt.

»Hat Marlo es dir ausgerichtet?«, fragte Madeline.

»Mir was ausgerichtet?«

»Ich kann nicht zulassen, dass das Buch erscheint«, sagte Madeline.

Schweigen.

Madeline wartete. Vielleicht war's das schon. Sie hatte es ausgesprochen. Konnte sie jetzt auflegen?

Aber dann fing Angie an zu schreien. Die gertenschlanke Angie mit ihren Bleistiftröcken und Louboutin-Slingbacks hatte plötzlich eine Stimme, die Madelines Telefon fast zum Zerspringen brachte. Sie verstand nicht jedes Wort, aber die Hauptpunkte waren folgende: *Du kannst nicht einfach ... Das Buch, Madeline, diese Entscheidung triffst nicht du, die treffen wir ... So eine Scheiße! Das ist eine so dicke, fette Angelegenheit, du hast verdammt noch mal keine Ahnung, wie sehr du dir damit schadest, du könntest genauso gut eine Rasierklinge nehmen und dir das Handgelenk ... Wie sehr du mir damit schadest ... Ich hab mit diesem Buch vor meinen besten Freundinnen geprahlt ... Yoga ... die Fußballspiele meines Sohnes ...*

Dann holte sie tief Luft und sagte: »Der Werbeetat ist *viermal* so hoch wie der für *Insulaner*. Das wird eine völlig neue Liga für dich. Jetzt stehst du auf einer Stufe mit deinem Cousin Stephen.«

An dieser Stelle warf Madeline ein: »Er ist nicht mein Cousin.«

»Du kannst es nicht zurückziehen«, sagte Angie. »Das ist keine Option.«

»Doch«, widersprach Madeline. »Es ist meine Entscheidung, und es tut mir leid, dass ich das Buch nicht veröffentlichen lasse. Es tut mir leid, dass ich dich enttäuschen muss.«

»Das ist *mehr* als eine Enttäuschung, Madeline«, sagte Angie. »Es ist was anderes, als meine vierzehnjährige Tochter an der Ecke Bleecker und Sixth Avenue beim Rauchen zu erwischen. *Das* war eine Enttäuschung. Aber dies hier ist viel schlimmer.«

»Ich kann es nicht erscheinen lassen«, sagte Madeline. »Es tut mir leid, dass ich es überhaupt geschrieben habe. Ich hätte diese Geschichte nie jemandem zeigen dürfen.«

Schweigen. Es klang, als ob sich Angie selbst eine Zigarette anzündete.

»Es ist ein gutes Buch, Madeline«, sagte sie dann.

»Aber ich fühle mich nicht gut damit«, sagte Madeline. »Pass auf, ich will dich nicht von deiner sonstigen Arbeit abhalten. Nichts, was du sagst, kann meine Meinung ändern.«

»Ach nein?«, gab Angie zurück. »Wie wär's denn hiermit? Du hörst von unserer Rechtsabteilung.«

Und damit legte sie auf.

Eine Stunde später, als Madeline in ihrer Wohnung auf dem Sofa lag und die letzte Nummer des *New Yorker* las und auf eine neue großartige Idee hoffte, klingelte ihr Telefon.

Es war Redd Dreyfuss.

Madeline seufzte. Er rief an, um ihr zu sagen … dass sie ihren Vorschuss zurückzahlen musste? Dass er sie als Klientin feuerte? Dass ihre Karriere als Romanschriftstellerin zu Ende war und sie nie wieder einen Fuß nach Manhattan zu setzen brauche, weil sie für das Verlagswesen gestorben sei?

Sie machte sich auf das Schlimmste gefasst. »Hallo?«

»Madeline King«, sagte er. »Wie geht's dir, mein Liebling?«

Redd klang entspannt, aber auch alt. Er war in den Fünfzigern gewesen, als er Madeline unter Vertrag genommen hatte, also musste er jetzt um die siebzig sein.

»Es tut mir so leid, Redd«, sagte sie und schluckte. »Ich kann es nicht tun. Es ist nämlich so, dass ich den Roman auf der Affäre meiner besten Freundin aufgebaut habe. Ich habe sie nicht eins zu eins übernommen, aber die Geschichte ist ihre, nicht meine, und ich kann nicht zulassen, dass sie ans Licht kommt.«

»Aha«, sagte Redd. »Dir ist doch klar, dass es nicht gegen das Gesetz verstößt, einen Roman auf wahren Ereignissen basieren zu lassen, auch wenn sie jemand anderem widerfahren sind, oder? Ich meine, nehmen wir an, deine Freundin liest das Buch und ist der Meinung, dass du versuchst, das, was sie wirklich erlebt hat, als Fiktion auszugeben. Nehmen wir an, sie nimmt sich einen Anwalt. *Solche* Fälle kommen selten vor Gericht.«

»Vielleicht verstößt es nicht gegen das geschriebene Gesetz«, sagte Madeline. »Aber es verstößt gegen *mein* Gesetz. Das Gesetz, das ich in mir habe. Ich habe das Buch geschrieben, als ich verzweifelt nach einer Story suchte und mir dann diese in den Schoß fiel. Das Timing war geradezu unheimlich. Ich habe mir eingeredet, es sei okay, denn wenn ich die Details veränderte, würde niemand die Personen erkennen. Aber das Wesentliche an Graces Geschichte ist auch das Wesentliche an meinem Roman, und es wäre nicht fair von mir, es zu übernehmen. Es wäre unethisch.«

»Na gut«, sagte Redd und machte eine lange Pause. »Es klingt, als wäre das die richtige Entscheidung für deine Seele, und dazu gratuliere ich dir.«

»Wirklich?«

»Wirklich. Ich weiß, dass Angie ihren ganzen Zorn auf dich entladen hat, aber ich habe sie beruhigt.«

»Sie hat gesagt, ich würde von ihrer Rechtsabteilung hören.«

»Sie versucht, dir Angst einzujagen. Sie will diesen Roman *unbedingt* veröffentlichen – das ist geradezu eine persönliche Mission von ihr –, aber er ist *dein* geistiges Eigentum. Worauf es *ankommt*, ist, dass du ein richtig gutes Buch geschrieben hast. Und wenn du das einmal geschafft hast …«

»Was dann?«, fragte Madeline.

»Dann schaffst du es auch ein zweites Mal«, sagte Redd. »Dir wird schon was anderes einfallen, glaub mir.«

»Aber wenn es Angie nun nicht so gut gefällt? Muss ich dann meinen Vorschuss zurückzahlen?«

»Verdammt noch mal, nein!«, sagte Redd. »Ich meine, muss Angie es trotzdem akzeptieren? Verdammt noch mal, ja. Aber ich bin mir ganz sicher, dass du ihr was noch Besseres liefern wirst, Madeline. Wenn nicht beim nächsten Versuch, dann beim übernächsten. Und sogar, wenn du *überhaupt* nicht lieferst, ist es für einen Verlag sehr schwer, einen einmal gezahlten Vorschuss zurückzubekommen. Ich hatte schon Autoren, die sich *um zehn Jahre* verspätet haben! Ich hatte Autoren, die *nach Südamerika verschwunden* sind! Ich hatte Autoren, die die *Tagebücher ihrer halbwüchsigen Kinder abgekupfert* haben!« Redd klang immer erregter. Madeline wusste, dass er in letzter Zeit zugenommen hatte, und befürchtete, er könne jetzt an seinem Schreibtisch einen Herzinfarkt erleiden. Zum Glück beruhigte er sich wieder. »Meine Liebe, ich habe alles erlebt. Ich weiß, du denkst, du seist die einzige Autorin, die jemals die Erfahrungen einer engen Freundin als Romanstoff verwendet hat, aber ich versichere dir, das bist du nicht. Wie heißt es so schön? *Schreib über das, was du kennst*. So etwas tun Schriftsteller *ständig*. Mir ist klar, dass du meinst, nichts anderes schreiben zu können, aber ich sage dir, Madeline, du kannst es. Du musst nicht einmal an dich selbst glauben. Ich bin dein Agent. Ich übernehme das Glauben für dich.«

»Danke«, flüsterte Madeline.

»Ich kümmere mich um Angie«, sagte Redd. »Schließlich bezahlst du mich nicht bloß dafür, dass ich in meinem Büro rumsitze und gut aussehe.« Er stieß ein dröhnendes Lachen aus. »Und jetzt, mein Liebling, an die Arbeit.«

Madeline legte auf und dachte: *Ja!* Sie musste aufhören, sich wegen Eddie und der fünfzigtausend Dollar Sorgen zu machen und Allegra zu verteufeln. Sie war eine narzisstische Sechzehnjährige – na und? Brick würde über sie hinwegkommen und sich weiterentwickeln, und sein Herz würde an der Stelle, wo es gebrochen war, stärker sein als zuvor. Doch vor allem musste Madeline aufhören, Grace zu vermissen.

Das war das Schwierigste. Sie konnte sich nicht dazu zwingen.

Vielleicht konnte sie einen Roman mit dem Titel *Wie ich Grace vermisse* schreiben, über eine Autorin, die über die Affäre ihrer besten Freundin schreibt und es dann bereut. Das wäre ähnlich wie die Frau auf der Cornflakesschachtel, die Cornflakes aus einer Schachtel isst, die ihr eigenes Bild zeigt, und so weiter und so weiter – endlos.

Das Gehirn tat ihr weh, wenn sie daran dachte.

Sie griff nach ihrem Stift und einem neuen Notizblock.

Ein wenig später landete ein Anruf von Rachel McMann auf Madelines Handy. Madeline hatte beschlossen, keine Fortsetzung von *Insulaner* zu schreiben, sondern die *Vorgeschichte*. Sie würde erzählen, wie es auf Nantucket gewesen war, bevor es überschwemmt wurde. Es würde ein Roman über den Anfang vom Ende werden, in dem ihre Protagonisten Jack und Diane noch im Mutterleib waren. Bei allem sollte eine bedrohliche Vorahnung mitschwingen und eine Atmosphäre der Angst erzeugen, denn die Leser würden ja wissen, dass irgendwann das Wasser kam.

Brillant? Oder potenziell brillant? Jedenfalls besser als eine Fortsetzung, fand Madeline.

Rachel McMann. *Was ist denn jetzt?*, dachte Madeline. Sie hatte mit Rachel bereits zwei lange Telefonate über die Situation Allegra – Ian Coburn – Brick geführt; dieses Thema war erschöpft. Am Ende des zweiten Gesprächs hatte Madeline Rachel mitgeteilt, dass sie wieder zu Hause wohnte, dass sie und Trevor alles geklärt hatten.

Madeline leitete Rachels Anruf auf ihre Mailbox weiter. Es war zwei Uhr – Madeline blieben nur noch vier Stunden, und sie arbeitete erst an einem Entwurf.

Rachel rief erneut an, und Madeline dachte: *Muss das sein?*, nahm jedoch ab.

»Hallo?«, sagte sie, wobei sie einen Anflug von Ungeduld in ihrer Stimme mitklingen ließ.

»Du musst dich hinsetzen«, sagte Rachel.

»Ich sitze«, erwiderte Madeline. »Ich bin am Arbeiten, Rachel.«

»Du wirst es nicht glauben«, sagte Rachel.

Madeline seufzte. *Tratsch, Tratsch, Tratsch*. Wenn sie schlau wäre, würde sie sofort auflegen. Doch dazu war sie nicht stark genug.

»Was?«, fragte sie.

»Grace Pancik hatte eine Affäre mit Benton Coe«, sagte Rachel. »Genau, wie wir vermutet hatten.«

»Ich glaube nicht, dass wir das vermutet hatten«, sagte Madeline nervös. »Und ich weiß nicht, was dich annehmen ließ, dass es stimmte.«

»Ach, komm schon!«, sagte Rachel. »Als wir den Artikel sahen, wussten wir doch alle Bescheid.«

»Der Artikel beweist gar nichts«, widersprach Madeline.

»Okay, streng genommen beweist der Artikel *wirklich* nichts. Aber …!«

»Aber *was*?«, fragte Madeline. Am liebsten hätte sie ihr Handy auf den Tisch geknallt und nie wieder mit Rachel geredet, doch sie musste wissen, was Rachel sagen wollte. Wer war Grace und Benton auf die Schliche gekommen?

»Bernie Wu hat die Autorin des Artikels und den Fotografen chauffiert, und er hat erzählt, sie seien zu früh da gewesen und *ziemlich eindeutig* in etwas reingeplatzt. Grace und Benton waren im abgeschlossenen Gartenschuppen, und als sie daraus auftauchten, sahen sie wohl reichlich derangiert aus.«

Oh nein, dachte Madeline.

»Das ist Tratsch, Rachel«, sagte sie. »Es ist Gerede, und du solltest dich dafür schämen, dass du es weiterträgst. Es geht dich doch *überhaupt* nichts an.«

»Das klingt, als ob du dich moralisch überlegen fühlst«, sagte Rachel. »Und das ist ein Witz, denn wir alle wissen, dass du ein Buch darüber schreibst.«

»Ich schreibe kein Buch darüber«, sagte Madeline. »Ich hab das bisher Geschriebene weggeworfen.«

Rachel rang nach Luft. »Nein!«, sagte sie. »Oh, Madeline.« Sie klang aufrichtig verstört, als hätte Madeline ihr erzählt, sie habe ihren Hund einschläfern lassen. »Es war so gut. Ich hab mich *so* darauf gefreut, es zu lesen. Tatsächlich habe ich schon ein Posting darüber verfasst.«

»Ich hab es entsorgt, die Datei gelöscht«, sagte Madeline. »Es war Müll.«

Am anderen Ende der Leitung herrschte dumpfes Schweigen, an dessen Stelle dann jedoch Rachels übliche sprühende Energie trat. »Na ja, die Sache mit Grace und Benton ist eigentlich gar nicht das Skandalöseste, was ich dir erzählen wollte. Hast du die Geschichte mit *Eddie* Pancik gehört?«

»Nein«, sagte Madeline aufgebracht. »Habe ich nicht, und ich will sie auch nicht hören.« *Es sei denn, er hat in der Lot-*

terie gewonnen, dachte sie, *oder im Miacomet Pond einen Topf Gold gefunden.*

»Eddie Pancik ist letzte Nacht vom FBI verhaftet worden«, sagte Rachel. »Er hat in der Low Beach Road einen Prostituiertenring geführt.«

Madeline schloss die Augen. Ihr kamen mehrere Gedanken auf einmal.

Arme Grace.

Eddie war weitaus verzweifelter, als ich dachte.

Arme Grace.

Doch Madeline vertraute keiner Information, die von Rachel McMann stammte. »Das ist absurd«, sagte sie.

»Es stimmt«, sagte Rachel. »Ich kann dir nicht sagen, woher ich das weiß, aber ich weiß es. Eddie Pancik hat den ganzen Sommer über seine fünf russischen Putzfrauen mit Kunden verkuppelt. Seine Sekretärin hat wohl ein, zwei Gespräche zwischen Eddie und seiner Schwester mitgehört und eins und eins zusammengezählt und das FBI verständigt.«

»Seine Sekretärin? Du meinst Eloise?«

»Ja, Eloise«, bestätigte Rachel.

Die Vorstellung, dass die reizende siebzigjährige Eloise einen Prostituiertenring hochgehen ließ, war komisch, und doch sah Madeline, dass es möglich sein *konnte*.

»War Grace mit von der Partie?«, fragte sie.

Rachel lachte, und Madeline schwor sich, dass dies das letzte Gespräch war – über höflichen Smalltalk hinaus –, das sie mit Rachel McMann führen würde. Die Frau war eine Natter. »Natürlich nicht!«, sagte Rachel. »Grace war viel zu beschäftigt damit, den Gärtner zu vögeln!«

»Dann ist Eddie also im Gefängnis?«, wollte Madeline wissen.

»Auf Kaution draußen«, sagte Rachel. »Der Scheck, den Grace ausgestellt hat, ist wohl geplatzt, daher mussten seine Schwester und Glenn Daley einspringen. Die beiden sind ein Paar, weißt du.«

»Barbie und *Glenn?*«, staunte Madeline. Sie hatte sie für Todfeinde gehalten. »Woher weißt du das alles?«

»Woher weiß man so was?«, sagte Rachel. »Ich hab es auf der Straße gehört. Die Leute reden.«

Madeline legte auf, tat zehn Atemzüge, trat ans Fenster und schaute hinunter auf die Centre Street. *Die Leute reden.* Und siehe da, an der Ecke India und Centre standen die blonde Sharon und Susan Prendergast und plapperten drauflos.

Madeline hätte gern Trevor angerufen, doch der war bestimmt in der Luft.

Meine fünfzigtausend Dollar sind weg, dachte sie. Richtig und endgültig *futsch*. Eigentlich hätte sie am Boden zerstört sein müssen, aber stattdessen verspürte sie eine Art Erleichterung. Das Geld war weg, und so brauchte sie sich keine Sorgen mehr darum zu machen.

Sie konnte nur noch an Grace denken. Die Ärmste! Madeline befand, dass es an der Zeit war, ihre Angst und ihren Stolz beiseitezuschieben.

Sie wählte Graces Handynummer. Grace ging nicht dran, was Madeline nicht überraschte. Sie legte auf, ohne eine Nachricht zu hinterlassen.

Als Nächstes rief sie bei Grace zu Hause an. Ihr Herz

hämmerte, und ihre Schläfen pochten. So nervös war sie nicht mehr gewesen, seit … sie erinnerte sich nicht, wann. Vielleicht noch nie.

Einer der Zwillinge nahm ab. »Hallo?« Die Stimme klang *sehr* neugierig; natürlich war per Anruferkennung Madelines Name auf dem Display erschienen.

Madeline atmete aus. Es war Hope.

»Hi, Hope«, sagte sie. Sie überlegte, ob sie ihren Namen nennen sollte, doch das kam ihr unpassend und überflüssig vor. Hope wusste, wer am Apparat war. »Ist deine Mom da?«

»Sie ist da«, entgegnete Hope. »Aber sie hat uns gesagt, dass sie mit niemandem telefonieren will.«

»Okay«, sagte Madeline. »Richte ihr aus, dass ich auf dem Weg zu euch bin.«

Grace saß vorn auf der Treppe, als Madeline eintraf. Madeline dachte, sie würde vielleicht eine Schrotflinte auf sie richten, um sie zu verscheuchen, doch sie hielt etwas noch Überraschenderes in der Hand. Eine Zigarette. Grace rauchte.

»Guck nicht so schockiert«, sagte sie. »Im College hab ich auch geraucht.«

»Das wusste ich nicht«, sagte Madeline.

»Siehst du? Es gibt immer noch Neues an deiner besten Freundin zu entdecken.«

Die Worte *deine beste Freundin* klangen wie ein Friedensangebot. Madeline ergriff Graces Hand. »Was ist los?«, fragte sie.

Grace drückte ihre Zigarette auf der Treppe aus. »Lass uns nach oben gehen«, sagte sie.

Sie nahmen dieselben Positionen ein wie vor Wochen, als Grace Benton gerade zum ersten Mal geküsst hatte. Madeline setzte sich auf den grünen Ledersessel, und Grace ließ sich bäuchlings auf das Knautschsamtsofa fallen. Madeline erinnerte sich daran, was sie damals gesagt hatte. *Als deine beste Freundin ist es meine Aufgabe, Grace, dich darauf hinzuweisen, dass dabei nichts Gutes rauskommen kann.*

Nichts Gutes.

Madeline dachte, Grace würde mit dem anfangen, was Eddie passiert war, doch stattdessen begann Graces Unterlippe zu zittern, und sie brach in Tränen aus. *Ich dachte, Benton und ich wären ein Liebespaar; ich hatte vor, Eddie zu verlassen, vielleicht schon Ende des Sommers. Aber dann haben wir im Gartenschuppen miteinander geschlafen, und Eddie kam nach Hause und hat uns erwischt. Er hat uns nicht gesehen, aber er wusste natürlich, was vor sich ging, und hat zu Benton gesagt, er soll verschwinden und nie wiederkommen.* Grace schluckte. *Und Benton ist gegangen. Ich hab versucht, ihn zu erreichen, aber er blockt mich ab. Er hat mir nur in einer SMS geschrieben, dass er nach* Detroit *zieht!*

Madeline hockte sich neben dem Sofa auf den Boden und massierte Grace den Rücken, während sie weinte. Sie würde es nie laut aussprechen, aber es war vermutlich besser so.

Vielleicht aber auch nicht. Vielleicht war das beste Ende dasjenige, das Angie sich gewünscht und das Madeline beschrieben hatte. *Ich möchte, dass die Frau am Ende glücklich ist statt brav.*

Madeline griff in ihre Tasche und holte ihr Manuskript heraus. Sie hatte geplant, Grace damit ein symbolisches Geschenk zu machen – sie konnte es zerreißen oder verbrennen; das war Madeline egal.

Doch jetzt hatte sie eine andere Idee.

»Hör zu«, sagte sie. »Ich habe tatsächlich einen Roman geschrieben, der auf deiner Beziehung zu Benton basiert.«

Grace hob den Kopf. »Das kann nicht *wahr* sein! Ich dachte, das sei nur ein blödes Gerücht. Ich konnte nicht glauben, dass du …«

»Doch, habe ich«, sagte Madeline. »Hier ist er.« Sie ließ das Manuskript auf den Beistelltisch fallen. »Aber keine Sorge, ich lasse ihn nicht veröffentlichen.«

»Das darfst du auch nicht!«, sagte Grace. »Besonders jetzt nicht!«

»Ich weiß, ich weiß, Grace«, sagte Madeline. »Ich habe meiner Lektorin schon erklärt, dass ich ihn zurückziehe.«

Als Grace sich aufsetzte, spiegelte sich Wut in ihrem Gesicht. »Ich *fasse* es nicht! Ich hab dir das mit Benton erzählt, weil du meine Freundin bist! Meine beste Freundin! Und was tust du? Du benutzt das alles als Grundlage für deinen Roman! Du hast versprochen, mich nie zu hintergehen, aber genau das hast du getan!«

»Es tut mir leid, Grace«, sagte Madeline. »Es ist aus reiner Verzweiflung passiert, weil ich so blockiert war. Ich hatte mein Geld für das dämliche Apartment ausgegeben, und als ich mich dann hinsetzte, um zu schreiben, war die einzige Geschichte, die mir einfiel, *deine*. Eine Zeit lang habe ich der Versuchung widerstanden, aber ich hatte Angst wegen des Vorschusses. Ich wollte von Eddie meine fünfzigtausend zurück, aber das hat nicht geklappt, und ich war sauer deswegen und frustriert. Aber du hast recht. Es war *falsch* von mir, deine Geschichte zu verwenden. Und deshalb habe ich meiner Lektorin auch gesagt, dass sie nicht veröffentlicht werden darf. Sie war *total* angefressen, weil sie die Geschichte so *liebt*.«

»Wirklich?«, fragte Grace.

»Es ist ein guter Roman, Grace. Es ist eine echte Liebesgeschichte. Vielleicht solltest du sie lesen.«

Grace beäugte das Manuskript skeptisch. »Ich weiß nicht recht«, sagte sie.

»Ich habe dich schrecklich vermisst«, sagte Madeline. »Und obwohl du wütend bist über mein Buch und ich wütend bin darüber, was Allegra Brick angetan hat, bin ich jetzt hier mit dir in deinem Arbeitszimmer. Ich bin *hier*, Grace.«

Grace sah Madeline an und löste sich noch mehr in Tränen auf. »Was soll ich denn bloß tun?«, fragte sie.

»Hol tief Luft«, sagte Madeline, »und erzähl mir das mit Eddie.«

»Ich würde dir das mit Eddie ja erzählen«, sagte Grace, »aber ich vertraue dir nicht mehr! Du musst mir versprechen, dass du kein …«

»Grace«, sagte Madeline, »das tue ich nicht.«

EDDIE

Die wichtigste Person in seinem Leben war jetzt Bridger Cleburne, sein neuer Anwalt. Bridger arbeitete für eine sehr große, angesehene Kanzlei in Boston, stammte jedoch aus Lubbock, Texas, wo er in dem Baseballteam, das 1984 die Little League World Series gewonnen hatte, der Star-Pitcher gewesen war. Bridger hob gern die Gemeinsamkeiten zwischen den ruhmreichen Tagen seiner Kindheit und den vielen Laufrekorden hervor, die der »Flinke Eddie« an der New Bedford High School aufgestellt hatte.

Eddie waren seine Rekorde und Bridgers Rolle in der Little League World Series egal. Er wollte nur, dass Bridger ihm aus der Patsche half.

Doch Eddies »Situation«, wie Bridger es nannte – ein sehr langes Wort, in seinem schleppenden Südstaatendialekt ausgesprochen –, war nicht auf die leichte Schulter zu nehmen. Es erwies sich, dass eine von Eddies Putzfrauen – die winzig kleine Elise Anoshkin – erst in ein paar Monaten achtzehn wurde. Eine Minderjährige, eine illegale Minderjährige! Es sah sehr schlecht aus für Eddie. Das FBI hatte das Haus seit der zweiten Woche der »Machenschaften« – ein weiteres langes Wort für Bridger – beobachten und verwanzen lassen. Das Beweismaterial war erdrückend.

Zunächst glaubte Eddie, Glenn Daley habe ihn angeschwärzt. Er war sicher, dass Barbie sich ihm entweder wissentlich anvertraut hatte oder ihr in der Hitze der Leidenschaft irgendetwas herausgerutscht war. Dann fragte er sich, ob Benton Coe der Schuldige war. Vielleicht hatte Benton nach einer Möglichkeit gesucht, Eddie auszuschalten, damit er selbst Grace heiraten konnte. Aber Bridger erzählte Eddie, dass es zwei Informanten gegeben hatte, beide weder Glenn noch Benton. Einer war Eloise, Eddies Sekretärin! Anscheinend hatte sie ihren Gehaltsscheck deshalb so dringend gebraucht, weil ihre »Situation« die war, dass sie Eddie angezeigt hatte. Eloise hatte ganz zu Beginn ein Gespräch zwischen Barbie und einem der potenziellen Mieter mitgehört und daraufhin den Bruder ihres Schwiegersohns kontaktiert, Officer Dixon von der Polizei Nantucket.

Der andere, gefährlichere Informant war der Eigentümer des Hauses, ein dreißigjähriger Milliardär. Er hatte das FBI bevollmächtigt, die Überwachungsanlage zu installieren.

Und wie hatte er Wind von der Sache bekommen? Er war an der Bar des Bellagio in Vegas Ronan NG begegnet, und Ronan hatte, ausgerechnet, eine Kappe mit dem Logo der Chicken Box getragen, und als der Eigentümer Ronan nach seiner Verbindung zu Nantucket fragte, erzählte der ihm, dass er in der Low Beach Road in Sconset ein unglaubliches Haus gemietet habe, und man stelle sich das überraschte Entzücken des Eigentümers vor, als er herausfand, dass es sich um *sein* Haus handelte. So ein Zufall! Der Eigentümer spendierte Ronan einen fünfundzwanzig Jahre alten Laphroig, und danach dauerte es nicht mehr lange, bis Ronan allzu redselig wurde und ihm verriet, *wie gut* er sich in diesem Haus amüsiert hatte.

Der Eigentümer war nicht sauer wegen der *Unsittlichkeit* der Umstände, aber es ärgerte ihn – als knallharten Geschäftsmann –, dass Eddie ihn nicht am Profit beteiligt hatte.

Jetzt würde Eddie, wie man es auch drehte und wendete, ins Gefängnis wandern. Die Polizei hatte auch Beweise gegen Barbie, doch wenn Eddie einen Deal machte, würde sie verschont bleiben.

Und so wurde Eddie zu drei bis fünf Jahren in der MCI Plymouth verurteilt. Die Eagle Wing Lane 13 fiel ebenso zurück an die Bank wie Eddies zwei Gewerbeimmobilien, darunter die Praxisräume von Dr. Andrew McMann.

Das Haus war bis Ende des Monats bezahlt, aber Eddie würde Grace raten, es zu veräußern. Sie konnte sich ein kleineres kaufen und die Differenz dazu verwenden, den Mädchen das College zu finanzieren und Madeline und Trevor auszuzahlen.

All diese Entscheidungen wurden schnell getroffen, innerhalb von Tagen. Nadia und die anderen Mädchen waren schon auf dem Rückweg nach Kirgisistan.

Es hätte vermutlich schlimmer kommen können. Aus drei bis fünf Jahren konnten bei guter Führung zwei Jahre werden. Und die MCI Plymouth war etwas völlig anderes als die Plymouth County Correctional Facility. Eddie würde in seiner Einzelzelle einen Fernseher haben, und die Lebensmittel für das Essen stammten angeblich von einer nahegelegenen landwirtschaftlichen Genossenschaft; einmal im Monat fand im Wald ein Barbecue statt. Es gab ein Fitnessstudio, wo Eddie ein Trainingsprogramm absolvieren konnte, und eine Krankenstation mit einem hochqualifizierten Pfleger, der womöglich ein Mittel gegen Eddies chronisches Sodbrennen finden würde. Am wichtigsten war, dass er andere gutbetuchte Kriminelle kennen lernen würde, denen er irgendwann vielleicht Häuser verkaufen konnte.

All dies milderte jedoch kaum die Scham darüber, *ins Gefängnis zu müssen*. Sie brachte ihn fast um. Jetzt wusste *jeder*, dass Eddie Pancik ein König der Unterwelt war. Ein Zuhälter. Er konnte sich kaum dazu überwinden, den Zwillingen in die Augen zu sehen. Was würden sie in der Schule durchmachen? Was würden ihre Freunde sagen, ihre Klassenkameraden? Ihr letztes Schuljahr war ruiniert, obwohl es doch das beste Jahr ihres Lebens hätte sein sollen. Eddie befand, dass es als Vater und als Mann angemessen wäre, sich offiziell bei ihnen zu entschuldigen. Das tat er am Morgen seiner Verurteilung, in den Stunden, bevor er sich in siebzehn Anklagepunkten – darunter Sexhandel, Beschäftigung illegal aufhältiger Personen, Steuerhinterziehung und Korrumpierung einer Minderjährigen – schuldig bekannte.

Seine Töchter lagen nebeneinander lesend am Pool, wie sie es neuerdings oft taten, obwohl Eddie Allegra ihr Handy zurückgegeben und ihr damit die Wiederaufnahme ihrer sozialen Kontakte ermöglicht hatte. Eddie schlenderte barfuß über den Rasen, sein Kopf der Sonne ausgesetzt, nachdem seine Panamahüte alle drei das Zeitliche gesegnet hatten. Es war Ende Juli und einer der herrlichsten Sonnentage, die Gott zu bieten hatte. Der Garten erstreckte sich blühend in vierzig verschiedene Richtungen. Er war so üppig, so farbenprächtig, so wunderbar anzuschauen, dass er Eddie überwältigte und er am liebsten auf die Knie gefallen wäre und gebetet hätte – um Vergebung und aus Dankbarkeit für die Schönheit der Welt, die er für selbstverständlich genommen hatte und jetzt zurücklassen würde.

Er stellte sich zwischen die beiden Mädchen. Sein Vater war Manager von Ramos Dry Cleaners gewesen und hatte nie mehr als fünfundzwanzigtausend Dollar pro Jahr verdient, aber Charles Pancik hatte sich nie vor seinen Kindern in den Staub werfen müssen. Er war ein Ehrenmann gewesen. Eddie und Barbie sprachen heute noch mit Hochachtung von ihm.

»Mädchen«, sagte Eddie.

Sie legten ihre Bücher beiseite und sahen ihn an. Beide trugen eine Sonnenbrille, sodass es schwer war, ihren Gesichtsausdruck zu deuten. Seit sie erfahren hatten, was passiert war, behandelten sie ihn mit einem gewissen Mitleid, fast so, als wäre er todkrank. Doch ganz bestimmt empfanden sie auch Wut und Abscheu.

»Ich muss euch um Entschuldigung bitten«, sagte er.

Sie starrten ihn an.

»Ich habe etwas Unverzeihliches getan. Ich habe das Gesetz gebrochen und eine geschäftliche Vereinbarung getroffen, die fünf junge Frauen erniedrigt hat, eine davon nur ein Jahr älter als ihr. Ich habe meine Machtposition dazu ausgenutzt, mit diesen Mädchen Geld zu verdienen, indem ich ihre Körper verkauft habe. Das war falsch, und ich möchte euch wissen lassen, dass es mir sehr leidtut.«

»Ist schon okay, Daddy«, sagte Hope.

»Nein«, sagte er. »Es ist nicht okay.«

»Es war eine geschäftliche Vereinbarung«, sagte Allegra. »Du wurdest bezahlt, die Mädchen wurden bezahlt, die Männer haben bekommen, was sie wollten. Du hast niemandem geschadet.«

»Du hast niemanden umgebracht«, fügte Hope hinzu.

»Na ja, dadurch wird es nicht richtig«, sagte Eddie und dachte: *Steuerhinterziehung, Korrumpierung einer Minderjährigen, Sexhandel* – mit diesen Begriffen würde sein Name für den Rest seines Lebens assoziiert werden. »Ich war euch ein schlechtes Beispiel, und als Resultat meiner Handlungen gehe ich ins Gefängnis, und eure Mutter verkauft das Haus.«

Hope zuckte die Achseln. »Es ist nur ein Haus.«

»Ich würde sowieso lieber in der Stadt wohnen«, sagte Allegra.

»Okay«, sagte Eddie. Er begriff nicht, warum sie so nett zu ihm waren.

»Eddie!«, rief Grace von der Terrasse her. »Wir müssen los!«

Die Mädchen standen auf, um Eddie zu umarmen. »Wir haben dich lieb, Daddy«, sagte Allegra.

»Wir haben dich wirklich lieb«, bekräftigte Hope.

»Und ich habe euch beide lieb«, sagte Eddie. »Sehr.« Er wurde von Gefühlen übermannt. »Passt auf eure Mutter auf. Bitte.«

»Das machen wir«, versprach Hope.

Die Fahrt von der Polpis Road zum Gericht dauerte zwanzig Minuten, die letzten freien Minuten von Eddies altem Leben.

»Ich möchte dir noch was erzählen«, sagte er zu Grace.

»Du hast mit Nadia geschlafen?«, fragte sie. Sie hatte den Blick geradeaus gerichtet, doch ihr Mund war ein grimmiger, abweisender Strich. »Ich weiß, im Vergleich zu allem anderen spielt es kaum eine Rolle, aber falls ja, will ich, dass du es zugibst.«

»Ich habe *nicht* mit Nadia geschlafen«, sagte Eddie. »Bei dem, was ich dir erzählen möchte, geht es nicht um mich. Es geht um dich.«

»Du willst mir was über mich selbst erzählen?«

»Beziehungsweise über Benton«, sagte Eddie.

Bei der Erwähnung dieses Namens wäre Grace fast von der Fahrbahn abgekommen. Wahrscheinlich war er das Letzte, was sie heute von Eddie zu hören erwartet hatte, doch er musste es einfach loswerden.

»Was denn?«, fragte sie.

»Ich habe ihn neulich Abend angerufen«, sagte Eddie. »Bevor ich in die Low Beach Road rausgefahren bin. Ich habe ihn gebeten, im Büro vorbeizukommen, damit wir von Mann zu Mann miteinander sprechen können.«

Grace rang nach Luft. »Ist er aufgetaucht?«

»Ja«, sagte Eddie. »Ich habe ihn gefragt, was los sei, und er hat mir erklärt, dass er dich liebt. Ich glaube wirklich, er wollte mich bitten, taktvoll beiseitezutreten und euch beiden damit ein gemeinsames Leben zu ermöglichen.« Eddie räusperte sich. »Aber er war auch verlegen, vielleicht nicht so sicher, wie er gedacht hatte. Er machte sich Sorgen über die Wirkung, die ein solcher Skandal auf seinen Betrieb haben könnte. Keiner stellt gern jemanden ein, der eine Ehe zerstört hat. Er hatte Angst um dich und die Mädchen. Er mochte Hope und fand sie großartig, aber Allegra hatte er noch nicht mal *kennen gelernt*. Was im Gartenschuppen vor sich ging, sah bei Tageslicht betrachtet wohl doch ein bisschen anders aus.« Was Eddie allerdings beeindruckt hatte, war Benton Coes Vergötterung seiner Frau. Als Benton über Grace sprach, spürte Eddie die Liebe, die er ausstrahlte. Das hatte ihn nachdenklich gestimmt. »Ich glaube, er war bereit, das Risiko einzugehen, wenn ich ihm meinen Segen dafür geben würde. Meine Erlaubnis.« Eddie war sich ziemlich sicher, dass Benton deshalb zu ihm ins Büro gekommen war – er hatte gedacht, Eddie würde verzichten. »Aber ich wollte dich ihm nicht einfach *überlassen*. Du bist meine Frau, du bist mein Leben, die Mutter meiner Kinder. Mir ist klar, Grace, dass ich nicht der aufmerksamste oder liebevollste Ehemann war. Ich weiß, dass es mir nicht gelungen ist, dich seelisch zu bereichern und zu stärken. An den meisten Tagen habe ich nicht gefragt, was du dachtest oder fühltest. Du hattest emotionale Bedürfnisse, die ich nicht erfüllen konnte, und deshalb war ich froh, dass du Madeline hattest. Und eine Zeit lang war ich sogar froh, dass du Benton hattest. Ich *wusste*, dass du ihn mochtest. Ich *wusste*, dass seine Freundschaft dir wichtig war. Ich *wusste*, dass du es genossen hast, jemanden zu haben, mit dem du über Blumen reden konntest. Aber ich will dich nicht an ihn verlieren. Ich habe ihm erklärt, dass ich ihn, falls er dich jemals wieder kontaktiert oder auch nur auf eine SMS oder einen Anruf von dir antwortet, umbringen lassen würde.«

»Umbringen?«, sagte Grace. »Wirklich?«

»Wirklich«, sagte Eddie. »Ich hätte jemanden gefunden, der das für Geld erledigt. Bestimmt, Grace, und das wusste er. Oder vielleicht hätte ich ihn auch nicht umbringen lassen. Aber ich hätte sein Leben ruiniert, seinen Betrieb zugrunde gerichtet, seinen guten Ruf zerstört.«

»Er hat dir gesagt, dass er mich liebt?«, fragte Grace.

»Hat er«, sagte Eddie. »Und jetzt finde ich, du solltest mit ihm gehen, wenn es das ist, was du willst. Denn ich habe versagt. Ich habe diese üble Sache angestellt und dich enttäuscht.«

Grace antwortete nicht. Eddie war nie gut darin gewesen, ihre Gefühle einzuschätzen, aber wenn er es jetzt versuchte, würde er sagen, dass sie … überwältigt wirkte. Ihr stand einiges bevor – schließlich würde er in wenigen Minuten vor dem Richter stehen, sich schuldig bekennen, verurteilt werden und in Gewahrsam kommen. Zwei Polizeibeamte würden ihn mit der Fähre aufs Festland bringen, wo ein Wagen auf sie warten und Eddie in die MCI Plymouth transportieren würde. Eddie hatte hinten im Auto einen Matchbeutel voller im Gefängnis erlaubter Gegenstände. In dreißig Tagen würde Grace ihn besuchen dürfen.

Er versuchte sich vorzustellen, dass er ins College unterwegs war, etwas, das er nie erlebt hatte, und spielte mit dieser Selbsttäuschung – das Gefängnis als Institution der höheren Bildung –, zumindest so lange, bis sie vor dem Rathaus hielten. Dort warteten ein paar Polizisten auf ihn sowie Bridger

Cleburne, Eddies Anwalt, ein Fotograf des *Nantucket Standard* und … der Polizeichef.

Eddie stöhnte.

»Oh, Eddie«, sagte Grace.

Eddie hatte gemischte Gefühle hinsichtlich der Rolle des Chief bei allem, was geschehen war. Am Figawi-Wochenende hatte der Chief nichts von dem Prostituiertenring gewusst – auf keinen Fall – und vermutlich auch dann noch nicht, als sie zusammen angeln gewesen waren. Doch irgendwann hatte er herausgefunden, was Eddie trieb, und ihn nicht gewarnt. Wahrscheinlich hatte das FBI schon mitgemischt, und dem Chief waren die Hände gebunden. Eddie wusste, er hatte nicht erwarten können, dass der Polizeichef ihm half; Freundschaft hin oder her, das Gesetz musste beachtet werden. Eddie ließ den Kopf hängen, als er auf den Chief zutrat.

»Es tut mir so leid, Ed …«

Der Chief hielt eine Hand hoch. »Entschuldigen Sie sich nicht bei mir. Ich habe Ihnen doch gesagt, dass ich nicht urteile. Aber das Gericht tut es, und ich finde es schade, dass es jetzt so ausgeht.«

Eddie starrte auf seine Füße und schüttelte den Kopf.

»Ich habe Sie immer für jemanden gehalten, der sich nicht unterkriegen lässt«, sagte der Chief. »Seien Sie vorsichtig da drinnen, Eddie. Bleiben Sie sauber, sitzen Sie Ihre Zeit ab. Den Drink genehmigen wir uns, wenn Sie wieder draußen sind.«

»Wirklich?«, fragte Eddie. Der Weg, der vor ihm lag, bis

er wieder ein freier Mann und in der Lage sein würde, sich neben dem Chief auf einen Barhocker zu setzen, erschien ihm unendlich lang und steinig, aber es ermutigte ihn, dass der Chief glaubte, er könne es schaffen.

»Wirklich«, sagte der Chief.

AUGUST

HOPE

Sosehr sich alles verändert hatte, war es doch irgendwie gleich geblieben. Ihr Vater saß im Gefängnis – er war also weg –, aber er war auch vorher nicht oft da gewesen. Grace wirkte bedrückt, aber das war sie gelegentlich sowieso, besonders wenn sie Migräne hatte. Sie kümmerte sich nach wie vor um den Garten und die Hühner, nur dass sie Allegra und Hope jetzt auch Aufgaben zuteilte. Allegra musste alle vier Tage den Rasen mähen, Hope jeden Morgen den Pool abschöpfen und die Taglilien ausputzen.

Eines Tages fragte Allegra Hope, ob sie Lust hätte, an den Strand zu fahren.

Hope überlegte. Der Strand. Konnten sie und Allegra einen ganz normalen Ausflug an den *Strand* machen, wenn ihr Vater gerade ins Gefängnis gewandert war?

»Bist du dir sicher, dass du an den *Strand* willst?«, fragte sie. Sie hatte damit gerechnet, den restlichen Sommer in trauriger Abgeschiedenheit am Pool zu verbringen, und gehofft, dass das kollektive Gedächtnis kurz war und die Leute, bis ihr letztes Schuljahr anfing, die Sache mit Allegra und Ian Coburn und mit ihrem Vater, dem Zuhälter, vergessen haben würden.

»Ich bin mir sicher«, sagte Allegra. »Wir können Sandwiches mitnehmen und unsere Bücher und ins Meer springen.«

Das klang reizvoll. Eddie mochte im Gefängnis sein, doch *sie* waren es nicht. »Was schwebt dir vor? Steps? Dionis? Sconset?«

»Ich dachte an Nobadeer«, sagte Allegra.

»Nobadeer?«, wiederholte Hope. Nobadeer war der Strand, wo die gesamte Highschool abhing. Allegras frühere Freunde und Freundinnen würden auch da sein. »Hast du dich denn mit Hollis vertragen?«

»O Gott, nein«, sagte Allegra. »Aber dass sie vielleicht da ist, bedeutet doch nicht, dass ich nicht hinkann. Ich mag Nobadeer. Es ist mein Strand.«

Es war dein Strand, dachte Hope. Das Foto von Allegra in Unterwäsche hatte sie ihre Spitzenposition am Nobadeer gekostet. Hope selbst hatte diesen Strand nie aufgesucht – nicht weil sie ihn nicht mochte, sondern weil ihre Schwester und Hollis und ihre Freunde immer dort waren.

»Probieren wir es erst mal mit einem anderen Strand«, sagte Hope.

»Probieren wir es erst mal mit Nobadeer«, sagte Allegra.

Hope seufzte. Sie waren immer noch Alice und die Haselmaus. Sie hatte nicht die Energie für einen Streit. Sie fragte sich, ob Allegra plante, Eddies Inhaftierung als soziale Währung einzusetzen. Vielleicht glaubte sie, ihre alten Freunde würden die Führung eines Prostituiertenrings, der aus illegal eingewanderten Mädchen bestand, *cool* finden, oder sie dachte, sie würden sie deshalb bemitleiden. Hope hatte keine Ahnung. Obwohl sie selbst zu ihnen gehörte, verstand sie Teenager nicht.

Grace machte ihnen Sandwiches. Sie schien sich darüber zu freuen, dass ihre Töchter mal rauskamen. »Es gibt keinen Grund, sich zu verstecken«, sagte sie. »Euer Vater hat eine falsche Entscheidung getroffen, und jetzt bezahlt er dafür. Das wirft noch lange kein schlechtes Licht auf uns.«

Es klang wie eine Lüge. Und das war es auch. Eddies Untergang warf *doch* ein schlechtes Licht auf sie. Ihr Leben – Allegras italienische Lederjacke, der rote Jeep Wrangler, der Pool, die Zutaten für die leckeren Sandwiches, wie Grace sie jetzt zubereitete – war mit einem *Prostituiertenring* finanziert worden. Oder zumindest teilweise.

Es *warf* ein schlechtes Licht auf sie.

Trotzdem zogen Allegra und Hope ihre Bikinis an, wickelten sich Tücher um die Hüften, packten Badelaken und Lotion, kaltes Wasser und Cola light sowie ihre kostbarsten Habseligkeiten – die Bücher, die sie gerade lasen – zusammen und nahmen von Grace den Picknickkorb entgegen.

Und weg waren sie.

Es war ein Tag mit strahlend blauem Himmel. Allegra hatte darauf bestanden, dass sie das Verdeck des Jeeps herunterließen, sodass der Sonnenschein die vorderen Sitze überflutete, während sie die sandigen Pisten zu den Dünen von Nobadeer entlangfuhren.

»Ich bin froh, dass wir uns dazu entschlossen haben«, sagte Allegra. »Heute ist ein Strandtag, ein echtes Gottesgeschenk – ich meine, guck dir das an!«

Sie gingen über die Dünen und betraten die goldene Weite von Nobadeer. Der Ozean wirkte hier gewaltiger als irgendwo sonst auf der Insel. Das blaugrüne Wasser der langen, sich brechenden Wellen funkelte. Massen von Jugendlichen surften, lagen auf dem Bodyboard oder paddelten im Stehen. Das Bild war eindrucksvoll, und einen Moment lang dachte Hope, es sei richtig gewesen, dass sie hergekommen waren.

Dann fiel ihr Blick auf Bluto.

Bluto war unmöglich zu übersehen. Er wog über hundertzehn Kilo und war blass wie der Mond. Dabei war er nicht hässlich; er hatte das süße, runde, blauäugige Gesicht eines Babys und schöne, dichte hellbraune Haare. Aber er war ruppig und darauf spezialisiert, die schlimmsten Mängel anderer Menschen bösartig auszuschlachten, um die Leute von seinen eigenen abzulenken. Bluto lag auf seinem Handtuch neben Hollis, Kenzie und Calgary – und da, ein Stückchen weiter, lagen auch Hannah und Brick. Es war ein starbesetztes Line-up Allegras schlimmster Feinde.

Hope drehte sich zu ihrer Schwester um. Allegra lief strahlend direkt auf ihre ehemaligen Freunde zu. Sie trug einen Strohhut, ihre Tom-Ford-Sonnenbrille, einen schwarzen Bikini und ein schwarzes Wickeltuch und sah umwerfend aus.

»Hey, Leute!«, sagte sie.

Hollis schnaubte, und Bluto sagte in seinem hellen Tenor: »Geh weiter, Breiti.«

»Wieso Breiti?«, fragte Allegra.

»Weil du deine Beine so schön breitmachst«, sagte Bluto.

Calgary McMann lachte wie ein Verrückter. Hope hätte ihm gern Sand ins Gesicht gekickt. Ihr Fuß war keinen

Meter von seinem Handtuch entfernt. Dann sah sie, dass die Beine von Calgary und Kenzie ineinandergeschlungen waren. Krass.

»Das findest du witzig, Calgary?«, sagte Allegra. »Hast du Kenzie erzählt, wie oft du versucht hast, mich zu küssen?«

»Das stimmt nicht«, behauptete Calgary.

Allegra schob mit einem Finger ihre Sonnenbrille herunter. »Das letzte Mal war, als du vor ein paar Monaten bei dir zu Hause vor dem Bad auf mich gewartet hast. Als ich dir fast in die Eier treten musste.«

Kenzie starrte Calgary an, und Hope dachte: *Ja.* Calgary hatte Hope angemacht, aber nur, weil sie aussah wie Allegra. Sie dachte, Brick könnte diese Neuigkeit vielleicht interessieren, doch er und Hannah waren in ihrer eigenen Welt. Sie schienen Allegra und Hope gar nicht bemerkt zu haben. Brick sah fit und gebräunt aus wie eh und je, und sein Haar war noch blonder geworden. Hope wurde das Herz weit bei seinem Anblick, obwohl ihr klar war, dass die beiden in ein Liebesgeplänkel vertieft waren, und ihr war auch klar, dass dies etwas Positives bedeutete. Hannah und Brick passten gut zusammen. Hannah war eine erstklassige Schülerin; sie spielte Eishockey und hatte Ehrgeiz: Im College wollte sie es in die Olympia-Mannschaft schaffen. Sie war nicht so eine Augenweide wie Allegra, aber von Augenweiden hatte Brick wahrscheinlich die Nase voll.

Hope riss sich gerade rechtzeitig von Brick los, um zu sehen, wie Kenzie von ihrem Handtuch aufsprang und sich auf Calgary stürzte. »Hast du versucht, diese Schlampe zu küssen?«

»O bitte«, sagte Hollis in ihrem verschlagenen Tonfall, der Hope immer an die Kobra Nag in *Rikki-Tikki-Tavi* erinnerte. »Das ist doch wohl nichts Neues. Alle wissen, dass Calgary seit der sechsten Klasse scharf auf Allegra ist.«

»Halt die Klappe, Hollis!«, sagte Kenzie.

Hollis wälzte sich träge auf den Rücken. »Pass auf, was du von dir gibst.«

»Da hat es Allegra ja mal wieder geschafft, Unruhe zu stiften«, sagte Bluto und zog eine Grimasse. »Nur damit du es weißt, ich bin nicht sauer, weil du Ian Coburn gevögelt hast. Ich finde ihn süß. Ich bin nur sauer darüber, dass du mir nichts erzählt hast.«

»Also mich ärgert es schon, dass du ihn gevögelt hast«, sagte Hollis.

»Weil du ihn selbst vögeln wolltest«, sagte Bluto. »Gib's doch zu.«

Hollis warf Bluto einen vernichtenden Blick zu. »Du bist fett.«

»Und du bist ein Miststück«, konterte Bluto. »Ich finde es *schade*, dass wir nicht mehr mit Allegra befreundet sind, weil ich sie lieber mochte als dich.«

»Unglaublich, dass du so was von dir gibst«, sagte Hollis.

»Und es war richtig mies von dir, das Foto weiterzuleiten«, meinte Bluto. »Du bist eine falsche Schlange, Hollis Brancato. Sicher machst du mit mir irgendwann dasselbe.«

Allegra ergriff sanft Hopes Arm und führte sie weg von dem Gezänk, das sie ausgelöst hatte. Niemand hatte Eddie erwähnt. Vielleicht hatten sie noch nicht gehört, was passiert war. Oder es kümmerte sie nicht. Keiner in ihrem Alter schenkte den eigenen Eltern Beachtung und schon gar nicht den Eltern anderer.

Allegra und Hope kamen an Brick und Hannah vorbei.

»Hi, Hannah. Hi, Brick«, sagte Allegra und lächelte die beiden warm und aufrichtig an, blieb jedoch nicht stehen.

Sie schauten auf.

»Hi, Allegra«, sagte Hannah. »Hi, Hope.«

»Hey, Hope«, sagte Brick und zögerte dann. »Hey, Allegra.«

Hope war zu verblüfft, um zu antworten. Worüber sie so staunte, wusste sie nicht genau. Vielleicht über die Fähigkeit von Menschen, unabhängig von den Umständen ganz sie selbst zu bleiben. *Die Ruhe zu bewahren und weiterzumachen,* wie es so schön hieß.

Als sie außer Hörweite waren, sagte Allegra: »Eigentlich sind sie echt ein süßes Pärchen.« Sie hakte sich bei Hope ein, und obwohl es Hopes instinktive Reaktion war, den Avancen ihrer Schwester nicht zu trauen, erfüllte sie ein Gefühl herzlicher Freundschaft und mehr – der Schwesterlichkeit, der Zweisamkeit. Sie und Allegra gegen den Rest der Welt, von der Geburt bis zum Tod.

»Findest du?«, fragte sie.

»Na ja«, sagte Allegra, »nicht so süß wie wir.«

MADELINE

Um zehn Uhr morgens klopfte es an ihre Wohnungstür. Madeline hatte gerade die erste Seite ihres neuen Romans, *Das Vorher,* auf ihren Notizblock geschrieben. Angie gefiel der Titel, und die Aussicht auf die Vorgeschichte von *Insulaner* hatte ihre Laune verbessert. Sie war zwar nicht ganz so begeistert wie von dem geplatzten Projekt *B/G,* aber es schien sie zu freuen, dass Redd Dreyfus ihr jetzt zu Dank verpflichtet war. »Ich habe so lange in seiner Schuld gestanden«, sagte Angie. »Da wird es Zeit, dass sich das Blatt mal wendet.«

»Darf ich wissen, was zwischen euch vorgefallen ist?«, fragte Madeline.

»Das erzähle ich dir irgendwann mal«, sagte Angie.

Madeline hatte keine *Lust,* aufzustehen und die Tür zu öffnen. Der Grund dafür, dieses Apartment zu mieten, war ja gewesen, willkürlichen Störungen zu entgehen. Aber das Klopfen war beharrlich.

Wer ist das?, dachte sie.

Wenn es Rachel McMann war, die »vorbeischaute«, um Madeline zu einem Kaffee einzuladen, würde sie die Beherrschung verlieren.

Vielleicht war es Trevor. Er hatte heute frei und war mit Haus- und Gartenarbeit beschäftigt. Er hatte gedroht, vorbeizukommen und Madeline zu einem sommerlichen Abenteuer zu entführen – einer Fahrt nach Great Point, Mittagessen auf der Terrasse des Cru, einer Hafentour mit der *Endeavor.* »*Chim-chiminey, chim-chiminey, chim-chim-cheroo!*« Es wäre Madeline schwergefallen, ihrem attraktiven Ehemann zu widerstehen.

Es konnte auch Brick sein, zusammen mit Hannah Dromanian. Brick und Hannah hatten während der Nachwehen von Allegras Betrug angefangen, sich öfter zu treffen. Madeline hatte befürchtet, dass Brick sich gleich wieder in eine alles verzehrende Beziehung stürzen würde, doch es schien, als wären die beiden in erster Linie Freunde. Hannah war eine der Jugendlichen, die Madeline als von Natur aus tatkräftig einschätzte. Sie wollte Erfolg haben, reisen, Dinge unternehmen, und Madeline dachte, sie könnte einen guten Einfluss auf Brick haben.

Madeline war erleichtert zu wissen, dass vor der Tür nicht Eddie Pancik stehen würde.

Das Klopfen hörte nicht auf. Madelines Mini Cooper stand auf seinem Stellplatz. Wer immer es sein mochte, wusste, dass sie hier war, wusste vermutlich auch, dass sie arbeitete, und scherte sich nicht darum.

Grace?

Der Gedanke kam ihr erst, als sie die Tür aufmachte. Madeline rief Grace jeden Tag an und hatte sie schon zehn- oder zwanzigmal eingeladen, sich ihre Wohnung anzusehen. Aber Grace meinte, sie fühle sich zu Hause sicherer. Sie wolle nicht in die Stadt kommen und *zufällig jemanden treffen* – das konnte Madeline ihr nicht verübeln.

Madeline hätte erwartet, dass Grace bei allem, was sie durchgemacht hatte, verhärmt oder gebrochen wirken würde wie nach einer dreitägigen Migräne. Doch Grace sah strahlend aus. Sie trug weiße Shorts und ein blaues Baumwolltop mit Nackenträger; sie war die Verkörperung des Sommers. Ihre Augen glänzten, ihre Haut schimmerte, ihr Lächeln war warm und friedvoll.

Friedvoll?, dachte Madeline. Wie konnte das sein?

»Hi?«, sagte sie.

»Du hast es getan«, sagte Grace.

»Was getan?«, fragte Madeline.

»Du hast dieses Buch über *mich und Benton* geschrieben!«, sagte Grace. »Es ist alles drin – der Minztee, die Pistazienmacarons, die Rolling Stones mit ihrem Song ›Loving Cup‹.«

»Ich weiß, Grace. Es tut mir so leid«, sagte Madeline. »Ich habe dir doch versprochen, dass ich es nicht veröffentliche …«

Grace fing an, zu zittern und zu weinen, und Madeline dachte: *Sie wird mich trotzdem verklagen*. Diffamierung. Beleidigung. Aber dann machte Grace einen Schritt nach vorn und schlang ihre Arme um Madeline.

»Das war das Ende, das ich mir gewünscht habe«, sagte sie.

»Ein Leben auf den Virgin Islands?«, fragte Madeline. »Vögel beobachten?«

»Glück«, sagte Grace. »Frieden.«

EDDIE

Er erwog Selbstmitleid. Er erwog Verzweiflung. Er erwog, in Tränen auszubrechen. Er erwog, sich aufzuzählen, was er am Freisein alles vermissen würde.

Doch das, woran Eddie auf der Fahrt zur MCI Plymouth, eine Fahrt, die gar nicht lange genug dauern konnte, wenn es nach ihm ginge, dann schließlich dachte, war der Tag, an dem die Zwillinge zur Welt gekommen waren.

Allegra war mühelos herausgeflutscht wie aus einem Geldautomaten, der Banknoten ausspuckt. *Hier bin ich, was willst du mehr?*

Bei Hope dagegen hatte sich die Nabelschnur um ihren Hals gewickelt, und bevor Eddie noch die Ankunft seiner ersten Tochter verarbeiten konnte, wurde Grace in höchster Eile zu einem Notkaiserschnitt in den OP befördert. Eddie ließ Allegra bei den Schwestern und folgte, wobei er sich, wie angewiesen, Handschuhe überzog und bemüht war, Schritt zu halten.

Den eigentlichen Eingriff beobachtete er nicht – dafür hatte er nicht die Nerven; er senkte den Kopf ganz tief, damit er nicht ohnmächtig wurde –, doch später erinnerte er sich daran, dass er Hopes winzigen hellblauen Körper gesehen hatte, und an sein Entsetzen und seine überwältigende nackte Angst.

Sie ist tot, dachte er.

Sie ist tot, Eddie, sie ist tot!, rief Grace mit einer Stimme, deren Klang er kaum ertragen konnte.

Sie hatte seine Finger so fest umklammert, dass sie sie ihm alle brechen würde, aber das war ihm egal.

Ihm wurde klar, dass er sich nie wieder um sich selbst, um seine eigene Person sorgen würde.

Wie sich herausstellte, war das Baby nicht tot. Irgendwie brachten die Ärzte, die Schwestern, die Zauberer und Engel, Hope zum Atmen – doch sie konnte nicht auf Nantucket bleiben. Sie musste nach Boston geflogen werden, und Eddie sollte mitfliegen. Eddie war für sie zuständig. Eddie war ihr *Vater*.

Dann geschah sehr schnell sehr viel auf einmal. Sanitäter in blauen Overalls, die Eddie unheimlich ruhig und kompetent vorkamen, schnallten Hope auf eine winzige Trage. Sie legten ihr Herzmonitore, groß wie Zehn-Cent-Stücke, und eine Sauerstoffmaske von der Größe eines Eis an. Eddie bestieg den Hubschrauber mit einem Menschen, der so klein war, dass er bequem in seinen Panamahut gepasst hätte.

Zu den Sanitätern gehörte auch eine Frau mit kupferroten Korkenzieherlocken. Sie hieß Kristin und saß hinten in der Maschine, um Hopes Vitalparameter zu überwachen. Sie reichte Eddie ein großes Paar Kopfhörer, die den Lärm des Helikopters dämpfen sollten, und stülpte eine Miniaturausgabe davon, Kopfhörer für eine Puppe, über Hopes zarte Ohren.

»Sterben jemals Menschen in diesem Hubschrauber?«, wollte Eddie von Kristin wissen, bevor die Welt laut und zugleich still wurde.

»Klar«, sagte sie. »Dauernd.« Sie lächelte ihn an. »Aber Ihrer Tochter wird es bald gutgehen.«

Sekunden später hob der Helikopter ab, und Eddies Stimmung besserte sich.

Kristin, die Sanitäterin, hatte recht behalten: Hope ging es gut, besser als gut. Im Laufe der Jahre sah Eddie seine unwesentlich jüngere Tochter manchmal an – wenn sie an ihrem Finger leckte und die Seite eines der Bücher umblätterte, die sie immer las (das hatte sie von Grace), oder wenn sie Flöte spielte (wie schaffte sie das? Eddie hatte das Instrument einmal zur Hand genommen und in das Mundstück geblasen, aber nichts herausbekommen außer seinem eigenen heißen Atem) – und staunte darüber, wie wohlgeraten es war, jenes kleine, blau angelaufene Baby.

Zum letzten Mal hatte Eddie so empfunden, als er mit Hope im Summer House abendessen gewesen war, nur sie beide. Auf dem Rückweg von der Toilette an ihren Tisch hatte er gesehen, wie Hope sich vorbeugte und von seinem Martini kostete. Sein erster Impuls war gewesen, *Hey, was machst du da, Hope? Lass das!* zu rufen, doch er hatte sich gebremst. Er erkannte ihre natürliche Neugier auf die Welt der Erwachsenen jenseits ihrer eigenen und begrüßte ihren Mut, sie in einer ungefährlichen Situation zu erkunden. *Gut gemacht, Hope,* hatte er gedacht. *Gut gemacht.*

Diese Erinnerungen hielten Eddie auf der ganzen Strecke bis zur Ausfahrt 6 auf der Route 3 nach Süden, die leider Eddies Ausfahrt war, aufrecht.

Eddie Pancik war nie ein Spezialist in Selbstbetrachtung gewesen, aber als der Wagen jetzt vor der MCI Plymouth hielt und die uniformierten Wärter am Tor seinen Namen auf ihrer Liste abhakten, versuchte Eddie genau zu identifizieren, wie er sich fühlte.

Das Wort, das ihm in den Sinn kam, war »gesegnet«.

NANTUCKET

Auf Nantucket wurde so laut geschnattert, dass es uns wunderte, dass man uns nicht auch auf Martha's Vineyard hörte.

Russischer Prostituiertenring, Low Beach Road, Edward Pancik verhaftet: Das alles schaffte es bis in die Zeitungen von Boston und darüber hinaus. Wir mussten Leute vom Festland erdulden, die uns fragten: *Wie konnte so etwas auf dieser Insel geschehen?*

Nantucket war ein Ort voller Männer und Frauen, der Geschäfte und des Handels wie jeder andere. Die Abgebrühteren und Erfahreneren von uns fragten: *Glaubt ihr nicht, dass es in der Blütezeit des Walfangs auch Prostituierte auf der Insel gab?* Schließlich war ihr Gewerbe das älteste der Welt. Eddie Pancik hatte es wohl kaum erfunden.

Manche Menschen profitierten von dem Skandal. Einer war Eloise Coffin, Eddies Sekretärin. Sie hatte ihren Job bei Island Fog Realty aufgegeben – natürlich – und hoffte insgeheim auf einen Anruf vom lokalen Nachrichtensender. Ein »Investigativreporter« mit einem Internet-Blog namens *Jareds Apartment* rief an und wollte Eloises Geschichte hören. Und so berichtete Eloise diesem Reporter, Jared, wie sie eines Tages ihren griechischen Bio-Joghurt in den Bürokühlschrank gestellt und dabei mitgehört hatte, dass Barbara Pancik für ihre fünf russischen Putzfrauen das Undenkbare vorschlug. Eloise war *zutiefst entsetzt* gewesen – und *dann* hatte sie mitbekommen, wie viel Geld Eddie, Barbie und die Mädchen daran verdienen würden.

Eloise erzählte diesem Jared *nicht*, dass sie ein, zwei Wochen lang versucht hatte, mit in das Geschäft einzusteigen. Sie war freundlich und gefällig gewesen, sie hatte Eddie ein Löwenmäulchen im Topf geschenkt und Barbie Komplimente zu ihrem grün-weiß gemusterten Wickelkleid gemacht, obwohl sie fand, dass diese Art Kleid seit den Siebzigern aus der Mode war. Sie hatte versucht, sich als Mitglied des Teams zu etablieren, in der Hoffnung, dass Eddie oder Barbie sich ihr anvertrauen und sie an ihren Profiten teilhaben ließen.

Aber die beiden hatten sich dafür entschieden, egoistisch zu sein – die selbstsüchtigen, gierigen Panciks –, und so war Eloise nichts anderes übrig geblieben, als ihren Schwiegersohn im Nantucket Police Department anzurufen und ihm zu berichten, was sie gehört hatte.

Der »Investigativreporter« Jared veröffentlichte die Story nirgendwo, wo Eloise sie hätte entdecken können. Sie ließ ihre Schwiegertochter Patrice das Internet durchforsten, doch Patrice fand keinen Blog namens *Jareds Apartment*. Eloise verzehrte sich nach öffentlicher Anerkennung ihrer guten Taten, und da sie die nicht erlangte, erzählte sie ihre Geschichte einfach allen, die zuhörten – Freunden, Nachbarn, ihren Kindern und Enkeln und ihrem Ehemann Clarence.

Clarence war allerdings sechs Jahre älter als Eloise und trug ein Hörgerät, das nur Geräusche zu empfangen schien, die aus dem Fernseher kamen. Den größten Teil seines Ruhestandes verbrachte er mit Fernsehen – im Sommer die Red Sox und im Winter die Patriots und Bruins und, wenn schon nicht Sport, dann Kochsendungen. Eloise wusste, dass Clarence heimlich in Giada De Laurentiis verliebt war.

»Es überrascht mich, dass nicht mehr Reporter anrufen«, sagte sie jetzt zu ihm.

»Es war das FBI, das den Typen geschnappt hat, El, nicht du«, sagte Clarence.

»Oh, ich weiß«, sagte Eloise. Sie war ein bisschen enttäuscht gewesen, als sie herausgefunden hatte, dass es einen zweiten Informanten gab, einen mit mehr Einfluss als sie. »Aber man möchte doch meinen, dass sie mir so was wie eine Belohnung anbieten.«

»Belohnung?«

»Ja, du weißt schon – Geld zum Beispiel«, sagte Eloise. »Oder eine Art Orden.« Auch ein Orden wäre nett, wenn er ihr auf einer Bühne verliehen würde, vor Publikum. Sie würde mit dem Polizeichef der Insel, beide je eine Seite des Ordens haltend, vor Fotografen stehen und in die Kameras lächeln. Das kam bestimmt in die Abendnachrichten: ANGESTELLTE DECKT PROSTITUIERTENRING AUF.

Aber Clarence hörte nicht mehr zu, und es bestand wenig Hoffnung darauf, dass sie seine Aufmerksamkeit zurückgewinnen würde. Giada De Laurentiis kochte im Fernsehen Gnocchi mit Salbei und brauner Butter.

Eloise seufzte. *Belohnung.* Dann zog sie sich an den Küchentisch zurück, um die Anzeigen zu studieren. Sie brauchte einen neuen Job.

Das dritte Haus, das Eddie Pancik in der Eagle Wing Lane baute, wurde sofort von Glenn Daley von Bayberry Properties erworben, der, wie wir später erfuhren, Eddie die anderen beiden Häuser in einer privaten Vereinbarung abgekauft hatte. Rachel McMann flehte Glenn an, ihr beim Verkauf der drei Häuser, sobald sie fertig waren, den Vortritt zu lassen. Doch Glenn Daley hatte andere Pläne. Er stellte eine weitere Maklerin in seiner Agentur ein – keine andere als Barbie Pancik! Am Tag, an dem Barbie an ihren neuen Schreibtisch zog – zufällig der gleich neben Glenns –, holte Glenn einen Brillantring aus seiner Schublade und machte ihr einen Heiratsantrag.

»Willst du meine Frau werden?«, fragte er.

Barbie Pancik schlug sich, zu überwältigt für Worte, die perfekt manikürte Hand vor den Mund und nickte zustimmend. Alle anderen Makler und Mitarbeiter des Büros klatschten und jubelten, Rachel McMann ein bisschen weniger begeistert als andere.

Grace Pancik bot ihr Haus in der Wauwinet Road »mit zwölftausend Quadratmetern Garten, gestaltet von dem bekannten Landschaftsarchitekten Benton Coe«, für drei Komma fünf Millionen Dollar zum Verkauf an. Innerhalb einer knappen Woche fand Barbie Pancik (bald Barbie Pancik-Daley) einen Abnehmer, der den vollen Preis zu zahlen bereit war. Grace und ihre zwei Töchter zogen in ein reizendes Cottage mit briefmarkengroßem Gärtchen in der Lily Street. Es sei schwer gewesen, die Hühner aufzugeben, sagte Grace, doch es gefalle ihr, in der Stadt zu wohnen und zu Fuß ins Café gehen zu können und zur Post, um Eddie seine Pakete zukommen zu lassen.

Jean Burton sah eines Morgens zufällig, wie Grace im Postamt in der Federal Street einen nagelneuen Panamahut in Stroh einpackte, um ihn zusammen mit drei Flaschen Magensäureblocker mit Kirschgeschmack und einer Karteikarte mit ihrem Lippenabdruck darauf an Eddie zu schicken.

»Sie steht zu ihrem Mann«, sagte Jean. »Das bewundere ich wirklich.«

Wir stimmten alle darin überein, dass es lobenswert war. Was hätte Grace schließlich davon abhalten sollen, Benton Coe nach Detroit zu folgen? Die beiden waren wahnsinnig verliebt ineinander gewesen. Darin hatten wir uns NICHT geirrt.

»Wenn sie ihm nicht nach Detroit hinterherfährt«, sagte Jody Rouisse zu Susan Prendergast, »könnte ich das ja vielleicht tun.« Aber bei Jody Rouisse war das, wie wir wussten, nur Gerede. Sie würde Benton höchstens mit dem Hashtag *#belleislepark* via Twitter folgen.

Wo wir gerade von Panamahüten sprechen: Es geht das Gerücht, dass Philip Meier, langjähriger Kreditberater bei der Nantucket Bank, online einen Panamahut bestellte, eine billige Imitation für 19,99 Dollar. Dann trat er an die Angestellten heran, die an der Kasse arbeiteten, alles Frauen.

»Ich weiß, dass es erst August ist«, sagte er, »aber wie viele von euch würden sich zu Halloween gern als Prostituierte verkleiden und mit mir in die Chicken Box kommen? Wir gewinnen sicher den ersten Preis. Ich gehe als Eddie Pancik.«

Seine Kolleginnen lachten nervös. Keine von ihnen wollte zu Halloween mit Philip irgendwohin. Er war zu übergriffig; selbst die Weihnachtsfeier im Büro war anstrengend.

Als er feststellte, dass er keine Resonanz fand, ging Philip Meier zurück an seinen Computer und bestellte einen orangeroten Gefangenen-Overall. Er brauchte keine fünf Mädchen; er konnte als Bestes Kostüm auch allein gewinnen.

Aber trotzdem, mit den Mädchen wäre es besser gewesen.

Er würde sie noch bearbeiten, beschloss er. Er hatte jede Menge Zeit.

Madeline King und Grace Pancik waren wieder Freundinnen. Wir sahen sie nebeneinander am Steps Beach und an Samstagabenden zusammen mit Trevor Llewellyn beim Abendessen im Le Languedoc oder im Straight Wharf. Mittlerweile hatten wir alle erfahren, dass die »Beziehung« zwischen Eddie und Madeline finanzieller und nicht sexueller Natur gewesen war und dass Grace Madeline und Trevor wenige Tage nach dem Verkauf ihres Hauses ihre fünfzigtausend Dollar zurückgezahlt hatte.

Man erzählte sich, das Foto von Allegra Pancik und Ian Coburn in Unterwäsche auf der Motorhaube von Ians rotem Camaro habe sich wie ein Virus verbreitet, und den beiden seien Model-Verträge mit Shootings in New York, London und Hongkong angeboten worden.

Dieses Gerücht verstummte, nachdem die blonde Sharon mit ihren Sprösslingen in der Weezie Library gewesen war und dort Allegra entdeckt hatte, die inmitten plappernder kleiner Kinder, die auf dem Flechtteppich mit Holzautos spielten, und Müttern und Betreuerinnen, die mit gedämpfter Stimme vorlasen, aus einem Karren Bücher in die Regale sortierte. Allegra war mit Sicherheit schön genug, um Model zu werden, fand Sharon. Ihre langen dunklen Haare fielen ihr locker über die Schultern, und ihre Haut hob sich goldbraun von ihrem weißen Sommerkleid mit der Lochstickerei ab, ein schlichteres Kleidungsstück, als Sharon es je an ihr gesehen hatte.

»Allegra!«, sagte sie überrascht und um mehrere Dezibel lauter, als es für eine Kinderbibliothek angemessen war. »Was machst du denn *hier*? Ich dachte, du seist auf dem Weg zu Ruhm und Ehre!«

»Ruhm?«, gab Allegra zurück, während sie *Der Bär schnarcht weiter* zurück an seinen Platz im Regal schob. »Ehre?«

Die blonde Sharon blinzelte. Wer hatte ihr bloß erzählt, dass Allegra Pancik als Nachfolgerin von Gisele Bündchen Model für Lucky Jeans werden würde? Sie erinnerte sich nicht mehr.

Hand in Hand mit ihren zwei Kindern Sterling und Colby, die sowieso schon spät dran waren für ihren Segelunterricht, verließ sie die Weezie Library, ein bisschen enttäuscht darüber, dass die glamouröse Geschichte, die sie gehört hatte, nicht stimmte.

Doch dann wurde sie wieder munter. Schließlich war es ein wunderschöner Tag auf Nantucket; die Sonne schien, und Sharon wusste, dass es nur eine Frage der Zeit war, bis diese Insel ihr ein neues Gesprächsthema verschaffen würde.

DANKSAGUNGEN

Wie viele meiner Leser sicher wissen, entstand dieser Roman, während ich gegen Brustkrebs kämpfte. Ich habe ihn meinen Chirurginnen gewidmet, den brillantesten, talentiertesten, professionellsten Menschen, denen ich je begegnet bin. Außerdem möchte ich meinem Onkologen Steven Isakoff dafür danken, dass er mich weiterhin bei guter Gesundheit erhält, und allen anderen, die mich im Massachusetts General Hospital behandelt haben. Ein spezielles Dankeschön an die Mitarbeiterinnen in Dr. Colwells Praxis, insbesondere Agnes Santomarco, Heather Parker, Amy Israelian, Kelley Hurley und Mary Joyce.

Auftrieb haben mir all diejenigen gegeben, die Kontakt mit mir aufnahmen, entweder über Facebook oder auf andere Weise – viele von ihnen fechten diesen Kampf selbst aus oder haben ihn ausgefochten. Ich wusste jedes Wort, jeden Gedanken, jedes Gebet sehr zu schätzen.

Des Weiteren muss ich meiner Familie danken, meinen Freunden und Freundinnen, meinem Heimteam, zu vielen Menschen, um sie hier zu nennen, die Essen vorbeibrachten und Blumen schickten, und Leuten, die mich auf der Straße oder im Supermarkt ansprachen, um mir zu sagen, dass sie an mich dachten. Besonderer Dank gilt den Mitgliedern meiner Studentinnenverbindung Phi Mu an der Johns Hopkins University – welch erstaunliche Kontaktaufnahme! –, allen voran Sue Plano. Und, in beliebiger Reihenfolge, meiner Schwester Heather Osteen Thorpe, meiner »Seelenverwandten« Debbie Briggs, Charles und Margaret Marino, Rebecca Bartlett, Wendy Rouillard (Eisteelieferantin), Evelyn MacEachern (Macaronlieferantin), Mary Haft (Gebete en masse), Wendy Hudson, Elizabeth Almodobar, Jill Roethke, Jill Suprenant, Anne Gifford, Manda Riggs, meiner Schwägerin und Mitüberlebenden Lisa Hilderbrand, Helaina Jones, Heidi Holdgate (der Pool ist mein Glücksort), Shelly Weedon, Holly McGowan, Melissa MacVicar, Stephanie McGrath, Laurie Richards, Mark und Eithne Yelle, Lori Snell, Logan O'Connor, Sheila Carroll, Jeanne und Richard Diamond, John und Martha Sargent – und meiner Kinderfrau Erin Frawley, die meinen Kindern trotz der schwierigen Umstände einen normalen, sorglosen Sommer am Nobadeer Beach ermöglichte.

Mark und Gwen Snider vom Nantucket Hotel – der Club war mein Zufluchtsort, und ein Großteil dieses Romans wurde am Pool verfasst. Vielen Dank für das Asyl.

Michael Carlisle und David Forrer, mir fehlen die Worte. Sie sind einfach ein Geschenk des Himmels.

Auch bei Reagan Arthur fehlen mir die Worte. Sie sind als Lektorin, was Bruce Springsteen für die Rock-Hymne, was Mr Blahnik für den Stiletto, was Billy Flay für den Grill ist. Sie sind die Beste auf Ihrem Gebiet, und jedes Jahr habe ich mehr Respekt vor Ihrem Talent und Feingefühl.

Zu guter Letzt möchte ich meinen Kindern danken, Maxwell, Dawson und Shelby Cunningham. Eine Mutter zu haben, die zwei Romane pro Jahr schreibt und gegen Krebs kämpft, ist fast dasselbe, wie gar keine Mutter zu haben, aber euch dreien ist es gelungen, mir nur dadurch, dass ich eure Stimmen hören und euch beim Wachsen zuschauen konnte, jeden Tag das Gefühl zu geben, dass ich doch etwas richtig mache. Ihr seid der Grund dafür, dass ich kämpfe, der Grund dafür, dass ich schreibe, ihr seid das, was mein Leben rund und komplett macht, und ich liebe euch.

Elin Hilderbrand

hat ihre besten Ideen am Strand oder in den belebten Straßen von Boston. Ihre drei Kinder beknien sie regelmäßig, im Beisein von anderen Leuten nicht lauthals zu singen oder zu tanzen. Die Autorin lebt mit ihrer Familie auf Nantucket, Massachusetts, wo auch ihre Geschichten spielen. Ihre Bücher stehen regelmäßig in den Top Ten der New-York-Times-Bestsellerliste.

Elin Hilderbrand
Sommerwolken

E-Book Only Kurzgeschichte
ISBN 978-3-641-16188-0

Exklusiv als E-Book:
Ihren ersten Kuss hatten Clendenin und Dabney auf der Highschool. Seitdem weiß Dabney, dass sie zusammengehören. Doch Dabney studiert in Harvard, Clen in Yale, 140 Meilen voneinander entfernt. Als sie sich schließlich doch auf den Weg zu Clen macht, muss Dabney erkennen, dass zwischen ihm und seiner attraktiven Kommilitonin Jocelyn die Funken sprühen. Und mit einem Mal sieht es so aus, als könnte dieses kostbare Band reißen, das Dabney nie in Frage gestellt hätte – ein Band, ohne das sie verloren ist ...

www.goldmann-verlag.de
www.facebook.com/goldmannverlag

GOLDMANN
Lesen erleben